Christina war stolz. Am liebsten wäre sie wie ein kleines Mädchen laut jubelnd über die Djurgardsbron gehüpft, auch wenn das nicht so ganz zu ihrer Aufmachung passte. Das lindgrüne Kostüm wirkte elegant. Die blonden Haare hatte sie zum Knoten aufgesteckt. Sie konnte es kaum erwarten, ihrem Vater und Torsten die erfreuliche Nachricht zu überbringen, obwohl die beiden wahrscheinlich mit keinem anderen Ergebnis rechneten.

Was wäre eigentlich, wenn sie jetzt ihr Scheitern erklären müsste? Wenn sie die Erwartungen nicht erfüllte, die an sie gestellt wurden?

Christina verwarf diese Überlegungen schnell. Der Tag war viel zu schön, um ihn sich mit solchen Hirngespinsten zu verderben. Ein winziger Stachel aber blieb, auch wenn sie es nicht wahrhaben wollte.

Inzwischen hatte Christina das Ende der Brücke erreicht und bog in den Strandvägen ein. Die Prachtstraße Stockholms mit den herrlichen Gründerzeithäusern und den mondänen Geschäften. Die teuerste Adresse Stockholms. Am Nybroplan, einem kleinen Fährhafen, stieg sie in ein Taxiboot. Entspannt lehnte sie sich gegen die Reling, als das Boot ablegte. Der Wind spielte in ihrem Haar.

Christina liebte Stockholm und fand ihre Stadt aus jeder Perspektive schön. Ganz besonders bezauberte sie aber immer wieder das Panorama vom Wasser aus. Die grandiosen Fassaden aus einer vergangenen Epoche, die Brücken, die sich in weitem Bogen über das Wasser spannten und die Stadtteile miteinander verbanden. An den Ufern rechts und links schaukelten Segelboote neben den großen Ausflugsdampfern und eleganten Jachten auf dem Wasser.

Sonnenstrahlen tanzten auf der Wasseroberfläche. Es war ein Bild, das Christina immer wieder mit ihrer Jugend und Kindheit verband. Heiße Sommer, glitzerndes Wasser ...

Für Christinas Geschmack war die Fahrt viel zu schnell vorbei. Das Restaurant besaß eine eigene Anlegestelle unterhalb der Terrasse, auf der Gäste essen und dabei über das Wasser schauen konnten. Henner Lund und Torsten Rosmark aber hatten sich einen Platz im Innern gesucht. Torsten hielt sich nur selten im Freien auf, für ihn wurden selbst die Sommer in der Stadt bisweilen zur Qual.

Beide Männer standen auf, als Christina zu ihnen an den Tisch trat und grüßte. »Hej.«

Henner Lund begrüßte seine Tochter mit einem liebevollen Kuss.

»Ihr könnt euch gratulieren«, sagte Christina stolz. »Vor euch steht eure neue Partnerin, die als Zweitbeste das Examen abgeschlossen hat!«

»Herzlichen Glückwunsch, mein Kind, und willkommen in unserer Kanzlei. Wir wussten, dass wir mit dir einen guten Fang machen. Nicht wahr, Torsten?«

Torsten zauberte einen riesigen Blumenstrauß hinter seinem Rücken hervor. »Tja, das wusste ich schon lange. Du bist großartig, Christina.« Zärtlich küsste er sie auf den Mund.

Christina bedankte sich. »Ohne euch hätte ich das alles nicht geschafft. Ich kann es kaum erwarten, mit der Arbeit anzufangen.« Sie setzte sich. Torsten nahm neben ihr Platz. Auch Henner Lund setzte sich wieder hin. Bedauernd schaute er seine Tochter an.

»Wir können es auch nicht erwarten. Allerdings hat es eine kleine Panne gegeben. Die Möbel für dein Büro sind noch nicht da und das Telefon ist auch noch nicht angeschlossen.«

Christina zuckte mit den Schultern. »Das ist doch kein Problem. Ich ziehe solange zu Torsten ins Büro.«

Henner war damit nicht einverstanden. »Ehrlich gesagt habe ich gedacht, du könntest mir einen kleinen Gefallen tun. Du weißt doch, dass ich das Sommerhaus auflösen will.«

Das Sommerhaus! Sofort waren da die Erinnerungen an heiße Sommertage am See, die dichten Wälder am Ufer. Im Nachhinein kam es ihr so vor, als würde sich das ganze Glück ihrer Kindheit allein auf diese Sommerwochen konzentrieren. Aber so war es nicht. Ihre Kindheit war insgesamt sehr glücklich gewesen, aber die Sommerwochen am See hatte sie immer besonders intensiv empfunden, weil ihre Mutter ihr in diesen Zeiten besonders nahe gewesen war.

Henner Lund unterbrach ihre gedankliche Reise in die Vergangenheit. »Ich muss zu einem Klienten nach Malmö. Seine Frau macht Schwierigkeiten. Kurz und gut, ich wollte dich bitten, das Haus aufzulösen. Es ist nicht viel zu tun. Nur die persönlichen Dinge einpacken und eine Inventarliste anfertigen. Ich habe dem Makler gesagt, dass er ab nächste Woche Interessenten durch das Haus führen kann. Also ...«

»Also«, fiel Christina ihrem Vater mit gespielt ernster Miene ins Wort. »Eigentlich wollte ich ja meine eigene Wohnung ausmisten und alles wegwerfen, was mich an das Studium erinnert. Aber ...« Christina machte eine kurze Pause, ihr Gesicht verzog sich plötzlich zu einem Lächeln. »Aber wenn du mich so lieb bittest, Papa, mache ich das natürlich.« Christina wurde nachdenklich. »Ich verstehe gar nicht, warum wir das Haus nicht schon längst verkauft haben. Seit Mamas Tod waren wir doch gar nicht mehr da.«

Eigentlich musste Henner darauf nicht antworten. Christina kannte den Grund und sie ahnte, dass es ihrem Vater nicht nur um den Klienten in Malmö ging. Ebenso wie sie selbst hatte er das Sommerhaus seit dem Tod der Mutter nicht mehr betreten.

Sie hatte selbst ein wenig Angst vor den Gespenstern der Vergangenheit, denen sie in Stockholm erfolgreich entkommen konnte. In Sandviken würde das unmöglich sein. Aber sie war ja nicht allein. »Du kommst doch mit?« Bittend schaute sie Torsten an.

»Ich habe jede Menge zu tun«, lehnte Torsten sofort ab. Auch wenn Christina sich nichts anmerken ließ, schien er ihre Enttäuschung doch zu spüren. »Außerdem, mein Heuschnupfen«, fügte er entschuldigend hinzu. »Du weißt schon.«

»Du Ärmster«, bedauerte Christina ihn pflichtschuldigst. »Na gut, dann fahre ich eben allein.«

Henner wirkte erleichtert, weil seine Tochter ihm diese schwere Aufgabe abnahm. »Auf jeden Fall ist jetzt ein guter Zeitpunkt. Das Sommerhaus stoßen wir ab und ihr zieht in ein Haus in der Stadt.«

Es schien alles so einfach, und doch wussten sie beide, dass es ein schwerer Schnitt war. Es waren nicht nur ein paar persönliche Gegenstände, die Christina aussortieren sollte. Es waren Zeugen einer glücklichen Vergangenheit, die vor fünf Jahren ein jähes Ende gefunden hatte. Sie hatten nie darüber gesprochen. Ihr Vater hatte sich noch tiefer in seine Arbeit gestürzt, Christina hatte ihre ganze Energie in ihr Studium gesteckt. Sie hatte keine Ahnung, was es für sie bedeuten würde, in das Sommerhaus zurückzukehren. Ihrem Vater gegenüber ließ sie sich nicht anmerken, was in ihr vorging. »Perfekt«, stimmte sie seinen Worten zu.

Wenn ihn einmal eine Melodie erfüllte, musste er sie immer wieder spielen, bis sie sich ganz von selbst weiterentwickelte. Er fühlte die Musik in sich, jede Note, jeden Akkord. Wenn er spielte, vergaß er alles. Er bemerkte nicht einmal, dass Rita in den Raum gekommen war.

Patrick Bergdahl hatte eine Atelierwohnung am Monteliusvägen gemietet. Der Ausblick über das Wasser, die Stadthalle und die Altstadt war von jedem Raum aus überwältigend. Damit ihn diese traumhafte Aussicht nicht ablenkte, schloss Patrick jedes Mal die Jalousien, bevor er sich an seinen schwarzen Flügel setzte.

Der Flügel, ein echter Bechstein, war Mittelpunkt des großen, sonst eher spartanisch eingerichteten Raumes. Eine Musikanlage und daneben ein CD-Rack, in dem sich nicht nur seine eigenen Aufnahmen befanden, sondern auch die anderer Pianisten. Ein Stück vom Flügel entfernt stand eine Liege, die eher avantgardistisch als bequem aussah. Schwarz-Weiß-Fotos und Bilder hingen an der weiß gestrichenen Wand. Die Stehlampe neben dem Flügel war eingeschaltet, obwohl draußen die Sonne von einem wolkenlos blauen Himmel schien. Sie tauchte den Raum in ein sanftes Dämmerlicht.

Rita kam näher, berührte ihn sanft an der Schulter. »Hej, Patrick.«

Patrick sah auf, ließ sich in seinem Spiel aber nicht stören. »Hej, Rita.« Seine Finger glitten über die Tasten. Was so leicht und mühelos aussah, war das Ergebnis täglicher, harter Arbeit. Rita wusste das. Umso mehr bewunderte sie den Mann, den sie schon seit Beginn seiner jungen Karriere managte.

»Wunderbar.« Es war ihr anzusehen, dass sie es bedauerte, sein Spiel zu unterbrechen. »Wir müssen gleich los, wenn wir den Flieger nicht verpassen wollen.«

Schon seit Wochen war der Flug nach Rom gebucht. Von dort aus wollte Patrick seine Europatournee planen. Rita hatte ein kompetentes Team zusammengestellt, allen voran Salvatore Coletti. Rita war stolz, die nächste Tour gemeinsam mit ihm organisieren zu können. Vor dem Booking, der logistischen und technischen Konzeption bis hin zur Promotion, lag aber erst einmal die Planung und dafür war dieses Mal auch Patricks Anwesenheit erforderlich. Zeitgleich mit dem Tourneebeginn erschien eine neue CD. Die Werbetrailer sollten in Rom gedreht werden, weil Patrick seine Europatournee hier begann. Salvatore Coletti hatte ein paar eigenwillige Pläne dazu entwickelt. Er wollte einen weißen Flügel am Fuß der Spanischen Treppe aufstellen lassen, gleich neben dem Brunnen von Bernini. Für einen weiteren Trailer war als Hintergrund das Kolosseum vorgesehen.

Rita war begeistert von dieser Idee. Patrick im weißen Anzug an einem weißen Flügel. Patrick selbst hasste solche Termine. Ihm ging es ausschließlich um die Musik. Alles, was drum herum passierte, interessierte ihn nicht. Frech grinste er Rita an. »Habe ich vergessen, dir zu sagen, dass ich heute nicht fliegen kann?« Er hatte es nicht vergessen. Die Änderung seiner Pläne hatte sich erst kurz vor Ritas Ankunft ergeben.

»Wie bitte? Was soll das heißen?« Rita starrte ihn entsetzt an.

»Mein Bruder hat mich angerufen. Er besteht darauf, dass ich zu seinem Geburtstag komme.« Es war Carls größter Wunsch gewesen. Kein Geschenk, nichts anderes, als endlich einmal seinen Bruder wiederzusehen, und so hatte Patrick ihm schließlich versprochen, dass er seine Abreise nach Rom verschieben würde.

Rita verschlug es nur selten die Sprache, aber diesmal hatte Patrick es geschafft. »Schau mich nicht so an«, bat er mit dem Anflug eines schlechten Gewissens. »Die Werbeaufnahmen beginnen doch erst in einer Woche.«

»Eben«, erwiderte Rita trocken.

Patrick blieb unerbittlich. »Buch mich übermorgen auf einen Flieger. Jetzt fahre ich erst einmal nach Sandviken. Ich muss dahin, das verstehst du doch.«

Rita verstand ihn überhaupt nicht, das war ihr deutlich anzusehen. Gleichzeitig lag aber auch Resignation in ihrem Blick. Sie hatte im Laufe der Jahre gelernt, dass Patrick sich niemals zu etwas überreden ließ, was er partout nicht wollte. Seufzend wandte sie sich um.

»Bis übermorgen«, rief Patrick ihr nach.

Rita hob nur die Hand zu einem knappen Winken. Patrick wusste, dass sie sauer war. Aber er wusste auch, dass solche Stimmungen bei ihr nie lange anhielten. Er selbst war froh, dass er Rom noch zwei Tage hinausschieben konnte. Gleichzeitig freute er sich auf das Wiedersehen mit seinem Bruder und seiner Nichte Ella.

Es war ein großes Anwesen, das Carl und Patrick Bergdahl von ihren Eltern geerbt hatten. Die ungeteerte Straße führte direkt zum Haupthaus inmitten einer grünen Rasenfläche. Mit seinem roten Anstrich und den weißen Fensterrahmen schien es im Laufe der Jahre verwachsen mit der Landschaft. Flirrend fiel das Sonnenlicht durch das Laub der Birken und zauberte ein einzigartiges Bild von Licht und Schatten. Das Plätschern des Wassers vermischte sich mit dem Vogelgezwitscher. Direkt am See lag das Bootshaus. Mit einer hölzernen Veranda, die über dem See zu schweben schien. Eine Treppe führte geradewegs ins Wasser.

In unmittelbarer Nähe gab es nur einen Nachbarn. Das Sommerhaus der Lunds lag wenige Meter vom Anwesen der Bergdahls entfernt auf einer Anhöhe, war aber seit fünf Jahren nicht mehr bewohnt. Auch in der Zeit davor hatten sich die Besitzer nur in den Sommermonaten dort aufgehalten. Carl kannte sie nicht besonders gut. Er hatte sie mit Kaminholz und frischem Gemüse beliefert, was mehr eine nachbarschaftliche Hilfeleistung denn eine wirkliche Einnahmequelle gewesen war.

Carl konnte nicht verstehen, dass die Leute ein so schönes Haus leer stehen ließen. Er selbst liebte dieses Fleckchen Erde und konnte sich nicht vorstellen, irgendwo anders zu leben. Er hatte selbst während des Studiums in Stockholm gelebt und sich dort nicht unwohl gefühlt. Für ihn hatte aber da schon immer festgestanden, dass er nach Hause zurückkehren würde.

Carl hatte seinen Bruder und dessen Ansichten nie verstehen können. Sandviken enge ihn ein, hatte Patrick behauptet, und es raube ihm die Luft zum Atmen. Nur ungern hatte Carl seinen Bruder damals ziehen lassen, ihm aber widerspruchslos seinen Anteil am Erbe ausbezahlt.

Heute war er stolz auf die Erfolge Patricks. Wenigstens bei einem von ihnen hatte sich die musikalische Begabung der Mutter durchgesetzt. Er selbst kam mehr nach dem Vater und war eher an technischen Dingen interessiert.

Seit fast zehn Jahren war sein Bruder jetzt nicht mehr in Sandviken gewesen. Es war ein trauriger Anlass gewesen, der ihn damals hierher geführt hatte. Der Schmerz saß nicht mehr ganz so tief in ihm, doch Carl spürte immer noch einen dumpfen Druck in seiner Herzgegend, wenn er an Brittas Beerdigung dachte. Von heute auf morgen war seine kleine, heile Welt damals zusammengebrochen, als die beiden Polizeibeamten vor der Tür standen und ihm mitteilten, dass seine Frau von einem Lastwagen erfasst worden war. Sie hatte auf ihrem Fahrrad keine Chance gehabt, war auf der Stelle tot gewesen.

Carl hatte zuerst nicht gewusst, wie er ohne Britta weiterleben sollte. Sie war die Liebe seines Lebens gewesen. Mehrfach hatte er mit dem Gedanken gespielt, ihr zu folgen. Aber einen solchen Gedanken auch zu Ende zu bringen, dazu fehlte ihm dann letztlich doch der Mut. Vielleicht lag es aber auch an der Verantwortung. Britta hätte von ihm erwartet, dass er sich mit aller Kraft um die gemeinsame Tochter Ella kümmerte.

Damals war es nicht leicht gewesen. Das vierjährige Mädchen vermisste die Mutter ebenso schmerzhaft wie Carl seine Frau, und das Kind konnte nicht verstehen, wieso sie nicht wiederkam.

Im Laufe der Jahre war die Beziehung zwischen Vater und Tochter sehr innig geworden. Sie war ein so süßes, kleines Mädchen gewesen und er ihr großer Held. Ihr Papa, davon war Ella überzeugt gewesen, konnte einfach alles. Hin und wieder traf Carl seinen Bruder in Stockholm. Ella hatte nie Lust gehabt, den Vater zu begleiten. Viel lieber blieb sie bei Malin, deren Eltern im nahe gelegenen Dorf einen kleinen Laden besaßen. Malins Tochter Sirka war nur wenige Monate älter als Ella und die beiden Mädchen spielten gerne miteinander.

Mit Beginn der Pubertät hatte Ella sich allmählich von Carl entfernt. Es lag sicher auch daran, dass Carl so gar nichts von Tommy hielt. Tommy war die erste große Liebe der Vierzehnjährigen. Er war gerade volljährig geworden, doch es war nicht nur der Altersunterschied, der Carl störte. Im Dorf wurde gemunkelt, dass Tommy in illegale Geschäfte verwickelt sei. Carl machte sich große Sorgen um seine Tochter.

Es war so weit alles fertig. Torte und Kekse standen bereit, der Tisch war mit frischen Blumen geschmückt. Eigentlich wollte Carl nur noch das Zimmer seines Bruders vorbereiten und dort ein Bild aufhängen. Den Hammer hielt er bereits in der Hand, als ihn lautes Lachen zum See lockte.

Seine Miene verfinsterte sich, als sich sein Verdacht bestätigte. Er trat ganz dicht an das Geländer der Veranda vor dem Bootshaus und blickte hinüber zu seiner Tochter, die sich im Wasser eng an Tommy schmiegte und sich von ihm küssen ließ.

»Ella!« Es klang wie ein Befehl, seine Stimme hatte einen ärgerlichen Unterton.

Ella ließ Tommy sofort los und kam zum Bootshaus geschwommen. Tommy folgte ihr langsam.

Erleichtert stellte Carl fest, dass seine Tochter wenigstens ihren Bikini trug. Er hatte schon befürchtet …

Ella griff nach den Badetüchern, die über dem Geländer hingen. Eines reichte sie an Tommy weiter, der nach ihr aus dem Wasser kletterte. Das andere drückte sie an sich. Sie lief auf ihren Vater zu und küsste ihn. Vielsagend schaute sie auf den Hammer in Carls Hand. »Du arbeitest an deinem Geburtstag? Das sollst du doch nicht. Komm, ich zeig dir dein Geschenk.«

Es war offensichtlich, dass sie Carl von Tommy ablenken wollte. Ella fasste Carls Arm und zog ihren Vater ein wenig zur Seite. Carl wehrte sich gegen den Griff seiner Tochter. Es war ihm egal, dass Tommy ihn hörte. »Ich will nicht, dass du dich mit ihm triffst.«

»Tu ich doch gar nicht«, behauptete Ella. »Wir waren doch nur schwimmen.«

»Ella, ich meine es ernst. Tommy ist nichts für dich. Er ist ein Taugenichts.« Jetzt sprach Carl extra laut. Er wollte sogar, dass Tommy ihn hörte. Zufrieden registrierte er, dass der Junge das Weite suchte.

Ella hüllte sich in das Badetuch ein. Carl ärgerte sich, als er bemerkte, dass sie Tommy besänftigend hinterherlächelte und den Jungen vor ihm in Schutz nahm. »Ach, Papa, du kennst ihn doch gar nicht. Bitte nicht streiten, es ist doch so ein schöner Tag.« Ella neigte den Kopf ein wenig zu Seite, schaute lächelnd zu ihm.

Ganz so wie ihre Mutter, schoss es Carl durch den Kopf. Wenn Britta ihn so angeschaut hatte, konnte er ihr keinen Wunsch abschlagen oder ihr gar böse sein.

»Willst du gar nicht wissen, was ich dir schenke?«, lockte Ella und gab gleich darauf die Antwort. »Eine Runde Wasserski fahren. Danach gehen wir ins *Sandviks*.«

Wenn Ella es wollte, konnte sie ihn um den Finger wickeln. Carl konnte nicht anders, er musste einfach lächeln. Dieses raffinierte kleine Biest. Carl war nicht nur ein leidenschaftlicher Wasserskifahrer, er liebte vor allem die Fischspezialitäten im *Sandviks*. Trotzdem schüttelte er den Kopf. »Ich habe keine Zeit. Patrick kommt bald und es gibt vorher noch eine Menge zu erledigen.«

Ella griff nach der Hand ihres Vaters. »Jetzt komm schon. Ich helfe dir danach auch.«

Carl ließ sich nicht länger bitten. Außerdem konnte Ella sich nicht mit diesem Tommy herumtreiben, wenn er mit ihr zusammen war.

Christina hatte das Verdeck ihres kleinen Wagens, ein Geschenk ihres Vaters zum bestandenen Abitur, hinuntergelassen. Sie genoss den Fahrtwind, der ihr blondes Haar zerzauste. Das klare Licht, das die Landschaft zum Leuchten brachte und die Konturen verwischte. Die Straße wand sich durch Felder und blühende Wiesen. Hin und wieder passierte sie rote Holzhäuser inmitten eines bunten Blütenreigens.

Birken säumten die Straße, dazwischen glitzerte das Wasser des Båven. Der See verzweigte sich weit ins Södermanland und umschloss viele kleine Inseln. Der schnellste Weg nach Sandviken war mit der Fähre quer über den See.

Christina hatte Glück. Die Fähre hatte eben erst angelegt, als sie den Fährhafen erreichte. Sie ließ sich mit ihrem Wagen einweisen und stieg dann aus, um auf das Oberdeck zu gehen. Sie lehnte sich gegen die Reling, spürte ihren eigenen Gefühlen nach. Seit gestern hatte sie vor allem Angst davor gehabt, dass es schmerzhafte Erinnerungen sein würden, die sie auf der Fahrt und besonders in Sandviken heimsuchten. Im Augenblick aber empfand sie vor allem eine Art heiterer Ferienstimmung. Sie würde zwei bis drei Tage im Sommerhaus bleiben. Mehr Zeit benötigte sie nicht, um eine Inventarliste anzufertigen und die persönlichen Gegenstände in Kartons zu verpacken. Außerdem freute sie sich auf ein Wiedersehen mit ihrer besten Freundin.

Mit einem Mal fiel Christina ein, dass Astrid nichts von ihrem Kommen wusste. Sie zog ihr Handy aus der Handtasche und suchte im Display nach Astrids Nummer. Auch wenn sie in den vergangenen Jahren nicht mehr nach Sandviken gefahren war, war der Kontakt zwischen ihr und Astrid bestehen geblieben.

Die Freundin meldete sich bereits nach dem zweiten Klingelzeichen.

»Hej, Astrid, hier ist Christina.«

»Wie schön, deine Stimme zu hören. Wie geht es dir?«

»Mir geht es richtig gut und du wirst es nicht glauben, aber ich bin gerade auf dem Weg nach Sandviken.«

Astrids Begeisterungsschrei ließ Christina erschrocken zusammenzucken. Mit schmerzverzerrter Miene nahm sie das Handy für einen Augenblick von ihrem Ohr. Dabei fiel ihr zum ersten Mal der große, dunkelhaarige Mann auf, der sie neugierig zu mustern schien. Nie zuvor hatte ihr jemand so intensiv in die Augen gesehen. Zudem hatte Christina das Gefühl, dass sie ihn schon einmal gesehen hatte.

Plötzlich lächelte er und die Spannung, die fühlbar zwischen ihnen gestanden hatte, ließ nach. Dieser Mann hatte sie so abgelenkt, dass Christina nicht mitbekommen hatte, was Astrid am anderen Ende der Leitung sagte.

»Ich dachte mir, wenn du Lust hast, können wir uns sehen«, sagte sie selbst in den Hörer. Natürlich wollte sie Astrid sehen, aber jetzt sprach sie einfach nur, um ihre Verlegenheit zu überspielen. Dabei nestelte sie an ihrer Tasche und zog einen Seidenschal hervor, den sie immer bei sich trug. Ein leichter Windstoß ergriff den Schal und hätte ihn sicher über die Reling geweht, wenn der Fremde nicht herbeigeeilt wäre, um ihn zu ergreifen.

»Bitte.« Er hielt ihr den Schal hin.

Christina räusperte sich. »Du, Astrid«, sagte sie hastig, »ich rufe dich an, sobald ich im Haus bin.« Sie beendete das Telefonat und griff nach dem Schal. Ihre blauen Augen blitzten übermütig auf. »Danke schön, das ist mein Lieblingsschal. Ohne Ihren Einsatz wäre ich wahrscheinlich über Bord gesprungen.«

»Ein sehr schönes Tuch«, nickte der Mann und schaute ihr dabei weiterhin unverwandt in die Augen. Er kam ihr bekannt vor und gleichzeitig war Christina sich sicher, dass sie ihm noch nie vorher begegnet war.

»Ich habe es in Paris gekauft, als Geschenk zum Abitur. Seitdem ist es so eine Art Glücksbringer.«

»Denken Sie, es bringt Ihnen heute auch Glück?«

Christina spürte den schnellen Schlag ihres Herzens. Das war doch verrückt, dass ein Mann, dem sie gerade erst begegnet war, sie derart aus der Fassung brachte. Dennoch konnte sie nicht anders, als ihm geheimnisvoll zuzulächeln. »Wer weiß ...«

Sie bedauerte fast, dass die Fähre in diesem Moment anlegte. Christina verabschiedete sich und ging zur Treppe, die zum Autodeck führte. Bevor sie hinunterstieg, wandte sie sich noch einmal zu ihm um. Er stand immer noch an der gleichen Stelle und schaute ihr nach. Sekundenlang verfingen sich ihre Blicke ineinander. Christina lächelte und wandte sich endgültig zum Gehen.

Das weiße Motorboot schoss über das grün und blau schimmernde Wasser. Ella lenkte es sehr geschickt. Ihr Vater hatte ihr das Motorbootfahren ziemlich früh beigebracht. Immer wieder schaute sie sich nach ihrem Vater um, der hinter ihr auf seinen Wasserskiern weite Bögen zog.

»Alles okay, Papa?«, rief Ella ihm zu.

»Hervorragend«, rief Carl gegen den Fahrtwind. Er löste eine Hand vom Griff der Wasserskileine und stieß eine Faust gegen den Himmel. »Yeah«, brachte er seine Freude an der rasanten Fahrt lautstark zum Ausdruck.

Ella strahlte. Sie hatte doch gewusst, dass sie ihrem Vater mit dieser Fahrt eine große Freude bereiten würde. Ihre eigene Freude wich im nächsten Moment einem jähen Schrecken. Sie hatte sich nach ihrem Vater umgewandt und damit das Motorboot nicht sofort gesehen, das in rasender Fahrt um eine winzige, bewaldete Insel herumgeschossen kam. Ella gelang es nur mit Mühe, einen Zusammenstoß zu vermeiden. Ungerührt fuhr der andere Fahrer weiter.

Ella wandte sich um. Ihr Vater war nicht mehr zu sehen. Ella schrie erschrocken auf. Sie drosselte die Geschwindigkeit, wendete das Boot und fuhr langsam zurück.

Carl trieb rücklings mit geschlossenen Augen auf dem Wasser, bewegte sich nicht.

»Papa!«, schrie sie auf. Ella starrte auf den reglosen Körper ihres Vaters. Er bewegte sich immer noch nicht. Ihre Augen füllten sich mit Tränen. »Papa! Was ist mit dir?«

Carl antwortete nicht.

Sie hatte das Seidentuch aus Paris so um ihren Kopf drapiert, dass ihr der Fahrtwind die Haare nicht mehr ins Gesicht wehen konnte.

Christina musste nicht einmal überlegen, ob sie noch auf der richtigen Straße war. Es kam ihr vor wie eine Fahrt in die Vergangenheit. Alles war so vertraut und doch war es ganz anders als beim letzten Mal. Damals hatte die Mutter neben ihr gesessen. Schwach und schon gezeichnet von der Krankheit, aber gleichzeitig mit diesem unbändigen Lebenswillen, der erst in den letzten Wochen unmittelbar vor ihrem Tod gebrochen wurde.

Die Erinnerung tat weh. Christina konnte sich an jedes Wort erinnern, das sie damals mit der Mutter gewechselt hatte. An das stille Glück in den Augen der Mutter, als sie an der Wiese des alten Johan vorbeifuhren. Damals wie heute blühten zwischen den hohen Grashalmen weiße Margariten und blaue Kornblumen. Am Ende der Wiese führte ein schmaler Weg von der Straße ab. Der kleine Wagen rumpelte über die Spurrillen des harten Lehmbodens. Langsam fuhr Christina weiter, ihre Gedanken verweilten weiter in der Vergangenheit.

Es war damals der Wunsch ihrer Mutter gewesen, noch einmal nach Sandviken zu fahren und dort den Sommer zu verbringen. Weder Christina und schon gar nicht ihr Vater waren davon sonderlich begeistert gewesen. Beiden wäre es lieber gewesen, Anna Lund wäre in Stockholm, in der Nähe der Universitätsklinik geblieben. Die Vorstellung, dass sich der Zustand der Mutter in Sandviken rapide verschlechtern könnte, hatte Christina auf der ganzen Fahrt begleitet. Ihr Vater hatte nicht von Beginn an mitkommen können. Henner Lund hatte noch zwei wichtige Gerichtstermine wahrnehmen müssen und erst zwei Tage später nachkommen können.

Vor diesen beiden Tagen, die sie alleine mit der kranken Mutter im Sommerhaus verbringen musste, hatte Christina besondere Angst gehabt. Selbst Annas behandelnde Ärzte hatten davon abgeraten, weil die Strapazen der Fahrt zu viel für sie sein könnten. Christian wäre völlig auf sich allein gestellt gewesen, wenn der Mutter ausgerechnet in diesen zwei Tagen etwas passiert wäre.

Anna hatte alle Einwände beiseitegewischt. Der Wunsch, noch einmal nach Sandviken zu fahren, war so stark in ihr, dass schließlich auch Henner und Christina nachgegeben hatten.

Christina erreichte die schmale Holzbrücke, die über eine Verzweigungen des Båven führte. Hier hielt sie an, schaute über das Wasser. Genau an dieser Stelle hatte Anna sie auch damals gebeten anzuhalten. Schweigend hatte Anna die Landschaft in sich aufgenommen, den Anblick des Sees, den sie so sehr geliebt hatte.

Anna Lund war hier zu Hause gewesen, bevor sie Henner kennenlernte und sich in ihn verliebte. Das Sommerhaus war ihr Elternhaus gewesen. Es lag nicht direkt in der kleinen Stadt, sondern etwa zwei Kilometer davon entfernt am See.

Heute fragte sich Christina, ob die Mutter damals bereits geahnt hatte, dass es ihr letzter Besuch in Sandviken sein würde und dass ihr danach gerade noch zwei Monate blieben.

Der Schmerz um den Verlust der Mutter holte sie ein. Mit einer solchen Heftigkeit, dass sie es kaum ertragen konnte. Hastig startete Christina den Wagen und verdrängte die Tränen, die ungeweint in ihren Augen brannten und ihren Blick verschleierten. Als sie weiterfuhr, schob sie jeden weiteren Gedanken an die Vergangenheit beiseite. Darin war sie geübt, das beherrschte sie perfekt.

Es war nicht mehr weit bis zum Haus, nur noch eine kleine Anhöhe hinauf, und da lag es vor ihr, das Sommerhaus ihrer Familie. Der gelbe Anstrich leuchtete in der Sonne. Die Überdachung des Eingangs war gleichzeitig der Balkon der ersten Etage. Ebenso das Dach des Wintergartens auf der Rückseite des Hauses. Fensterrahmen und Balken waren in einem zarten Graublau abgesetzt.

Christina parkte ihren Wagen neben dem Eingang und stieg aus. Unschlüssig verharrte sie, nahm das Tuch von ihrem Kopf und schaute an der Fassade hoch. Sie hatte plötzlich nicht den Mut, das Haus zu betreten. Fürchtete sich davor, dass die Erinnerungen sie erneut mit voller Wucht überfielen.

Astrid hatte schon immer die Gabe besessen, im richtigen Augenblick aufzutauchen. Sie bog um die Ecke, einen riesigen Strauß Wiesenblumen in den Armen. »Hej!«

Christinas Augen leuchteten auf. »Hej!« Sie eilte der Freundin entgegen und umarmte sie. Die beiden hatten sich so lange nicht mehr gesehen und betrachteten sich jetzt aufmerksam.

»Das ist ja eine Überraschung.« Christina war so froh, die Freundin zu sehen: »Ich dachte, du hättest Unterricht.« Astrid war in Sandviken aufgewachsen und gleich nach dem Studium dorthin zurückgekehrt, um hier als Lehrerin zu arbeiten.

»Nein, zum Glück nicht.« Astrid drückte ihr den Blumenstrauß in die Arme, betrachtete Christina noch einmal von Kopf bis Fuß. »Mein Gott, wie gut du aussiehst.«

»Du aber auch«, gab Christina das Kompliment zurück. Die

Freundin hatte sich tatsächlich kaum verändert, wirkte höchstens ein wenig fraulicher und reifer. Aber sie war hübsch, mit ihren langen, rötlich schimmernden Haaren. Ihre Augen funkelten noch genauso unternehmungslustig wie früher. Aber wichtiger als all das war für Christina, dass sich die alte Vertrautheit zwischen ihr und der Freundin sofort wieder einstellte. Es war, als wäre sie nie weg gewesen. So war es auch früher jeden Sommer gewesen, wenn sie aus Stockholm nach Sandviken kam und die Freundin ein ganzes Jahr nicht mehr gesehen hatte.

»Ich habe zur Feier des Tages Champagner aufgemacht.« Astrid legte einen Arm um Christinas Schulter und zog sie mit sich. Christina musste nicht fragen, wo Astrid hinwollte. Es war Tradition, dass sie ihr Wiedersehen auf der Veranda feierten. Früher mit Apfelsaft, seit sie erwachsen waren mit Champagner.

Es tat Christina nach der schmerzhaften Rückschau auf der Herfahrt gut festzustellen, dass es auch schöne Erinnerungen gab. Sie lehnte sich an das Geländer der Veranda und atmete die frische Luft tief ein. Hinter sich vernahm sie das Plätschern des Sees, wenn die Wellen leise ans grasbewachsene Ufer schlugen. Vögel zwitscherten in den hohen Bäumen neben dem Haus.

Astrid füllte zwei Gläser mit Champagner. Eines reichte sie Christina, das andere behielt sie selbst in der Hand, während sie sich neben der Freundin an das Geländer lehnte.

Christina registrierte, dass die Freundin bereits beneidenswert braun war, während sie selbst daneben wahrscheinlich wie ein Milchbrötchen wirkte. Sie war in diesem Jahr kaum an die frische Luft gekommen, sie hatte sich auf ihre Abschlussprüfung vorbereitet und ihre wenige freie Zeit mit Torsten verbracht. Der wiederum hielt sich nur ungern im Freien auf. Wegen seines Heuschnupfens, wie er immer wieder gern betonte.

Astrid prostete Christina zu. »Auf einen herrlichen Sommer.

Ich freue mich so sehr, dich wieder hier zu haben. Wie lange warst du nicht da?«

Christina musste nicht überlegen. »Fünf Jahre«, erwiderte sie spontan.

Astrid schaute sie von der Seite an. »Hast du das Haus denn nicht vermisst? Und die Sommer hier?«

Es war das erste Mal, dass Christina der Freundin gegenüber nicht vollständig ehrlich war. Aber nicht einmal mit Astrid mochte sie darüber reden, warum sie in den letzten Jahren nicht mehr hierhergekommen war. »Ich habe nicht so darüber nachgedacht«, behauptete sie. »Es war so viel los in meinem Leben, dass ich gar keine Zeit hatte, das Haus so richtig zu vermissen. Na ja, dich habe ich natürlich schon vermisst.« Christinas Blick verlor sich in weiter Ferne. »Es gibt so viele aufregende Orte auf dieser Welt ...«

Astrid hatte sie aufmerksam beobachtet. »Du bist überhaupt nicht zurückgekommen, nicht wahr?«, stellte sie fest.

Christina schüttelte den Kopf. »Mein Vater will das Haus verkaufen. Ich bin eigentlich nur hier, um es aufzulösen. Ich habe gestern mein letztes Examen in Jura bestanden und in ein paar Tagen fange ich bei meinem Vater in der Kanzlei an.«

Astrid sagte nichts mehr zu diesem Thema, fragte auch nicht weiter. Sie hob lediglich ihr Glas. »Na, dann auf dein Examen.«

»Ja, auf mein bestandenes Examen.« Christina trank einen Schluck, bevor sie sich umwandte und zum See hinunterschaute. »Sag mal, wo ist eigentlich das Boot?«

Mit dem Boot waren sie und Astrid immer gemeinsam auf den See hinausgerudert. Dort draußen hatten sie alles miteinander besprochen, was sie bewegte. Egal, ob es Probleme in der Schule gewesen waren oder die erste große Liebe.

Astrid fasste nach Christinas Hand. »Komm, ich zeige es dir.«

»Ist es immer noch an der gleichen Stelle?«

»Ja«, sagte Astrid. Offensichtlich hatte sie mit einem Mal auch große Lust, auf den See hinauszurudern. Christina verdrängte jeden Gedanken daran, dass sie damit den Moment, an dem sie das Sommerhaus das erste Mal betrat, nur weiter hinauszögerte.

Es war gut gewesen, dass Astrid in der ersten Stunde bei ihr gewesen war. Die Unbekümmertheit der Freundin hatte sich auf Christina übertragen. Jetzt war sie bereit, das Sommerhaus zu betreten.

Astrid schien zu spüren, dass Christina diesen Moment, an dem sie das Haus nach fünf Jahren zum ersten Mal wieder betrat, für sich alleine brauchte. Sie verabschiedete sich von Christina vor der Tür und versprach, sich später noch einmal zu melden.

Mit Astrids Blumenstrauß in der Hand verharrte Christina ein paar Sekunden vor der Tür, bis sie allen Mut zusammennahm und sie öffnete. Die dumpfe Luft eines Hauses, das schon lange nicht mehr bewohnt war, schlug ihr entgegen. Es war eben etwas anderes, wenn Menschen in einem Haus lebten oder der Nachbar Carl Bergdahl regelmäßig nach dem Rechten schaute.

Langsam betrat sie die Diele. Die Türen zu den angrenzenden Räumen standen offen. Früher war es ein gemütliches, wohnliches Haus gewesen. Weiße Wände, die den richtigen Kontrast zu den Antiquitäten und dem pastellfarben bezogenen Sofa bildeten. Ergänzt durch geschmackvolle Bilder, die Anna Lund selbst gemalt hatte.

Die schönen alten Möbel, mit denen Anna Lund das Haus eingerichtet hatte, waren fast alle mit weißen Tüchern abgedeckt, um sie vor Staub zu schützen. Als wäre das Haus mit Mama gestorben und mit Leichentüchern bedeckt, schoss es Christina durch den Kopf. Dazu passte die Kühle im Innern des Hauses, die in krassem Gegensatz zu der sommerlichen Wärme draußen stand.

Vom Wohnzimmer aus ging es in den Wintergarten. Die gläserne Tür war geschlossen. Christina riss sie weit auf und verharrte auf der Schwelle. In diesem Raum war alles unverändert, ganz so, wie sie das Haus vor fünf Jahren verlassen hatten. Die Staffelei der Mutter stand neben dem Tisch, darauf das Bild, das sie damals begonnen hatte. Sie hatte immer nur wenige Minuten an der Staffelei stehen können, doch diese Minuten waren ihr so wichtig gewesen.

Die breiten Fenster gaben den Blick auf die Wiese frei bis hinunter zum See. Wenn Christina die Augen schloss, konnte sie sich fast einbilden, die Zeit wäre stehen geblieben. Sie hörte sogar das Schaben des Pinsels über die Leinwand. Sie sah ihre Mutter vor sich, wie sie voll konzentriert vor der Leinwand stand. Ihre Zungenspitze hatte sich dabei immer ein wenig zwischen ihre Lippen geschoben.

Henner Lund und Christina hatten die Mutter oft bei ihrer Arbeit beobachtet und irgendwann laut lachen müssen. Anna Lund war dann jedes Mal fuchsteufelswild geworden. Sie hatte es gehasst, in ihrer Konzentration gestört zu werden. Ihre Wut hatte jedoch nie lange angehalten. Nach ein paar Minuten war auch sie meist in schallendes Gelächter ausgebrochen.

Das Lachen fehlte diesem Haus. Es war so still, das schien die Kälte noch zu verstärken.

Christina durchquerte das Wohnzimmer und legte den Blumenstrauß auf eines der abgedeckten Möbelstücke. Sie ging zum Fenster und riss es weit auf. Warme Luft strömte ihr entgegen. Das Gezwitscher der Vögel war jetzt wieder zu hören, das leise Plätschern des Sees. Sofort fühlte sie sich besser, bis ihr Blick auf das Foto fiel, das auf dem kleinen Tisch neben dem Fenster stand, eines der wenigen Möbelstücke, die nicht abgedeckt waren. Sie selbst war auf dem Bild zu sehen, zusammen mit ihren Eltern. Es war in dem Sommer gemacht worden, bevor ihre Mutter schwer erkrankte. Sie lachten alle drei in die Kamera. Das Foto war Zeugnis einer Zeit, die sie nie wieder zurückholen konnte.

Christina konnte den Gedanken kaum ertragen. Fest presste sie das Foto an ihre Brust. Das Schicksal hatte ihr gezeigt, wie vergänglich alles sein konnte.

Hastig stellte sie das Foto weg. Sie musste die Geister der Vergangenheit vertreiben, wenn sie die nächsten Tage hier überstehen wollte.

Christina reagierte wie immer, wenn sie das Gefühl hatte, die Trauer könnte zu sehr Besitz von ihr ergreifen. Beschäftigung war für sie nun einmal ein probates Mittel, um sich abzulenken. Sie brauchte Kartons, um alle privaten Sachen einzupacken, die für ihren Vater und sie selbst einen Erinnerungswert darstellten. Bestimmt gab es auch einige Dinge, die sie wegwerfen konnte. Die Einrichtung sollte zusammen mit dem Haus verkauft werden.

Zuerst aber brauchte sie Kaminholz, um die Kälte des Hauses zu vertreiben.

Das Geschenk für Carl hatte er bereits vor drei Monaten aus Südamerika mitgebracht. Eine Spezialität aus Peru, eine mit Ornamenten reich verzierte Kalebasse. Erst unterwegs war Patrick eingefallen, dass er auch für Ella eine Kleinigkeit mitbringen könnte. Er glaubte jedenfalls, dass sich das für einen Onkel gehörte. Deshalb machte er erst einmal in Sandviken Halt. Allerdings hatte er nicht die geringste Ahnung, was einem Mädchen in Ellas Alter gefiel. Vierzehn war sie jetzt und damit wahrscheinlich zu alt für eine Puppe oder anderes Spielzeug.

Er wusste nicht einmal, wie Ella heute aussah. Das letzte Mal hatte er sie auf der Beerdigung ihrer Mutter gesehen. Damals war sie ein stilles kleines Mädchen mit roten Haaren und einem

Gesicht voller Sommersprossen gewesen, das sich schutzsuchend an den Vater geschmiegt hatte.

Patrick entschied sich schließlich für Süßigkeiten und hoffte, dass Ella Schokolade mochte.

Patrick hatte das Verdeck seines Sportwagens vor der Fahrt geöffnet. Nirgendwo sonst war die Luft so klar, nahm er die Umgebung so sehr mit allen Sinnen auf. Es berührte ihn eigentümlich, heute nach Hause zu kommen, auch wenn es nur ein kurzer Besuch sein würde. Komisch, dass er mit dem Begriff Zuhause immer noch Sandviken verband. Eigentlich war doch Stockholm sein Zuhause. Er hatte es sich selbst ausgesucht, dort zu leben.

Nachdenklich legte er den Rest der Strecke zurück, bis er endlich vor seinem Elternhaus parkte. Alles war so still hier, so friedlich.

Eigentlich zu still dafür, dass sein Bruder heute Geburtstag feiern wollte. Patrick nahm die Pakete an sich und stieg aus dem Wagen. »Carl!«, rief er laut und wartete einen Moment, doch alles blieb still. Ob sie im Haus waren und ihn nicht hörten? Patrick stieg die drei Stufen zur Haustür hoch und klopfte an. Niemand öffnete. Als er die Klinke hinunterdrückte, stellte er fest, dass die Tür nicht abgeschlossen war. Patrick betrat das Haus. »Carl? Ella? Wo seid ihr?«

Es war offensichtlich niemand zu Hause und jetzt klingelte auch noch das Telefon.

Patrick zögerte keine Sekunde. Er eilte an den Apparat und meldete sich: »Hallo?«.

»Hallo, hier ist Christina Lund.«

Patrick lächelte, als er die weibliche Stimme am anderen Ende der Leitung vernahm. Sie kam ihm bekannt vor, ohne dass er sie sofort zuordnen konnte.

»Ich wollte fragen, ob Sie ein bisschen Kaminholz für mich haben, Carl. Ich bleibe zwar nur ein paar Tage, aber …«

»Tut mir leid, hier ist nicht Carl«, unterbrach er sie. »Ich bin sein Bruder Patrick. Carl ist leider nicht da.«

»Oh, Entschuldigung. Können Sie ihm vielleicht ausrichten, dass er mich zurückrufen soll? Mein Name ist Christina Lund. Sagen Sie ihm bitte, dass ich im Sommerhaus bin. Er hat die Telefonnummer.«

»Ich werde es ausrichten«, versprach Patrick. »Allerdings kann ich Ihnen nicht sagen, wann er kommt.«

»Kein Problem, Herr ...?« Sie hielt wartend inne.

»Bergdahl. Patrick Bergdahl. Kein Problem, Frau Lund. Auf Wiedersehen.«

Auch sie verabschiedete sich und Patrick hörte, wie sie die Verbindung beendete. Er selbst hielt den Hörer noch in der Hand, starrte sinnend darauf. Während des Gesprächs hatte er plötzlich ein Gesicht vor Augen gehabt, dem er die bekannte Stimme zuordnete. »Das war doch ...«, murmelte er.

Patrick legte den Hörer zurück und wanderte langsam durch den Raum, der sich seit seiner Kindheit kaum verändert hatte. Alles wirkte heimelig, verstärkte bei ihm das Gefühl, nach Hause gekommen zu sein. Auch wenn er dieses Gefühl eigentlich nicht zulassen wollte. Er lebte in Stockholm, aber da hatte er eigentlich auch nur seine Wohnung. Ansonsten sah er sich als Kosmopolit, dessen Bestimmung es war, durch die Welt zu reisen und die Menschen mit seiner Musik zu erfreuen. Begriffe wie Gemütlichkeit in Verbindung mit einem Heim, und dann auch noch irgendwo in der tiefsten Provinz, waren viel zu spießig und passten einfach nicht zu ihm.

So ganz gelang es ihm jedoch nicht, sich des Zaubers zu erwehren, den sein Elternhaus auf ihn ausübte. Die Ruhe hier übertrug sich auf ihn. Jeder Winkel war vollgestopft mit schönen Erinnerungen an eine glückliche Kindheit. Carl hatte nur wenig verändert, aber offensichtlich großen Wert darauf gelegt, das Haus mitsamt seiner Einrichtung zu pflegen. Der Tisch vor der Essecke war offensichtlich eigens für ihn gedeckt worden. Auf einer großen Torte prangte der Schriftzug »Herzlich willkommen«.

Patrick nahm einen Keks aus der Schale daneben und ging zur Haustür. Vielleicht war sein Bruder ja auf dem Campingplatz, der etwa einen halben Kilometer von seinem Wohnhaus entfernt lag.

Eigentlich war Carl Ingenieur, doch nach Brittas frühem Tod hatte er zu Hause bleiben und sich um Ella kümmern müssen. Das große Grundstück am See, das ebenfalls zum Anwesen der Bergdahls gehörte, war ideal für einen Campingplatz. Inzwischen gab es dort zudem eine Reihe von Ferienhäusern, die auch im Winter bewohnt werden konnten. Carl verdiente an den Touristen so gut, dass nicht nur er und Ella davon leben konnten, sondern auch das Verwalterehepaar, das direkt am Campingplatz wohnte.

Als Patrick die Haustür aufstieß, kam gerade ein junges Mädchen die Treppe hoch.

»Ella?«, fragte Patrick, dabei war er sich eigentlich sicher, dass seine Nichte vor ihm stand. Ein wenig haftete ihr noch von der Kindlichkeit an, die er von der vierjährigen Ella in Erinnerung hatte. Das Gesicht war erwachsener, aber immer noch kindlich gerundet. Unverkennbar waren die Sommersprossen. Das Mädchen reagierte kaum auf ihn. Sie wirkte bedrückt.

»Erkennst du mich nicht?« Patrick schaute ihr prüfend ins Gesicht. Allmählich wurde ihm klar, dass etwas nicht stimmte. »Ella, was ist denn los? Ist etwas passiert?«

»Papa hatte einen Unfall«, stieß sie tonlos hervor. »Er ist im Krankenhaus.«

Patrick war erschrocken. »Ist er schwer verletzt?«

»Irgendwas am Kopf. Sie müssen ihn vielleicht operieren.« Tränen liefen über ihre Wangen. »Das ist alles meine Schuld. Ich habe das andere Boot nicht rechtzeitig gesehen.«

Patrick legte einen Arm um die schmalen Schultern des Mädchens. »Jetzt beruhige dich erst mal«, sagte er, obwohl er selbst zutiefst beunruhigt war. »Es wird schon nicht so schlimm sein.«

Hoffentlich, dachte er selbst. Hoffentlich ist es wirklich nicht so schlimm. Sein Bruder war immer so stark und kraftvoll gewesen, Patrick konnte ihn sich nicht vorstellen, dass er schwer verletzt im Krankenhaus lag.

»Ich soll noch ein paar Sachen holen. Waschzeug und so«, stammelte Ella. Sie war offensichtlich völlig fertig.

»Ich mach das für dich«, versprach Patrick. Er hatte das Gefühl, noch etwas Tröstendes sagen zu müssen. Wenn er sich im Umgang mit dem jungen Mädchen nur nicht so schrecklich unbeholfen fühlen würde! Er reichte ihr die Packung mit den Süßigkeiten. »Schau mal, ich hab dir was mitgebracht.«

Idiot, schalt er sich gleich darauf selbst. Als ob seine Nichte in ihrer derartigen Verfassung mit ein paar Süßigkeiten getröstet werden könnte. Ella registrierte nicht einmal, dass er ihr das Päckchen in die Hand gedrückt hatte. Ihr Blick wirkte abwesend, sie war in Gedanken immer noch bei dem Vater. »Er hat sich so auf seinen Geburtstag gefreut und ich hätte ihn beinahe umgebracht.«

Patrick verzichtete auf einen weiteren Versuch, seine Nichte zu trösten, und wandte sich lieber praktischen Dingen zu. »Wo ist sein Waschzeug?«

»Dahinten«, erwiderte Ella mit einer vagen Handbewegung. Patrick erkannte, dass sie im Augenblick außerstande war, ihm zu helfen. Also machte er sich selbst auf die Suche nach allem, was sein Bruder möglicherweise im Krankenhaus benötigte. Dabei versuchte er vergeblich, sich einzureden, dass die Verletzungen seines Bruders schon nicht so schlimm sein würden. Doch die Angst davor, dass es doch anders war, ließ ihn nicht los.

Auch Christina hielt den Hörer noch eine ganze Weile in der Hand, nachdem sie das Gespräch beendet hatte. »Patrick Bergdahl«, sagte sie laut und überlegte, wo sie diesen Namen schon einmal gehört hatte. Außerdem war ihr die Stimme des Mannes seltsam bekannt vorgekommen. Unwillkürlich hatte sie an den Mann auf der Fähre denken müssen.

Unsinn, sie schüttelte den Kopf. Das wäre dann doch ein zu großer Zufall, dass dieser Mann ausgerechnet Carls Bruder sein sollte. Es gab ihr aber zu denken, dass sie immer noch an den Mann auf der Fähre denken musste. Dass selbst die Klangfärbung einer männlichen Stimme den Gedanken an ihn heraufbeschwor.

Christina gestand sich selbst ein, dass dieser Mann sie beeindruckt hatte. Mehr als es je zuvor einem Mann in so kurzer Zeit gelungen war.

Das ist die Umgebung hier, sagte sie sich gleich darauf selbst. Ich bin hier nicht mehr ich selbst. Grund genug, mich mit der Arbeit zu beeilen, damit ich so schnell wie möglich wieder nach Stockholm zurückfahren und mich auf mein neues, aufregendes Leben vorbereiten kann. Ein toller Job in der Kanzlei meines Vaters, zusammen mit ihm und dem Mann, mit dem ich den Rest meines Lebens verbringen will. Ja, so würde ihr Leben aussehen. So und nicht anders wollte sie es.

Christina ignorierte das aufkeimende Gefühl der Unzufriedenheit. Sie hatte allen Grund, zufrieden und glücklich zu sein.

Während ihre Gedanken in eine Richtung wanderten, die ihr überhaupt nicht gefiel, begann Christina damit, die weißen Bezüge von den Möbeln zu ziehen. Wenn der Makler in ein paar Tagen mit den ersten Interessenten erschien, sollten sie gleich die besondere Atmosphäre des Hauses spüren.

Christina wollte gerade den letzten Bezug abziehen, als ihr ein Gedanke durch den Kopf schoss: Und dann kaufen sie das Haus. Sie richtete sich auf. Genau so war es gedacht, und doch flößte auch dieser Gedanke ihr nur Unbehagen ein.

Dieses Haus gegen ein tolles Haus in Stockholm, sagte sie sich selbst. Es half nichts, Christina fühlte sich dadurch kein bisschen besser.

Ich muss hier raus, beschloss sie spontan. Am besten nutze ich gleich die Gelegenheit, um in Sandviken ein paar Lebensmittel einzukaufen.

Beinahe fluchtartig verließ Christina das Haus. Auf dem Weg in das Dorf ließ ihre Nervosität ein wenig nach. Die quälenden Zweifel allerdings blieben. Wieso begann sie auf einmal damit, alles in Frage zu stellen? Selbst den Verkauf des Hauses, den sie doch anfangs begrüßt hatte.

In der Kleinstadt hatte sie keine Schwierigkeiten, sich zu orientieren. Nichts hatte sich verändert. Schon gar nicht die rot und gelb gestrichenen Holzhäuser, die einen lebhaften Kontrast zu den blühenden Sträuchern in den Vorgärten bildeten. Es gab nur wenige Geschäfte auf der breiten Hauptstraße, die direkt zum Krankenhaus führte. Christina betrat das Geschäft, in dem sie schon früher immer ihre Lebensmittel eingekauft hatten. Früher hatte das Ehepaar Frödin den Laden geführt. Jetzt hatte ihre Tochter Malin das Geschäft übernommen. Sie erkannte Christina sofort und freute sich sehr, sie zu sehen.

Der Einkauf dauerte bedeutend länger, als es für ein Brot, ein paar Eier und ein paar andere Kleinigkeiten erforderlich gewesen wäre. Christina war es egal. Sie hatte es nicht eilig, ins Sommerhaus zurückzukehren.

Als sie aus dem Geschäft kam, sah sie ein paar Meter weiter einen Eiswagen, an dem ein junges Mädchen bediente. Genau das richtige Sommerwetter für ein Eis.

»Hej, bist du nicht Christina Lund?«, begrüßte sie das Mädchen, als Christina zu ihr an den Stand trat.

Christina grüßte zurück. »Ja, ich bin Christina Lund. Aber ehrlich gesagt weiß ich nicht, wer du bist.«

»Ich bin Sirka, Malins Tochter. Ich helfe ihr manchmal aus.«

»Sirka? Als wir uns das letzte Mal gesehen haben, warst du noch ein Kind.« Christina betrachtete das Mädchen erstaunt. »Wie alt bist du jetzt?«

»Vierzehn«, gab das Mädchen bereitwillig Antwort.

»Vierzehn«, echote Christina. Es hatten sich also doch ein paar Dinge in Sandviken verändert. »Wie die Zeit vergeht. Gibst du mir bitte ein Schokoeis?«

Sirka nahm eine der Waffeln aus dem Ständer und füllte sie mit Schokoladeneis. »Wie geht es dir so?«, plauderte sie dabei weiter. »Bist du den ganzen Sommer über hier?«

Christina schüttelte den Kopf. »Ich weiß noch nicht genau. Nicht länger als zwei oder drei Tage. Trotzdem habe ich zu viel eingekauft. Ich habe sogar Kaminholz bei Carl bestellt.«

Die Miene des Mädchens wurde schlagartig ernst. »Hast du denn nicht gehört, dass Carl einen schweren Unfall hatte? Er liegt im Krankenhaus.«

Christina war erschrocken. »Das ist ja schrecklich. Wie geht es ihm denn?«

»Scheint schlimm zu sein. Seine Tochter Ella ist ganz außer sich. Anscheinend wissen die Ärzte nicht, ob er überleben wird.«

Christina war völlig geschockt. Sie musste an das Telefonat denken, an Carls Bruder, der eben offensichtlich auch noch keine Ahnung gehabt hatte. Ob er inzwischen wusste, was mit Carl passiert war?

Gedankenverloren verabschiedete sie sich von Sirka. Sie mochte noch nicht zurück ins Sommerhaus fahren, wo Arbeit und vor allem Erinnerungen auf sie warteten. Langsam schlenderte sie die Hauptstraße hinunter bis zur Fußgängerzone und genoss die warmen Sonnenstrahlen auf ihrer Haut.

Patrick musste sich bemühen, sich seinen Schrecken nicht anmerken zu lassen. Sein Bruder sah elend aus. Er wies auf das

Paket, das er auf das Nachtschränkchen neben dem Krankenbett seines Bruders gelegt hatte. »Da suche ich in der ganzen Welt nach einem passenden Geschenk für dich und du hast anscheinend gar kein Interesse daran.«

Carl bemühte sich nicht mal um ein Lächeln. Sein schmerzverzerrtes Gesicht jagte Patrick Angst ein. »Alles in Ordnung? Soll ich die Schwester rufen?«

Carl winkte müde ab. »Es sind nur diese verdammten Kopfschmerzen.«

»Ich wünschte, ich könnte etwas für dich tun.«

»Ella!«, stieß Carl hervor. »Sie sollte jetzt besser nicht allein sein. Sie macht sich bestimmt große Vorwürfe. Kannst du ein paar Tage bei ihr bleiben?«

Die Bitte seines Bruders erschreckte ihn beinahe ebenso wie die Nachricht von dessen Unfall. Er hatte keine Ahnung, wie er mit einem vierzehnjährigen Teenager umgehen musste, und noch weniger verspürte er Lust, das herauszufinden. »Ich? Ich muss morgen nach Rom. Außerdem kenne ich Ella doch überhaupt nicht, und sie kennt mich auch nicht.«

Die Sorge um Ella schien Carl ebenso zuzusetzen wie die Kopfschmerzen. Er schloss gequält die Augen. »Patrick, bitte.«

Patrick schämte sich plötzlich. Da lag sein Bruder schwer verletzt vor ihm und er versagte ihm die drängendste Bitte. »Klar, kein Problem«, versprach er hastig. »Ich passe auf sie auf.«

Carl atmete sichtbar erleichtert auf. Sein Zustand schien sich aber eher noch zu verschlechtern. Er wirkte grau, atmete schwer. »Kannst du bitte die Schwester rufen?«

Diesmal kam Patrick dem Wunsch seines Bruders sofort nach. Die Krankenschwester schickte ihn nach Hause. Carl brauchte jetzt absolute Ruhe.

Beunruhigt verließ Patrick das Krankenhaus. Niemand hatte ihm etwas Konkretes sagen können. Man müsse abwarten, lautete die allgemein gehaltene Antwort.

»Guck mal, ist das nicht Patrick Bergdahl?!«

Die aufgeregte Frauenstimme riss ihn aus seinen Gedanken. Ausgerechnet jetzt erkannten ihn seine Fans. Immer mehr strömten herbei, umringten ihn.

»Herr Bergdahl, ich bin ein großer Fan.«

»Ihre letzte CD war wirklich toll.«

»Kann ich ein Autogramm haben? Ich habe alle Ihre CDs.«

»Wann wird Ihre nächste CD erscheinen?«

Patrick bemühte sich, gelassen und freundlich zu bleiben. Noch nie war es ihm so schwergefallen wie heute.

Eben noch hatte sie an ihn gedacht und sich gefragt, ob die Stimme Patrick Bergdahls nicht doch zu dem Gesicht des Mannes gehörte, dem sie heute Morgen auf der Fähre begegnet war. Und jetzt sah sie ihn hier mitten auf der Straße, umringt von überwiegend weiblichen Passanten, die Autogramme von ihm forderten. Sie hörte, wie die Frauen ihn mit seinem Namen ansprachen. Er war also wirklich Carls Bruder, und plötzlich wusste Christina auch, wieso er ihr auf der Fähre so bekannt vorgekommen war. Sie hatte seinen Namen tatsächlich schon gehört und einmal auch in der Presse etwas über ihn gelesen. Patrick Bergdahl, der bekannte Pianist. Im Moment sah er rührend hilflos aus. Christina drängte sich bis zu ihm durch.

»Hej! Soll ich Sie ein Stück mitnehmen?«

Patrick wirkte erleichtert und schob sich sofort an ihre Seite. »Gern«, nickte er und folgte ihr zu ihrem Wagen. Ein Stück wurden sie noch von seinen Fans verfolgt, doch als er auf dem Beifahrersitz Platz nahm, blieben sie zurück.

Patrick atmete erleichtert auf. »Danke, Sie haben mich wirklich gerettet.«

»Ich war Ihnen ja auch noch etwas schuldig«, spielte Christina auf ihr Kennenlernen am Morgen an.

Patrick lehnte sich zurück. »Ich liebe meine Fans, aber manchmal habe ich einfach keinen Nerv.«

»Ich glaube, ich habe ein wenig auf der Leitung gestanden.« Christina lächelte ihm schuldbewusst von der Seite zu, bevor sie sich wieder auf die Straße konzentrierte. »Sie sind Patrick Bergdahl, der Pianist. Das ist mir jetzt aber peinlich, dass ich Sie nicht sofort erkannt habe.«

»Kein Problem«, winkte Patrick ab. »Ich kriege nicht gleich eine Krise, wenn mich mal jemand nicht erkennt.« Er schaute sie an, grinste ein wenig, doch gleich darauf wurde seine Miene ernst. »Ich habe übrigens schlechte Nachrichten für Sie«, wechselte er das Thema. »Das mit dem Kaminholz wird wohl nichts. Mein Bruder hatte einen Unfall.«

»Ich habe schon davon gehört.« Christina nickte mitfühlend. »Wie geht es ihm?«

»Nicht gut.« Tiefe Sorgenfalten gruben sich in Patricks Stirn. Unruhig rutschte er auf dem Beifahrersitz hin und her. Kurz hatte er seine Sorgen vergessen, doch jetzt setzten sie ihm erneut sichtlich zu. »Würde es Ihnen etwas ausmachen, wenn wir ein paar Schritte laufen? Ich muss mich unbedingt bewegen.«

Christina kannte das nur zu gut. Sie hatten mittlerweile das Dorf hinter sich gelassen und fuhren die Straße am See entlang. In der Nähe des Hafens parkte sie den Wagen und sie stiegen aus. Eine ganze Weile gingen sie schweigend nebeneinanderher. Nur das Gezwitscher der Vögel war zu hören. Die Sonne schien auf den Båven. Auf der anderen Seite des Sees waren die bewaldeten Ufer zu sehen.

Christina spürte, wie die Nervosität des Mannes neben ihr allmählich nachließ. »Was werden Sie jetzt tun?«

Patrick schüttelte den Kopf, starrte geradeaus. »Keine Ahnung. Carl hat mich gebeten, auf Ella aufzupassen. Er war schon immer ein Träumer. Wie stellt er sich das vor, dass ich mich um Ella kümmern soll? Ich muss zu Werbeaufnahmen nach Rom und danach beginnt meine Tournee. Außerdem habe ich überhaupt keine Ahnung, wie ich mit einer Vierzehnjährigen umgehen soll.«

»Ich glaube, Sie müssen da gar nicht so viel tun. Es geht wohl mehr darum, dass jemand da ist, wenn sie reden will. Ja, und dann müssen Sie natürlich aufpassen, dass sie in die Schule geht und so.«

»Und wenn nicht?« Patrick schien völlig überfordert mit seiner Rolle als beaufsichtigender Onkel. »Was würden Sie tun?«

Christina zuckte mit den Schultern. »Keine Ahnung, ich habe auch keine Kinder.«

Patrick blieb stehen und wandte sich ihr zu. Ein Lächeln umspielte seine Lippen. »Aber Sie waren selbst mal ein vierzehnjähriges Mädchen. Vor nicht allzu langer Zeit. Darf ich Sie anrufen, wenn ich nicht mehr weiterweiß?«

Sie wussten beide, dass es nicht mehr nur um Ella ging. Christina nickte. »Natürlich, Carl hat meine Nummer in seinem Telefon gespeichert.« Patrick wies auf das kleine Lokal am Seeufer unweit von ihnen. »Wollen wir einen Drink nehmen?«

Es wäre besser, sie würde jetzt sofort nach Hause fahren. Christina spürte instinktiv, dass es nicht gut war, wenn sie sich näher auf ihn einließ.

»Ja«, nickte sie entgegen aller Vernunft. Der intensive Blick seiner dunklen Augen fesselte sie.

»Vorhin auf der Fähre haben Sie mir schon gefallen. Jetzt habe ich das Gefühl, Sie sind ein Engel.«

Christina bog den Kopf zurück und lachte laut auf. »Ich bin alles andere, aber bestimmt kein Engel.«

»Hauptsache, Sie sind da«, sagte er leise.

Ella hatte sich ins Bootshaus zurückgezogen. Immer wieder hatte sie das schreckliche Bild vor Augen, wie ihr Vater reglos auf dem Wasser trieb. Tränen liefen über ihre Wangen. Als Tommy das Bootshaus betrat, sprang sie auf und schmiegte sich in seine Arme. »Es ist so schrecklich, Tommy. Er wird vielleicht sterben und ich bin schuld. Ich werde schuld am Tod meines Vaters sein.«

Sie spürte seine streichelnden Hände auf ihrem Rücken. »Quatsch«, sagte Tommy jetzt und schob sie ein wenig von sich, damit er ihr ins Gesicht sehen konnte. »Es war ein Unfall. Du kannst nichts dafür.«

Ella nahm seine Worte kaum wahr. »Du hättest ihn sehen sollen. Überall Blut, und er war ganz weiß im Gesicht.« Sie schmiegte sich wieder fest an ihn. »Ich bin so froh, dass du da bist.«

Tommy löste sich von ihr und ging zu der Bank hinüber. Er setzte sich und zog sie auf den Platz neben sich. »Ich habe gesehen, dass jemand im Sommerhaus ist.«

»Christina Lund«, nickte Ella. »Das Sommerhaus gehört ihrem Vater.«

»Hast du gewusst, dass sie kommt? Warum hast du nichts gesagt? Ich brauche die Kiste, ich brauche das Zeug.«

»Das ist doch kein Problem, ich hole es.«

»Und wann?«, drängte Tommy. Nervosität lag in seiner Stimme, vermischt mit ärgerlicher Ungeduld.

Ella zuckte hilflos mit den Schultern. »Keine Ahnung. Ich will natürlich so viel wie möglich bei Papa sein und ...«

»Verstehst du das denn nicht«, fuhr er sie wütend an. »Ich brauche das Zeug, und zwar schnell. Spätestens morgen.«

»Tut mir leid, Tommy«, sagte Ella schnell. »Reg dich bitte nicht auf. Ich krieg das alles schon wieder, bestimmt.«

Tommy wirkte immer noch nervös, schien aber glücklicherweise nicht mehr sauer auf sie zu sein. Er strich ihr liebevoll übers Haar. »Ich weiß, dass du im Moment Stress hast. Aber ich kriege auch Stress, wenn ich die Kiste nicht bekomme. Verstehst du das?« Zärtlich küsste er ihr Haar.

Sie spürte seine Angst und wollte ihm so gerne helfen. Sie hatte doch nur noch ihn und er hatte nur sie. Ella schmiegte sich an ihn. »Liebst du mich noch, Tommy?«

Er strich ihr weiter über das Haar. »Klar, was denn sonst.« Sein Blick war aber in weite Ferne gerichtet, als wäre er mit seinen Gedanken ganz woanders.

Christina hatte die Stunde mit Patrick genossen. Wenn auch die Sorge um seinen Bruder allgegenwärtig war, so blitzte immer wieder auf, dass er sehr humorvoll war. Sie bedauerte es fast, als er zum Aufbruch drängte. Auch wenn er es nicht zugab, so schien er sich doch Sorgen um Ella zu machen.

Christina hielt ihren Wagen vor Carls Haus an. »Da sind wir.« Keine besonders geistreiche Bemerkung, befand sie selbst.

»Ja«, nickte Patrick. »Vielen Dank und bis bald.«

»Bis bald.« Entgegen aller Vernunft war Christina enttäuscht und gleich darauf wütend auf sich selbst. Mit welchem Recht erwartete sie, dass er sie um ein Wiedersehen bat? Und was versprach sie sich überhaupt davon?

Patrick wandte sich an der Tür zum Haus um. »Haben Sie vielleicht Lust auf einen Kaffee? Carl ist berühmt dafür, dass er die tollsten Sorten besitzt.«

»Ja, gern.« Christina stieg aus dem Wagen. Es ist ja nur, weil ich noch nicht zurück ins Sommerhaus will, sagte sie sich selbst und wusste gleichzeitig, dass sie sich da etwas vormachte.

Schmunzelnd sah Patrick ihr entgegen, als sie auf ihn zukam. »Und denken Sie nicht, ich hätte Angst davor, Ella allein zu begegnen.«

Christina zuckte mit den Schultern. »Und wenn schon. Es ist doch keine Schande, wenn man sich für eine ungewohnte Situation Verstärkung mitbringt.«

Patrick hielt ihr die Haustür auf. »Hat Ihnen schon mal jemand gesagt, dass Sie verdammt klug sind?«

»Zuletzt mein Professor, als er mir mein Summa-cum-laude-Ergebnis mitteilte.«

Patrick seufzte tief auf. »Ich fürchte, da kann ein einfacher Klavierspieler nicht mithalten.«

»Ja, das fürchte ich auch«, grinste Christina und verschwieg ihm, dass der gute alte Professor Engström in einigen anderen Punkten mit Patrick nicht mithalten konnte. Er war ein sehr liebenswerter älterer Herr, aber ziemlich klein, reichlich korpulent und hatte einen weißen Haarkranz um den ansonsten kahlen Schädel.

Zusammen gingen sie in die Küche. Patrick öffnete einen Schrank nach dem anderen, bis er das Gesuchte gefunden hatte. »So, den Kaffee hätten wir schon mal. Welchen wollen Sie denn? Macadamia-Aroma oder Vanille-Zimt?«

Christina neigte den Kopf ein wenig zur Seite, als müsse sie über ihre Antwort gründlich nachdenken. »Gibt es noch etwas Exotischeres?«

Patrick nahm ein weiteres Kaffeepäckchen aus dem Schrank und schmunzelte verschmitzt. »Hier haben wir noch eine sehr seltene Mischung. Kaffee pur, ohne jeden Zusatz. Ich fürchte, das werden Sie nicht mögen.«

Christina kam nicht mehr zu einer Antwort. Ella betrat gemeinsam mit Tommy die Küche. Sie sah nicht gut aus. Ihre Stimme klang deprimiert, als sie grüßte.

»Hallo, Ella«, sagte Patrick betont munter. »Wie geht es dir? Ich mache gerade Kaffee. Willst du auch einen?«

»Wir wollten gerade wieder gehen«, lehnte Ella ab und wies auf den jungen Mann an ihrer Seite. »Das ist übrigens Tommy.«

Patrick begrüßte den jungen Mann, bevor er sich wieder seiner Nichte zuwandte. »Christina Lund kennst du?«

Christina hatte bisher nichts gesagt und das junge Mädchen

mitleidig betrachtet. Sie trat einen Schritt vor. »Es tut mir leid, was mit deinem Vater passiert ist.«

Ella nickte schwach, wandte sich ab. »Kommst du?«, forderte sie Tommy auf.

»Ella, wann kommst du wieder?«, wollte Patrick wissen.

Ella zog die Augenbrauen zusammen. »Weiß nicht.«

Patrick wirkte hilflos. »Ich dachte, wir könnten vielleicht gemeinsam essen.«

»Du musst dir keine Mühe geben, ich komme schon zurecht.«

»Das weiß ich, aber Carl macht sich Sorgen und ...«

»Ich komme klar, hab ich gesagt«, fiel Ella ihm wütend ins Wort. Dann drehte sie sich um und verließ endgültig das Haus. Tommy warf Patrick einen entschuldigenden Blick zu und zuckte mit den Schultern, bevor er Ella folgte.

Patrick starrte den beiden nach. Er schien nicht zu wissen, was er jetzt tun sollte. Das Verhalten seiner Nichte brachte ihn offensichtlich völlig aus der Fassung.

»Sie ist durcheinander«, versuchte Christina ihm die Situation verständlich zu machen. »Das ist ganz normal.«

Die Hilflosigkeit in seinen Augen wandelte sich in Ärger. »Wenn ich mich um sie kümmern soll, muss sie schon ein bisschen mitspielen.«

»Geben Sie ihr einfach ein bisschen Zeit«, riet Christina, doch Patrick hörte nicht auf sie. Er hastete aus dem Haus, rief dabei laut den Namen seiner Nichte. »Ella! Ella, warte!«

Christina ging ihm nach. Sie befürchtete, dass er in seinem Ärger nur Schaden anrichtete und sich die Fronten zwischen ihm und Ella noch verhärteten. Als Christina nach draußen kam, hatte Patrick seine Nichte gerade eingeholt, die zu Tommy auf den Roller steigen wollte. »Ich kenne mich nicht aus mit Kindererziehung«, sagte er streng. »Aber Carl hat mich darum gebeten, mich um dich zu kümmern, und das werde ich tun. Also muss ich wissen, wo du bist und wann du kommst.«

Trotzig reckte Ella das Kinn in die Höhe. »Und wieso? Ich bin alt genug. Ich kann selbst für mich sorgen.«

»Weil dein Vater es so will«, beharrte Patrick. »Ella, mach es uns doch nicht so schwer. Lass uns doch einfach vertragen.«

Ella schüttelte den Kopf. »Wieso sollte ich mich mit dir vertragen? Du bist ein Fremder.« Sie setzte den Schutzhelm auf, setzte sich hinter Tommy und forderte ihn auf, endlich loszufahren.

Patrick stemmte beide Hände in die Hüften und starrte den beiden entgeistert nach. »Was mache ich eigentlich hier?«

Christina trat neben ihn, sie lächelte sanft. »Das, was alle Brüder täten. Ich bin sicher, das mit Ella und Ihnen wird schon.«

Patrick wirkte nicht überzeugt. Er öffnete den Mund, um etwas zu sagen, doch genau in diesem Moment klingelte sein Handy. Er zog es aus seiner Hosentasche und meldete sich.

»Rita«, hörte Christina ihn sagen. »Gut, dass du anrufst. Ich kann hier noch nicht weg, mein Bruder hatte einen Unfall.«

Während er telefonierte, ging Christina langsam zu ihrem Wagen. Patrick unterbrach kurz sein Telefonat. »Was ist mit unserem Kaffee, Christina?«, rief er ihr nach.

Christina wandte sich ihm lächelnd zu. »Ich glaube, es ist besser, wenn ich jetzt gehe.« Sie wusste selbst nicht genau, warum sie es sich plötzlich anders überlegt hatte. Es war nur ein Gefühl, eine vage Ahnung, die sie davor warnte, mit diesem Mann nähere Bekanntschaft zu schließen.

»Aber wir sehen uns?« Seine Augen ließen sie nicht los, seine Stimme klang bittend.

»Ich bin im Sommerhaus«, sagte Christina leise. Es verwirrte sie, wie sehr sie selbst den Wunsch verspürte, ihn wiederzusehen. Das war nicht gut. Das war ganz und gar nicht gut ...

Auf der kurzen Fahrtstrecke zum Sommerhaus kam Christina schnell zu der Überzeugung, dass es besser war, wenn sie Patrick Bergdahl nicht wiedersah. Nachdenklich ging sie durch das Haus, goss sich ein Glas Rotwein ein und schaltete das Radio an. Ausgerechnet ein Klavierkonzert. Christina streckte schon die Hand aus, um einen anderen Sender zu suchen, ließ es aber dann doch. Das war ja zu albern.

Mit dem Glas Rotwein in der einen und einer Zeitung in der anderen Hand nahm sie auf einem der Sessel Platz. Sie stellte das Rotweinglas auf dem Tisch ab, kuschelte sich in die Polster und schlug die erste Seite auf. Es war Patrick Bergdahl, der ihr von dem Foto entgegenlächelte, direkt über dem ausführlichen Bericht und einem Interview mit ihm. Es wurde ihr wirklich sehr schwer gemacht, diesen faszinierenden Mann aus ihren Gedanken zu verbannen. Wie ertappt zuckte sie zusammen, als hinter ihr jemand sagte: »Nach Auszug sieht das aber nicht aus. Heißt das, ich darf hoffen?«

Astrid in der offenen Terrassentür beobachtete sie lächelnd.

»Hoffen? Worauf?«, fragte Christina, obwohl sie genau wusste, was Astrid meinte.

Astrid setzte sich zu ihr auf die Sessellehne. »Na, dass ihr doch nicht verkauft.«

»Was würde das bringen?« Christina schüttelte den Kopf. »Ich werde vierundzwanzig Stunden am Tag bei meinem Vater in der Kanzlei arbeiten. Wann sollte ich die Zeit finden, hierherzukommen?«

»Tolle Aussichten«, sagte Astrid trocken.

»Das sind tolle Aussichten!« Christina wusste selbst nicht, wen sie mehr überzeugen wollte, Astrid oder sich selbst. »Seit ich ein kleines Kind war, träume ich von nichts anderem. Und jetzt ist es endlich so weit.«

»Und du bist sicher, dass du das willst? Vierundzwanzig Stunden, Tag und Nacht?«

War sie sich sicher? Christina wusste es mit einem Mal selbst nicht mehr. Natürlich waren vierundzwanzig Stunden übertrieben, aber sie wusste bereits jetzt, dass ihr Leben zukünftig von ihrem Beruf bestimmt sein würde. Und von Ehefrauen, die sich von ihren reichen Ehemännern scheiden ließen und möglichst viel aus dem herausschlagen wollten, was einst als große Liebe begonnen hatte. In den meisten Fällen zumindest.

Im Gegensatz dazu warteten männliche Mandanten auf sie, die vor einer Scheidung standen und möglichst billig davonkommen wollten. Sie würde sich immer wieder darauf einstellen müssen, ständig für ihre Mandanten erreichbar sein. Die Kanzlei ihres Vaters hatte sich mit lukrativen Scheidungsfällen einen Namen gemacht. Das ganz besondere Engagement ihres Vaters hatte sich herumgesprochen, sodass er bei seinen Fällen inzwischen wählerisch sein konnte.

Komisch, überlegte Christina, dass ausgerechnet ein Mann wie mein Vater, der selbst eine sehr glückliche Ehe geführt hat, ein so erfolgreicher Scheidungsanwalt werden konnte. Er hatte den nötigen Biss, um das Möglichste für seine Mandanten herauszuholen. Torsten war vom gleichen Kaliber wie ihr Vater.

Und sie selbst? Konnte sie sich ein solches Leben vorstellen? War es wirklich das, was sie sich während ihres Studiums von ihrem Beruf erträumt hatte? Waren es nicht ganz andere Fälle gewesen, die sie interessiert hatten?

Hör endlich auf, alles in Frage zu stellen, ermahnte sie sich selbst. Du hast dich entschieden, und so, wie es demnächst sein wird, so ist es auch gut und richtig.

Astrid hatte sie schweigend angesehen, während Christina vor sich hin sann. Wahrscheinlich wartete sie immer noch auf eine Antwort.

»Wollen wir von etwas anderem reden?«, bat Christina. »Wollen wir zum Beispiel mit dem Boot rausfahren?«

Astrid musterte sie, als wisse sie genau, was in ihr vorging. Sie sagte aber nichts mehr dazu, sondern nickte zu Christinas Vorschlag nur.

Durch die offene Terrassentür gingen die beiden nach draußen. Hand in Hand liefen sie über die Wiese zum Anlegesteg. Das kleine Ruderboot dümpelte träge auf der Wasseroberfläche. Christina stieg in das Boot. Astrid band es los, bevor sie ebenfalls einstieg. Mit dem Ruder stieß sie sich vom Ufer ab. Beide Frauen sprachen nicht, während Astrid auf den See hinausruderte, sie nahmen die Abendstimmung in sich auf. Dunkel und geheimnisvoll war die Oberfläche des Sees. Wie ein flüssiges Gold zauberte die untergehende Sonne Streifen auf dem Wasser. Nur noch als schwarze Schatten waren am entfernten Ufer die Bäume zu sehen, dunklen Wächtern gleich, die den See beobachteten. Ein schwacher Lichtschein war am Ufer zu sehen. Es kam aus dem Haus der Bergdahls. Klaviertöne perlten aus einem der offenen Fenster.

Christina lehnte sich zurück, ließ eine Hand über Bord hängen. Sie stellte sich Patrick Bergdahl am Klavier vor. Wie seine Hände leicht über die Tasten flogen, während er nur für sie spielte ...

Eine Amsel begrüßte den aufziehenden Morgen mit ihrem Gesang. Leise plätscherte das Wasser. Am Steg dümpelte ein schnittiges Motorboot. Es passte überhaupt nicht zu dem halb verfallenen Schuppen am Ende des Stegs. Hier lebte Tommy schon lange.

Seine Mutter war früh gestorben. Wahrscheinlich fühlte Ella sich deshalb so stark verbunden mit ihm. Es war das gleiche Schicksal und doch auch wieder nicht. Während Ella nach dem Tod der Mutter behütet bei ihrem Vater aufwuchs, hatte Tommy ein schweres Los an der Seite eines alkoholkranken Vaters gehabt. Seit sein Vater irgendwann verschwunden war, war

Tommy völlig auf sich gestellt. Niemand wusste genau, wovon der Junge lebte. Hin und wieder hatte das Jugendamt versucht, die Aufsicht über den Jungen zu übernehmen, doch Tommy hatte sich dem immer wieder entzogen. Seit er vor drei Monaten achtzehn Jahre alt geworden war, ließ ihn das Jugendamt in Ruhe.

Ella hatte die Nacht in der Hängematte vor dem Schuppen verbracht. Von Albträumen gequält wurde sie immer wieder aus dem unruhigen Schlaf gerissen. Erst in den frühen Morgenstunden war sie eingeschlafen, als die Sonne bereits ihre ersten Strahlen auf dem See tanzen ließ.

Ella schreckte auf, als Tommy plötzlich neben ihr stand und eine Hand auf ihre Schulter legte. »Guten Morgen«, sagte er behutsam.

»Guten Morgen. Hab ich alles nur geträumt?« Ellas Blick flehte ihn um Bestätigung an.

»Es wird alles wieder gut«, murmelte Tommy. Er nahm sie in die Arme, als sie aus der Hängematte stieg.

Ella schmiegte ihr Gesicht an seine Schulter. »Ich weiß gar nicht, wie ich ihm jemals wieder in die Augen sehen kann.«

»Es war nicht deine Schuld«, wiederholte Tommy den Satz, den er inzwischen unzählige Male zu ihr gesagt hatte.

Ella hob ihren Kopf und schaute ihn an. »Es war mein Geschenk. Ohne mich wäre er gar nicht auf dem Wasser gewesen.«

»Jetzt hör auf mit dem Quatsch. Du kannst nichts dafür.« Tommys Stimme klang ungeduldig. Er löste sich von ihr und ging ein paar Schritte in Richtung Schuppen.

»Und wenn wir einfach abhauen?«, rief Ella ihm nach. »Nach Südamerika oder so.« Sie hatte es nur einfach so gesagt, doch nachdem es ausgesprochen war, erschien ihr nichts verlockender als die Vorstellung, von hier zu verschwinden, allen Problemen zu entfliehen. »Komm, Tommy, das machen wir. Wir nehmen dein Boot und fahren einfach weg.«

Tommy war stehen geblieben und hatte sich zu ihr umgedreht. Er lächelte und kam zu ihr zurück. Zärtlich nahm er sie in die Arme. Ella schloss die Augen und schmiegte sich an ihn. Sie hatte so große Angst, auch noch Tommy zu verlieren. Im Moment war er der einzige Mensch, der ihr Halt gab. Dabei hatte er selbst Probleme, die ihm sehr zu schaffen machten. Niemand wusste das besser als Ella.

»Ella!« Laut rief Patrick nach seiner Nichte, eine Antwort erhielt er nicht.

Trotz der Ereignisse des Vortages hatte Patrick überraschend gut geschlafen. Ein wenig erinnerte ihn das Zimmer noch an sein altes Kinderzimmer, obwohl Carl es inzwischen als Gästezimmer hergerichtet hatte. Das ganze Spielzeug war auf den Dachboden verbannt. Selbst Ella war inzwischen schon zu groß, um damit noch zu spielen. Das alte Bett, das er tagsüber in eine Art Sofa verwandelt hatte, indem er das Bettzeug in den Kasten am Ende des Bettes stopfte, hatte einem breiten Holzbett weichen müssen. Aber sein alter Kleiderschrank stand immer noch an der alten Stelle.

Patrick hatte am vergangenen Abend das Fenster weit geöffnet. Helles Licht fiel in den Raum, eine Amsel sang in der Birke vor dem Fenster. Ansonsten war es still. Ein krasser Kontrast zu seinem Leben in Stockholm. Dort war Tag und Nacht der Verkehrslärm zu hören. Es hatte ihn nie gestört und doch genoss er jetzt die Stille.

Auch im Haus war es noch ruhig so früh am Morgen. Patrick streckte sich und drehte sich zur Seite, damit er auf den Wecker sehen konnte.

Von wegen früh! Mit einem Satz war er aus dem Bett. Kurz vor sieben. Ella musste doch bestimmt in die Schule gehen.

So schnell hatte Patrick noch nie geduscht. Er zog sich an und eilte nach unten. Immer noch war kein Laut zu hören.

In Windeseile deckte er den Frühstückstisch und setzte Wasser auf, um Kaffee zu kochen. Auch für Ella? Was trank eine Vierzehnjährige zum Frühstück?

Brot fand er im Schrank, außerdem die köstliche Erdbeermarmelade vom Björnsen-Hof. Patrick musste lächeln, als er das Etikett las. Manche Dinge änderten sich glücklicherweise nie. Diese Marmelade hatte schon seine Mutter bei Björnsens gekauft.

Als er fertig war, rief er laut nach seiner Nichte. Keine Antwort.

»Ella?«, versuchte Patrick es noch einmal. »Komm schon, Ella, es gibt Frühstück.«

Alles blieb still im Haus.

Patrick lief nach oben, klopfte kräftig an Ellas Zimmertür. »Ella, aufstehen. Es ist schon spät.«

Keine Reaktion. Patrick legte die Hand auf die Türklinke. Er zögerte einen Moment, drückte sie dann aber runter.

Er war noch nie in Ellas Zimmer gewesen. Es war das typische Zimmer eines Teenagers, mit Postern an den Wänden, einem Bett an der Schmalseite des Raumes und einem großen Kleiderschrank. Unter dem Fenster stand ein Schreibtisch mit aufgeschlagenen Büchern und Heften. Kleidungsstücke lagen verstreut im Raum, doch Patricks Blick war auf das Bett gerichtet. Es sah ganz so aus, als hätte niemand darin geschlafen. Offensichtlich hatte Ella die Nacht außer Haus verbracht.

Patrick schüttelte den Kopf. Was dachte sie sich nur dabei? Sie musste doch wissen, dass er sich Sorgen machte, wenn sie nicht nach Hause kam. Er war ärgerlich, doch mehr noch fühlte er sich hilflos. Er wusste einfach nicht, wie er mit diesem Mädchen umgehen sollte. Er verließ das Haus und ging hinunter an den Steg, doch da war sie nicht. Verflixt, wo sollte er nach ihr suchen? Einmal mehr wurde ihm mit aller Deutlichkeit bewusst, dass er so gar nichts von Carl, Ella und ihrem Leben hier wusste.

Als Christina am nächsten Morgen aufwachte und die Sonne hell durchs Fenster schien, fühlte sie sich so gut wie schon lange nicht mehr.

Die letzten Wochen hatte sie überwiegend für ihr Examen gelernt, immer mit dem Druck im Nacken, dass es einfach zu viel Stoff für zu wenig Zeit war. Wider besseren Wissens war das Gefühl, nur unzureichend auf die Prüfung vorbereitet zu sein, mit jedem Tag stärker geworden.

Jetzt musste sie nicht mehr lernen, konnte die nächsten Stunden in aller Ruhe genießen. Na gut, ein bisschen im Sommerhaus räumen und private Sachen einpacken, das fiel ihr zwar auch nicht leicht, aber zwischendurch blieb ihr immer noch Zeit für ein Treffen mit Astrid und ein paar Stunden auf dem See.

Christina hatte Kaffee gekocht. Sie stellte die Kanne auf dem Tisch im Wintergarten ab. Sie setzte sich und griff nach dem Kinderbuch, das sie aussortieren wollte. Sie schlug die ersten Seiten auf, lächelte, als sie ihre eigenen Kritzeleien sah. Mit einem tiefen Seufzer schaute sie sich um. Ihr Blick fiel auf die Staffelei. Das letzte Bild, an dem ihre Mutter gearbeitet hatte, war seit fünf Jahren verhängt.

Christina stand auf, hob das Tuch ab und spürte einen Kloß in ihrem Hals, als sie ihr eigenes Gesicht auf dem Bild erblickte. Die Mutter hatte sie in einem Augenblick eingefangen, als sie verträumt über den See blickte. Sie lehnte gegen die Hauswand, der Wind spielte in ihrem Haar.

Auch wenn das Motiv klar zu erkennen war, würde es ewig unvollendet bleiben. Es schien genau das widerzuspiegeln, was Christina empfand. Sie hätte der Mutter gerne noch so vieles vor deren Tod gesagt, doch das würde ebenso unvollendet bleiben wie dieses Bild. Vorsichtig strich sie mit den Fingerspitzen über das Gemälde. Eine Bewegung vor der offenen Tür lenkte sie ab. Ella ging draußen vorbei, stockte jedoch, als sie Christina bemerkte.

Christina ging nach draußen. »Hej, Ella, wie geht es deinem Vater?«

Ella zuckte mit den Schultern. »Ich weiß nicht, ich bin gerade auf dem Weg zu ihm ins Krankenhaus.«

Christina wurde das Gefühl nicht los, dass Ella aus einem ganz bestimmten Grund zu ihr wollte. Warum auch sonst sollte sie den Umweg am Sommerhaus vorbei gewählt haben, wenn sie zum Krankenhaus wollte? Das Mädchen wirkte unentschlossen, ganz so, als wüsste es nicht, was es jetzt tun sollte.

»Soll ich dir einen Kakao machen?«, bot Christina an. »Ich habe auch ganz frisches Brot.« Vielleicht ergab sich bei einem gemeinsamen Frühstück ein Gespräch, in dem Christina Hilfe anbieten konnte.

Ella schüttelte den Kopf. »Danke, ich habe keinen Hunger.«

»Klar«, nickte Christina, »aber wenn ich irgendetwas für dich tun kann ...« Sie hielt kurz inne, bevor sie weitersprach. »Manchmal ist es einfach schön, wenn man mit jemandem reden kann.«

»Ich komme klar, Tommy ist für mich da.« Ella hatte den Satz kaum ausgesprochen, da wurde ihr offensichtlich selbst klar, wie ruppig sie klang. »Entschuldigung. Ich weiß, du meinst es nur nett. Also danke, Christina.«

Ella blieb schweigend vor ihr stehen und Christina spürte weiterhin, dass sie doch etwas auf dem Herzen hatte, was sie unbedingt loswerden wollte.

»Wie lange bist du eigentlich noch da?«, wollte Ella plötzlich wissen.

»Wieso?«, fragte Christina überrascht.

Eine Antwort erhielt Christina nicht. Ella lächelte nur bedrückt und wandte sich zum Gehen. »Also, bis dann«, warf sie Christina noch zu und eilte davon.

Christina schaute ihr nachdenklich nach. Vielleicht bildete sie es sich ja nur ein, aber sie hatte das Gefühl, dass Ella weit mehr bedrückte als der Unfall des Vaters. Sie horchte erstaunt auf, als plötzlich Klavierklänge aus dem Haus drangen.

Christina ging ins Haus zurück. Sie musste lächeln, als sie Patrick vor dem Klavier stehen sah. Er war völlig vertieft in die Melodie, die sie bereits am vergangenen Abend auf dem See gehört hatte. Plötzlich schien er zu spüren, dass er beobachtet wurde. Er hörte abrupt auf und wandte sich ihr zu. Verlegen lächelte er. »Die Tür stand offen. Ich habe nach dir gerufen, aber du hast mich wohl nicht gehört.« Er wies auf das Klavier. »Ich konnte der Versuchung nicht widerstehen. Sehr schönes Instrument, müsste nur mal wieder gestimmt werden.«

»Ja, ich weiß«, nickte Christina. »Darum kann sich der neue Besitzer kümmern.« Ebenso selbstverständlich wie er sie, duzte sie ihn jetzt auch. »Aber du bist bestimmt nicht hier, um Klavier zu spielen.«

»Ich wünschte, das wäre der Grund.« Patrick seufzte tief auf. »Ich bin ehrlich gesagt ziemlich ratlos. Ella ist verschwunden. Sie war die ganze Nacht weg und ich weiß nicht, ob ich mir jetzt Sorgen machen muss. Ist das normal in ihrem Alter oder soll ich die Polizei rufen?«

»Du musst dir keine Sorgen machen.« Christina schüttelte den Kopf. »Ich habe gerade mit ihr gesprochen. Ella wollte zu ihrem Vater.« Christina verschwieg ihm, dass sie das Gefühl nicht loswurde, es stecke noch etwas anderes hinter Ellas Verhalten. Vielleicht bildete sie es sich ja nur ein und sie wollte Patrick nicht noch mehr beunruhigen, als er es offensichtlich ohnehin schon war.

»Gott sei Dank.« Patrick lächelte erleichtert, im nächsten Moment verdüsterte sich seine Miene jedoch wieder. »Aber wo war sie die ganze Nacht? Doch nicht bei diesem Tommy? Ich meine, sie ist vierzehn. Das ist doch nicht normal?«

»Nichts an ihrer augenblicklichen Situation ist normal«, warb Christina um Verständnis für seine Nichte. Sie hätte ihm gerne etwas Tröstendes gesagt. Zu dumm, dass ihr im richtigen Moment nie die passenden Worte einfielen. Aber wahrscheinlich gab es gar keine passenden Worte für diese Situation. Irgendwie musste Patrick sich mit seiner Nichte arrangieren und dabei konnte den beiden wohl niemand helfen.

»Möchtest du auch einen Kaffee?«, fragte Christina ein wenig hilflos.

Patrick lächelte. »Sehr gern.«

Christina wies auf das Klavier, bevor sie in die angrenzende Küche ging. »Du kannst ruhig noch ein bisschen weiterspielen, wenn du möchtest.«

Vielleicht würde ihn das Klavierspiel vorübergehend von seinen Sorgen ablenken. Allerdings gab Christina vor sich selbst zu, dass sie ihn nicht so ganz selbstlos zum Spielen aufgefordert hatte. Sie hörte ihm gerne zu. Und die Klänge erfüllten das Sommerhaus mit Leben.

Patrick nahm auf dem Klavierhocker Platz. Seine Finger glitten über die Tasten, doch diesmal lenkte das Spiel ihn nicht ab. Seine Gedanken kreisten offenbar immer noch um seine Probleme mit Ella. »Und wenn sie nicht nach Hause kommt?«, rief er Christina nach. »Was soll ich meinem Bruder sagen?«

Christina kam mit zwei gefüllten Kaffeetassen zurück. »Sie wird schon kommen«, sagte sie überzeugt.

Patrick hörte auf zu spielen. »Wieso bist du dir da so sicher?«

»Weil sie ihre Sachen nicht mitgenommen hat.« Ein verschmitztes Lächeln umspielte ihre Lippen. »Und weil ich selber mal vierzehn war.«

Patrick lächelte ebenfalls, kam aber nicht mehr zu einer Antwort. Sein Handy klingelte. Er klappte es auf und meldete sich. Sekunden darauf wirkte seine Miene erschrocken. »O mein Gott! Wie geht es ihm?«

Christina wusste sofort, dass mit Carl etwas Schlimmes passiert sein musste.

Es war nicht viel, was er am Telefon erfahren hatte. Mehr als dass sich der Zustand seines Bruders verschlechtert hatte und er sofort ins Krankenhaus kommen sollte, hatte er Christina nicht sagen können. Danach war Patrick sofort aufgebrochen. Ella kam ihm am Eingang des Krankenhauses entgegen. Tränen liefen über ihre Wangen.

»Ich wollte Papa besuchen, aber sie lassen mich nicht zu ihm. Er ist nach der Operation nicht mehr aufgewacht. Er liegt im Koma.«

Patrick war erschrocken. Zusammen mit der verzweifelten Ella führte er ein Gespräch mit dem behandelnden Arzt. Der konnte ihnen aber auch nur sagen, dass ihnen nichts weiter blieb, als abzuwarten. Wann Carl aufwachte, ob er überhaupt je wieder aufwachte, wusste zu diesem Zeitpunkt niemand.

Ella wollte ihren Vater unbedingt sehen. Patrick legte einen Arm um ihre Schulter, als er sie zur Intensivstation begleitete. Schutzsuchend schmiegte sie sich an ihn. Es war das erste Mal, dass sie Vertrauen zu ihm zeigte.

Patrick war ebenso erschrocken wie Ella, als sie Minuten später vor Carls Krankenbett standen. Reglos lag er da. Schläuche verbanden ihn mit verschiedenen Maschinen und Monitoren. Obwohl das laute Piepen seinen Herzschlag anzeigte, klang es bedrohlich.

Ella trat ganz dicht an das Bett ihres Vaters, strich ihm sacht über den Arm. »Papa ... Papa, wach auf«, sagte sie drängend. »Bitte, Papa, wach auf.«

Patrick trat hinter sie, legte ihr tröstend eine Hand auf die Schulter. Vorsichtig begann er: »Das sieht immer viel schrecklicher aus, als ...«

»Lass mich!« Aufgebracht wehrte sie ihn ab und stürmte aus dem Krankenzimmer. Der kurze Moment des Vertrauens zu ihm war schon wieder vorbei.

Hilflos starrte Patrick ihr nach, dann sah er auf seinen Bruder.

Wie sollte es weitergehen, wenn Carl nicht mehr aus dem Koma erwachte?

Ganz schnell schüttelte Patrick diesen Gedanken ab. Carl würde wieder aufwachen, ganz bestimmt. Er durfte den Glauben daran nur nicht verlieren.

Es war die schwerste aller Aufgaben im Sommerhaus. Christina räumte das Zimmer der Mutter aus. Die Kleider, alle noch sehr gut erhalten, wollte sie einer wohltätigen Organisation zukommen lassen. Es gab aber so viele Dinge, an denen die Mutter gehangen hatte, und davon konnte auch Christina sich nicht trennen. Die Glaskugel zum Beispiel, in die ein Miniaturkarussell eingearbeitet war. Wenn sie die Kugel hochhob, erklang eine Melodie.

Christina nahm sich vor, ihren Vater zu bitten, ihr die Kugel als Andenken zu überlassen. Sie ging nach nebenan, wo ein bereits zur Hälfte gefüllter Karton stand, und traf dort auf Astrid.

»Hej. Sag bloß, du schwänzt die Schule?«

Astrid schüttelte den Kopf. »Ich muss zum Schulamt. Kommst du mit? Ich muss nur ein paar Dinge besprechen, es dauert nicht lange. Danach könnten wir ein bisschen bummeln und hinterher essen gehen.«

Christina überlegte nur kurz, bevor sie ablehnte. »Ich würde wirklich gerne, aber wenn ich hier nicht weitermache, werde ich überhaupt nicht mehr fertig. Aber wir könnten heute Abend was essen gehen.«

Astrid zeigte eine bedauernde Miene. »Heute Abend habe ich Elternsprechtag.« Astrid wies auf den Karton. »Pack du mal schön weiter. Aber langsam, zu viel Eile schadet nur.«

Christina musste lachen. Astrid war nicht sehr dezent in ihren Hinweisen, dass sie Christina gerne noch ein bisschen länger in Sandviken sehen würde.

Astrid wollte schon gehen, als Christina noch etwas einfiel. »Sag mal, geht Ella Bergdahl nicht auf deine Schule?«

Astrid nickte. »Begabtes Mädchen. Ein bisschen fleißiger könnte sie allerdings sein.«

»Unsere Noten sind doch auch rapide in den Keller gegangen, als wie uns das erste Mal verliebt haben«, zeigte Christina Verständnis für das Mädchen.

»Oh, ja«, erinnerte sich jetzt auch Astrid zurück.

»Was ist denn mit diesem Tommy, ihrem Freund?«, fragte Christina weiter. »Kennst du den auch?«

Astrid nickte wieder, doch das Lächeln auf ihrem Gesicht schwand. »Er hat die Schule kurz vor dem Abschluss abgebrochen. Wirklich schade. Er wollte eigentlich Ingenieur werden.«

»Und jetzt?«

Astrid zuckte mit den Schultern. »Ich weiß es nicht. Wieso interessiert dich das denn so?«

»Ach, nur so«, wich Christina einer direkten Erklärung aus. »Ella tut mir einfach ein bisschen leid. Sie hat es im Moment nicht leicht.« Dass es nicht nur um Ella ging, sondern vor allem auch um Patrick, verschwieg Christina lieber. Es verwirrte sie selbst, dass sie sich in Gedanken viel zu sehr mit diesem Mann beschäftigte. Nicht einmal mit Astrid mochte sie darüber reden.

Die beiden Frauen verabschiedeten sich voneinander. Christina blieb noch einen Moment nachdenklich stehen. Schließlich straffte sie die Schultern, versuchte, alle Gedanken auszuschalten, und machte sich weiter an die Arbeit. Als ihr Handy auf dem Tisch klingelte, hielt sie kurz inne und schaute auf das Display. Torsten versuchte, sie zu erreichen.

Christina griff nach der hellen Decke auf dem Sofa und drückte sie auf das Handy, damit sie das Klingeln nicht mehr hören musste. Sie wollte jetzt nicht mit Torsten sprechen. Sie wollte ja nicht einmal an ihn denken.

Er war nur nach Sandviken gekommen, um seinem Bruder zu gratulieren, und war jetzt schon den dritten Tag hier. Als Patrick aus dem Haus trat, stellte er erleichtert fest, dass Ella zu Hause war. Sie goss gerade die Tomatenpflanzen neben der Eingangstreppe.

Patrick fragte sich, ob sie auch in der Nacht zu Hause gewesen war, hütete sich aber davor, diese Frage laut auszusprechen. Gestern hatte Ella kurz Vertrauen zu ihm gezeigt, vielleicht konnte er darauf jetzt aufbauen.

»Guten Morgen, Ella. Soll ich uns heute was zum Mittagessen kochen? Spaghetti oder so?«

»Ich mag keine Spaghetti«, lehnte Ella mürrisch ab.

»Dann vielleicht etwas anderes?«

Diesmal antwortete sie nicht einmal mehr, sondern schüttelte nur den Kopf. Egal, was er sagte, er kam nicht an sie heran. Patrick gab es auf, zumindest für den Moment, und ging an Ella vorbei hinter das Haus. Ruhig, Patrick, ganz ruhig, ermahnte er sich selbst. Er hatte in seinem Beruf oft mit schwierigen Menschen zu tun. Produzenten, die ihre vermeintliche Wichtigkeit arrogant zur Schau stellten. Tontechniker, die glaubten, sie würden mehr von Musik verstehen als er selbst. Bis hin zu Rita, seiner Managerin, die hartnäckig nerven konnte, wenn ihr etwas wichtig war. Aber niemand hatte ihn bisher so aus der Fassung gebracht wie dieser vierzehnjährige Teenager.

Patrick atmete tief ein und aus, schaute hinüber zum Sommerhaus der Lunds. Er dachte an Christina, wünschte sich, sie zu sehen, mit ihr zu reden. Sein Blick fiel auf den groben Holzblock, in den eine Axt eingeschlagen war. Daneben waren Holzscheite aufgestapelt.

Ein Lächeln überzog Patricks Gesicht. Bevor er sich wieder richtig über Ella ärgerte, wollte er sich lieber körperlich betätigen. Entschlossen zog er die Axt aus dem Holzblock.

Ella schaute ihrem Onkel nach, als er an ihr vorbeiging. Er gab sich ja alle Mühe, aber trotzdem ging er ihr schrecklich auf die Nerven. Für sie war er ein Fremdkörper in ihrer gewohnten Umgebung. Aber eigentlich war ja nichts mehr so wie vorher, seit dem Unfall ihres Vaters.

Ella hielt es zu Hause nicht mehr aus. Sie ließ die Gießkanne einfach neben der Treppe stehen und holte ihr Fahrrad, das gegen die Hauswand lehnte. Sie verspürte schreckliche Sehnsucht nach Tommy. Nur er bot ihr ein wenig von der alten Normalität, die sie so sehr vermisste.

Tommy belud gerade das Motorboot. Nur Ella wusste, woher er das Geld für den Roller und das Boot bekommen hatte.

Ella sprang vom Rad, ließ es achtlos zu Boden fallen und lief zum Steg. »Fährst du weg, Tommy? Kann ich mitkommen?«

Er wandte nicht einmal den Kopf. »Nein!«

Panik erfasste Ella. Sie würde es nicht aushalten, wenn Tommy sie jetzt auch noch verließ. »Bitte«, flehte sie ihn an. »Wir könnten nach Finnland fahren. Oder nach Deutschland. Komm, lass uns einfach abhauen.«

Tommy packte ungerührt weiter seine Sachen ins Boot. »Und mich verknacken sie dann wegen Kindesentführung«, brummte er.

»Ich bin kein Kind mehr«, begehrte Ella auf. »Nimm mich mit, ich habe doch sonst niemanden.«

Tommy band die Haltetaue los, wandte sich ihr schließlich kurz zu. »Ella, hör jetzt auf mit dem Mist. Ich komme ja wieder. Außerdem hast du hier was anderes zu tun.« Er stieß das Boot ab und sprang hinein. »Wenn ich zurückkomme, musst du das Zeug aus dem Sommerhaus geholt haben, klar?«, rief er ihr noch zu, bevor er den Motor startete und davonfuhr.

Unglücklich schaute Ella ihm nach. Sie wusste nicht wohin er fuhr, und schon gar nicht, wie lange er wegblieb. Er war so abweisend gewesen, so kurz angebunden. Wahrscheinlich war er jetzt richtig böse auf sie, weil sie die Kiste immer noch nicht aus dem Sommerhaus geholt hatte.

Ella nahm sich fest vor, die Kiste heute noch zu holen. Egal, was sie auch anstellen musste, um unbemerkt ins Sommerhaus zu kommen.

Wenn sie die Augen schloss, konnte sie sich in die Vergangenheit zurückversetzen und sich einbilden, die Jahre dazwischen hätte es nie gegeben. Das war immer noch besser, als ständig an Patrick Bergdahl zu denken oder sich selbst zu fragen, warum sie heute nicht abreiste, obwohl sie nur zwei Tage bleiben wollte. Sie hätte mit ihrer Arbeit im Sommerhaus längst fertig sein können. Stattdessen hatte sie für sich beschlossen, noch ein paar Tage länger zu bleiben. Sie musste es nur noch ihrem Vater mitteilen und natürlich Torsten. Aber auch diese Telefonate schob sie vor sich her.

Christina lag auf dem Rücken und ließ sich in dem kühlen Wasser des Sees treiben. Unvermittelt überfiel es sie, dieses unangenehme Gefühl, beobachtet zu werden. Christina riss die Augen auf und schaute sich um.

Ella stand am Ufer gegen ihr Fahrrad gelehnt und schaute zu ihr herüber.

»Hej, Ella!« Christina drehte sich herum und schwamm auf das Ufer zu. »Willst du nicht auch reinkommen? Das Wasser ist herrlich.«

»Keine Lust.« Ella schüttelte den Kopf.

»Wolltest du zu mir?«

»Ja ... nein ...«, stotterte Ella, »also ... eigentlich ...« Sie verstummte.

»Warte mal, ich komme raus.« Mit kräftigen Zügen legte Christina die letzte Distanz zum Ufer zurück. Sie zog sich an der Leiter hoch, die von der Terrasse aus in den See gebaut worden war, und griff nach ihrem flauschigen Bademantel, der über der Reling hing. Sie kuschelte sich hinein und schüttelte sich ein wenig. »Jetzt ist mir aber doch ganz schön kalt. Ich mache mir erst mal einen Tee. Willst du auch eine Tasse?«

Zu ihrer Überraschung nickte das Mädchen sofort. »Klar, wieso nicht.«

Schweigend ging Ella mit Christina zum Haus. Ihr Fahrrad schob sie neben sich her und stellte es ab, als sie die geöffnete Tür des Wintergartens erreichten.

Ella stand in der Tür und beobachtete sie, während Christina den Tee zubereitete. Christina spürte, dass das Mädchen nervös war.

»Möchtest du Kekse?«, fragte sie.

Ella schüttelte den Kopf.

»Wie geht es Carl?«, wollte Christina wissen, auch wenn sie schon von Patrick um den schlechten Gesundheitszustand ihres Nachbarn wusste. Über Carl würde sie aber vielleicht mit Ella ins Gespräch kommen.

»Nicht gut«, erwiderte Ella bedrückt. »Sie haben ihn operiert und er ist immer noch nicht aufgewacht. Darf ich?«, wechselte sie abrupt das Thema und wies auf das Klavier.

Christina nickte, während sie gleichzeitig überlegte, wie sie an Ella herankommen sollte. Sie füllte zwei Tassen mit dem heißen Tee und hielt überrascht inne, als Ella zu spielen begann. Zweifellos war Patrick nicht der Einzige in der Familie Bergdahl mit einem ausgeprägten musikalischen Talent. Sie trat einen Schritt näher. »Du spielst schön.«

Ella hörte sofort auf und stand auf.

Christina ärgerte sich über sich selbst, weil sie Ella angesprochen hatte. Für einen kurzen Augenblick hatte das Mädchen völlig entspannt gewirkt. Jetzt strahlte sie wieder diese Unruhe aus. Ihre Haltung war angespannt, als müsse sie ständig auf der Hut sein.

»Spiel ruhig weiter«, ermunterte Christiane das Mädchen.

Ella wollte nicht mehr, schüttelte nur den Kopf.

»Möchtest du reden?«, fragte Christina jetzt ganz direkt.

»Ich muss weg«, sagte Ella hastig. »Ich habe ganz vergessen, dass ich noch Hausaufgaben machen muss. Tut mir leid. Hej.« Damit war sie auch schon draußen.

»Hej«, murmelte Christina verblüfft und auch ein wenig enttäuscht hinter ihr her. Es war wirklich schwer, an dieses Mädchen heranzukommen. Für Patrick musste es noch schlimmer sein, zumal er gerade die Verantwortung für Ella trug.

Das Geräusch eines tuckernden Traktors, der bis vors Haus fuhr und dort den Motor abstellte, riss sie aus ihren Gedanken. Neugierig trat sie aus dem Haus und sah Patrick neben dem Traktor stehen. Der Anhänger war gefüllt mit Holzscheiten.

Christina schmunzelte. »Wo hast du das denn her?«

»Hast du geglaubt, Pianistenhände sind zu schwach für harte Arbeit?«

»Das nicht, aber ich habe geglaubt, Pianisten hätten Besseres zu tun, als Holz zu hacken.«

Er lächelte immer noch, doch etwas veränderte sich am Ausdruck seiner Augen. Sein intensiver Blick ließ sie nicht los, als er leise antwortete: »Es kommt darauf an, für wen das Holz ist. Ich habe einfach einen Grund gesucht, dich zu sehen.«

Hier und jetzt wäre der Punkt, etwas abzubrechen, was sich ansonsten womöglich verselbstständigte und ihr ganzes Leben in Unordnung bringen würde. Es war gefährlich, sich darauf einzulassen, und doch tat Christina genau das, als sie leise fragte: »Wozu brauchst du denn einen Grund?«

»Ich könnte dich auch ganz einfach zum Essen einladen«, fuhr er fort. »Magst du Fisch? Es gibt hier ein ganz tolles Restaurant.«

»Am liebsten mag ich selbst geangelten Fisch.«

»Ich habe leider kein Boot«, bedauerte Patrick.

Christina lächelte. »Aber ich.«

Die beiden verabredeten sich für den späten Nachmittag. Beide bemerkten nicht, dass Ella hinter einer Baumgruppe stand und ihr Gespräch belauschte.

Leise schlich Ella davon, um von den beiden nicht bemerkt zu werden. Genau das war der Moment, auf den sie schon die ganze Zeit gewartet hatte. Wenn Christina am späten Nachmittag mit Patrick angeln fuhr, konnte sie endlich ins Sommerhaus und Tommys Kiste holen.

Ihre Miene verdüsterte sich, als sie an Tommy dachte. Mehrfach hatte sie inzwischen auf seine Mailbox gesprochen und ihm SMS geschickt. Er hatte sich immer noch nicht gemeldet. Ob er wirklich zurückkam, so wie er es ihr versprochen hatte? Vielleicht meldete er sich endlich, wenn er erfuhr, dass sie die Kiste aus dem Sommerhaus geholt hatte.

Ella verging die Zeit bis zum späten Nachmittag viel zu langsam. Sie ging nicht nach Hause, weil sie ihrem Onkel aus dem Weg gehen wollte. Trotzdem hielt sie sich in der Nähe des Hauses auf und wartete nur darauf, dass Patrick endlich verschwand.

Endlos dehnte sich die Zeit. Es war heiß, als die Sonne hoch über dem Båven stand. Endlich neigte sie sich dem Westen zu.

Ella seufzte erleichtert auf, als sie aus ihrem Versteck beobachtete, wie ihr Onkel das Haus verließ. Seine Miene und sein beschwingter Gang zeugten von seiner Vorfreude auf das Treffen mit Christina. Ganz tief duckte sich Ella hinter den Büschen, aber Patrick schaute nicht einmal in ihre Richtung.

Ella ließ ihm einen Vorsprung, bevor sie ihm heimlich folgte. Sie musste erst ganz sicher sein, dass er und vor allem auch Christina mit dem Boot auf den See hinausgerudert waren, bevor sie das Sommerhaus betrat.

Es war falsch gewesen, die Kiste dort zu verstecken. Inzwischen war ihr das selbst klar geworden. Aber wie hätte sie auch damit rechnen können, dass ausgerechnet in diesem Sommer jemand ins Haus kommen würde, nachdem es jahrelang leer gestanden hatte.

Ella sah Patrick ins Haus gehen. Es dauerte ein paar Minuten, bis er zusammen mit Christina aus dem Wintergarten kam. Christina zog die Tür nur hinter sich ins Schloss. Ella griff in die Tasche ihrer Jeans nach dem Hausschlüssel. Sie trug ihn schon seit Tagen bei sich, damit sie bei passender Gelegenheit ins Haus konnte, um die Kiste zu holen. Jetzt war ja niemand da, dem das Fehlen des Schlüssels auffallen könnte. Als sie vor Monaten die Kiste ins Haus gebracht hatte, war ihr Vater noch gesund gewesen. Damals hatte sie aufpassen müssen, dass er nichts bemerkte, als sie heimlich den Schlüssel zum Sommerhaus an sich nahm.

Ella schüttelte leicht den Kopf. Nicht daran denken, ermahnte sie sich selbst. Der Gedanke an ihren schwer kranken Vater trieb ihr erneut die Tränen in die Augen, aber sie musste sich auf das konzentrieren, was vor ihr lag.

Patrick und Christina waren schon ein ganzes Stück weit auf den See hinausgerudert. Es wurde Zeit für Ella zu handeln. Ein paar Minuten nur, machte sie sich selbst Mut.

Sie fühlte sich nicht sonderlich wohl, als sie ins Haus huschte. Obwohl sie genau wusste, dass niemand dort war, hielt sie erst einmal lauschend inne. Mit einem Blick durchs Fenster überzeugte sie sich davon, dass Patrick und Christina immer noch auf dem See waren. So weit vom Ufer entfernt, dass sie innerhalb der nächsten Minuten nicht zurückkommen konnten.

Die Kiste stand auf dem Speicher. Mit wild klopfendem Herzen lief Ella zur Treppe. Sie nahm zwei Stufen auf einmal, die Angst davor, entdeckt zu werden, ließ sie nicht los. Die Treppe mündete im oberen Geschoss in eine Galerie. Die Türen zu den angrenzenden Zimmern waren geschlossen. Vorsichtig drehte Ella sich um die eigene Achse. Sie war erst ein Mal hier oben gewesen und musste kurz nachdenken, wie sie auf den Speicher kam.

Da, die Tür hinter dem Vorsprung musste es sein. Ella konnte sich genau an den kleinen Tisch daneben erinnern, auf dem eine altmodische Lampe gestanden hatte. Sie öffnete die Tür und atmete erleichtert auf, als sie die schmale, weiße Stiege dahinter erblickte.

Die vierte Stufe knarrte so entsetzlich, dass sie erschrocken stehen blieb. Niemand kann dich hören, machte sie sich erneut klar, du bist ganz alleine im Haus. Vorsichtig setzte sie ihren Fuß auf die nächste Stufe.

Plötzlich hörte sie ein Geräusch von unten. Ella verhielt sich mucksmäuschenstill, sie presste beide Hände gegen ihr Herz. Alles war ganz still. Vielleicht hatte sie sich das Geräusch ja auch nur eingebildet, doch dann hörte sie die Stimme.

»Christina! Hallo, Christina. Bist du zu Hause?«

Wer war das? Ella spielte einen Augenblick lang mit dem Gedanken, sich irgendwo hier oben zu verstecken. Wenn der Mann feststellte, dass Christina nicht zu Hause war, würde er bestimmt wieder verschwinden.

Und wenn er blieb, bis Christina nach Hause kam? Wenn sie Ella dann hier oben entdeckte?

Ella wurde schlecht vor Aufregung. Wie sollte sie Christina erklären, was sie alleine in ihrem Haus machte? Sie konnte ihr schlecht von der Kiste erzählen, die sie ausgerechnet in ihrem Haus versteckt hatte. Nein, sie musste raus hier. Vielleicht gelang es ihr ja, an dem Typen da unten vorbeizuschleichen. Ella ließ die knarrende Stufe aus und schlich leise bis zur Galerie, wo sie lauschend innehielt. Unten war jetzt alles ruhig. Ob der Mann bereits wieder gegangen war? Dann könnte sie eigentlich noch einmal nach oben gehen, um die Kiste zu holen. Aber Ella wagte es nicht. Sie wollte nur noch raus. Unbemerkt huschte sie die Treppe hinunter, wollte zur Haustür, doch plötzlich stand der Mann vor ihr. Er kam aus der Küche und musterte sie erstaunt.

»Wer sind Sie denn?« Ella warf den Kopf in den Nacken, gab sich alle Mühe, den Anschein zu erwecken, sie hätte jedes Recht, sich hier aufzuhalten.

»Ich bin Torsten Rosmark. Und du?«

»Ella«, erwiderte sie knapp und suchte in Gedanken verzweifelt nach einer Ausrede, wenn er sie fragte, was sie hier suchte.

Torsten Rosmark schien sich indes über ihre Anwesenheit überhaupt keine Gedanken zu machen. »Weißt du, wo Christina ist?«

Ella zuckte mit den Schultern. »Ich habe auch schon nach ihr gesucht, aber sie ist nicht da.« Während sie sprach, öffnete sie bereits die Tür. »Wiedersehen«, verabschiedete sie sich hastig und zog die Tür hinter sich zu, bevor er noch etwas sagen konnte. Sie rannte los, als wäre der Teufel hinter ihr her. Erst als sie außer Sichtweite des Sommerhauses war, blieb sie stehen. Ihr Herz raste, jeder Atemzug schmerzte. Sie hatte das Gefühl, in letzter Sekunde einer Gefahr entronnen zu sein, und fühlte sich trotzdem nicht erleichtert. Die Kiste hatte sie immer noch nicht. Wie sollte sie Tommy das nur erklären? Außerdem wusste sie, dass es ihr sehr schwerfallen würde, ein weiteres Mal in das Haus einzudringen. Sie hatte schon jetzt Angst davor.

Ruhig glitt das Boot über das Wasser. Die späte Sonne schickte ihre letzten Strahlen über den See. Die Bäume am Ufer verwandelten sich allmählich in dunkle Schatten, die sich im See spiegelten.

Christinas Blick glitt verträumt über den See. »Es ist verrückt, aber ich habe das Gefühl, wir sind ganz allein auf der Welt.«

»Gefällt dir das Alleinsein?«, fragte Patrick spontan.

Sie musste aufpassen, dass sie sich nicht auf gefährliches Terrain begab. Diese romantische Situation mitten auf dem See, zusammen mit einem Mann, der ihr weitaus mehr gefiel, als es gut für sie war. »Na ja, so ganz allein bin ich ja nicht«, erwiderte sie nüchtern.

Patrick holte die Ruder ein. Die Angel hatte er mit einem Köder bestückt, den er wenig professionell bereits beim Rudern hinter sich hergezogen hatte. Christina war sicher, dass er noch nie zuvor geangelt hatte. Er beugte sich ein wenig vor und griff sanft nach ihrer Hand.

Christina entzog ihm ihre Hand nicht. Sie genoss die sanften, streichelnden Berührungen seiner Finger auf ihrem Handrücken. Zärtlich schaute er sie an und Christina wurde einmal mehr klar, dass sie sich hier auf ein gefährliches Spiel einließ. Oder war es schon gar kein Spiel mehr?

Sie kam nicht dazu, nach einer Antwort auf diese Frage zu suchen. Das Aufheulen eines Motorbootes, das sich mit hoher Geschwindigkeit näherte, riss sie beide aus ihrer Versunkenheit. Patrick ließ ihre Hand los und schaute ebenso wie sie zu dem Motorboot. Er kniff die Augen ein wenig zusammen. »Ist das nicht Tommy?«

Auch Christina hatte Ellas Freund am Steuer des Motorbootes erkannt. Neben ihm stand ein bedeutend älterer Mann, der ebenso wie Tommy geradeaus starrte. Die Mienen der beiden wirkten ernst.

»Was machen die da?«, wunderte sich Patrick.

Christina schüttelte leicht den Kopf. »Ich weiß es nicht«, sagte sie, während das Motorboot allmählich ihren Blicken entschwand. Der Mann neben Tommy hatte ihr nicht gefallen.

Patrick zog unwillig die Augenbrauen zusammen. »Was will Tommy eigentlich von Ella?«

»Vielleicht sind sie ja verliebt«, schmunzelte Christina, wechselte aber gleich darauf das Thema. »Ich glaube, du hast einen Fisch gefangen.«

Tatsächlich zuckte der Schwimmer verdächtig nach unten. Patrick begann die Schnur aufzurollen. Zentimeterweise, bis der Fisch wie ein Blitz aus dem Wasser schnellte. Patrick schien selbst erstaunt über seinen Fang. »Oh«, stieß er hervor. Dann zog ein breites Grinsen über sein Gesicht. »Wow!« Er schaffte es, innerhalb der nächsten halben Stunde einen weiteren Fisch zu angeln. Dabei gestand er Christina, dass er tatsächlich noch nie selbst geangelt hatte, sondern lediglich als kleiner Junge seinen Vater und Carl einmal bei einem Angelausflug begleitet hatte. Er hatte sich dabei so sehr gelangweilt, dass er sich danach strikt weigerte, an weiteren Anglertouren teilzunehmen.

Sie schwiegen beide, während er zurückruderte. Ihre Blicke trafen sich immer wieder, verrieten mehr als jedes Wort. Erst als sie an Christinas Bootssteg angelegt hatten und Patrick ihr die Hand reichte, um ihr beim Ausstieg aus dem Boot zu helfen, brach er das Schweigen. »Ich hoffe, du hast Dill im Haus.«

»Und wenn nicht?«

Patrick schmunzelte. »Dann müssen wir die Fische leider roh essen. Das Rezept mit der Dillsauce ist das einzige, das ich kenne.«

»Oder wir essen sie morgen.«

»Und heute?«, wollte er wissen.

»Da fällt uns bestimmt was anderes ein.« Christina war klar, dass es längst nicht mehr um den Fisch und ihr geplantes Abendessen ging.

»Was denn?«, hakte Patrick auch sofort nach. Er ließ ihr zu einer Antwort keine Zeit, sondern beugte sich vor und berührte ihre Lippen sanft mit seinem Mund.

Abwehrend hob Christina die Hand, doch da ließ er sie auch schon wieder los. Sie bedauerte es und war gleichzeitig erleichtert. »Hast du eine Ahnung, was wir hier gerade machen?«, fragte sie leise.

»Warum willst du das denn wissen? Lass es doch einfach auf dich zukommen.« Sanft umfasste er sie und zog sie an sich. Diesmal erwiderte Christina seinen Kuss, ließ sich fallen und vergaß alles um sich herum. Nur noch sie und Patrick zählten . . .

Was mache ich eigentlich hier? Der Gedanke riss sie in die Realität zurück. Sie löste sich aus seinen Armen, trat einen Schritt zurück. »Ich bin für so was nicht der Typ. Ich muss wissen, was morgen ist. Wer ich bin, wo ich bin und vor allem mit wem.«

»Das kann ich dir sagen.« Patrick kam wieder auf sie zu, berührte sie diesmal aber nicht. »Morgen wirst du immer noch die wunderschönste Frau sein, die ich je gesehen habe.«

»Ach, Patrick«, seufzte Christina auf, doch er sprach weiter.

»Und du wirst hier in diesem wunderschönen Haus sein«, meinte er mit einer Geste in Richtung Sommerhaus. »Zusammen mit mir.«

Verstand er nicht, was sie meinte, oder wollte er sie einfach nicht verstehen? »Du weißt doch, dass es mir nicht nur um morgen geht. Was ist in einer Woche? Wo werde ich in einem Jahr sein? Und wo wirst du sein?«

»Denk nicht so viel nach«, erwiderte er leichthin. »Es ist so ein schöner Abend.«

Christina schüttelte den Kopf. »Sei mir nicht böse, aber kurze Sommerlieben, zu schnell hochgekochte Emotionen, die dann rapide wieder abkühlen, das ist einfach nicht mein Ding.«

Er strich sacht über ihren Arm. »Wer sagt denn, dass es so kurz sein wird?«

Christina wurde plötzlich wütend. Auf ihn? Auf sich selbst? Sie wusste es nicht genau. »Ich glaube, es ist besser, wenn du deine Fische nimmst und gehst. Vielleicht hat Carl ja Dill im Garten.« Sie wandte sich um und ging zum Haus.

Patrick folgte ihr, den Korb mit den Fischen in der Hand. »Wir vergessen einfach den Dill und alles andere auch. Lass uns doch einfach diesen Abend genießen, Christina.«

Inzwischen waren sie am Haus angekommen und Christina stellte erschrocken fest, dass die Tür zum Wintergarten weit offen stand. Sie wusste genau, dass sie die Tür geschlossen hatte, bevor sie mit Patrick zum Angeln aufgebrochen war. Plötzlich tauchte Torsten in der Tür auf. Befremdet schaute er von ihr zu dem Mann an ihrer Seite. Er kam die Stufen hinunter. »Hallo, Christina.«

Torsten beugte sich zu ihr hinab und küsste sie auf den Mund. Christina zuckte zurück, sie hatte das Gefühl, dass es weniger eine liebevolle Begrüßung sein sollte, sondern dass Torsten damit seinen Besitzanspruch bekunden wollte.

»Was machst du denn hier?« Ihr war bewusst, dass in ihrer Stimme wenig Freude über das Wiedersehen mit dem Mann lag, den sie bald heiraten wollte.

Torsten antwortete nicht. Er schaute nur Patrick an und schien eine Erklärung von ihr zu erwarten.

»Torsten, das ist Carls Bruder Patrick«, stellte Christina vor. »Carl Bergdahl ist der Nachbar, der immer auf unser Haus aufpasst.«

»Der Pianist Patrick Bergdahl?« Torstens düstere Miene verschwand, als Patrick nickte. »Das ist ja toll. Ich mag Ihre Musik. Ich bin übrigens Torsten Rosmark, Christinas Verlobter.«

Patrick schaute Christina entgeistert an.

»Ja«, ergänzte Christina schnell und ein bisschen verlegen. »Außerdem ist Torsten der Partner meines Vaters in der Kanzlei.«

Vor ihr stand mit einem Mal nicht mehr der Patrick, den sie kannte. »Wenn ich gewusst hätte, dass Sie kommen, hätten wir mehr Fische gefangen.« Trotz seines Lächelns wurde sein Blick kühl, als er Christina anschaute. »Wieso haben Sie mir denn nicht gesagt, dass Ihr Verlobter kommt?«

Wieso hast du verschwiegen, dass du verlobt bist, glaubte Christina aus seiner Frage und dem plötzlichen distanzierten Sie herauszuhören. Eine Frage, die sie sich nicht einmal selbst beantworten konnte.

Christina zuckte hilflos mit den Schultern. »Ich wusste ja nicht, dass Torsten kommen würde.« Sie wandte sich direkt an ihren Verlobten. »Wieso hast du denn nicht angerufen?«

Bevor Torsten zu einer Antwort kam, verabschiedete sich Patrick. »Ich gehe dann mal.« Christina kam es so vor, als könne er mit einem Mal nicht schnell genug von hier wegkommen. Allerdings war es ihr auch lieber, wenn er jetzt ging. Die Spannung zwischen Patrick und ihr wurde zunehmend unerträglicher.

»Aber nicht doch«, wehrte Torsten ab, aber sein Tonfall war wenig einladend. »Ich wollte Sie nicht verscheuchen. Wir können doch zusammen essen. Ich würde mich freuen, Sie kennenzulernen.« Während er sprach, legte er einen Arm um Christinas Schulter und zeigte damit noch einmal deutlich, zu wem sie eigentlich gehörte.

»Nein, nein«, sagte Christina hastig. »Er wollte ohnehin gerade gehen. Er kümmert sich um Carls Tochter. Ach, habe ich dir eigentlich schon erzählt, dass Carl einen ganz schlimmen Unfall hatte?«

Torsten warf ihr einen schwer zu deutenden Blick zu.

»Also dann«, verabschiedete sich Patrick.

Christina streckte ihm den Korb entgegen. »Ihre Fische.«

»Behalten Sie sie.« Ein maliziöses Lächeln umspielte seine Lippen. »Ich bin mir sicher, dass Torsten ein sehr guter Koch ist. Hej.«

Patrick wandte sich um und ging. Es war kein körperlicher Schmerz, den sie empfand, und doch tat es nicht weniger weh. Sie wollte es nicht und konnte doch nicht dagegen ankämpfen. Entgegen aller Vernunft ärgerte sie sich über Torsten. Warum musste er ausgerechnet heute Abend nach Sandviken kommen? Sie empfand seinen Arm, der immer noch auf ihrer Schulter lag, als Last. Sie schüttelte ihn ab und ging zum Haus. Torsten folgte ihr.

»Hattest du nicht gesagt, du hättest keine Zeit? Und was macht eigentlich dein Heuschnupfen?«, fragte sie sarkastisch.

»Ich habe mir ebenso Sorgen gemacht wie dein Vater, weil wir nichts von dir gehört haben.«

Christina stieg die Treppe zum Wintergarten hoch. »Ich war monatelang in Neuseeland, da habt ihr euch auch keine Sorgen gemacht.« Christina ging durch den Wintergarten in die Küche. Sie stellte den Fischkorb achtlos auf den Tisch und ging weiter zum Tisch in der Mitte des Raumes, um sich ein Glas Orangensaft einzuschenken. Sie hatte keinen Durst, nur einen bitteren Geschmack im Hals.

Torsten trat hinter sie und umfasste sie mit beiden Armen. In einer Hand hielt er ein Kuvert. »Ich habe Sehnsucht nach dir gehabt. Das ist der wahre Grund, weshalb ich gekommen bin. Außerdem will ich dir unbedingt zeigen, wo du den Rest deines Lebens verbringen wirst.« Er öffnete das Kuvert und zog einige Fotos heraus, die er vor ihr auf dem Tisch verteilte. Dabei stand er immer noch hinter ihr, seine Arme rechts und links neben ihr kamen ihr vor wie eine Sperre, die sie nicht durchbrechen konnte. Stolz wies er auf die Fotos. »Das ist es.«

Mit zusammengezogenen Brauen betrachtete Christina die Bilder. Ein Haus, aufgenommen aus verschiedenen Perspektiven, war darauf zu sehen.

»Das ist was?«, fragte sie verständnislos.

»Unser Haus. Ich habe es gestern angezahlt.«

Christina wandte den Kopf und schaute ihn fassungslos an. »Du hast ein Haus gekauft, ohne dass ich es vorher gesehen habe?«

Für Torsten schien das selbstverständlich zu sein. »Ich habe am Morgen den Tipp bekommen. Es wäre weg gewesen, wenn ich nicht gleich zugegriffen hätte. Es kann gar nicht sein, dass es dir nicht gefällt. Schau doch mal genau hin, es ist ein Traum.«

Christina warf nicht einmal einen flüchtigen Blick auf die Fotos, als sie leise erwiderte: »Ja, das ist es.« Sie befreite sich aus seinen Armen und ging hinüber ins Wohnzimmer. Ihre Wut verrauchte ein wenig, als sie ans Fenster trat und Patrick sah. Er stand grübelnd neben dem Anhänger, mit dem er ihr am Vormittag das Brennholz gebracht hatte. Mit einem Ruck löste er plötzlich die Arretierung und kippte das Brennholz vom Anhänger. Die Holzscheite ergossen sich über den Boden. Patrick versetzte einem der Holzscheite einen wütenden Tritt, bevor er sich in Bewegung setzte und weiterging. Traktor und Anhänger ließ er stehen.

Torsten war Christina gefolgt. »Christina, was ist los?« Er stellte sich hinter sie, bekam gerade noch mit, wie Patrick gegen den Holzscheit trat. »Was tut der Typ da? Ich denke, er ist Klavierspieler! Rede mit mir, Christina. Was ist los mit dir?«

Er sprach mit ihr, als wäre er im Gerichtssaal und hätte einen Zeugen der Gegenpartei vor sich. Christina spürte, wie sich Widerstand in ihr regte, und dennoch behauptete sie ausweichend: »Ich weiß nicht, was du meinst.«

»Du bist doch hierhergekommen, um zu packen, aber davon ist nichts zu sehen. Es sieht eher so aus, als würdest du dich hier häuslich einrichten.«

Seine Stimme klang beherrscht. Christina fragte sich, wie es wirklich in ihm aussah. Sie wusste alles über ihn und eigentlich kannte sie ihn doch nicht richtig. Sie wusste, woher er kam, kannte seine Familie. Sie wusste, welche Schulen er besucht hatte, wer seine Freunde waren. Sie hatte ihn sogar schon mehrfach im Gerichtssaal gesehen und ihn als Anwalt bewundert. Wie es aber in ihm aussah, was er fühlte und dachte, das wusste sie nicht. Komisch, dass ihr das bisher noch nie aufgefallen war.

Und wie war es mit ihm? Wusste er, was in ihr vorging?

Es war so vieles, was ihr in diesen Minuten durch den Kopf ging. Vielleicht wäre das jetzt der richtige Moment gewesen, um mit ihm darüber zu reden, doch Christina fand einfach nicht die richtigen Worte. So reagierte sie lediglich auf seine letzte Bemerkung. »Es ist doch mehr, als ich gedacht habe. All die kleinen Dinge, die Mama gesammelt hat. Ich will davon nichts hierlassen.«

Torsten maß sie mit einem langen Blick. In diesem Augenblick war Christina sich ganz sicher, dass er sie durchschaute. Er wusste, dass sie nicht ehrlich zu ihm war. Aber offenbar war er ebenso wenig wie sie bereit, über das zu reden, was sich da unterschwellig zwischen ihnen aufbaute.

»Lass uns nicht mehr darüber reden.« Er beugte sich zu ihr hinab und wollte sie küsste, doch plötzlich konnte Christina seine Nähe nicht ertragen. Sie bog den Kopf zurück, wich seinem Kuss aus und floh regelrecht in die Küche. »Wollen wir nicht den Fisch machen?«, rief sie ihm mit gespielter Fröhlichkeit zu. »Wir könnten ihn grillen.«

Torsten zögerte einen Augenblick, und es sah ganz so aus, als wolle er doch noch etwas sagen. Doch dann nickte er nur und ging nach draußen, um den Grill anzuzünden.

Christina atmete erleichtert auf und versuchte, ihre Gefühle wieder unter Kontrolle zu bekommen. Sie wusste nicht wie, aber sie musste den Abend mit Torsten irgendwie hinter sich bringen ...

Patrick war immer noch wütend. Ziellos ging er durch das Haus, schlug ein paar Tasten auf dem Klavier an, doch selbst dazu verspürte er heute keine Lust. Dabei verhalf ihm die Musik doch sonst immer über jedes Stimmungstief hinweg.

Was ist nur los mit mir, fragte er sich selbst. Christina war eine schöne Frau, sie hatte ihm vom ersten Augenblick an gefallen. Aber sie war auch nicht anders als all die anderen Frauen, die es bisher in seinem Leben gegeben hatte. Er genoss ihre Gesellschaft, hatte gehofft, sich die Zeit mit ihr auf angenehme Weise vertreiben zu können, solange er an Sandviken gefesselt war. Warum störte es ihn dann so, dass sie verlobt war?

Aber wahrscheinlich störte ihn das viel weniger als die Tatsache, dass sie es ihm verschwiegen hatte. Er war sich vorgekommen wie der letzte Trottel, als Torsten eben plötzlich vor ihm und Christina gestanden hatte. So wie der Geliebte einer Ehefrau, der sich im Kleiderschrank verstecken musste.

Genau, das war es. Er ärgerte sich darüber, dass Christina ihn überhaupt in eine solche Situation gebracht hatte.

Patrick horchte auf, als er Ellas Stimme durch die offene Terrassentür vernahm. Offensichtlich versuchte sie, Tommy über ihr Handy zu erreichen.

»Das ist das zehnte Mal, dass ich dir auf die Mailbox spreche. Verdammt, Tommy, wieso rufst du nicht an? Ich mache mir solche Sorgen. Bitte, Tommy, ruf mich an. Ich brauche dich doch. Ich will hier nicht so alleine sein.«

Es rührte Patrick, dass seine Nichte sich offensichtlich alleine fühlte. Als sie das Gespräch beendet hatte, ging er nach draußen und lehnte sich gegen den Türrahmen. Er versuchte, seinen Ärger auf Christina auszuschalten, und lächelte Ella freundlich an. »Hej, Ella, hast du schon etwas gegessen?«

»Ich bin kein Baby mehr«, schnappte sie sofort zurück. »Du musst dich nicht um mich kümmern.«

Patrick seufzte auf und zählte innerlich bis zehn, bevor er antwortete. »Und wenn ich einfach nur nicht alleine essen möchte? Leiste mir doch ein bisschen Gesellschaft.«

»Du kannst nicht alleine essen?« Höhnisch funkelte sie ihn an. »Du bist es wohl gewohnt, dass sich ständig jemand um dich kümmert. Aber ich mache das nicht ...«

»Schluss jetzt«, fuhr Patrick ihr energisch dazwischen. Er hatte allmählich genug von den komplizierten Frauen in seiner Umgebung. Zumindest von seiner Nichte musste er sich ein solches Verhalten nicht bieten lassen. Er atmete tief durch, bevor er ruhig weitersprach. »Jetzt hör mir mal gut zu. Ich weiß, dass wir beide uns in einer eigenartigen Situation befinden. Wir sind hier nicht freiwillig zusammen und machen uns beide Sorgen um Carl. Wir können uns doch beide ein bisschen Mühe geben, um miteinander auszukommen. Ich habe nichts gegen dich ...«

»Super, da bin ich aber froh«, fiel Ella ihm diesmal ins Wort.

Patrick riss endgültig der Geduldsfaden. »Was habe ich dir eigentlich getan? Ich meine es nur gut mit dir. Außerdem kümmere ich mich auf Carls ausdrücklichen Wunsch um dich!«

Ella war wütend aufgesprungen. »Papa will nur verhindern, dass ich mit Tommy zusammen bin. Er hat doch nur Angst, dass etwas passieren könnte, wenn er nicht da ist. Deshalb sollst du auf mich aufpassen.«

Ihre Bemerkung machte ihn stutzig. Prüfend betrachtete er seine Nichte. »Was könnte denn passieren?«

Seine Frage schien sie kurz zu verunsichern. Gleich darauf warf Ella wieder den Kopf in den Nacken. Schnippisch wie immer konterte sie auf seine Frage. »Ich glaube nicht, dass dich das etwas angeht. Ich liebe Tommy. Papa will das einfach nicht begreifen. Er versteht mich eben nicht.«

»Carl hat im Moment ganz andere Probleme als dein pubertäres Liebesleben«, versetzte er scharf.

Ella zuckte zusammen. Ihr Gesichtsausdruck zeigte, wie sehr er sie mit dieser Bemerkung verletzt hatte.

Patrick tat es leid und er hätte seine Worte gerne wieder zurückgenommen, doch dazu ließ Ella ihm keine Gelegenheit mehr. Sie wandte sich um und lief davon.

Hilflos schaute Patrick ihr nach. »Du machst es dir leicht, Carl«, hielt er in Gedanken Zwiesprache mit seinem Bruder.

»Legst dich zum Schlafen und überlässt mir dein Kind. Ich sollte längst in Rom sein und die neue CD aufnehmen. Und was mache ich? Hacke Holz, versuche Teenager zu verstehen und laufe einer Frau nach, die praktisch verheiratet ist. Komm, Carl, wach auf. Wir brauchen dich.«

Ohne Widerspruch bezog Torsten das Gästezimmer. Christina war erleichtert. Sie konnte in dieser Nacht nicht mit ihm schlafen. Als er sie in die Arme nahm, um sie zu küssen, entzog sie sich ihm gleich wieder. Auch diesmal war Torsten nicht anzusehen, was er empfand. War er enttäuscht, hatte er Angst um ihre Beziehung? Seine Miene blieb unbewegt wie immer, als er ihr eine gute Nacht wünschte.

Stundenlang wälzte Christina sich von einer Seite auf die andere. Sie hatte das Fenster weit geöffnet. Die Gardine bauschte sich im leichten Wind, der am Abend aufgekommen war.

Christina dachte an Patrick. Mit einem Mal stieg Ärger in ihr auf. Was fiel ihm ein, ihr ganzes Leben in Unordnung zu bringen?

Irgendwann gegen Morgen schlief sie ein. Ihr erster Gedanke, als sie ein paar Stunden später aufwachte, galt Patrick. Sie schüttelte unwillig den Kopf, wollte nicht mehr an ihn denken. Leise ging sie ins Badezimmer, froh darüber, dass Torsten noch schlief. Im Augenblick wollte sie ihn nicht sehen, wollte noch weniger mit ihm reden. Der vergangene Abend war anstrengend genug gewesen, als sie ihm die ganze Zeit vorzuspielen versuchte, es hätte sich nichts zwischen ihnen verändert.

Was hat sich eigentlich verändert, fragte sie sich selbst, als sie unter der Dusche stand. Sie schloss die Augen, spürte das Wasser auf ihrem Körper. Regungslos verharrte sie so einen Augenblick, während ihr klar wurde, dass sie es war, die sich verändert hatte. Es lag nicht an Torsten, es lag auch nicht an Patrick. Zumindest nicht nur an ihm. Da war noch etwas anderes in ihr, das sie nicht fassen und damit auch nicht erklären konnte.

Eine halbe Stunde später stand Christina vor dem Haus. Es war noch kühl so früh am Morgen und sie zog die hellblaue Strickjacke enger um sich. Sie schaute hinüber zu Carls Haus, und dann, sie wusste selbst nicht, was sie dazu trieb, lief sie los.

Was mache ich hier bloß, fragte Christina sich selbst. Sie hatte an die Tür geklopft, doch es hatte ihr niemand aufgemacht. Jetzt saß sie auf der Bank vor dem Haus und wartete ... Worauf eigentlich?

Ihr Herz klopfte schneller, als sie Patrick sah. Er war offensichtlich mit dem Fahrrad in Sandviken gewesen und hatte Brötchen geholt. Er stellte das Rad ab und nahm die Tüte aus dem Korb. Er wirkte überrascht, sie zu sehen. »Hej«, sagte er.

Christina stand auf. »Hej.«

Langsam kam Patrick näher. »Was machst du denn hier?«

Christina verknotete nervös die Hände ineinander. »Ehrlich gesagt weiß ich das auch nicht so genau.«

Patrick kam näher, lächelte verschmitzt. »Wolltest du nicht schon die ganze Zeit mit mir frühstücken?«

Christina schüttelte den Kopf. »So einfach, wie du dir das vorstellst, geht es nicht«, sprudelte es aus ihr heraus. »So zu tun, als gäbe es nur das Hier und Jetzt. Einfach nur den Moment genießen und nicht an morgen denken. Du hast ja gesehen, was passiert ist.«

Mit einem rätselhaften Lächeln schaute er sie an. »So? Habe ich das?«

»Torsten ist mein verkörpertes Morgen«, stieß Christina hervor.

»Und ich bin dein verkörpertes Heute? Oder wieso bist du hier?«

Christina geriet in Erklärungsnot. Sie wusste doch selbst nicht, was sich in ihr abspielte. »Ich bin hier, weil ... weil ... weil ich nicht schlafen konnte«, stammelte sie. »Weil ... weil ich an dich gedacht habe und weil mich das alles völlig durcheinanderbringt. Und weil ich das eigentlich alles gar nicht will, und du doch auch nicht.«

Patricks Miene war ernst geworden. »Woher weißt du, was ich will? Gestern Abend wäre ich so gerne bei dir geblieben.«

»Kannst du mir nicht sagen, was du willst?«, fragte Christina leise.

Ein zärtliches Lächeln umspielte seine Lippen. Statt einer Antwort umfasste er ihre Taille und zog sie an sich. Seine Lippen berührten vorsichtig ihren Mund. Christina schmiegte sich an ihn, erwiderte seinen Kuss. All die Sehnsucht, die sie empfand, erwiderte er voller Leidenschaft ...

»Morgen.«

Christina und Patrick fuhren auseinander. Ella schlurfte mürrisch an ihnen vorbei.

»Guten Morgen«, erwiderte Patrick ihren Gruß freundlich. »Ich habe alles für ein Frühstück besorgt.« Er hielt die Brötchentüte hoch.

»Ich frühstücke nie«, erwiderte Ella schlecht gelaunt und stampfte weiter.

»Aber das ist ungesund«, rief Patrick ihr nach. »Man sollte nicht mir nüchternem Magen ...« Kopfschüttelnd brach er ab. »Habe ich das gerade wirklich gesagt? Ich klinge wie meine Mutter.«

»Oder wie ein besorgter Onkel«, lächelte Christina.

Patrick zog die Augenbrauen zusammen. »Langsam habe ich das Gefühl, ich bin hier völlig fehl am Platz. In jeder Beziehung.«

Christina verschränkte ihre Arme vor der Brust. Sie tat so, als bezöge sich seine Bemerkung ausschließlich auf Ella. »Du machst das doch gar nicht so schlecht. Auch wenn Ella es entschieden ablehnt, dass du dich um sie kümmerst, so ist die Gewissheit, dass jemand da ist, bestimmt beruhigend für sie. Sie kann sich einfach noch nicht so richtig ausdrücken.«

So wie ich, ergänzte sie in Gedanken. In dieser Hinsicht unterschied sie sich kein bisschen von dem vierzehnjährigen Mädchen. Da war etwas in ihr, das sie nicht in Worte fassen konnte.

»Ich verstehe es trotzdem nicht.« Patrick schüttelte den Kopf. »Wieso kann sie nicht einfach mal wie ein normaler Mensch mit mir reden?«

»Sie ist vierzehn, ihr Vater ist im Krankenhaus, sie ist verliebt und sie fühlt sich einsam.«

Patrick schaute sie an. »Sie fühlt sich einsam?« Er zuckte mit den Schultern. »Jeder Mensch ist einsam, das ist das Leben.«

Seine Antwort erschreckte sie. »Das ist das Leben? Ich hoffe nicht, dass du damit recht hast.«

»Ich mache dann mal Kaffee.« Patrick wollte das Thema offensichtlich nicht vertiefen. Er schien alles, was tiefer ging, nicht an sich heranzulassen. Er lebte den Augenblick, das hatte sie bereits gestern deutlich erkannt. Was morgen war, interessierte ihn nicht. Sie selbst würde so niemals leben können.

Christina schüttelte den Kopf. »Für mich nicht. Ich bin ohnehin schon spät dran.« Sie wandte sich zum Gehen, doch Patrick hielt sie noch einmal zurück.

»Christina ...«

Sie wandte sich um, mit hoffnungsvoll fragendem Blick.

Er setzte zum Reden an, schloss wieder den Mund und sagte dann schließlich: »Schönen Tag.«

»Ja, das wünsche ich dir auch«, entgegnete Christina spröde. Sie wandte sich nicht mehr um, als sie davonging.

Am liebsten hätte Christina sich völlig zurückgezogen, um endlich mit sich selbst und ihren Gefühlen ins Reine zu kommen. Im Sommerhaus aber wartete Torsten auf sie. Eine Begegnung mit ihm war mehr, als Christina im Augenblick ertragen konnte. Sie brauchte eine Stunde völlig für sich. Anstatt zum Sommerhaus, nahm sie an der nächsten Biegung den Weg zum See. Ein schmaler Pfad führte am Wasser vorbei bis in den Ort. Wenn sie Glück hatte, begegnete ihr in dieser frühen Morgenstunde kein Mensch und sie konnte in Ruhe ihren Gedanken nachhängen. Im Dorf konnte sie Brötchen holen und hatte auch gleich eine Ausrede für Torsten bereit, wenn er sie fragte, wo sie die letzte Stunde verbracht hatte.

Sie war noch nicht einmal verheiratet mit Torsten und suchte schon nach Ausreden, um ihre Abwesenheit zu erklären, wie konnte das sein? Weil es da einen anderen Mann gab, an den sie ständig denken musste. Dabei war Patrick es nicht einmal wert, dass sie für ihn ihr ganzes Leben auf den Kopf stellte. Alles, was er wollte, war nur der kurze Augenblick. Ein Rausch, eine Affäre, heute hier und mit ihr, morgen war er schon wieder woanders.

Was ist dann mit mir?, fragte sich Christina. Wollte sie wirklich mit gebrochenem Herzen zurückbleiben? Mit der Gewissheit, dass sie dann alles verloren hatte? Nicht allein Patrick, der ihr ohnehin nie ganz gehören würde, sondern auch Torsten und die glänzende Zukunft an seiner Seite.

Es war doch alles gut so, wie es geplant war. Ihre berufliche Karriere, ihr Privatleben. Alles fügte sich perfekt ineinander. Aber warum nur hinterließ das bei ihr diesen schalen Beigeschmack? Hatte sie sich nicht vor ein paar Tagen noch genau auf diese Zukunft gefreut? Wieso fragte sie sich dann jetzt, wo Spontaneität, wo all die Überraschungen blieben, die das Leben zu bieten hatte? Waren ihr da ein kurzer Rausch, das Glück des Augenblicks nicht lieber, auch wenn sie anschließend für den Rest ihres Lebens davon zehren musste?

Christina wusste es nicht. Ebenso erschreckend war es für sie, dass sie keine Ahnung hatte, wie sie sich selbst ihr Leben vorstellte, wenn sie ganz alleine entscheiden könnte. Wann hatte sie überhaupt jemals selbst etwas in ihrem Leben entschieden? Bisher war sie immer davon überzeugt gewesen, es wäre ihr eigener Wunsch gewesen, Jura zu studieren. War es das denn nicht? Ging sie jetzt wirklich so weit, sogar ihren Beruf in Frage zu stellen?

Christina setzte sich auf einen Stein und schaute nachdenklich über den See. Die Sonnenstrahlen tanzten übermütig auf der Wasseroberfläche und zauberten funkelnde Reflexe. Christina wurde mit aller Macht bewusst, wie sehr sie diese Gegend hier liebte. Obwohl sie meist nur die Sommer hier verbracht hatte, hin und wieder auch einmal die Weihnachtsferien mit ihren Eltern, empfand sie nirgendwo sonst auf der Welt ein stärkeres Heimatgefühl.

Allmählich kam sie ein wenig zur Ruhe. Sie setzte ihren Weg fort, kaufte im Dorf Brötchen ein und machte sich schließlich wieder auf den Heimweg. Auch diesmal wählte sie wieder den Weg am See vorbei. Als sie am Sommerhaus ankam, schleppte Torsten gerade eine der Kisten aus dem Haus. Er steuerte damit auf seinen Wagen zu, der mit heruntergelassenem Verdeck vor dem Haus parkte.

»Hej, was machst du mit der Bücherkiste?«, wollte Christina wissen.

»Ich dachte, ich nehme schon mal ein paar Sachen mit.«

Christina war überrascht. Torsten machte den Eindruck, als wollte er gleich losfahren. »Wollten wir nicht zusammen frühstücken?«

»Tut mir leid, ich habe einen Termin. Wo warst du überhaupt?«

»Brötchen holen. Du weißt doch, dass ich es liebe, am Wasser entlangzulaufen.«

Torsten ging nicht weiter darauf ein. »Ich habe dir die Fotos dagelassen. Schau sie dir noch einmal an.«

Christina schürzte trotzig die Lippen. »Und was ist, wenn mir das Haus nicht gefällt? Bekommst du die Anzahlung dann wieder zurück?«

»Es wird dir gefallen, mach dir da keine Sorgen«, erwiderte Torsten selbstgefällig. »Deinem Vater gefällt es übrigens auch.«

Die innere Ruhe, die sie am See so mühsam errungen hatte, war mit einem Mal wieder dahin. »Das ist ja die Hauptsache«, fuhr sie Torsten an. »Sag mal, wie kommt ihr eigentlich dazu, mein ganzes Leben in die Hand zu nehmen?«

»Jetzt übertreibst du aber! Wir waren uns doch einig, dass wir ein Haus kaufen und danach heiraten!«

Wahrscheinlich stand es Torsten zu, auf ihren Ausbruch derart verwundert zu reagieren. Christina hatte noch nie zuvor erkennen lassen, dass sie damit nicht einverstanden gewesen wäre. Zu solchen rationalen Überlegungen war Christina aber im Augenblick nicht mehr in der Lage. »Seid ihr euch auch einig, wann ich das erste Kind bekomme?«

»Christina, jetzt beruhige dich doch«, bat Torsten, um ihre Frage dann ernsthaft zu beantworten. »Erst sollst du dich mal in der Kanzlei einarbeiten. Aber ich denke, in zwei oder drei Jahren würde es passen.«

Christina schnappte hörbar nach Luft. »Und wie viele? Wisst ihr das auch schon?«

Diesmal schien sogar der selbstgefällige Torsten ihren Sarkasmus herauszuhören. »Ich weiß nicht, was in dich gefahren ist! Wir haben das doch alles zusammen besprochen, Christina. Es ist unsere Lebensplanung. Wenn sie dir jetzt nicht mehr gefällt, weiß der Himmel warum, dann sollten wir unbedingt darüber reden, sobald du wieder in Stockholm bist.«

Noch nie zuvor hatte Christina Torsten derart aufgebracht erlebt. Sie hatte das Gefühl, dass ihr Verhalten ihm wirklich naheging, und es rührte sie, bis er mit der nächsten Bemerkung wieder alles kaputt machte. Er packte die Kiste, die er während des Gesprächs mit Christina abgestellt hatte, und ging um den Wagen herum, um sie auf den Rücksitz zu stellen. »Kann es sein«, sagte er dabei wieder ziemlich von oben herab, »dass es dir nicht guttut, allein in diesem Haus zu sein? Du könntest wirklich jemanden damit beauftragen, die Auflösung zu übernehmen.«

Christina war wie vor den Kopf geschlagen. Er nahm sie überhaupt nicht ernst. Wahrscheinlich glaubte er sogar, sie hätte vorübergehend den Verstand verloren und käme schon wieder zu sich, sobald sie in Stockholm war. Verstand er denn nicht, dass es nicht nur um das Haus ging, das er ohne ihr Wissen gekauft hatte?

Christina musste sich zusammenreißen, um ihn nicht anzuschreien. Sie befürchtete, dass sie dann Dinge sagen würde, die sie hinterher bereute. »Ach, weißt du, mir geht es sehr gut«, ahmte sie seinen überheblichen Tonfall nach. Sie ging auch um den Wagen herum und warf die Tüte mit den Brötchen auf die Bücherkiste. »Darf ich mal ganz kurz? Danke schön.« Sie nahm dem verdutzten Torsten die Kiste aus den Händen und stolzierte zum Eingang. »Gute Fahrt«, rief sie ihm noch zu, ohne sich noch einmal nach ihm umzudrehen.

Ellas Herz machte vor Freude einen Satz, als sie das Motorboot erkannte, das auf den Steg zusteuerte. Sie konnte gar nicht mehr zählen, wie oft sie schon zu Tommys Schuppen gekommen war, um hier auf ihn zu warten.

»Endlich«, rief Ella ihm zu. »Ich dachte schon, du kommst nicht wieder.«

Tommy drosselte die Geschwindigkeit, fuhr an den Steg und sprang mit dem Seil in der Hand aus dem Boot. »Hallo, Kleines«, grüßte er gleichmütig. Keine Umarmung, kein Kuss für sie. Ella fand, dass er schlecht aussah.

»Ist alles okay bei dir?«, fragte sie besorgt.

»Klar«, erwiderte er knapp. »Hast du das Zeug aus dem Sommerhaus geholt?«

Die verdammte Kiste. Ella hatte gewusst, dass er sofort danach fragen würde. »Ich wollte«, sagte sie kleinlaut, während sie nebeneinander über den Steg auf den Schuppen zugingen, »aber da war immer jemand im Haus.«

Jetzt blieb Tommy stehen. Wütend hob er die Arme und ließ sie wieder fallen. »So ein Mist! Ich habe denen versprochen, dass sie das Zeug heute noch bekommen. Ich bin so ein Idiot. Warum habe ich dir bloß vertraut?«

Tommy setzte sich wieder in Bewegung. Er ging jetzt so schnell, dass Ella mit ihm nicht mehr Schritt halten konnte. »Reg dich nicht auf«, bat sie. »Ich hole es heute noch.« Sie hatte ihn eingeholt und griff nach seinem Arm, als er in den Schuppen gehen wollte. »Komm, sei lieb, Tommy. Wir können ja Musik hören oder so was.«

Tommy schaute sie mit einem Blick an, in dem Wut, aber auch Fassungslosigkeit lag. Sie wusste ja, wie wichtig diese Kiste für ihn war, aber sie konnte schließlich auch nichts dafür, dass sie die Kiste bisher nicht hatte holen können.

Tommy riss sich von ihr los. »Ich habe keine Zeit, Ella«, sagte er wütend und ging in den Schuppen. Die Tür fiel hinter ihm zu.

Patrick verstand sich selbst nicht mehr. Was hatte er ihr eigentlich sagen wollen? Warum hatte er sie aufgehalten, als sie sich bereits verabschiedet hatte, um ihr dann doch nur noch einen schönen Tag zu wünschen? Er hatte das Gefühl gehabt, ihr etwas sagen zu müssen, und wusste selbst nicht genau, was das eigentlich war. Außerdem machte es auch nur wenig Sinn, einer Frau nachzulaufen, die praktisch schon verheiratet war.

Und Ella? Ihr ging er ohnehin nur auf die Nerven. Was immer er auch sagte, sie reagierte nur gereizt auf ihn. Wahrscheinlich war es für alle am besten, wenn er seine Sachen packte und von hier verschwand.

Dieser Gedanke war kaum in seinem Kopf, da handelte Patrick auch schon. Zuerst rief er Rita an. Sie zeigte sich erleichtert über seine geplante Rückkehr.

»Gut, dass du endlich kommst. Das Telefon klingelt Tag und Nacht und langsam fällt mir nichts mehr ein, womit ich Salvatore vertrösten kann.«

»Ich mache mich gleich auf den Weg. Hier bin ich ohnehin überflüssig«, entgegnete Patrick bitter. »Du kannst für morgen den Flug nach Rom buchen.«

»Bist du dir ganz sicher?«, vergewisserte sich Rita.

Patrick ging auf diese Frage nicht ein. »Und die Tournee nach Japan mache ich doch«, sagte er entschlossen. Auch das war ihm gerade erst durch den Kopf gegangen. Möglichst weit weg von hier, da kam ihm Japan gerade recht.

Es dauerte eine ganze Weile, bis Rita wieder sprach. Die Überraschung schwang in ihrer Stimme mit. »Die wolltest du in diesem Jahr doch auf keinen Fall einschieben.«

Patrick erinnerte sich daran, dass er erst vor drei Wochen abgelehnt hatte, weil ihm der Termindruck zu groß wurde. Aber jetzt war eben alles anders.

»Ich weiß, dass ich zuerst nicht wollte, aber jetzt habe ich es mir anders überlegt. Ich war noch nie in Japan und möchte da unbedingt hin. Mach das also bitte fest.«

»Na gut, ganz wie du willst«, stimmte Rita zu und verabschiedete sich von ihm. Patrick hatte kaum den Hörer aufgelegt, da klingelte das Telefon bereits wieder. Ob Rita etwas vergessen hatte?

Es war nicht Rita, sondern die Direktorin von Ellas Schule. Seit zwei Tagen hatte Ella den Unterricht geschwänzt.

»Und da rufen Sie jetzt erst an«, regte Patrick sich auf. Als die Direktorin sich erkundigte, wo Ella im Augenblick war, musste Patrick kleinlaut zugeben, dass er das selbst nicht wusste. Nachdem er aufgelegt hatte, saß Patrick lange sinnierend neben dem Telefon. Plötzlich hatte er das Bild seines Bruders vor Augen. Wie er im Krankenhaus lag, im tiefsten Koma. Angeschlossen an Schläuche und Apparate, die seine Lebensfunktionen überwachten. Er hatte das Versprechen im Ohr, das er seinem Bruder gegeben hatte. Er hatte noch nie in seinem Leben Verantwortung tragen müssen. Aber er hatte auch nie den Wunsch verspürt, sich Verantwortung aufzuladen.

Es wäre so einfach, seine Sachen zu packen und zu gehen. Bis vor ein paar Minuten noch war er davon überzeugt gewesen, dass es die richtige Lösung war. Bereits morgen könnte er in Rom sein, sich wieder voll und ganz der Musik widmen. Er würde sich um nichts anderes kümmern müssen, das ganze Drumherum regelte Rita. Trotzdem schaffte er es nicht, nach oben zu gehen und seine Reisetasche zu packen. Warum?

Mit einem Ruck sprang Patrick auf und verließ das Haus. Er musste nach Ella suchen, zumindest das war er seinem Bruder schuldig. Unterwegs zückte er das Handy und rief Rita an. Sie freute sich, ihn so schnell wieder zu hören.

»Hej, Patrick, es ist alles geklärt. Unsere Maschine geht morgen um kurz vor zwölf, sei also bitte pünktlich.«

»Rita, ich brauche ein paar Sachen aus meiner Wohnung.«

Sekundenlang war es still am anderen Ende der Leitung. »Wie bitte?«, fragte Rita schließlich pikiert.

»Ja«, bestätigte Patrick das, was sie nach seiner Einleitung wohl ohnehin schon befürchtete. »Das bedeutet, dass ich hier doch noch nicht weg kann.«

Obwohl ihre Stimme immer noch beherrscht klang, wusste

Patrick, dass Rita jetzt ernsthaft verärgert war, dafür kannte er sie gut genug. »Das glaube ich jetzt nicht. Ich finde das langsam nicht mehr komisch. Wie viel Zeit brauchst du denn noch?«

Patrick blieb stehen, schüttelte den Kopf, obwohl Rita ihn nicht sehen konnte. »Ich weiß nicht, wie lange das noch dauern wird.«

»Ich hoffe, du weißt, was du tust«, erwiderte Rita kühl.

Patrick ging weiter. Durch die Bäume sah er einen alten Schuppen am See, vor dem stand Tommy. Wo Tommy war, schlussfolgerte er, konnte Ella nicht weit sein.

»Ich habe auch keine Lust, noch länger hierzubleiben«, sagte er in den Hörer, »aber es geht eben nicht anders. Ich rufe dich wieder an.« Er schaltete das Handy aus und ging auf Tommy zu, der ihn jetzt ebenfalls bemerkt hatte. Der Junge hielt einen Motorradhelm in der Hand und wollte offensichtlich weg. Er schaute Patrick unsicher entgegen.

»Hej, wie geht es dir?«, fragte Patrick.

»Hej, ganz gut«, erwiderte Tommy den Gruß, beschäftigte sich dann aber angelegentlich mit seinem Helm. »Ich habe nur keine Zeit.«

Der Junge schafft es nicht mal für ein paar Sekunden, mir in die Augen zu sehen, dachte Patrick. Immer wieder wendete Tommy den Blick von ihm ab. Er wirkte nervös.

»Ich will nur wissen, wo Ella ist«, sagte Patrick. »Sie war seit zwei Tagen nicht mehr in der Schule.«

»Ich bin nicht ihr Babysitter«, stellte Tommy fest, wich dabei aber weiterhin Patricks Blicken aus.

»Ich auch nicht«, erklärte Patrick entschieden. »Aber sie ist vierzehn und es gibt gewisse Regeln, an die sie sich zu halten hat.«

»Ich muss los«, zeigte sich Tommy völlig unbeeindruckt und stieg auf seinen Roller. Mit einem weiten Schlenker umrundete er Patrick und verschwand zwischen den Bäumen. Nur das Knattern seines Rollers war noch eine ganze Weile zu hören.

Mit geballten Fäusten starrte Patrick ihm nach. Er war sicher, dass Tommy wusste, wo Ella war, und er konnte gut verstehen, dass sein Bruder den Kontakt zwischen Ella und Tommy nicht gerne sah.

Wenn sie meine Tochter wäre ... Patrick schüttelte den Kopf. Nur gut, dass er rechtzeitig entschieden hatte, sich eine solche Verantwortung niemals aufzubürden. Er liebte sein freies und ungebundenes Leben und sehnte sich danach, sobald als möglich wieder in sein normales Leben zurückzukehren. Hier kam er nur auf seltsame Gedanken.

Sie hatten sich ganz kurzfristig zum Schwimmen verabredet. Astrid brachte Trauben und Prosecco mit. Es war ein nettes kleines Picknick auf der Veranda über dem See. Nach einem erfrischenden Bad im See machten die beiden Frauen es sich auf ihren Decken gemütlich. Christina nippte nachdenklich an ihrem Prosecco.

»Jetzt rück schon raus damit«, forderte Astrid sie lächelnd auf. Die Freundin kannte sie viel zu gut, um nicht zu bemerken, dass ihre Fröhlichkeit heute nur gespielt war.

»Sobald ich wieder in Stockholm bin, beginnt der Ernst meines Lebens in der Kanzlei. Da darf ich ja wohl ein bisschen wehmütig sein ... oder unsicher ... oder ..., ach, ich weiß auch nicht, was das ist.« Christina lächelte schwach. Es beschäftigte sie weit mehr als nur ein bisschen Wehmut.

Astrid betrachtete sie prüfend. »Also, als ich mit meiner Arbeit begann, waren da Spannung, Aufregung und Vorfreude, aber keine Wehmut.«

»Du warst dir auch immer sicher, dass du das Richtige tust.«

Astrid trank jetzt ebenfalls einen Schluck von ihrem Prosecco. Dabei ließ sie Christina nicht aus den Augen. »Ich dachte, bei dir sei alles klar. Haus, Mann, Job und Kind.«

»Ist es ja eigentlich auch.« Christina schaute zum Haus hinüber. »Wahrscheinlich ist es nur dieses verflixte Sommerhaus. Ich war als Kind immer so glücklich hier. Diese endlosen Sommer, der See unter dem weiten Himmel, so fühlte sich für mich Glück an.« Christina prostete der Freundin zu. »Wahrscheinlich habe ich einen Sonnenstich.«

Astrid kniff die Augen ein wenig zusammen. »Was ist eigentlich so spannend daran, Scheidungsanwältin zu sein?«

»Was soll daran nicht spannend sein?«, antwortete Christina mit einer Gegenfrage. Komisch, dass Astrid genau das aussprach, was sie sich in den letzten Stunden selbst immer wieder gefragt hatte. Sie mochte ihren Beruf, zumindest in dieser Hinsicht war sie sich inzwischen sicher. Es war sicher spannend, Menschen zu ihrem Recht zu verhelfen. Ob es sie aber auf Dauer zufriedenstellen würde, in den Streitigkeiten zwischen zwei Menschen zu vermitteln, die sich einst geliebt hatten, bezweifelte sie mehr und mehr. Trotzdem verteidigte sie ihre zukünftige Arbeit jetzt vor Astrid. »Was soll nicht spannend daran sein? Scheidungen gehören zum Leben dazu. Sie haben mit Menschen zu tun und mit einem angenehmen Leben nach der Ehe.«

Astrid konnte die vorgebliche Meinung ihrer Freundin nicht teilen. »Vor allem geht es doch ums Geld und darum, den Besitz aufzuteilen. Ganz schlimm finde ich es, wenn sie sich dann auch noch um die Kinder streiten.«

Christina wusste nicht, was sie darauf antworten sollte. Sie konnte Astrid schlecht von einer Sache überzeugen, hinter der sie selbst nicht mehr hundertprozentig stand.

»Es war immer klar, dass ich einmal in die Kanzlei meines Vaters einsteige«, sagte sie schließlich. Es klang ziemlich hilflos.

»Wem«, hakte Astrid sofort nach. »Deinem Vater? Torsten?«

»Mir auch«, behauptete Christina. »Es gibt keine Alternativen.«

Astrid schwieg, aber ihr Blick verriet deutlich, was sie dachte.

Christina stand auf und faltete umständlich die Decke zusammen, auf der sie gesessen hatte. »Ich glaube, es ist besser, wenn ich jetzt weiterpacken gehe. Ich bin sowieso schon viel zu lange hier in Sandviken.«

Astrid ließ nicht nach. »War das mit Torsten auch schon alles klar?«

Christina blickte die Freundin streng an. »Kannst du jetzt mal damit aufhören? Wie komme ich eigentlich dazu, mein ganzes Leben in Frage zu stellen?«

Auf Astrids Gesicht lag jetzt dieses listige Lächeln, das Christina von früher kannte. Astrid hatte es immer dann aufgesetzt, wenn sie Christina zu einem ihrer Streiche überredete, die natürlich prompt aufflogen. »Ja«, nickte Astrid. »Wie kommst du dazu?«

Carls Zustand war unverändert. Gleich nach dem kurzen Gespräch mit Tommy war Patrick ins Krankenhaus gefahren. Als er zurückkam, pflückte Ella gerade die ersten reifen Tomaten von den Sträuchern.

»Hej. Schule schon aus?«

»Mmh«, wich sie einer direkten Antwort aus.

Vielleicht hätte er sie direkt mir dem Anruf der Schuldirektorin konfrontieren sollen, aber Patrick befürchtete, dass Ella dann sofort wieder dichtmachte. »Carl wird sich freuen, dass du dich um die Tomaten kümmerst.«

»Es war auch dringend nötig. Ich fahre später auch noch zum Markt.« Sie schenkte ihm ein scheues Lächeln. Es war das erste Mal, dass sie ihn überhaupt anlächelte.

Patrick wertete das als ersten Erfolg und beschloss, ihr Schuleschwänzen im Moment überhaupt nicht anzusprechen. Er hielt es für sinnvoller, ihr noch einmal zu versichern, dass er immer für sie da war. »Ella, wenn du mal jemanden zum Reden brauchst, stehe ich dir zur Verfügung.«

»Ich komme schon klar«, wehrte sie sofort wieder ab. Aber immerhin klang es diesmal nicht ganz so unfreundlich wie sonst.

»Das weiß ich«, ging Patrick auf sie ein. »Aber ich kenne das Gefühl, wenn man nachts nicht schlafen kann, weil man sich die schlimmsten Dinge vorstellt.«

»Vielen Dank, aber ich schlafe eigentlich ganz gut.« Trotz dieser ablehnenden Worte lächelte Ella ihn auch jetzt wieder an. Patrick wertete zumindest das als kleinen Erfolg. Er musste ihr einfach nur Zeit lassen, irgendwann würde sie ihm schon vertrauen.

»Na gut«, sagte er und wandte sich zum Gehen.

»Warte«, rief Ella ihm nach.

Patrick drehte sich um. Diesmal schaute sie ihm direkt ins Gesicht, als sie sagte: »Ich wollte dir eigentlich nur sagen, dass du dir keine Sorgen machen musst. Meine Lehrer meinen auch, dass ich ziemlich reif für mein Alter bin.«

Patrick betrachtete sie eine ganze Weile nachdenklich. Möglicherweise fand er ja besseren Zugang zu ihr, wenn er ihr zeigte, dass er ihr vertraute. »Okay«, nickte er schließlich.

Ellas Gesicht leuchtete auf, und Patrick hatte zum ersten Mal das Gefühl, dass sie sich ein bisschen nähergekommen waren.

So richtig kam Christina mit dem Einpacken nicht voran. Immer wieder unterbrach sie ihre Arbeit, ging durch das ganze Haus und versuchte, sich dabei vorzustellen, dass hier demnächst fremde Menschen leben würden. Noch vor ein paar Tagen hätte sie nicht gedacht, dass ihr der Abschied derart schwerfallen würde.

Ein Abschied für immer. Es war, als würde damit das letzte Band zu ihrer Mutter endgültig gekappt. Der Gedanke war für Christina so unerträglich, dass sie sich erneut in Bewegung setzte. Zum ersten Mal, seit sie im Sommerhaus war, betrat sie auch den Speicher, um nachzusehen, was hier oben noch aussortiert werden musste. Nur schwach fiel das Sonnenlicht durch die schmutzigen Dachluken und bahnte sich einen Weg durch Spinnweben und Staub. Hier oben war offensichtlich schon lange niemand mehr gewesen, um sauber zu machen. Eine alte Kommode stand mitten im Raum, dahinter Stühle aus unterschiedlichen Epochen. Eines hatten sie alle gemeinsam: Sie waren beschädigt und staubten hier oben vor sich hin.

Eine nackte Wäscheleine zog sich quer durch den Raum. Eine offene Truhe war mit Büchern und Schriftstücken gefüllt. Neugierig trat Christina näher, und dann fiel ihr Blick auf eine Kiste, die nicht ganz so staubig war wie alles andere hier oben. Darauf lag ein Buch über Jugendkriminalität.

»Nanu«, wunderte sie sich. »Wie kommt das denn hierher?«

Sie nahm das Buch an sich und blätterte ein wenig darin herum. Es fesselte sie sofort, aber in dem Dämmerlicht war das Lesen ziemlich anstrengend. Mit dem Buch in der Hand ging sie nach unten, blätterte weiter und blieb immer wieder an Passagen hängen, die sie interessierten. So erreichte sie durch den Wintergarten den Ausgang. Sie setzte sich auf die oberste Stufe und las gebannt weiter.

Christina bemerkte Patrick erst, als er sich neben sie setzte. »Was liest du denn da?«

»Ach, das ist so ein Buch, das mich gerade interessiert«, entgegnete Christina und hob ihren Blick in Richtung See.

Auch Patrick schaute geradeaus auf das Wasser. Es war, als würden sie beide eine sichere Distanz schaffen, indem sie es vermieden, sich anzuschauen.

»Irgendwie dachte ich, du wärst wie ich nur kurz hier«, murmelte Patrick.

Christina nickte. »Und jetzt sind wir immer noch da.«

Diesmal schaute Patrick sie an, doch seine nächsten Worte

reichten aus, um die Distanz zwischen ihnen aufrechtzuerhalten. »Ich hatte nie vor, länger zu bleiben. Ich liebe es, in vielen Städten zu leben, mich in Hotels aufzuhalten. Mein Loft in Stockholm ist eigentlich nur ein Ort, an dem ich meine Sachen deponiere. Ich bin ein Nomade.« Er machte eine kurze Pause, bevor er unmissverständlich hinzufügte: »In jeder Beziehung.«

Sie hatte es gewusst, die ganze Zeit schon. Patrick war kein Mann, mit dem eine Frau ihr Leben planen konnte. Er lebte in den Tag, für den Moment. Heute sie, morgen eine andere.

»Hattest du denn nie den Wunsch, mal irgendwo zu bleiben? Mit einer Frau? Einer Familie?«

»Einmal habe ich es versucht«, lächelte Patrick, »aber es ging gründlich schief. Nach drei Monaten ist sie geflohen, weil ich so unerträglich war. Ich habe mich nicht geändert, ich bin auf Dauer immer noch unerträglich.« Sein Blick wurde ernst. »Ich würde dich nur unglücklich machen, und mich auch.«

Christina war froh, dass sein Handy in diesem Moment klingelte und sie nicht darauf antworten musste. Seine Worte hatten sie tief getroffen und ließen sie erkennen, was sie die ganze Zeit über verdrängt hatte. Sie hatte sich in Patrick verliebt, aber es war eine Liebe ohne jede Zukunft, ohne jede Hoffnung.

Der Anruf kam aus dem Krankenhaus, er sollte sofort kommen.

Christina blieb auf der Treppe sitzen, als Patrick aufsprang und davonlief. Nein, sie würde nicht weinen. Sie konnte nicht einmal weinen. In ihr war nichts als Leere.

Carls behandelnder Arzt stand vor dem Krankenzimmer seines Bruders und unterhielt sich mit einer der Schwestern. Patrick eilte auf ihn zu. »Wie geht es meinem Bruder, Doktor Hallström?«

Der Arzt lächelte beruhigend. »Er ist vor einer Stunde aufgewacht und es geht ihm den Umständen entsprechend gut. Kommen Sie, ich führe Sie zu ihm.«

Der Arzt öffnete die Tür zum Krankenzimmer. Carl lag auf dem Bett, die Schläuche und Apparate, die seine Funktionen überwachten, waren weg. Aber Carl lag immer noch mit geschlossenen Augen da.

»Herr Bergdahl, Ihr Bruder ist da«, sagte Dr. Hallström.

Carl öffnete die Augen, mühsam wandte er den Kopf.

Patrick trat näher, legte eine Hand auf Carls Arm. Er sah so fremd aus mit diesem weißen Gesicht. Patrick war sich nicht sicher, ob sein Bruder ihn überhaupt erkannte. Hoffentlich hatte der Unfall nicht doch bleibende Schäden hinterlassen.

»Du kannst einem aber auch Angst einjagen, Carl«, zeigte er sich betont fröhlich, obwohl die Sorge um seinen Bruder an ihm nagte. »Wie geht es dir?«

Carl musste sich sichtlich anstrengen, um zu sprechen. »Wo ist Ella? Sie haben sie nicht erreicht.«

Insgeheim atmete Patrick erleichtert auf. Sein Bruder wusste, wer er war, und konnte sich auch an Ella erinnern. Auch wenn er kein Mediziner war, so wusste er doch, dass das ein gutes Zeichen war. »Sie wird sicher gleich da sein«, sprach er beruhigend auf Carl ein.

»Ihr Handy war ausgeschaltet«, keuchte Carl. Jedes Wort strengte ihn an. »Sie ist bestimmt mit diesem Tommy abgehauen. Das hatte sie schon lange vor.«

Jetzt war Patrick vollends beruhigt. Wenn Carl sich sogar schon wieder an Tommy erinnerte und an den Ärger, den er seinetwegen mit Ella gehabt hatte, musste einfach alles wieder gut werden.

»Deine blühende Fantasie hast du jedenfalls nicht verloren«, scherzte er. »Ich gehe gleich los und hole Ella.«

Ein erleichtertes Lächeln zog über Carls Gesicht. »Danke«, murmelte er.

»Brauchst du sonst noch etwas?«

Carl gab keine Antwort mehr. Er hatte die Augen wieder geschlossen. Sollte er nur schlafen. Wenn er das nächste Mal wieder aufwachte, ging es ihm bestimmt noch ein bisschen besser. Bis dahin wollte Patrick sein Versprechen einlösen und Ella an das Krankenbett ihres Vaters geholt haben.

Ella hockte am Bootssteg. Mit geschlossenen Augen streckte sie ihr Gesicht der Sonne entgegen. Aus den Ohrhörern ihres MP3-Players drang dröhnende Rockmusik. Sie hatte sich völlig abgeschottet von der Außenwelt, während ihre Gedanken unablässig um Tommy kreisten. Er war so sauer gewesen, hatte sich seither auch nicht mehr bei ihr gemeldet. Ob er jetzt endgültig mit ihr Schluss machen würde?

Plötzlich berührte jemand ihre Schulter. Erschrocken zuckte Ella zusammen und riss die Augen auf. Tommy kniete neben ihr, blickte sie ernst an.

Ella zog die Ohrhörer aus ihren Ohren. »Hej, da bist du ja endlich.«

»Ich brauche die Kiste, und zwar sofort. Wenn ich bis heute Abend nicht liefere, bekomme ich richtigen Ärger.«

»Ja, aber ...«

»Nichts aber«, fiel Tommy ihr heftig ins Wort. »Die haben meine Adresse. Ich werde beobachtet. Sag mir, wo das Zeug ist, ich hole es mir jetzt selbst.«

Ella schlug das Herz bis zum Hals. Sie begriff endlich, dass Tommy ernsthaft in Gefahr war. Seine Miene, seine ganze Haltung drückte Panik aus und die übertrug sich jetzt auf Ella. »Das geht nicht. Du kannst nicht einfach so ins Haus.«

»Ich hole mir das Zeug und in zwei Stunden bin ich weg.« Das klang endgültig. Ella wurde klar, dass nichts, was sie sagte, ihn umstimmen würde. »Und ich?«, fragte sie bedrückt.

Tommy zuckte mit den Schultern. »Keine Ahnung.«

In ihren Augen flackerte Angst. »Willst du mich verlassen?«

»Komm halt mit«, schlug er vor. »Entweder bist du in zwei Stunden hier oder nicht.«

Sein Tonfall passte sich dieser wenig ermunternden Aufforderung an. Ella wurde das Gefühl nicht los, dass sie ihm inzwischen völlig egal war. Das Einzige, was ihn noch interessierte, war diese verdammte Kiste. Sie unternahm keinen weiteren Versuch, ihn davon abzuhalten, die Kiste aus dem Sommerhaus zu holen. Sie begleitete ihn auch nicht, sondern erklärte ihm nur, wo sie die Kiste abgestellt hatte. Es ist sein Problem, wenn er erwischt wird, dachte sie trotzig und verdrängte damit die Angst, die sie trotzdem um ihn hatte.

Langsam schlich Tommy an das Haus heran, versteckte sich schnell hinter zwei Bäumen, als er Christina Lund im Wintergarten entdeckte. Sie saß an einem Tisch und blätterte in einem Buch. Hin und wieder notierte sie etwas auf einem Block, der neben dem Buch lag. Es sah aus, als wäre sie völlig in ihre Arbeit vertieft.

Tommy hatte sich gewünscht, dass sie überhaupt nicht im Haus war. Er konnte nur hoffen, dass sie so lange mit ihrer Arbeit beschäftigt blieb, bis er die Kiste geholt hatte.

Durch den Wintergarten kam er nicht ins Haus, also musste er es von vorn versuchen. Die Haustür war zu, aber nicht abgeschlossen. Vorsichtig drückte er die Klinke herunter, huschte ins Haus und blieb lauschend stehen. Alles blieb still.

Gleich rechts neben der Tür war die Treppe ins Obergeschoss. Tommy schaffte es, lautlos nach oben zu kommen. Die Tür zum Speicher, so hatte Ella ihm erklärt, war die neben dem Tisch mit der altmodischen Lampe. Er öffnete die Tür, nahm die ersten beiden Stufen. Die vierte Stufe knarrte laut. Erschrocken trat

Tommy zurück. Er hielt den Atem an und verhielt sich erst einmal ganz still. Hatte Christina Lund ihn gehört?

Er rechnete jeden Moment damit, Schritte auf der Treppe zu hören, die nach oben führte. Erst nach einer ganzen Weile, als weiterhin alles ruhig blieb, ging er weiter. Er hütete sich davor, noch einmal auf die knarrende Stufe zu treten. Auf dem Speicher fand er die Kiste sofort. Ella hatte sich nicht einmal Mühe gegeben, sie zu verstecken. Wenn Christina Lund nur einmal hineingeschaut hätte ...

Tommy unterdrückte den Anflug von Ärger über Ella. Er musste zusehen, dass er von hier wegkam. In einer Stunde konnte er die Kiste übergeben und danach würde er Sandviken verlassen. Vielleicht würde er sogar aus Schweden weggehen. Er wusste, dass die Polizei inzwischen auf ihn aufmerksam geworden war. Erst vor zwei Tagen hatte er bemerkt, dass er vom Ufer aus von zwei Beamten beobachtet wurde. Dabei hatten die beiden sich hinter einer Baumgruppe gut getarnt, und möglicherweise hätte er sie nicht einmal bemerkt, wenn er im Augenblick nicht besonders sensibilisiert wäre. Er hatte seine Augen überall, doch dabei hatte er weniger an eine Gefahr durch die Staatsgewalt gedacht als vielmehr an seine sogenannten Geschäftskontakte.

Inzwischen war Tommy klar geworden, auf welche Art von Leuten er sich da eingelassen hatte. Zuerst war es nur das schnelle Geld gewesen, das ihn gereizt hatte, doch mittlerweile kannte er die Konsequenzen, die er dafür unwissentlich in Kauf genommen hatte. Die Bedrohungen durch diese Leute waren in den letzten Tagen so massiv geworden, dass die Angst ihn nachts nicht mehr schlafen ließ. Sie hatten keinen Zweifel daran gelassen, dass sie diese Drohungen wahr machen würden, wenn er nicht endlich die Kiste herbeischaffte.

Und jetzt gleich würde es vorbei sein. Dann bräuchte er auch keine Angst mehr vor diesen zu Typen haben. Auf seinem Weg nach unten vermied er es, auf die knarrende Treppenstufe zu treten. Er erreichte die erste Etage, trat aus der Tür und erstarrte …

Das Buch über Jugendkriminalität fesselte Christina so sehr, dass sie alles um sich herum vergaß. Sie hatte während des Studiums diesen Bereich nur kurz gestreift, ihr Hauptaugenmerk lag auf dem Scheidungsrecht. Die ganze trockene Theorie über Zugewinnausgleich und Unterhaltsrecht beherrschte sie perfekt, hatte sie aber nie so fasziniert wie das Buch, das jetzt vor ihr lag. Sie notierte alle Verweise auf weitere Literatur zu dem Thema. Heute noch wollte sie die Bücher bestellen.

Was mache ich hier eigentlich, schoss es ihr plötzlich durch den Kopf. Sie stand auf, ging nachdenklich aus dem Zimmer und zuckte zusammen, als sie plötzlich ein Geräusch aus der oberen Etage vernahm.

War da jemand? Christina stand vor der Treppe und horchte nach oben. Nach ein paar Sekunden zuckte sie mit den Schultern. Wahrscheinlich hatte sie sich das Knarren nur eingebildet. Außerdem knackte und knarrte es in Holzhäusern doch ohnehin immerzu.

Dann vernahm sie wieder ein Geräusch. Kaum hörbar, aber diesmal war sich Christina ganz sicher, dass sie es sich nicht eingebildet hatte. Außerdem glaubte sie, die Anwesenheit eines anderen Menschen förmlich zu spüren.

Lautlos schlich sie die Treppe hinauf. Kurz kam ihr der Gedanke, dass es weitaus besser wäre, die Polizei zu rufen. Möglicherweise brachte sie sich gerade selbst in Gefahr. Was war, wenn sie einen Einbrecher überraschte? Ihr Herz raste, dennoch ging sie weiter. Sie erreichte die erste Etage, hörte jetzt deutlich, wie jemand die Treppe zum Speicher hinunterschlich. Und dann stand Tommy vor ihr. Mit beiden Händen trug er eine Kiste vor sich her.

Ihre Angst verflog schlagartig. Christina war einfach nur überrascht. »Tommy, was machst du denn hier?«

Tommys Gesicht war schneeweiß vor Schreck. Er drückte ihr die Kiste in die Hände, instinktiv griff Christina zu.

»Ist Ella da?«, stammelte Tommy, als wolle er damit seine Anwesenheit erklären. Er wartete eine Antwort aber gar nicht erst ab, sondern flüchtete an Christina vorbei die Treppe hinunter.

»Tommy, warte doch«, rief Christina dem davoneilenden Jungen nach. Sie hörte nur noch das Zuschlagen der Haustür.

Christina war völlig perplex. Sie stellte die Kiste ab und öffnete sie neugierig. Ihr wurde einiges klar, als sie sah, was sich in der Kiste befand.

Er war an Tommys Schuppen gewesen und anschließend kreuz und quer durch Sandviken gefahren, ohne Ella zu finden. Allmählich wurde Patrick unruhig. Was, wenn Carl recht hatte und Ella tatsächlich mit diesem Tommy abgehauen war? Er kannte seine Nichte immer noch viel zu wenig, um zu wissen, was in ihr vorging. Er wusste nicht, was sie dachte oder fühlte, und er hatte auch nicht die geringste Ahnung, ob es ihr zuzutrauen war, dass sie mit diesem Jungen einfach verschwand.

Ungeduldig tigerte er durch das Haus, schaute immer wieder aus dem Fenster. Wie sollte er es Carl erklären, wenn Ella wirklich verschwunden war?

Als Patrick schon nicht mehr damit rechnete, tauchte Ella endlich auf. »Da bist du ja«, rief er erleichtert aus. Er musste sich bemühen, um freundlich zu bleiben. »Das Krankenhaus hat versucht, dich zu erreichen.«

»Ist was mit Papa?«, wollte sie erschrocken wissen.

»Er ist wieder wach.«

Ella schaute ihn erst ungläubig an, bevor sie zaghaft lächelte.

In ihrer Stimme schwang immer noch die Angst mit, die sie die ganze Zeit über um ihren Vater ausgestanden hatte. »Wie geht es ihm?«

»Der Arzt sagt, er wird wieder gesund. Wenn du willst, fahre ich dich hin.«

»Danke, ich fahre mit dem Rad.« Ella zögerte einen Augenblick, bevor sie sich schließlich auf die Zehenspitzen stellte und ihn auf die Wange küsste.

War das eine Entschuldigung für ihr Verhalten in den letzten Tagen? Oder war es einfach die Erleichterung, weil es Carl wieder besser ging? Patrick wusste es nicht und doch freute er sich über diesen flüchtigen Ausbruch von Zuneigung. Er wählte seine nächsten Worte mit Bedacht, um sie nicht gleich wieder zu verärgern. »Du solltest versuchen, Carl jetzt nicht aufzuregen. Am besten redest du nicht über Tommy.«

Ella nickte lächelnd. »Ich fahr dann mal.«

Carl war aufgewacht, Ella würde ein paar Tage lang alleine zurechtkommen, bis ihr Vater das Krankenhaus verlassen konnte, und Christina ...

Das alles wurde ihm viel zu kompliziert. Er wollte endlich zurück in sein altes Leben, wo er sich um seine Musik kümmerte und Rita um alles andere. Er musste nur die Reisetasche packen, die Rita ihm am ersten Tag nachgeschickt hatte, und konnte heute noch abreisen.

Ella fühlte sich innerlich zerrissen. Sie hätte ihren Vater so gerne noch einmal gesehen. Aber da war auch Tommy, der bald abfahren wollte. Die zwei Stunden waren fast um und er hatte keinen Zweifel daran gelassen, dass er nicht warten würde.

An der Wegbiegung stieg Ella vom Rad. Rechts ging es nach Sandviken. Wenn sie immer geradeaus lief, würde sie irgendwann zum Krankenhaus kommen.

Links führte der Weg hinunter ans Seeufer, dort, wo Tommys Schuppen stand. Durch die Bäume sah sie das Wasser schimmern, einen Teil des Bootsstegs. Sie nahm eine Bewegung wahr. Tommy, der gerade dabei war, sein Boot zu beladen.

Gleich würde er verschwinden, dann sah sie ihn nie wieder. Dieser Gedanke gab bei Ella endgültig den Ausschlag. Sie wählte den linken Weg, schob ihr Fahrrad zum Bootssteg und ließ es da achtlos auf den Boden fallen. Tommy schaute nur kurz auf, als sie zu ihm ins Boot stieg. Ihr Herz raste. Sie wusste, es war falsch, was sie hier machte. Sie hatte nicht die geringste Ahnung, wie es weitergehen sollte, und war sicher, dass es Tommy nicht anders ging. Sein Gesicht war ungewöhnlich blass. Er hatte all seine Habseligkeiten in ein paar Kisten verpackt. Für ihn war es wirklich ein Abschied für immer. Die Endgültigkeit ihrer eigenen Entscheidung wurde unerträglich. Noch konnte sie zurück. Schlimmer als jetzt konnte es kaum noch werden.

Ella hatte sich geirrt, es wurde noch schlimmer. Motorengeräusche waren zu hören, Reifen, die auf dem morastigen Waldboden durchdrehten. Bremsen quietschten auf, als der Wagen oberhalb des Bootssteges zum Stehen kam. Zwei Männer mit gezückten Pistolen sprangen aus dem Wagen, stürmten über den Bootssteg auf sie zu. Voller Panik klammerte Ella sich fest an Tommy.

Christina hatte die Kiste in ihren Wagen verfrachtet und fuhr damit direkt zu Carls Haus. Als sie ankam, lud Patrick gerade sein Gepäck in sein hellblaues Cabriolet.

Christina parkte neben seinem Wagen. Mit gerunzelter Stirn blickte sie auf die Reisetasche in seiner Hand. »Du reist ab?«

»Carl ist wieder aufgewacht.« Patrick schien zu glauben, dass diese Nachricht seinen Entschluss zur Abreise ausreichend erklärte. Christina ignorierte es einfach.

»Ohne dich von mir zu verabschieden?«

»Ich wäre schon noch vorbeigekommen«, behauptete er mit leichter Ungeduld in der Stimme.

Christina wusste nicht, ob sie ihm glauben konnte oder nicht. Aber was spielte das auch schon für eine Rolle. Er wollte weg von hier, ihre Wege würden sich auf jeden Fall trennen. Egal, ob er sich verabschiedete oder nicht. Sie erinnerte sich daran, weshalb sie hierhergekommen war.

»Schau mal, was ich im Auto habe.«

Patrick umrundete das Cabrio und kam neugierig zu ihr hinüber. Seine Augen wurden groß, als sie die Kiste auf dem Beifahrersitz öffnete. Er nahm einige der DVD-Hüllen in die Hand und legte sie ganz schnell wieder zurück. »Das sind ja alles Raubkopien.« Fragend schaute er Christina an. »Woher hast du die?«

»Tommy hat sie im Sommerhaus versteckt. Ich habe ihn erwischt, als er sie abholen wollte.«

»Hat Ella damit etwas zu tun?«, fragte Patrick alarmiert.

»Keine Ahnung.« Christina zuckte mit den Schultern. »Ich wollte es dir überlassen, sie zur Rede zu stellen. Deshalb habe ich die Kiste erst einmal hierher gebracht.«

Patrick schüttelte zweifelnd den Kopf. »Ich glaube kaum, dass sie mir die Wahrheit sagen würde.«

Christina schaute zur Haustür hinüber, die weit offen stand. »Ist sie im Haus?«

»Sie ist bei Carl«, sagte Patrick. »Ich rufe sie an, damit sie dort auf uns wartet.«

»Auf uns?«, echote Christina.

»Christina, bitte.« Sein Blick flehte sie an. »Ich kann das nicht allein. Ich brauche deine Unterstützung.« Während er sprach, zog er bereits das Handy aus seiner Tasche und versuchte, Ella anzurufen. Sie meldete sich nicht. Schließlich rief er das Krankenhaus an, aber auch dort war sie noch nicht angekommen. Patrick wirkte zunehmend nervös.

Christina schlug vor, gemeinsam zum Sommerhaus zu fahren, um dort eine Tasse Kaffee zu trinken. Vielleicht traf Ella in der Zwischenzeit im Krankenhaus ein.

Patrick fuhr in seinem eigenen Wagen hinter Christina her. Im Rückspiegel sah sie, dass er bereits wieder telefonierte, noch bevor sie das Haus erreicht hatten. »Sie ist immer noch nicht bei Carl angekommen«, sagte er, als sie ihre Fahrzeuge nebeneinander vor dem Sommerhaus abstellten. Er folgte Christina ins Haus.

»Ich habe keine Ahnung, was ich machen soll. Vielleicht rufe ich doch besser die Polizei an.«

»Jetzt warte doch erst einmal ab«, versuchte Christina ihn zu beruhigen. Sie schaute nachdenklich vor sich hin. »Wie ist eigentlich das Verhältnis zwischen Ella und Carl?«

Patrick musste zugeben, dass er das nicht wusste. »Aber sie ist für ihn das Wichtigste auf der Welt«, war er sich sicher, »während Ella behauptet, dass Carl sie nicht versteht.«

Christina ahnte, was in Carl vorging, aber sie konnte auch Ella verstehen. »Carl hat Angst, dass seiner Tochter etwas passiert oder er sie verliert. Wahrscheinlich ist sie ihm zu schnell erwachsen geworden. Ich kenne das nur zu gut. Nach dem Tod meiner Mutter hat mein Vater auch versucht, mich in Watte zu packen. Ich konnte keinen Schritt tun, ohne dass er ihn vorgeplant hatte. Er wollte über alles Bescheid wissen. Was ich tat, mit wem ich zusammen war ...« Christina brach ab. Sie dachte zurück an diese Zeit. Anfangs hatte sie rebelliert, ebenso wie Ella heute. Wann hatte sie aufgehört, sich zu wehren? Ab welchem Zeitpunkt hatte sie begonnen, die Pläne ihres Vaters für ihr Leben als ihre eigenen Pläne zu übernehmen?

»Es ist doch verständlich, dass sich ein Vater Sorgen um seine Tochter macht«, riss Patrick sie aus ihren Gedanken.

Christina lächelte schwach. »Du kannst aber nicht verhindern, dass die Kinder ihre eigenen Wege gehen.« Ihre Miene wurde wieder ernst. »Es sei denn, du hast eine Kanzlei und deine Tochter studiert Jura.«

Während sie sprachen, waren sie in die Küche gegangen. Patrick ließ sich auf einen Stuhl fallen, während Christina das Kaffeewasser aufsetzte.

»Wahrscheinlich ist es ganz gut, dass ich keine Kinder habe«, meinte Patrick. »Ich würde sowieso alles falsch machen.«

Christina wusste selbst nicht, warum sie sich über diese Bemerkung ärgerte. »Vielleicht hätte es dir ganz gutgetan, ein bisschen Verantwortung für jemanden zu übernehmen«, entgegnete sie spitz. »Das hilft gegen übersteigerten Egoismus.«

Patrick erhob sich wieder. »Du hältst mich für egoistisch?«

Christina wandte ihm den Rücken zu und hob kurz die Schultern. »Keine Ahnung. Eigentlich geht es mich ja auch nichts an.«

Patrick kam näher. Er berührte sie nicht, und doch fühlte Christina, dass er ganz dicht bei ihr stand. Sie spürte seinen Atem in ihrem Nacken, als er den Kopf neigte. »Und wenn es gar kein Egoismus ist, sondern einfach nur Angst?«

Christina wandte sich um. Sie sagte nichts, schaute ihn nur an. Sein Mund suchte ihre Lippen, Christina schloss die Augen ...

Ein lautes Räuspern ließ die beiden auseinanderfahren. Astrid stand in der Tür und lächelte Christina verschmitzt an. Gleich darauf wurde ihr Blick aber wieder ernst. »Habt ihr es schon gehört?«

Unisono schüttelten Patrick und Christina die Köpfe.

»Tommy wurde verhaftet und Ella war bei ihm. Die Polizei hat mich angerufen, weil sie erzählt hat, dass sie in meiner Schule ist. Tommys Boot war jedenfalls voll mit Schmuggelware. Keine Angst«, Astrid schüttelte beschwichtigend den Kopf, »die Polizei glaubt Ella, dass sie damit nichts zu tun hat. Tommy hat das auch so bestätigt.«

»Das war es dann wohl«, meinte Patrick. Christina glaubte,

einen Anflug von Erleichterung herauszuhören. Das Problem Tommy hatte sich für die Bergdahls vorerst erledigt. Zumindest für Carl und Patrick.

Arme Ella, dachte Christina. Für sie musste es schlimm sein, wenn Tommy für längere Zeit in den Jugendarrest kam.

Astrid machte sich offensichtlich ähnliche Gedanken. »Ich weiß nicht.« Wieder schüttelte sie den Kopf. »Tommy ist kein Krimineller. Es hatte es einfach nicht leicht ohne Eltern.«

»Tja, wie auch immer«, erwiderte Patrick. »Ich muss jetzt wirklich los. Ich will noch zum Krankenhaus, mich von Carl verabschieden und ihm schonend beibringen, was hier passiert ist. Ihr kümmert euch doch um Ella?«

»Natürlich«, murmelte Christina verwirrt. Sie konnte es nicht fassen, dass Patrick ausgerechnet jetzt in dieser Situation wirklich gehen wollte.

Astrid nickte ebenfalls zustimmend, doch ihre Miene drückte deutliches Missfallen aus.

Patrick schien von alledem nichts zu bemerken. Er schaute Christina an. »Ich werde erst mal eine Weile unterwegs sein. Italien, danach Japan. Aber ich rufe dich an.«

Christina spürte mit einem Mal heiße Wut in sich aufsteigen. Er war durch und durch ein Egoist. Er reiste ab, ungeachtet dessen, was er angerichtet hatte. Er musste doch spüren, was sie für ihn empfand, und Christina war sich ganz sicher, dass auch sie ihm nicht gleichgültig war. Und doch ging er, zeigte ihr damit deutlich, dass sie nicht wichtig genug in seinem Leben war, um etwas daran zu ändern.

Christina warf den Kopf in den Nacken. »Ja, ruf mich an«, sagte sie ironisch. »Wenn du mal eine Lücke in deinem Terminkalender hast oder dich in deinem Hotelzimmer einsam fühlst.«

Patrick schaute sie hilflos an. »Christina, ich ...«

»Wenn ich in der Nähe bin, komme ich vielleicht auch mal zu

einem deiner Konzerte«, fiel sie ihm ins Wort. »Du weißt, ich bin ein Fan.«

Was immer Patrick ihr vorher sagen wollte, jetzt sprach er es nicht mehr aus. Sie spürte, dass er sie anschaute, doch sie sah stur an ihm vorbei.

»Mach's gut«, murmelte er.

Patrick ging und hinterließ einen Scherbenhaufen. Zumindest kam es Christina so vor. Nichts würde mehr sein so wie vorher, bevor sie Patrick kennengelernt hatte. Sie spürte nichts als Leere in sich. Vielleicht war da aber auch noch ein winziger Funke Hoffnung, der jedoch erlosch, als sie hörte, wie Patrick draußen seinen Wagen startete und davonfuhr.

Christina wandte sich um, klappte den Deckel des Klaviers herunter, an dem Patrick vor wenigen Tagen noch gesessen und gespielt hatte. »Das war es dann wohl auch für mich.«

Astrid, die sich seit dem Abschied Patricks zurückgehalten hatte, kam jetzt zu ihr. »Bist du sicher? Was willst du denn machen? Zurück nach Stockholm gehen und so tun, als wäre nichts gewesen?«

»Warum nicht«, sagte Christina trotzig, obwohl sie vor ein paar Sekunden selbst noch gedacht hatte, dass nichts mehr so sein würde, wie es einmal war.

Astrid fasste ihre Schultern mit festem Griff, schüttelte sie leicht. »Tommy braucht einen Verteidiger, Ella braucht jemanden zum Reden. Und ich brauche meine beste Freundin, und zwar hier.« Christina lachte bitter auf. »Das ist ja sehr schön für euch, aber weiß auch jemand, was ich brauche?«

Astrids Hände umschlossen ihr Gesicht. »Du brauchst bestimmt keinen öden Job als Scheidungsanwältin und noch weniger einen öden Job als Ehefrau von Torsten.«

Christina lehnte ihre Stirn gegen Astrids Stirn. Ihre Freundin hatte ja recht. Selbst wenn es möglich gewesen wäre, sie wollte doch gar nicht zurück in ihr altes Leben.

Ella wirkte kleinlaut, aber auch ziemlich erleichtert, als Christina sie auf der Polizeiwache abholte. Sie sagte kein Wort, als Christina sich bei den Beamten nach den Fakten erkundigte, und ging auch später schweigend neben ihr her. Erst als sie auf dem Beifahrersitz saß, sagte sie leise: »Danke, dass du mich abgeholt hast.«

»Gern geschehen.« Christina startete den Wagen. Eine ganze Weile sagten beide kein Wort und hingen ihren Gedanken nach.

»Was wird jetzt aus Tommy?« Ungeweinte Tränen lagen in Ellas Stimme. »Kommt er ins Gefängnis?«

»Ich weiß es nicht«, gab Christina ehrlich zu. Sie warf Ella einen kurzen Blick zu, bevor sie sich wieder auf die Straße konzentrierte. »Ich hoffe aber, dass ich das verhindern kann.«

»Du?«, fragte Ella überrascht.

Christina nickte. Das erste Mal seit Patricks Abschied lächelte sie wieder. »Ich würde ihn gerne verteidigen.«

»Du bist toll«, rief Ella überschwänglich aus. »Tommy wird sich bestimmt auch freuen. Er hat ja niemanden außer uns, der zu ihm hält.«

Uns? Christina lauschte dem ganz besonderen Klang dieses Wortes nach. Sie nickte und lächelte, weil das Eis zwischen ihr und Ella gebrochen war. Sie war voller Freude auf die Aufgabe, die vor ihr lag. Irgendwann, da war sie sich ganz sicher, würde auch der dumpfe Schmerz in ihrem Herzen nachlassen. Irgendwann, ganz bestimmt, würde sie Patrick Bergdahl vergessen.

Christina ließ Ella am Krankenhaus aussteigen. Das Mädchen wollte zuerst seinen Vater besuchen und hatte ihm wohl einiges zu beichten. Christina ließ sich von ihr das feste Versprechen geben, dass sie keine Dummheiten machte und sich meldete, wenn sie Hilfe benötigte.

Widerstreitende Gefühle bewegten sie, als sie zum Sommerhaus zurückfuhr. Einerseits wusste Christina nun genau, was sie machen wollte. Zumindest beruflich lag der Weg jetzt klar vor ihr. Aber das Chaos in ihrem Herzen blieb. Nur eines wusste sie ganz sicher: Sie und Torsten würden niemals miteinander glücklich werden.

Wie sie ihre völlig neue Zukunftsplanung und ihre Idee für das Sommerhaus dem Vater erklären wollte, wusste Christina allerdings noch nicht. Klar war nur, dass es für sie kein Zurück mehr gab.

Christina seufzte schwer auf, als sie am Sommerhaus ankam. Die Diskussion mit ihrem Vater stand ihr offensichtlich früher bevor, als sie gedacht hatte. Die schwere Limousine von Henner Lund parkte vor dem Haus.

Christina stellte ihren Wagen ab, blieb aber noch ein paar Sekunden hinter dem Lenkrad sitzen. In Gedanken legte sie sich zurecht, was sie dem Vater sagen wollte. Dann nahm sie allen Mut zusammen und stieg aus ihrem Wagen.

»Papa«, rief sie, als sie das Haus betrat. Henner Lund kam in Begleitung eines fremden Mannes aus dem Wintergarten. Christina küsste ihren Vater auf die Wange und begrüßte den Mann, den Henner ihr als Herrn Nyström vorstellte.

»Was machst du hier?«, wollte Christina wissen.

Henner lächelte zufrieden. »Herr Nyström will das Sommerhaus kaufen. Er hat sich auf den ersten Blick in die Fotos verliebt. Außerdem wollte ich dich daran erinnern, dass du einen Platz in meiner Kanzlei hast.«

Christina begrüßte Herrn Nyström freundlich und wandte sich dann an ihren Vater. Sie hatte plötzlich nicht einmal mehr Angst vor der Aussprache mit ihm. Es ging um das Leben, das sie führen wollte, und das musste auch ihr Vater akzeptieren. Nur gut, dass sie gerade noch rechtzeitig gekommen war, bevor ihr Vater ein Schriftstück aufgesetzt und das Haus Herrn Nyström zugesprochen hatte.

»Kann ich dich mal ganz kurz alleine sprechen, Papa?«, bat sie.

Henner Lund schlug Herrn Nyström vor, schon mal zum See zu gehen. Der Mann war sofort einverstanden und zog sich diskret zurück.

»Ich muss dir unbedingt was sagen. Ich habe aber nicht viel Zeit, ich muss nämlich gleich ins Untersuchungsgefängnis.«

»Untersuchungsgefängnis?« Henner Lund schüttelte fassungslos den Kopf. »Was soll das? Du bist Scheidungsanwältin.«

»Ja, genau darum geht es. Noch bin ich keine Scheidungsanwältin«, stellte Christina richtig. »Und ich möchte auch keine werden.«

Henner Lund öffnete den Mund, um etwas zu sagen.

»Lass mich das bitte erklären, Papa«, bat Christina schnell, während Henner den Mund schloss.

»Weißt du, ich kann mich nicht jeden Tag mit streitenden Ehepaaren befassen. Ich will mehr. Ich weiß, das kommt jetzt ein bisschen überraschend, aber ...«

Diesmal fiel Henner ihr ins Wort. »Kann es sein, dass dir nicht gut ist?«

Christina schaute in die unwillige Miene ihres Vaters. Die ganzen Jahre über hatte sie vor allem versucht, es ihm recht zu machen. Sie hatte Jura studiert, weil er es von ihr erwartete. Sie hätte fast den Mann geheiratet, der für die Kanzlei ihres Vaters der perfekte Nachfolger war. Sie war so lange die folgsame Tochter gewesen, dass sie es ihrem Vater nicht einmal verübeln konnte, wenn er sie jetzt nicht verstand. Aber letztendlich würde er ihre Entscheidung akzeptieren müssen. Was bei ihr langsam und in den letzten Tagen allmählich gereift war, servierte sie ihm jetzt mit unumstößlicher Plötzlichkeit. Mit fester Stimme sprach sie weiter: »Doch, es geht mir sogar sehr gut. Ich weiß, was ich will, und ich weiß, was ich nicht will. Es tut mir leid, Papa, aber ich möchte nicht in deiner Kanzlei arbeiten. Ich will Jugendanwältin werden. Ich werde hier in Sandviken bleiben und ich will ... Ach nein«, unterbrach sie sich selbst, »das sage ich Torsten lieber persönlich. Ich muss jetzt los. Mein erster Mandant wartet nämlich.«

»Moment mal ... Das meinst du doch nicht ernst, Christina. Wenn du noch unsicher bist, dann mache erst einmal eine Reise und lass dir den Wind um die Nase blasen.«

Christina schüttelte den Kopf. »Ich fühle mich überhaupt nicht unsicher, Papa. Ganz im Gegenteil. Ich war mir noch nie so sicher wie jetzt, dass ich das Richtige tue.« Sie küsste ihren Vater liebevoll auf die Wange. »Ich hab dich lieb, und du wirst ganz bestimmt stolz auf mich sein.«

Christina lief nach oben, um sich für ihren Termin im Untersuchungsgefängnis umzuziehen. Auf der halben Treppe blieb sie noch einmal stehen und schaute sich um. Ihr Vater hatte aus einem der gepackten Kartons ein Foto genommen und schaute es an. Sie selbst war darauf zu sehen, zusammen mit ihrer Mutter. Henner Lund verzog den Mund zu einem Lächeln. Christina ging weiter nach oben. Alles würde wieder gut. Na ja, schränkte sie ein, fast alles.

Astrid wartete vor dem Untersuchungsgefängnis auf sie. Als Christina herauskam, ging ihr die Freundin ungeduldig entgegen. »Und?«

Christina war zufrieden. »Er wird wahrscheinlich mit einer Bewährungsstrafe und vielen Stunden Sozialarbeit davonkommen.«

Astrid atmete erleichtert auf und grinste. »Und?«, fragte sie erneut.

Christina blickte sie verständnislos an.

»Das war der erste Schritt in dein neues Leben. Wie fühlst du dich?«

»Gut«, entgegnete Christina.

»Und warum nicht sehr gut?«, ließ Astrid nicht locker.

»Gut ist doch auch nicht schlecht«, schmunzelte Christina. Sie wusste genau, worauf Astrid hinauswollte.

Die beiden Frauen gingen langsam nebeneinanderher zum Parkplatz.

»Aber etwas fehlt doch noch«, bohrte Astrid weiter.

»Etwas fehlt immer«, philosophierte Christina. »Das perfekte Glück gibt es nicht.«

Astrid hielt es nicht länger aus. Sie stellte sich vor Christina und hinderte sie so am Weitergehen. »Ich verstehe dich nicht, Christina. Du hast heute den Mut aufgebracht, deinem Leben eine völlig neue Richtung zu geben. Warum fehlt dir denn das letzte Quäntchen Mut zum Wichtigsten?«

Wie im Zeitraffer lief die Zeit mit Patrick vor ihrem inneren Auge ab. Kurze Sequenzen, und jede einzelne versetzte ihr einen schmerzhaften Stich. Das erste Treffen auf der Fähre. Patrick am Klavier im Sommerhaus. Der erste Kuss, der Abend auf dem See ...

»Liebst du ihn?«, fragte Astrid eindringlich.

»Darauf kommt es nicht an.« Christina umrundete ihre Freundin und ging weiter. Astrid folgte ihr, holte sie wieder ein.

»Worauf kommt es dann an?«

Diesmal blieb Christina stehen und wandte sich der Freundin zu. »Er ist beziehungsunfähig. Er hat mir selbst gesagt, dass er ein Nomade ist.«

Astrid grinste. »Hast du ihm gesagt, dass du ihn für beziehungsunfähig hältst? Manchmal hilft so etwas.«

»Ach, bei dem hilft gar nichts.« Christina machte eine wegwerfende Handbewegung und ging weiter.

Es gab noch so viel zu tun. Alle Kartons, die sie gepackt hatte, konnte sie nun wieder auspacken. Außerdem wollte sie sich eines der Gästezimmer als Büro einrichten.

Ihr Vater hatte ihr eine kurze Notiz hinterlassen, dass er das Sommerhaus nicht verkaufen würde. Natürlich hatte er sich den Zusatz nicht verkneifen können, dass für sie jederzeit ein Platz in der Stockholmer Kanzlei bereitstand, wenn sie es sich doch noch anders überlegte.

Aber anstatt sich in die Arbeit zu stürzen, lief sie schon seit einer halben Stunde auf der Terrasse über dem See hin und her.

Ich muss Torsten anrufen, dachte sie. Er hatte ein Recht darauf, so schnell wie möglich von ihrem Entschluss zu erfahren. Sie zog ihr Handy aus der Hosentasche, suchte nach Torstens gespeicherter Nummer. Und dann war es plötzlich Patricks Nummer, auf die sie drückte.

Mit klopfendem Herzen hielt sie das Handy an ihr Ohr gepresst. Nach mehrmaligem Freizeichen vernahm sie seine Stimme.

»Das ist die Mailbox von Patrick Bergdahl. Hinterlassen Sie mir bitte eine Nachricht.«

»Hej, hier ist Christina«, stammelte sie hastig. »Äh ... ich wollte dir eigentlich nur sagen, wie schade ich es finde, dass du so beziehungsunfähig bist und wir vielleicht ...«

Erschrocken nahm sie das Handy vom Ohr und beendete das Gespräch. »Gott, was rede ich denn da für einen Schwachsinn.«

Als sie sich wieder gefangen hatte, wählte sie noch einmal Patricks Nummer und ließ die Ansage der Mailbox ablaufen. »Hej, hier ist noch einmal Christina. Vergiss einfach meinen ersten Anruf. Es tut mir leid.« Unzufrieden legte sie auf und steckte das Handy zurück in ihre Hosentasche. Verzweifelt schaute sie über den See. Wenn Patrick die beiden Nachrichten abhörte, hielt er sie wahrscheinlich für übergeschnappt, und sie konnte es ihm nicht einmal verdenken.

Wie auf allen Flughäfen dieser Welt verströmte auch Arlanda dieses ganz besondere Flair von Fernweh und Reiselust. Eine Maschine stieg gerade über die hohe Eingangshalle in den tiefblauen Himmel. Rita wartete schon vor der gläsernen Eingangstür auf ihn.

Patrick war von Stockholm aus mit dem Taxi zum Flughafen gekommen. Arlanda lag etwa vierzig Kilometer außerhalb der Stadt und ausgerechnet heute hatte es auf der Autobahn einen Stau gegeben. Patrick hatte schon befürchtet, das Flugzeug nach Rom zu verpassen. Zu allem Überfluss funktionierte auch sein Handy nicht richtig.

»Da bist du ja endlich«, empfing Rita ihn ungeduldig und reichte ihm ein Blatt, während sie nebeneinander das Gebäude betraten. »Hier sind die Termine für Rom. Wir wohnen übrigens im Ritz. Heute Abend triffst du dich mit Salvatore und morgen mit Cecilia. Sie ist ein bisschen beleidigt, weil du sie noch nicht angerufen hast und ...« Rita brach ab, als sie bemerkte, dass er mit seinem Handy beschäftigt war. »Hörst du mir überhaupt zu?«

»Ich muss meine Mailbox checken«, sagte Patrick zerstreut und wählte zum wiederholten Male seine Mailbox an. Er war froh, als es endlich klappte, und hörte die Nachrichten ab, während seine Managerin neben ihm herging und auf ihn einredete.

»Salvatore Coletti war auch nicht erfreut über das ganze Hin und Her. Ich habe deshalb für heute Abend auf deine Kosten einen Tisch im *Al Cacina* reserviert.«

»Was soll das denn jetzt!«, rief Patrick aufgebracht aus.

Rita blieb erschrocken stehen, glaubte wohl, sein Ärger bezog sich auf ihre eigenmächtige Reservierung. »Es ist das Mindeste, was du tun kannst«, sagte sie spitz.

»Bin ich beziehungsunfähig?«, wollte Patrick wissen.

Rita lachte laut auf. »Du bist Künstler«, entgegnete sie, als erkläre das alles.

»Soll das heißen, dass ich nicht fähig bin, eine längere Beziehung zu führen?«

Rita zuckte mit den Schultern. »Das ist dein Leben, du liebst es so. Und jetzt hör auf mit dem Quatsch, der Flieger wartet.« Sie ging weiter, rief ihm über die Schulter zu: »Kommst du?«

Patrick folgte ihr mit gerunzelter Stirn. Er sagte kein weiteres Wort, bis sie zwischen den anderen Fluggästen auf der Gangway standen. Die Stewardess stand ganz oben und begrüßte alle Gäste, die ins Flugzeug stiegen. Als sie Patrick Bergdahl zwischen den Fluggästen entdeckte, verflog die Unverbindlichkeit auf ihrem Gesicht. Sie strahlte ihn an und kam ihm sogar auf den Stufen entgegen.

»Willkommen, Herr Bergdahl.«

Patrick blieb stehen, schüttelte langsam den Kopf. »Ich kann nicht fliegen«, stieß er hervor.

Die Stewardess zeigte sich augenblicklich besorgt. »Was ist denn? Kann ich etwas für Sie tun?«

Patrick schüttelte den Kopf, suchte Ritas Blick. Sie war zwei Stufen über ihm ebenfalls stehen geblieben und hatte sich ihm zugewandt. Ihr Blick drückte gleichzeitig Ärger und flehende Bitte aus. »Das kannst du mir jetzt nicht antun.«

»Sei mir bitte nicht böse, Rita, aber ich kann nicht anders.« Und selbst wenn sie ihm böse gewesen wäre, nichts hätte Patrick in diesem Moment dazu bewegen können, das Flugzeug zu besteigen.

Wie hatte Rita eben noch gesagt? Das ist dein Leben und du liebst es so.

Ja, er hatte es geliebt und es war schön gewesen. Doch hier und jetzt, auf der Gangway zu dem Flugzeug, das ihn nach Rom bringen sollte, wurde ihm bewusst, dass dieses Leben ihn nicht länger ausfüllen würde. Weil es jetzt einen Platz gab, an den er gehörte. Einen Menschen, zu dem er gehörte.

Nach einer unruhigen Nacht war Christina am nächsten Morgen sehr früh auf den Beinen. Es war der erste Tag ihres neuen Lebens und sie beschloss, das ganz für sich mit einem schönen Frühstück zu feiern. Sie wollte frische Brötchen holen und diese köstliche Marmelade, die es nur in Malins Laden gab.

Es machte ihr nichts aus, dass sie dafür erst noch ins Dorf musste. Konnte ein Tag besser beginnen als mit einem Spaziergang am Seeufer entlang? Sorgfältig schloss Christina die Haustür ab.

»Hej, Christina«, vernahm sie eine Stimme in ihrem Rücken, die sie nur zu gut kannte. Langsam drehte sie sich um.

»Was ist mit Rom?« Es war die erste Frage, die ihr einfiel.

Patrick kam lachend näher. »Rom kann warten, jetzt ist etwas anderes viel wichtiger.«

»Und was?«, fragte sie ein wenig atemlos.

Patrick zog sie ganz fest in seine Arme. Sein Gesicht beugte sich über sie, sein Mund presste sich auf ihre Lippen.

Christina erwiderte seinen Kuss voller Leidenschaft. So lange hatte sie auf diesen Moment gewartet und zuletzt sogar geglaubt, dass es ihn nie geben würde. Als er kurz innehielt, fragte sie leise: »Und was ist morgen?«

»Das könnte schwierig werden«, grinste Patrick. »Oder hast du Lust, mit einem Pianisten unter einem Dach zu leben, der Tag und Nacht übt?«

»Ja«, erwiderte Christina schlicht und schmiegte sich fest in seine Arme. Als er sie erneut küsste, schickte die Sonne ihre ersten Strahlen über den See und ließ die Wasseroberfläche wie funkelndes Silber aufleuchten.

Hand in Hand gingen die beiden später hinunter an den See. Christina dachte daran, dass sie eigentlich hierhergekommen war, um für immer vom Sommerhaus und von Sandviken Abschied zu nehmen. Nun würde es ihr und Patricks gemeinsames Zuhause sein. Natürlich würde er weiter auf Konzertreisen gehen, während sie sich auf ihre neue berufliche Herausforderung konzentrierte. Aber der Mittelpunkt ihres Lebens war von nun an hier.

Es war ein aufregendes, aber auch ein schönes Jahr gewesen. Christina hatte ihre Kanzlei aufgebaut und inzwischen einen recht großen Mandantenstamm. Patrick war innerlich zur Ruhe gekommen. Eine ganze Weile hatte er seine Wohnung in Stockholm noch behalten. Als Rückzugsort sozusagen, wenn ihm das beschauliche Sandviken zu viel wurde.

Er hatte seinen Rückzugsort nie gebraucht. Wenn er von Aufnahmen oder Konzerten heimkehrte, zog es ihn sofort zu Christina nach Sandviken. Er war glücklich an ihrer Seite und konnte sich ein Leben ohne sie nicht mehr vorstellen.

Heute hatten sich ihre Familien komplett im Sommerhaus versammelt. Es war Christinas Geschenk an Carl, dass sie in diesem Jahr die Geburtstagsfeier für ihn ausrichtete. Es sollte alle seinen schrecklichen Geburtstag im letzten Jahr vergessen lassen.

Die anderen feierten ausgelassen. Niemand bemerkte, dass Christina und Patrick für einen Moment nach draußen gingen. Er blickte sie besorgt an. Wahrscheinlich hatte er Angst, dass ihr der ganze Trubel zu viel wurde. Ihr gewölbter Bauch zeigte, dass es bis zur Geburt ihres ersten Kindes nicht mehr lange dauern würde.

Christina lächelte ihn beruhigend an. Sie genoss diesen Tag.

»Ich liebe dich«, sagte Patrick.

Christina griff nach seiner Hand. »Ich liebe dich auch.«

Sprung ins Glück

Ruhig, Pilot, ganz ruhig.« Louise tätschelte den Hals des braunen Hengstes. »Ganz ruhig, mein Schöner. Du musst nicht nervös sein. Jetzt geben wir beide unser Bestes und zeigen denen da draußen, was für ein tolles Team wir sind. Zur Belohnung geht es dann nach Dubai.«

Während sie sprach, hielt Pilot ganz still, so als würde er jedes ihrer Worte verstehen. Als sie aufhörte zu reden, tänzelte er wie zuvor unruhig hin und her, warf den Kopf hoch.

Louise machte sich Sorgen. Sie war eine Weile in Schottland gewesen und sie hatte das Gefühl, dass Pilot sich in der Zeit ihrer Abwesenheit verändert hatte. So nervös wie heute war er noch nie gewesen. Außerdem war ihr seit ihrer Rückkehr nur wenig Zeit geblieben, sich auf das Turnier vorzubereiten.

»Louise, los jetzt, du bist jetzt dran!« Markus stand plötzlich neben ihr. Er war zweifelsohne eine elegante Erscheinung in seinem silbergrauen Anzug, der seine stahlblauen Augen betonte. Nicht nur seine Stimme, seine ganze Haltung drückte jetzt Ungeduld aus.

Louise hörte ihm nur mit halbem Ohr zu. Noch immer tätschelte sie ihren Hengst. Ihre Miene war besorgt. »Ich verstehe nicht, wieso Pilot heute so nervös ist.« Sie schaute hoch, als sich genau in diesem Moment eine Wolke vor die Sonne schob. »Vielleicht zieht ja ein Gewitter auf.«

»Kannst du dich bitte beeilen?« Markus klang nicht sehr freundlich. Es schien ihm völlig egal zu sein, dass mit dem Hengst etwas nicht stimmte.

Louise schluckte ihren aufkeimenden Ärger hinunter. Sie

wusste ja, wie Markus war. Es hatte so manche Diskussion zwischen ihnen gegeben, die hin und wieder auch in einen ernsthaften Streit mündete. Markus sah edle Pferde als Geldanlage, die sich im Laufe eines Pferdelebens rentieren musste. Für Louise hingegen waren die Tiere in erster Linie Lebewesen, die alle Liebe und Fürsorge verdienten. Ganz besonders natürlich Pilot.

Louise liebte ihren Hengst über alles. Sie hatte ihn vor Jahren auf einer Pferdeauktion erstanden. Noch nicht zugeritten war er damals von einem Pferdehof gekommen, der gerade aufgelöst wurde. Die anderen Tiere waren sehr schnell unter den Hammer gekommen, nur Pilot hatte niemand haben wollen.

Markus hatte Louise für verrückt erklärt, als sie entschlossen für den Hengst geboten und ihn sofort für einen sagenhaft günstigen Preis ersteigert hatte. Es war die Haltung des Pferdes gewesen, die sie dazu gebracht hatte, für ihn zu bieten. Außerdem lag etwas in den Augen des Tieres, was sie anrührte.

Bei ihrer Ankunft auf dem Matsson-Gestüt, wo sie damals ihre Ausbildung machte, hatte der Hengst zunächst zitternd auf dem Hof gestanden, nachdem er vom Transporter heruntergeholt worden war. Ein ausgemergeltes, ungepflegtes Tier. Über seine rechte Flanke lief Blut aus einer Verletzung, die er sich während des Transports zugezogen hatte. In seinen Augen flackerte Panik. Er war kaum zu halten gewesen, bis Louise in seine Nähe gekommen war und nach seinem Halfter gegriffen hatte. Leise hatte sie auf das Pferd eingesprochen, bis es ruhiger geworden war.

Im Halbkreis hatten die Kollegen um Louise und Pilot gestanden, gelacht und Bemerkungen über Louises mangelnden Pferdeverstand gemacht. Erst als der alte Matsson dazugekommen war, waren die Kollegen verstummt und hatten gespannt auf das vernichtende Urteil des Chefs gewartet.

Johann Matsson hatte Pilot ausgiebig von allen Seiten betrachtet. Seine Miene war undurchdringlich gewesen. Nach einer ganzen Weile hatte er Louises Arm getätschelt. »Du hast ein gutes Auge für Pferde, Mädchen. Das wird mal ein hervorragender Springer.«

Er hatte es vollkommen ernst gemeint. Niemand hatte mehr gelacht. Mit betretenen Gesichtern hatten die Kollegen sich wieder an ihre Arbeit gemacht.

Der alte Matsson sollte mit seiner Prognose recht behalten. Louise päppelte Pilot auf, ritt ihn selbst zu und errang mit ihm nach zwei Jahren die ersten Erfolge auf kleineren Turnieren. Johann Matsson stellte behutsam die Weichen und ermöglichte Louise später auch die Teilnahme an größeren Turnieren. Inzwischen hatten sie und Pilot sich international einen Namen gemacht.

»Kannst du dich bitte beeilen«, unterbrach Markus' herrische Stimme ihre gedankliche Reise in die Vergangenheit.

Louise strich über die Nüstern ihres Hengstes. »Gib ihm bitte noch eine Minute.«

»Eine halbe«, gestand Markus ihr mürrisch zu und wandte sich zum Gehen. »Ich sage Bescheid, dass wir unterwegs sind.«

Louise nickte abwesend und führte Pilot in die andere Richtung. Vielleicht wurde er ruhiger, wenn sie ihn ein bisschen bewegte. Möglicherweise lag seine Unruhe aber auch an ihr selbst. Auch wenn sie sich bemühte, ruhig und gelassen zu scheinen, so war sie doch innerlich aufgewühlt. Das hier war kein Turnier wie alle anderen. Es war ihr letztes Turnier, mit dem sie ihre Karriere als Springreiterin abschloss. Das war einerseits befreiend – nie wieder würde sie dem Druck ausgesetzt sein, den so ein Wettkampf nun einmal mit sich brachte. Es war aber auch ein Teil Wehmut in ihr. Es ging ja nicht nur um die Anspannung vor und während eines Wettkampfes, sondern auch um die Freude über errungene Erfolge, und in dieser Hinsicht war sie in den letzten Jahren wirklich verwöhnt worden.

Louise war so in Gedanken versunken, dass sie nicht auf den

Mann achtete, der soeben aus einem Geländewagen stieg. Erst als er sie ansprach, sah sie auf.

»Louise?«

Louise blieb stehen, schaute ihn an. »Axel?«

»Hej, Kleine«, begrüßte er sie mit den Worten, mit denen er sie als Kind und auch noch als junges Mädchen regelmäßig zur Weißglut gebracht hatte. »Du bist ja richtig erwachsen geworden! Toll siehst du aus.«

Louise lächelte. »Du aber auch«, gab sie das Kompliment zurück. »Was machst du hier?«

»Ich vertrete den Turnierarzt.« Axel schüttelte den Kopf. »Mein Gott, wie lange haben wir uns nicht gesehen?«

Louise warf lachend den Kopf in den Nacken. »Mindestens tausend Jahre.«

Das erste Mal seit ihrer Ankunft auf dem Turnierplatz fühlte sie sich entspannt. Das Gefühl verflog, als Markus wieder auftauchte. Der kalte Blick seiner blauen Augen fiel zuerst auf Axel, bevor er sich auf Louise heftete. »Sag mal, Louise, spinnst du eigentlich? Die warten alle auf dich!«

Als wäre das sein Stichwort gewesen, war in genau diesem Moment die Stimme des Stadionsprechers über die Lautsprecher zu hören. »Und als Nächstes, meine Damen und Herren, sehen sie die Favoritin des heutigen Turniers, die Vorjahressiegerin von Malmö und Linköping. Die als Erste die Chance hat, das Turnier im Victoria-Stadion zum dritten Mal zu gewinnen. Sehen Sie Louise Stenfeldt auf Pilot.«

»Komm«, forderte Markus herrisch.

Louise zeigte auch jetzt ihren erneuten Ärger über Markus nicht. Sie lächelte Axel zu. »Ich muss los. War schön, dich mal wiederzusehen.« Schade, sie hätte gerne Zeit für ein ausführlicheres Gespräch mit ihm gehabt. Aber vielleicht ergab sich dazu ja später noch die Gelegenheit.

»Mach's gut«, nickte Axel, »und viel Glück.«

Louise war froh, dass sich Pilots Nervosität ein wenig gelegt hatte. Sie atmete tief durch und konzentrierte sich jetzt ausschließlich auf den Parcours. Es war immer wieder eine neue Herausforderung, die Sprünge fehlerlos zu absolvieren und dabei auch noch möglichst schnell zu sein. Eine fehlerhaft gerittene Abfolge hatte die sofortige Disqualifikation zur Folge.

Die Abfolge war heute für Louise kein Problem. Sicher führte sie ihren Hengst von einem Hindernis zum nächsten. Ihre eigene Konzentration übertrug sich auf das Pferd. Die Hecke mit der Stange war überhaupt kein Problem für Pilot, höchstens eine kleine Übung zum Aufwärmen. Ebenso das Schwedische Gatter. Selbst die zweifache Kombination Birkenrick und Birkentor nahm er mühelos.

Auch wenn Louise nicht auf die Uhr schaute, wusste sie dennoch, dass sie gut in der Zeit lag. Das nächste Hindernis war der Wassergraben, danach noch die Gartenmauer und dann die dreifache Kombination. Es war nicht nötig, Pilot per Schenkeldruck Signale zu übermitteln. Er wusste auch so, wie er die beiden Hindernisse nehmen musste. Pilot setzte zum letzten Sprung an. Louise spürte förmlich, dass die Zuschauer auf der Tribüne den Atem anhielten. Fehlerfrei meisterte er auch noch die Parkmauer.

Die Zuschauer applaudierten begeistert und der Stadionsprecher gab das Ergebnis sofort über die Lautsprecher bekannt.

»Und das ist der Sieg in ihrem letzten Turnier! Null Fehlerpunkte in fünfundfünfzig Sekunden. Louise Stenfeldt hat es geschafft. Zum dritten Mal in Folge siegt sie hier im Victoria-Stadion. Gratulation, Louise Stenfeldt, und alles Gute für die Zukunft.«

Das war es gewesen. Louise wollte diese letzten Minuten des Turniers genießen und erlebte es doch nur wie in Trance. Sie hatte sich selbst dafür entschieden, ihre Karriere mit diesem Turnier zu beenden. Trotz des Sieges war es diesmal ganz anders als sonst. Sie konnte sich nicht richtig freuen, empfand aber auch keinen Schmerz über den Abschluss eines wichtigen Teils ihres Lebens. Sie fühlte sich innerlich einfach nur leer.

Jemand hängte ihr die Goldmedaille um den Hals, Pilots Halfter wurde mit der Siegerrosette geschmückt, an der bunte Bänder flatterten. Ihr wurde ein Glas Sekt in die Hand gedrückt und plötzlich stand Markus neben ihr, ebenfalls mit einem Glas Sekt in der Hand. Er strahlte über das ganze Gesicht, legte einen Arm um ihre Schulter, als Zeichen dafür, dass sie zu ihm gehörte und ihr Erfolg auch sein Erfolg war. Er flüsterte ihr zu, dass ihr Sieg ihre Position in Dubai nur stärken würde.

Dubai! Dubai war im Moment für sie so weit weg wie der Mond. Unvorstellbar, dass sie bereits ab der nächsten Woche in Dubai leben würde. In einem Land, in dem sie gerade einmal vier Wochen verbracht hatte, um mit Markus ein wenig Urlaub zu machen und den Vertrag zu unterschreiben.

Eigentlich hatte sie allen Grund, glücklich zu sein. Sie hatte ihr letztes Turnier gewonnen, vor ihr lag eine erfolgversprechende Zukunft in einem spannenden Land, zusammen mit dem Mann, mit dem sie den Rest ihres Lebens teilen wollte. Der Verstand sagte ihr, dass sie glücklich sein müsste. Warum fiel es ihr nur so schwer, das auch zu empfinden? Es war, als wäre sie im Moment gar nicht sie selbst. Als wäre Louise Stenfeldt eine Fremde, die sie von außen beobachtete, ohne deren Gefühle zu kennen.

Der Pferdepfleger Ole kam auf sie zu. »Herzlichen Glückwunsch, ihr beide wart super.«

Louise bedankte sich lächelnd. Innerlich brannte es in ihr und sie wünschte sich nichts sehnlicher, als dem ganzen Trubel zu entfliehen. Ungewollt bot Ole ihr die Gelegenheit dazu, als er sagte: »Pilot muss zur Dopingkontrolle. Soll ich ihn bringen?« Louise schüttelte den Kopf. »Das mache ich selbst.« Und mit diesen Worten drückte sie Markus ihr Sektglas in die Hand, an dem sie kaum genippt hatte, und verabschiedete sich mit einem Kuss von ihm.

Die Stallungen lagen am Ende des Reitplatzes. Es war ruhig hier. Der Geruch von Stroh und Pferdeschweiß lag in der Luft. Schmale Lichtstreifen fielen durch die Fensterschächte unterhalb der Decke auf den festgestampften Lehmboden. Axel hatte den beiden anderen Pferden, die neben Pilot für die Dopingkontrolle ausgewählt worden waren, die Proben entnommen, sie wurden gerade von ihren Besitzern weggeführt.

Louise freute sich, Axel noch einmal zu sehen. Er war ihr bester Freund in Kindertagen gewesen, ihr Beschützer und ihr erster heimlicher Schwarm. Irgendwo besaß sie sogar noch ein altes Foto, auf dem er zusammen mit seinen Klassenkameraden zu sehen war. Sie hatte sein Gesicht inmitten der anderen Schüler mit einem roten Herz umrahmt.

Axel hatte nie davon erfahren. Für ihn war sie damals so etwas wie eine kleine Schwester gewesen. Er hatte, wie sie, früh seine Mutter verloren und vielleicht hatte er sich deshalb so sehr mit ihr verbunden gefühlt. Genau das hatte auch die Freundschaft ihrer Väter geprägt.

All das lag schon so lange zurück und jetzt stand sie hier mit Axel zusammen. Louise biss die Zähne zusammen, als er die Injektionsnadel in Pilots Vene führte. Allein das Zuschauen tat ihr schon weh, obwohl der Hengst selbst überhaupt nichts zu spüren schien. Pilot blieb ganz ruhig.

Axel erledigte seine Arbeit schnell und routiniert. Nach ein paar Sekunden zog er die Nadel wieder heraus. In der Ampulle befand sich genügend Blut für die Kontrolle. Er tätschelte den Hals des Pferdes. »Du bist ein braver Junge. Wir sind fertig.«

Louise sah zu, wie er das Etikett auf der Ampulle beschriftete. »Seit wann bist du Turnierarzt? Ich habe dich noch nie auf einem Turnier gesehen.«

»Ich mache das nicht sehr oft. Ich springe nur hin und wieder für einen Kollegen ein.« Axel verstaute die letzte Blutprobe in seiner Arzttasche, die auf dem Boden neben ihm stand.

Louise zog die Augenbrauen zusammen. »Du glaubst aber nicht wirklich, dass ich Pilot gedopt habe?«, sagte sie vorwurfsvoll. »So etwas würde ich niemals machen!«

Axel richtete sich auf. »Das weiß ich, Louise«, sagte er beruhigend. »Ich mache hier nur meinen Job«, erinnerte er sie daran, dass dieses Verfahren nicht unüblich war und es nicht dem Turnierarzt oblag, die Pferde auszuwählen, die zur Dopingprobe bestellt wurden. Es war das übliche Verfahren, das Louise nur zu gut kannte.

Louise betrachtete ihn nachdenklich, während sie sich die Gummischürze umband und begann, Pilots schweißnasses Fell mit einem Tuch abzureiben. Axel sah noch besser aus, als sie ihn in Erinnerung hatte. Er hatte nicht dieses typisch schwedische Äußere, sondern eine ganze Menge von seiner südländischen Mutter mitbekommen. Das schwarze Haar, die dunklen Augen. Und groß war er, wie sein Vater. Axel überragte die zierliche Louise um einen ganzen Kopf.

»Du hast dir also deinen Traum erfüllt und bist Tierarzt geworden«, sagte sie jetzt nachdenklich. »Was sagt denn dein Vater dazu? Er wollte doch unbedingt, dass du einmal seine Bank übernimmst.«

»Väter!«, erwiderte Axel schmunzelnd. »Gerade du weißt doch, dass man irgendwann seinen eigenen Weg gehen muss!«

Er legte den Finger genau auf die Wunde, die selbst nach vielen Jahren immer noch schmerzte. Es wäre besser gewesen, sie hätte selbst erst gar nicht angefangen, von der Vergangenheit zu reden.

»Und wie geht es dir so?«, wechselte sie hastig das Thema. »Bist du verheiratet? Hast du Kinder?«

Axel schüttelte den Kopf. »Keine Frau, keine Kinder. Ich bin seit ein paar Jahren geschieden. Meine Exfrau wollte nicht auf dem Land leben. Aber wem erzähle ich das? Das verstehst du doch selbst am besten«, spielte er erneut auf die Vergangenheit an.

Louise zog die Brauen zusammen. »Du weißt genau, dass ich damals nicht weggegangen bin, weil ich etwas gegen das Landleben hatte«, sagte sie wehmütig. »Zu Hause war für mich einfach kein Platz mehr.«

»Aber ich fand es schade, dass du einfach so verschwunden bist«, sagte er weich.

Sie war nicht einfach so verschwunden, das wusste Axel genau. Es hatte einen triftigen Grund gegeben, ihre geliebte Heimat und vor allem ihren Vater zu verlassen. Es tat immer noch so weh, dass sie das Thema auf keinen Fall vertiefen wollte. »Ach ja«, gab Louise dem Gespräch deshalb noch einmal eine Wendung. Schelmisch lachte sie ihn an. »Ich dachte immer, dass du mich nicht leiden kannst.«

Axel grinste. »Ich habe dich gehasst, weil du beim Wettreiten immer gewonnen hast.« Seine Miene wurde wieder ernst. »Trotzdem habe ich geglaubt, dass du wieder zurückkommst.«

»Nein«, schüttelte Louise entschieden den Kopf. »Nicht solange Marianne da ist. Das war für mich immer klar.« Sie tätschelte den Hals ihres Pferdes, spürte, dass Axel sie anschaute. Es dauerte aber eine ganze Weile, bevor er etwas sagte. »Vielleicht wäre jetzt der richtige Zeitpunkt, um noch einmal nach Hause zurückzukehren.«

Nach Hause ... Louise lauschte dem Klang dieser Worte nach und spürte wie so oft zuvor einen scharfen Schmerz in ihrem Herzen. Wann war das endlich vorbei? Rosenfeld war Vergangenheit, schon lange nicht mehr ihr Zuhause. Ihr Zuhause würde demnächst Dubai sein. Sie schüttelte den Kopf.

»Das geht nicht. Markus Segerstadt und ich fliegen nächste Woche schon nach Dubai. Wir werden dort die Leitung des Gestüts von Scheich Abdul übernehmen. Die Verträge sind bereits unterschrieben.« Es kam ihr selbst so vor, als spräche sie eine Spur zu hastig. Ganz so, als müsse sie sich rechtfertigen.

»Verstehe«, nickte Axel, machte dabei aber ein Gesicht, das genau das Gegenteil verriet. »Aber damit lässt du zu, dass Rosenfeld in fremde Hände gelangt«, fügte er nach einer Weile hinzu.

»Was meinst du damit?«, fuhr Louise alarmiert auf. »Was soll das heißen, Rosenfeld gelangt in fremde Hände?«

»Weißt du das wirklich nicht?« Er betrachtete sie erstaunt. »Marianne hat behauptet, du hättest kein Interesse an Rosenfeld, weil du sowieso nach Dubai gehst.«

Natürlich hatte Marianne auch von ihren Plänen erfahren, auch wenn Louise seit Jahren keinen Kontakt mehr zu ihr hatte. Solche Neuigkeiten sprachen sich bei den Mitgliedern des Reiterverbandes und damit auch bei den Pferdezüchtern schnell herum.

»Kein Interesse? Ich weiß von nichts. Sie kann doch nicht einfach …« Louise hielt in ihrer Arbeit inne, starrte versunken vor sich hin. »Natürlich kann sie«, stellte sie schließlich fest. »Ihr gehört Rosenfeld und sie kann damit machen, was sie will.« Louise presste die Lippen fest zusammen und strich weiter mit kräftigen Zügen über das Fell ihres Pferdes. Sie spürte, dass Axel sie nachdenklich beobachtete. Erst nach einer ganzen Weile erinnerte Axel sie daran, dass Rosenfeld seit Generationen im Besitz ihrer Familie war.

»Ja! Aber jetzt gehört es Marianne«, parierte Louise sofort, »und ich habe nicht das Recht, mich einzumischen. Außerdem findet mein Leben ohnehin ganz woanders statt.« Wieder presste sie die Lippen fest zusammen in dem Versuch, den Schmerz, der da irgendwo tief in ihr wütete, zu ignorieren.

»Tut mir leid, dass ich davon angefangen habe«, sagte Axel. Er schien nichts von ihrer Verunsicherung zu spüren. »Ich wusste nicht, dass du auch innerlich schon so weit weg bist.«

Wenn er wüsste. Sie hatte gedacht, sie hätte sich innerlich

bereits sehr viel weiter entfernt. Sie hatte Rosenfeld früh verlassen und es sogar als Erbe ausgeschlagen nach dem Tod ihres Vaters. Doch dass Marianne das Gestüt jetzt verkaufen wollte, setzte ihr mehr zu, als sie es für möglich gehalten hätte. »Es ist nicht meine Schuld«, brach es beinahe trotzig aus ihr heraus. »Ich hatte damals keine andere Wahl und jetzt ist es eben so, wie es ist.«

Als sie kurz aufschaute, fing sie Axels skeptischen Blick auf. Was immer er jetzt auch denken mochte, konnte ihr egal sein. Rosenfeld lag weit hinter ihr, und es wurde Zeit, dass sie auch emotional endgültig damit abschloss. Vor ihr lagen Dubai und eine wundervolle Zukunft mit Markus. Sie wollte nicht mehr an Rosenfeld denken.

Louise umschlang Pilots Hals. »Wir sind fertig, mein großer Sieger.« Sie schloss die Augen und lehnte ihren Kopf gegen den Hals des Hengstes.

Fest umklammerte Henrik Hasselroth das Lenkrad, als er mit seinem schweren Geländewagen auf das Anwesen des Gestüts einbog. Hohe Buchen säumten den Weg. Das Sonnenlicht fiel durch das Laub und malte helle Kringel auf den Weg. Links lagen die in dem so typischen Ochsenblutrot gestrichenen Stallungen und Scheunen. Es waren herrliche Tiere, die hier gezüchtet wurden. Rechts befanden sich die Pferdekoppeln, die mit weißen Gattern umzäunt waren. Hinter den Koppeln schimmerte blau der Hjälmaren, der sich an dem ganzen Anwesen vorbeizog.

Es war ein schönes Bild, das Henrik immer aufs Neue bewegte. Er hatte das Fenster heruntergekurbelt und sog tief die klare Luft ein, die sich mit dem Geruch nach Wiesen und Sommerblumen vermischte.

Der Weg zwischen den Koppeln und Stallungen führte auf das Herrenhaus zu. Kurz vor dem Haus gabelte sich der Weg und führte von zwei Seiten um ein bepflanztes Rondell zum Eingang.

Marianne kam ihm entgegen. Sie nahm die Post aus dem Briefkasten, der kurz vor der Abzweigung des Weges stand, und winkte ihm jetzt zu. Sie war eine schöne Frau, groß und schlank. Das schwarze Haar fiel ihr glatt über die Schultern. Ihr ebenmäßiges Gesicht wurde von den dunklen Augen beherrscht.

Kein Wunder, dass Peter sich in sie verliebt hatte, stellte Henrik nicht zum ersten Mal fest. Er nahm das Exposé vom Beifahrersitz, stieg aus dem Wagen und entschuldigte sich wortreich.

»Tut mir leid, dass ich so spät komme, Marianne. Ich bin nicht früher aus der Bank weggekommen. Entschuldige bitte.«

Marianne lächelte ihn freundlich an. »Ehrlich gesagt weiß ich ohnehin nicht, was du noch von mir willst. Es ist doch längst alles entschieden.«

Henrik war ein gewiefter Geschäftsmann, der wusste, wie er auf seine Kunden einzugehen hatte. Nur dass er den Leuten sonst eher beibringen musste, dass eine Kreditvergabe gar nicht in Frage kam. Diesmal war es genau andersherum. Er wollte eine Kundin zu einem Kredit bewegen, den sie überhaupt nicht wollte. Auf der ganzen Fahrt hatte er sich seine Worte sorgfältig zurechtgelegt, um sie doch noch zu überzeugen. Als er ihr jetzt gegenüberstand, überfiel ihn das Gefühl, dass seine Bemühungen nicht ausreichen würden. Die wenigen Tiere auf den Koppeln bestätigten seine Befürchtungen. Marianne hatte einen Großteil des Pferdebestandes bereits verkauft, um den drohenden Ruin abzuwenden.

»Louise hat das Springen in Stockholm gewonnen«, sagte er, um Zeit zu gewinnen.

Mariannes Lächeln schwand von ihrem Gesicht. »Ja, das macht sie wirklich gut«, erwiderte sie kühl.

»Großartiges Mädchen«, geriet Henrik ins Schwärmen. »Schade, dass Peter das nicht mehr erleben kann.«

Diesmal verzichtete Marianne ganz auf eine Antwort. Ihre Miene verriet aber deutlich, dass sie nicht über ihre Stieftochter reden wollte.

Henrik quälte das mulmige Gefühl, dass er nicht den richtigen Einstieg ins Gespräch gewählt hatte. »Tja, dann lass mich dir mal meinen Vorschlag unterbreiten«, sagte er mit gespielter Lässigkeit. Noch im Gehen öffnete er die Mappe mit dem Exposé.

»Henrik, bitte!« Marianne schüttelte ablehnend den Kopf. »Wir haben das doch schon so oft besprochen. Ich werde meine Meinung nicht ändern.«

So schnell gab Henrik Hasselroth nicht auf. »Ich kann das nicht glauben, Marianne. Hör mir doch erst einmal zu, ich habe dir einen wirklich guten Vorschlag zu machen.«

Marianne seufzte tief auf. »Komm erst einmal mit ins Haus«, schlug sie vor. Henrik deutete das als positives Zeichen. Vielleicht war ja doch noch nicht alles verloren.

Es hatte ihr keine Ruhe gelassen, auch wenn sie sich selbst immer wieder sagte, dass die Vergangenheit hinter ihr lag und es jetzt galt, sich um die Zukunft zu kümmern. Sie hatte ihr Erbe nach dem Tod ihres Vaters vor drei Jahren ausgeschlagen und selbst da ihr Elternhaus nicht betreten. So wie sie es sich bei ihrem Abschied geschworen hatte: Nie wieder, solange Marianne auf Rosenfeld war. Auf dem Friedhof hatte sie der Beerdigungszeremonie beigewohnt und war anschließend sofort zurück nach Stockholm gefahren.

Immer noch spürte sie in sich den tiefen Hass auf die Frau, die ihr alles genommen hatte. Zuerst den Vater und danach das Zuhause. Es war ausschließlich Mariannes Schuld, dass sie es in ihrem Zuhause nicht mehr ausgehalten hatte.

Am nächsten Morgen stand sie ganz früh auf und ging ans

Fenster ihrer kleinen Wohnung direkt unter dem Dach eines der schönen alten Häuser in der Gamla Stan, der Altstadt Stockholms.

In der mondänen Stadt pulsierte das Leben Tag und Nacht. Auch jetzt sah sie Passanten auf dem Platz vor ihrem Wohnhaus, die ersten Touristen, wie an den Kameras um ihren Hals unschwer zu erkennen war.

Louise wandte sich um, schaute auf die Kartons, die teilweise schon gepackt in einer Ecke des Zimmers standen. Andere standen offen herum und nahmen damit ihrem Zuhause jede Gemütlichkeit. Ausrangierte Kleidungsstücke und Haushaltsgegenstände hatte sie auf einem Tisch zusammengelegt. Dinge, die sie nicht mehr benötigte und verschenken wollte. Alles sah nach Aufbruch aus, es sollte ein endgültiger Abschied sein.

Louise presste die Lippen fest zusammen. In ihr war etwas, was sie nicht zurücklassen konnte. Nicht einmal Dubai war weit genug weg, um diesen inneren Ballast loszuwerden.

»Und damit lässt du zu, dass Rosenfeld in fremde Hände gelangt«, glaubte sie Axels Stimme wieder zu hören. Diesmal mit einem vorwurfsvollen Unterton, den ihr die Fantasie eingab.

Die Vorstellung, dass demnächst fremde Menschen auf Rosenfeld lebten, war fast unerträglich. Wie konnte Marianne nur? Hatte sie nicht immer behauptet, Peter Stenfeldt zu lieben? Wie konnte sie dann das aufgeben, was ihm so wichtig gewesen war? Rosenfeld stand für Generationen von Stenfeldts. Ihr Großvater war sehr früh gestorben und ihre Großmutter hatte das Gestüt nur unter großen Mühen und persönlichen Entbehrungen halten können. Aber sie hatte im Gegensatz zu Marianne begriffen, was Rosenfeld für die Stenfeldts bedeutete.

Ihr Vater hatte früh begonnen, auf dem Gestüt mitzuarbeiten. Rosenfeld war sein Lebensinhalt, sein Lebenswerk gewesen.

»Ich muss dahin«, sagte Louise laut in die Stille ihrer Wohnung. Nachdem die Worte einmal ausgesprochen waren, fühlte es sich gar nicht einmal schlecht an. Ganz im Gegenteil. Zum ersten Mal, seit Axel ihr von dem bevorstehenden Verkauf Rosenfelds erzählt hatte, spürte Louise so etwas wie Erleichterung. Obwohl sie keine Ahnung hatte, was sie sich von diesem Besuch versprach. Sie selbst war die letzte Person, die Marianne dazu bringen konnte, ihre Pläne zu ändern. Trotzdem stand für Louise unumstößlich fest, dass sie nach Rosenfeld fahren würde. Und zwar heute noch!

Sie musste Markus eine Nachricht hinterlassen. Es war noch reichlich früh für einen Anruf bei ihm, aber nicht nur deshalb teilte Louise ihm ihren Entschluss per SMS mit. Sie wollte sich einer Auseinandersetzung mit Markus entziehen. Es würde ihm sicher nicht gefallen, dass sie so kurz vor ihrer Abreise nach Dubai nach Rosenfeld fuhr.

Louise verzichtete nach der Dusche auf ein Frühstück. Sie war viel zu aufgeregt, um etwas zu essen, und beschränkte sich auf eine schnelle Tasse Kaffee.

Auf der Centralbron kam es zu dem üblichen morgendlichen Stau im Berufsverkehr. Im Schritttempo ging es voran. Erst am Ende der Brücke kam Bewegung in die Fahrzeugkolonne.

Nach knapp zwei Stunden Fahrzeit erreichte Louise ihre alte Heimat, die ihr so lange unerreichbar fern erschienen war. Aber jetzt war ihr auf einmal alles wieder vertraut.

Aufmerksam betrachtete sie die Umgebung. Ihre Anspannung löste sich ein wenig, als sie durch die klare Landschaft fuhr. Birkenhaine wechselten sich mit grünen Wiesen ab, rote Häuser mit weißen Fensterrahmen standen inmitten üppig blühender Gärten. Als sie ein leuchtend gelbes Rapsfeld passierte, musste sie unwillkürlich lächeln. Sie hatte völlig vergessen, wie schön es im Sommer hier war.

Louise hielt an, als sie über die Wiesen hinweg das Herrenhaus von Rosenfeld erblickte. Ihr Herz klopfte schneller. Sie war so versunken in den Anblick, dass sie erschrocken zusammenzuckte, als ihr Handy klingelte. Auf dem Display stand Markus' Name. Louise seufzte tief auf, bevor sie sich meldete. »Bitte, Markus, sei nicht sauer«, sagte sie schnell. »Versteh bitte, es geht um Rosenfeld.«

Markus verstand überhaupt nichts und er war ziemlich sauer, als er erfuhr, dass sie ihr Ziel fast schon erreicht hatte.

Louise erläuterte ihm kurz, worum es ging. »Ich kann doch nicht einfach so tun, als wäre mir das alles egal«, rief Louise in den Hörer. »Ich muss wenigstens mit Marianne reden. Ich will wissen, warum sie Rosenfeld verkauft.«

»Aber du bist heute Abend wieder zurück?«, vergewisserte sich Markus unzufrieden.

Louise zögerte einen Augenblick, bevor sie versicherte: »Na klar bin ich heute Abend wieder zurück.« Sie hauchte einen Kuss ins Telefon und verabschiedete sich von Markus. Nach einem kurzen Blick auf das Herrenhaus startete sie den Wagen.

Eigentlich hatte sie zügig bis zum Herrenhaus durchfahren wollen, doch als sie in das Anwesen einbog, stoppte Louise ihren Wagen erneut und stieg aus. Es kam ihr so vor, als wäre sie nie weg gewesen. Langsam näherte sie sich der Koppel, auf der zwei Stuten grasten. »Hej«, lockte sie die Pferde, während sie eine Hand durch das Gatter streckte.

Eine der Stuten kam näher, schnupperte neugierig an ihrer Hand und schien einen Leckerbissen zu erwarten. Louise streichelte zärtlich über die Stirn des Tieres. Einen Augenblick lang schaffte sie es, alle Gedanken auszuschalten und nur dieses Glücksgefühl zuzulassen, das sie schon früher immer beim Anblick der Pferde empfunden hatte. Als sie einen Wagen vorbeifahren hörte, schaute sie auf. Der schwere Geländewagen blieb hinter ihrem Cabrio stehen und Henrik Hasselroth stieg aus und kam mit ausgebreiteten Armen auf sie zu.

»Louise, mein Mädchen, bist du es wirklich?«

Mein Mädchen, so hatte er sie früher schon immer genannt. Louise umarmte ihn. »Henrik, wie geht es dir?«

»Gut, wie immer«, versicherte Henrik. Er umfasste ihre Schulter und schob sie ein Stück von sich, um sie anzuschauen. »Es ist schön, dass du endlich wieder da bist. Aber erst einmal herzlichen Glückwunsch zu deinem tollen Sieg. Wir sind alle mächtig stolz auf dich.«

Alle?, fragte sich Louise in Gedanken. Es war unvorstellbar, dass Marianne jemals auf etwas stolz sein würde, was sie, Louise, geschafft hatte. Sie bedankte sich bei Henrik.

»Jetzt bist du endlich da, mein Mädchen.« Henriks Stimme klang erleichtert. »Zusammen werden wir Rosenfeld schon wieder auf die Beine bringen.«

»Ich glaube, du verstehst da etwas falsch.« Louise schüttelte den Kopf. »Ich bin nur gekommen, um mir Rosenfeld noch einmal anzuschauen, bevor Marianne es verkauft.«

Henrik nahm die Hände von ihren Schultern. Er schien ehrlich entsetzt zu sein. »Aber das kannst du nicht machen. Dein Vater würde sich im Grab umdrehen, wenn er wüsste, was mit Rosenfeld geschieht. Du hast eine Verpflichtung gegenüber dem Gestüt!«

Louise schluckte den aufkeimenden Ärger hinunter. Henrik war der beste Freund ihres Vaters gewesen. Es war also verständlich, dass er sich so für das Vermächtnis ihres Vaters einsetzte. Sie atmete tief ein und aus, bevor sie ruhig antwortete. »Ich gehe nach Dubai. Ich habe da ein Angebot, das ich nicht ausschlagen kann. Meine Güte, Henrik, ich bin schon über zehn Jahre weg von Rosenfeld.«

»Ja, und?« Henrik war verzweifelt. »Du musst doch inzwischen selbst erkannt haben, dass es ein Fehler war, von hier wegzugehen. Louise, du gehörst hierher! Jetzt hast du die Chance, noch einmal alles in die richtige Richtung zu wenden.«

»Henrik, ich fliege am Sonntag.«

Der Glanz in seinen Augen erlosch, seine Schultern sanken herab. »Ja, natürlich. Es war dumm von mir. Du hast natürlich das Recht, deine eigenen Entscheidungen zu treffen. Entschuldige bitte. Ich wünsche dir viel Glück, mein Mädchen.«

Louise umarmte ihn. Sein Eifer, Rosenfeld zu retten, rührte sie. Henrik war sichtlich enttäuscht, aber Louise spürte, dass er ihr trotzdem nicht böse war. Er drückte sie ganz fest an sich. »Wenn du mal Heimweh hast . . .«

». . . komme ich sofort zu dir«, fiel Louise ihm schmunzelnd ins Wort.

Henrik löste sich von ihr und ging zu seinem Wagen. »Es wäre schön gewesen«, hörte Louise ihn vor sich hin murmeln. »Es wäre wirklich schön gewesen.«

Sie winkte ihm noch einmal zu, als er losfuhr. Sie straffte die Schultern und schaute zum Haupthaus hinüber. Keine Ahnung, was sie da erwartete. Sie wusste ja nicht einmal selbst so richtig, was sie sich von diesem Besuch überhaupt versprach. War es wirklich nur ein Abschiednehmen, wie sie eben vor Henrik behauptet hatte?

Louise stieg in ihr Cabrio und fuhr die Auffahrt entlang. Nachdem sie den Wagen vor dem Rondell geparkt hatte, blieb sie erst einmal stehen und nahm den Anblick ihres Elternhauses in sich auf. Nach außen hin hatte sich nichts verändert. Das große weiß-gelbe Landhaus schien wie verwachsen mit der Landschaft. Die hohen Fensterfronten der unteren und auch der oberen Etage waren immer noch gut erhalten.

Der Kies knirschte unter ihren Füßen, als sie auf ihr Elternhaus zuschritt. Ein Mann mit einem Kind an der Hand kam ihr entgegen und grüßte freundlich. Louise kannte die beiden nicht, fragte aber, ob sie wüssten, wo Marianne Stenfeldt zu finden sei.

»Sie war eben noch auf der Terrasse hinter dem Haus«, erteilte der Mann Auskunft.

Louise ging bis zur Tür, hielt dort erst einmal inne. Vor zehn Jahren war sie das letzte Mal durch diese Tür gegangen. Mit der festen Absicht, nie wieder hierherzukommen. Sie drückte die Türklinke, als niemand auf ihr Klopfen reagierte. Die Tür sprang auf.

Louise kam sich vor wie ein Eindringling, als sie die kühle Halle des Hauses betrat. Die dunkle Holztäfelung zog sich vom Boden bis zur mittleren Höhe der weißen Wand. Türen führten in die angrenzenden Räume. Ihr Blick fiel auf die Fotos, die auf einem niedrigen antiken Schrank aufgestellt waren. Louise ging darauf zu, nahm eines der Bilder in einem silbernen Rahmen hoch. Ihr Vater war darauf zu sehen, zusammen mit seinem Hengst Klement. Ihr Vater lächelte in die Kamera, und doch kam es Louise so vor, als läge ein Vorwurf in seinem Blick. Schnell stellte sie das Foto zurück und machte sich auf die Suche nach ihrer Stiefmutter. Laut rief sie Mariannes Namen, eine Antwort erhielt sie nicht.

Sie öffnete die Tür zum Salon. Die gläserne Terrassentür auf der gegenüberliegenden Seite stand weit offen und gab den Blick frei auf den Kiesweg, der geradewegs hinunter zum See führte.

Rechts und links des kurzen Kiesweges waren grüne Wiesen eingefasst von herrlichen Rosen aller Farben und Größen, denen das Gestüt seinen Namen verdankte. Der Geruch von frisch geschnittenem Gras lag in der Luft, vermischte sich mit dem Duft der Rosen. Marianne wandte der Tür den Rücken zu und schnitt verwelkte Blüten aus einem Rosenbusch.

»Hallo, Marianne.«

Marianne fuhr herum. Sie starrte Louise sekundenlang an und kam dann langsam näher. »Louise? Bist du es wirklich?«

»Tu nicht so, als würdest du mich nicht erkennen«, sagte Louise sarkastisch.

Marianne blieb dicht vor ihr stehen. »Zehn Jahre sind eine ziemlich lange Zeit. Damals warst du fast noch ein Kind.« Sie lächelte spöttisch. »Besser gesagt, ein ziemlich schlecht gelaunter Teenager.« Die beiden Frauen schauten sich an. Sekundenlang sagte keine von ihnen ein Wort. Obwohl die Sonne vom Himmel schien, fröstelte Louise plötzlich.

»Was willst du hier? Dein Elternhaus noch einmal sehen, bevor du Schweden verlässt? So viel Gefühl hätte ich dir gar nicht zugetraut«, fügte Marianne bissig hinzu.

»Du darfst Rosenfeld nicht verkaufen«, brach es aus Louise heraus.

»Ach, und warum nicht?« Marianne wandte sich ab und entfernte sich ein paar Schritte von Louise.

»Das weißt du ganz genau«, sagte Louise mit erhobener Stimme. »Rosenfeld war Papas Leben. Die Pferde waren sein Leben.«

»Da hast du recht.« Marianne nickte. »Sie waren sein Leben, aber niemals meins. Deshalb gehe ich auch weg von hier.«

»Aber das kannst du nicht machen. Paps würde es das Herz brechen.«

Auch Marianne sprach jetzt mit erhobener Stimme. »Ich tue, was ich tun muss. Genau das waren deine Worte, als du damals einfach gemacht hast, was du wolltest.«

Louise spürte all den Hass wieder in sich, der schon damals ihr Handeln beherrscht hatte. »Ich? Ich habe gemacht, was ich wollte? Hast du vergessen, dass du mich hier nicht haben wolltest? Du hast doch alles darangesetzt, mich loszuwerden.«

»Weil du mir mit deiner gottverdammten Eifersucht das Leben so schwer gemacht hast. Mir und deinem Vater! Es ist unglaublich, wie du dich hier aufspielst. Du behauptest, ich würde deinem Vater das Herz brechen. Aber wenn das jemand getan hat, dann warst du das. Du hast ihn verlassen, und du hast das Erbe ausgeschlagen, wenn ich dich daran erinnern darf.«

Jedes Wort von Marianne traf sie. »Er hat es damals in der Hand gehabt. Ich wäre niemals weggegangen, wenn er dich ... wenn er dich ...« Louise verstummte.

Marianne verengte die Augen. »Sprich es ruhig aus. Du wärst niemals weggegangen, wenn er mich verlassen hätte. Das war doch die Wahl, vor die du ihn gestellt hast. Du hast es einfach nicht ertragen, dass er sich in mich verliebt hatte.«

Plötzlich lösten sich ihr Hass und ihre Wut auf. Zurück blieb bei Louise das Gefühl, sich rechtfertigen zu müssen. »Du warst nicht die Richtige für ihn.« Klang ihre Stimme nicht wie die eines trotzigen Kindes? Louise schob den Gedanken beiseite und fuhr fort. »Du warst viel zu jung und wolltest ihn nur ausnutzen.«

»Dein Vater hat das anders gesehen.« Marianne war jetzt ganz ruhig und beherrscht. »Ich habe Peter geliebt. Ich war bei ihm, nachdem du ihn verlassen hast. Ich war bei ihm, als er Probleme mit dem Gestüt hatte. Und ich war auch bei ihm, als er starb. Ich glaube nicht, dass man das ausnutzen nennen kann.«

Louise wollte nichts von dem, was Marianne sagte, an sich heranlassen. »Und warum willst du das Gestüt dann verkaufen, wenn du ihn doch angeblich so sehr geliebt hast?«

»Ich habe drei Jahre lang versucht, Rosenfeld zu halten«, fuhr Marianne auf. »Ich kann es einfach nicht. Die Schulden wachsen mir über den Kopf. Außerdem bin ich kein Pferdemensch wie du und dein Vater. Wenn ich nicht kaputtgehen will, muss ich hier weg.«

Louise war erschrocken. »Rosenfeld ist verschuldet? Das wusste ich nicht. Wieso hast du mich nicht angerufen?«

»Hätte es etwas gebracht, wenn ich ausgerechnet dich um Hilfe gebeten hätte?« Marianne verstummte, schaute zu Boden. Nach ein paar Sekunden hob sie ruckartig den Kopf. Ihre Miene war undurchdringlich. »Warum kaufst du Rosenfeld nicht, wenn dir so viel daran liegt?«

Louise schüttelte den Kopf. »Das geht nicht. Ich habe überhaupt nicht das Geld dafür. Und außerdem hast du mich doch damals von hier vertrieben. Du kannst nicht ernsthaft erwarten, dass ich jetzt zurückkomme.«

»Nein, das erwarte ich nicht«, erwiderte Marianne. Sie wirkte mit einem Mal müde und erschöpft. »Du kannst gehen, wohin du willst. Aber wirf mir bitte nicht vor, wenn ich dasselbe mache.« Sie schaute Louise an und einen Augenblick lang schien es so, als wollte sie noch etwas sagen. Doch dann wandte sie sich wortlos um und ging ins Haus.

Und jetzt? Louise war wie vor den Kopf geschlagen. Sie hatte keine Ahnung, was sie jetzt machen sollte. Ihr Gespräch mit Marianne war nicht sehr erfreulich verlaufen. Immer noch war da diese tiefe Abneigung gegen diese Frau in ihr. Nichts, gar nichts hatte sich in ihren Gefühlen Marianne gegenüber verändert. Im Gegenteil, die Fronten waren jetzt erst recht so verhärtet, dass selbst ein Kompromiss zwischen ihr und Marianne unmöglich war. Mariannes Argumente hatten sie tief getroffen. Eigentlich war alles gesagt und sie konnte sofort zurück nach Stockholm fahren.

Aber Louise brachte es nicht fertig. Sie konnte sich jetzt nicht einfach ins Auto setzen, um das hier alles hinter sich zu lassen. Sie hatte nicht gewusst, dass sie doch noch so stark mit ihrer Heimat verwurzelt war.

Über die Wiesen ging sie um das Haus herum zu den Stallungen. Alles war sauber und gepflegt, doch erschreckend viele Boxen standen leer. Dabei war Rosenfeld einmal berühmt gewesen für seine Zuchtpferde. Louises Vater hatte sich damals nach reiflicher Überlegung für das Schwedische Warmblut entschieden, eine Rasse mit einem ausgeglichenen Temperament, ein hervorragendes Sport- und Turnierpferd.

Nachdenklich trat Louise durch eine Hintertür wieder nach draußen und stand jetzt vor den Pferdekoppeln hinter den Stallungen. Auch hier grasten nur wenige Pferde. Eine helle Stute hob den Kopf und trabte aufgeregt heran, als Louise ans Gatter trat.

Louise traten Tränen in die Augen, als die Stute sie auffordernd anstupste. »Hej, Blomma, meine Süße. Hast du mich sofort erkannt?«

Ihr Vater hatte ihr Blomma als Fohlen geschenkt, und es war einer der letzten Momente gewesen, in der sie sich ihrem Vater verbunden gefühlt hatte. Sie hatte ihre geliebte kleine Blomma nicht mitnehmen können, als sie Rosenfeld verließ.

»Meine Güte, wie groß du geworden bist.« Louise tätschelte den Hals der Stute. »Hast du Lust auf einen kleinen Ausritt?«

Louise zog ihre Jacke aus und hängte sie achtlos an einen Pfosten. Blomma folgte ihr willig, als sie das Gatter öffnete und die Stute in den Stall führte, um sie dort zu satteln.

Und schon bald trabte Blomma gemächlich an den Koppeln vorbei. Als sie das freie Feld erreichten, lockerte Louise die Zügel. Mit leichtem Schenkeldruck trieb sie das Tier zum Galopp an. Ihre Haare flatterten im Wind und sie spürte ein Gefühl des Glücks, wie sie es schon lange nicht mehr empfunden hatte. Das hier war etwas anderes als die Trainingsstunden mit Pilot auf einem abgezirkelten Trainingsplatz. Das hier war Freiheit pur.

Der Bauernhof war nicht sonderlich groß und wirkte sehr gepflegt. Blauer Rittersporn und weiße Rosen im Vorgarten boten einen hübschen Kontrast zu dem roten Bauernhaus.

Axel war gerne hier draußen bei Lisa und Olof. Die jungen Leute waren sehr besorgt um ihre Tiere und gingen liebevoll mit ihnen um. Das junge Paar begann gerade erst mit der Pferdezucht und Olof hatte Axel heute Morgen schon ganz früh angerufen und ihn gebeten, nach einer trächtigen Stute zu sehen.

Axel hatte das Tier gründlich untersucht und konnte den Jungbauern beruhigen. Mit der Stute war alles in Ordnung. Gemeinsam verließen die Männer nun den Stall und gingen nebeneinander zum Bauernhaus, vor dem Axel seinen Geländewagen geparkt hatte. Er klopfte Olof beruhigend auf die Schulter. »Wenn noch etwas mit Sila sein sollte, kannst du mich Tag und Nacht anrufen.«

»Danke, dass du so schnell gekommen bist. Ich mache mir halt Sorgen. Sila ist das erste Mal trächtig, und da will ich, dass alles glattgeht.«

»Das wird es, Olof«, war sich Axel ganz sicher. Er wollte gerade ihn seinen Wagen steigen, als Lisa aus dem Haus trat, sie trug einen großen Korb vor sich her.

»Warte bitte einen Augenblick, Axel«, rief sie. Als sie näher kam, konnte Axel die vier Welpen sehen, die in dem Korb übereinander und untereinander turnten.

Axel grinste über das ganze Gesicht. »Die Kleinen sind ja schon ganz schön groß geworden. Sie sind doch hoffentlich nicht krank?« Er griff in den Korb und streichelte einen der Welpen. Dabei sah er Lisa fragend an.

Lisa schüttelte den Kopf. »Sie sind kerngesund, aber wir können sie nicht alle behalten. Willst du nicht einen nehmen, Axel? Du hast sie schließlich auf die Welt geholt.«

Axel zog seine Hand schnell zurück. Bestimmt sagte er: »Das geht nicht, Lisa. Wenn ich aus jedem Wurf, den ich auf die Welt hole, ein Tier mitnehme, kann ich eine Zoohandlung aufmachen. Tut mir leid, Lisa.«

»Aber sie sind doch so niedlich«, ließ Lisa nicht locker. »Ich will sie nicht in fremde Hände geben.«

Olof griff in den Korb, nahm einen der Welpen heraus und drückte ihn Axel in die Hände. Das kleine, fiepende Wesen streckte die Zuge heraus und leckte Axel blitzschnell durchs Gesicht.

»Siehst du«, lachte Lisa, »er liebt dich jetzt schon.«

Auch Axel musste lachen. »Ihr beide seid wirklich unmöglich!« Warum eigentlich nicht, dachte er. Für einen Tierarzt gehörte es sich eigentlich, dass er auch ein eigenes Tier besaß.

Außerdem war es in seinem Haus sehr still geworden, seit Ingrid ihn verlassen hatte. »Na komm«, sagte er schließlich, während er den kleinen, schwanzwedelnden Hund in Augenhöhe vor sich hielt. »Wir werden schon ein Plätzchen für dich finden.«

Auf der Rückfahrt hielt Axel den kleinen Hund auf dem Schoß. Der Welpe lag sogar ganz still und Axel fragte sich, ob es am Abschied von seiner Mutter und seinen Geschwistern oder an der ungewohnten Autofahrt lag. Vielleicht war der kleine Hund aber auch einfach nur müde.

Axel fuhr langsam, aber auf dieser abgeschiedenen Landstraße begegnete ihm kein anderes Fahrzeug. Weit und breit war außer einer einsamen Reiterin hinter einem gelben Rapsfeld niemand zu sehen.

Axel trat auf die Bremse. Er schaute genauer hin, kniff die Augen zusammen. War das nicht ...?

Im nächsten Augenblick tauchte sie zwischen den dicken Stämmen der Fichten ein, die Felder und Äcker vom Ufer trennten.

Louise ritt langsamer. Durch den dicken Teppich aus vertrockneten Fichtennadeln schoben sich vereinzelte Grasbüschel. Schwere Findlinge schienen den Weg zum Wasser zu weisen. Zwischen den Bäumen zeigte sich das blausilberne Schimmern des Sees. Die leichten Wellen schlugen schmatzend gegen das Ufer.

Louise band Blommas Zügel an einem der Bäume fest und ging hinunter zum Ufer. Es war so schön, wie sie es in Erinnerung hatte. Oder sogar noch schöner, denn ihre Erinnerung hatte dieses Bild gespeichert, aber nicht den Geruch der Fichten, die den Uferbereich säumten, das Geräusch des Wassers oder das

Gefühl des leisen Windes, der mit ihren Haaren spielte. Sie beugte sich hinunter, tauchte ihre Hände in das kühle Wasser des Sees. Ihre Finger spielten mit den Kieseln. Früher hatte sie sich aus den Kieseln die schönsten ausgesucht und mit nach Hause genommen.

Louise setzte sich auf einen der Findlinge, der bis ins Wasser ragte, und hing ihren Gedanken nach. Das letzte Mal hatte sie hier gesessen an dem Abend, bevor sie Rosenfeld verließ. Damals hatte sie geglaubt, ihr Abschied würde endgültig sein. Heute war es so weit und es war weitaus schmerzhafter als vor zehn Jahren. Damals war ihr Abschied fluchtartig gewesen. Sie hatte einen heftigen Streit mit Marianne gehabt und wieder einmal hatte der Vater zu seiner Frau und nicht zu ihr gehalten. In aller Eile hatte sie ihre Sachen zusammengepackt, gerade so viel, wie in ihre Reisetasche passte. Ihr war nicht die Zeit geblieben, die sie sich heute nahm, um von allem Abschied zu nehmen. Vielleicht wurde der Schmerz heute deshalb so übermächtig in ihr, weil sie nachholte, was sie vor zehn Jahren versäumt hatte.

Bevor sie sich weiter mit ihren Gefühlen und Gedanken auseinandersetzen konnte, stand plötzlich Axel vor ihr, mit einem winzigen Hund auf den Armen.

»Hej, Kleine. Denkst du an deine alten Triumphe?«, fragte er lächelnd.

»Na klar«, schmunzelte Louise. »Das war immer ein super Gefühl.« Ihr Blick war unverwandt auf den kleinen Hund gerichtet, während sie sprach. Jetzt streckte sie die Hände nach dem Tier aus. »Was bist du denn für ein Kleiner? Wie heißt du?«

Axel drückte ihr den Hund in die Arme und setzte sich neben sie. »Er ist noch namenlos. Ich habe ihn gerade erst bekommen.« Er lachte laut auf. »Ich konnte mal wieder nicht Nein sagen.«

Louise sah ihn von der Seite her an. »Der Axel mit dem großen Herzen. Du hast schon damals alle herrenlose Tiere aufgenommen.«

Axel schaute sie ebenfalls an. Lange, sein Blick war liebevoll. »Schön, dass du hergekommen bist«, sagte er schließlich.

Louise zuckte mit den Schultern. »Ich weiß nicht. Vielleicht ist es gar nicht so gut, alte Erinnerungen zu wecken.« Louise war fast dankbar, weil Blomma plötzlich laut schnaubte. Die Stute schien sich allmählich zu langweilen. Sie warf den Kopf in die Höhe und schnaubte erneut laut auf. Axel und Louise betrachteten das Tier.

»Ist sie nicht wunderschön?«, sagte Louise voller Bewunderung. »Als ich wegging, war sie noch ein Fohlen, aber sie hat sich vorhin sofort an mich erinnert.«

Axel drehte den Kopf wieder zu ihr. »Ihr seid beide erwachsen geworden«, sagte er ernst.

Louise antwortete nicht. Eine ganze Weile saßen sie und Axel noch beieinander und sprachen von früher. Beide achteten sie darauf, die für Louise unangenehmen Themen auszulassen.

Als Blomma erneut ungeduldig schnaubte, verabschiedete Louise sich von ihrem Jugendfreund und drückte ihm schließlich den kleinen Hund in die Arme. Sie schwang sich auf die Stute, winkte Axel noch einmal zu und ritt davon.

Axel schaute ihr lange nach. Seine Hände streichelten gedankenverloren den kleinen Hund.

Louise hatte sich verändert. Die wenigen Male, die er an sie gedacht hatte, hatte er vor seinem inneren Auge immer nur das kleine einsame Mädchen und später den trotzigen Teenager gesehen. Jetzt war Louise erwachsen und schien genau zu wissen, was sie wollte. Zumindest ließ sie das vermuten, wenn sie von ihrer Zukunft in Dubai sprach. Axel war sich aber nicht sicher, ob das, was sie sagte, auch das war, was sie empfand. Er war davon überzeugt, dass sie einfach nach Rosenfeld gehörte.

Rosenfeld! Siedend heiß fiel ihm ein, dass er dort zur Impfung erwartet wurde. Eiligst machte er sich auf den Weg. Als er Minuten später den Wagen vor dem Herrenhaus parkte, kam ihm Marianne bereits entgegen. Schön wie immer, mit einem zärtlichen Lächeln auf den Lippen. »Du bist spät.«

»Tut mir leid.« Axel zögerte kurz, bevor er fortfuhr. »Ich wurde aufgehalten. Ich fange dann gleich mit den Impfungen an.«

»Es tut mir leid, aber die Pferde sind noch auf den Koppeln. Ich hatte Sven gesagt, dass er sie hereinholen soll, aber er ist wohl noch nicht dazu gekommen.«

»Gut, dann komme ich einfach morgen noch einmal vorbei.«

Marianne neigte den Kopf ein wenig zur Seite und lächelte ihn kokett an. »Warum impfst du nicht später? Wir könnten doch nach Arboga fahren und etwas essen. In der Zwischenzeit kümmert sich Sven um die Pferde, und wenn wir zurück sind ...«

»Das geht nicht«, unterbrach Axel sie ungeduldig. »Ich habe Termine. Mikaelsson wartet auch auf die Impfungen.«

Marianne legte beide Arme um seinen Hals. »Vergiss doch mal deine Termine«, schmeichelte sie. »Es ist so ein schöner Tag. Außerdem haben wir beide schon lange nichts mehr miteinander unternommen.«

Und das aus gutem Grund, schoss es Axel durch den Kopf. Er löste ihre Arme von seinem Hals. Sie hielt seine Hände fest und verschränkte sie hinter ihrer Taille, sodass es wie eine Umarmung aussah.

»Wir müssen noch eine Menge besprechen«, erinnerte sie ihn. »Wie es mit uns weitergehen soll, wenn ich in Stockholm bin.«

»Ich komme morgen früh um sieben«, wich Axel aus. »Und es wäre gut, wenn die Pferde dann wirklich im Stall stehen.«

»Ich kümmere mich darum. Aber nur, wenn du mir versprichst, dass du mich heute Abend zu dem Essen begleitest.«

»Heute Abend?« Axel schüttelte den Kopf. »Ich weiß nicht ...«

»Du wirst mir jetzt keinen Korb geben, Axel. Du weißt, ich hasse es, wenn ich allein auf solche Veranstaltungen muss. Du hast mich noch nie im Stich gelassen. Komm, sei lieb.«

»Okay«, gab Axel nach. »Wann?«

»Um sieben, ich hole dich ab.« Marianne löste sich von ihm. »Ich freue mich«, rief sie ihm zu und wandte sich um.

Axel schaute ihr nach, als sie zurück zum Haus ging. Wie schon so oft versuchte er zu ergründen, welche Gefühle sie eigentlich in ihm auslöste.

Irgendwann musste Louise zurück. Zurück nach Rosenfeld, um Blomma wieder auf die Koppel zu bringen. Und zurück nach Stockholm, wo Markus auf sie wartete. Der endgültige Abschied von Rosenfeld nahte. Sie spürte einen Kloß in ihrem Hals.

Als Louise über den Hauptweg zu den Ställen ritt, sah sie Axel neben seinem Wagen stehen. Er hatte sie nicht bemerkt, sondern starrte gedankenverloren zum Haus. Laut rief sie seinen Namen.

Axel wandte sich um. Sein Gesicht verzog sich zu einem Lächeln, als er sie sah. »Und?«

Ein kleines Wort nur, mit dem er all das auszudrücken vermochte, was ihn gerade bewegte. Was erwartete er eigentlich von ihr? Entgegen aller Vernunft wurde sie wütend. Sie stieg vom Pferd. »Was willst du hören? Dass es genauso schön ist wie früher? Dass ich Rosenfeld nie vergessen habe?«, stieß sie hervor. Sie brach ab, atmete tief ein und aus, bevor sie ruhiger hinzufügte: »Es ist, als sei ich nie weg gewesen.«

»Was willst du jetzt machen?«, fragte er erwartungsvoll.

Wieder flammte der Ärger in ihr auf. »Was erwartest du eigentlich? Soll ich meine eigenen Pläne umschmeißen, bloß weil Marianne abhauen will? Das hier«, sagte sie mit einer ausholenden Handbewegung, »hat doch schon lange nichts mehr mit mir zu tun. Sie haben mich damals vertrieben. Keiner hat mich aufgehalten, nicht einmal Papa. Und jetzt soll ich alles aufgeben, weil Marianne keine Lust auf das Landleben hat. Nein, Axel.«

Axel schaute sie verständnislos an. »Aber warum nicht?«

Sie antwortete nicht, sondern riss heftig an Blommas Zügel und ritt davon. Sie spürte, dass Axel ihr nachschaute, dass er ihr Verhalten aller Erklärungsversuche zum Trotz nicht verstand, doch sie warf keinen Blick zurück.

Louise brachte Blomma zuerst in ihre Box, um sie abzureiben. Erst danach führte sie das Pferd zurück auf die Koppel. Die Beschäftigung tat ihr gut, ihr Ärger war verflogen. Inzwischen schämte sie sich sogar ein bisschen. Axel konnte nichts dafür, dass sie selbst mit der Situation unzufrieden war. An seiner Stelle hätte sie sogar wahrscheinlich die gleichen Fragen gestellt.

Ob Blomma spürte, dass dies heute ein endgültiger Abschied war? Sie stupste Louise mit der Nase an. Ganz fest umschlang Louise den Hals des Pferdes, kämpfte gegen die aufsteigenden Tränen an. Es fiel ihr schwer, sich von dem Pferd zu trennen, das ihr Vater ihr einst geschenkt hatte. Als sie Rosenfeld damals verließ, wusste sie nicht einmal, wo sie selbst landen würde. Sie hatte Blomma zurückgelassen, und wahrscheinlich gehörte die Stute ihr nicht einmal mehr, sondern war mit dem Erbe, das sie ausgeschlagen hatte, an Marianne gegangen. Wahrscheinlich würde Marianne ihr Blomma sogar überlassen, aber für Louise war es unvorstellbar, Marianne darum zu bitten.

Traurig ging sie zum Herrenhaus zurück. Auch hier wollte sie sich noch einmal umschauen, bevor sie endgültig nach Stockholm zurückkehrte, verspürte aber keine Lust auf eine weitere Begegnung mit Marianne.

Sie kam sich ein wenig albern vor, als sie durchs Haus schlich, lauschte, ob sie ein Geräusch vernahm, und gleichzeitig darauf bedacht war, so leise wie möglich zu sein.

Ihr Zimmer lag in der oberen Etage. Louise öffnete die Tür und hielt den Atem an. Es war alles so, wie sie es verlassen hatte. Das romantische Bett mit der pastellfarbenen Blümchendecke, der weiße Teppich auf den Holzdielen, die weißen Paneelen und die darüber blau gestrichene Wand. Blau-weiß-karierte Vorhänge an den Fenstern. Sogar das Buch, in dem sie zuletzt gelesen hatte, lag noch auf ihrem Nachttisch. Es sah so aus, als hätte sie das Zimmer erst gestern verlassen.

»Dein Vater wollte nicht, dass es verändert wird.«

Louise fuhr herum. »Maria! Meine Maria!« Stürmisch umarmte sie die Haushälterin.

Maria drückte sie ganz fest an sich. »Ist ja gut, Kind, ist ja alles gut«, sagte sie beruhigend. »Lass dich erst einmal anschauen.«

Louise trat einen Schritt zurück. Maria sah aus wie immer. Ein wenig älter vielleicht, aber in ihren Augen lag die gleiche mütterliche Zuneigung wie früher.

Maria hatte sich um sie gekümmert nach dem viel zu frühen Tod von Louises Mutter. Nachdem Marianne nach Rosenfeld gekommen war, war die Haushälterin Louises einzige Vertraute gewesen, bei der sie sich immer aussprechen konnte. Allerdings hatte Maria selbst nie ein schlechtes Wort über Marianne verloren.

Maria musterte sie von Kopf bis Fuß. »Hübsch bist du, aber zu dünn. Ich habe das im Fernsehen schon immer gesehen, du bist ...«

»... viel zu dünn«, ergänzte Louise lachend. Es tat so gut, Maria zu sehen. Kein Vorwurf, weil sie damals einfach gegangen war. Keine Frage, ob sie jetzt für immer blieb. Genau so war Maria immer schon gewesen.

»Richtig glücklich hast du auch nie ausgesehen«, fuhr Maria

fort. »Du musst mir erzählen, was du in den vergangenen Jahren erlebt hast. Komm mit, ich habe einen Erdbeerkuchen gebacken und der Kaffee ist auch gleich fertig.«

Das Wasser lief Louise im Mund zusammen. Marias Erdbeertorten waren eine Offenbarung. Trotzdem schüttelte sie den Kopf. »Ich muss zurück nach Stockholm.«

»Erst isst du was«, bestimmte Maria energisch. »Und dabei erzählst du mir alles.«

Louise gab lachend nach. Im Grunde war sie sogar froh, dass sie den endgültigen Abschied damit noch ein wenig länger hinauszögern konnte.

Das Café lag direkt am See und wirkte auf den ersten Blick unscheinbar. Ein rotes Haus, die blauen Türen mit Blumenkränzen geschmückt. Weiße Holztische und Stühle waren unter schattenspendenden Bäumen verteilt.

Wie so oft, war für Axel auch heute das Mittagessen ausgefallen. Jetzt nahm er sich wenigstens die Zeit für eine gemeinsame Tasse Kaffee und einen Snack mit seinem Vater. Sie trafen sich im Garten des Cafés und gingen gemeinsam zu ihrem Lieblingsplatz auf der kleinen Veranda, die über dem See zu schweben schien und gerade groß genug war für einen Tisch und zwei Stühle.

»Spielen wir heute Abend Schach?«, fragte Henrik seinen Sohn, als sie nebeneinander zu ihrem reservierten Tisch gingen.

»Tut mir leid, ich kann nicht. Ich habe Marianne versprochen, sie zu den Svenssons zu begleiten.«

Henrik blieb stehen. »Ach, und was Marianne will, das tust du? Ich dachte, die Sache zwischen euch sei längst vorbei.«

Axel schüttelte den Kopf, verzichtete aber darauf, seinem Vater zum wiederholten Male zu erklären, dass es keine richtige Beziehung zwischen ihm und Marianne gegeben hatte. Sie waren ein paarmal miteinander ausgegangen und einmal hatte er sie geküsst. Oder sie ihn? Axel konnte es nicht einmal genau sagen. Sie waren auf einer Sommerparty bei gemeinsamen Freunden gewesen. Es war ein schöner, warmer Abend gewesen. Der Wein schmeckte gut und irgendwie hatte sie später in seinen Armen gelegen. Es war seither nie wieder passiert. Axel hatte Marianne gegenüber offen gesagt, dass er mit der Trennung von seiner Frau noch nicht abgeschlossen hatte und noch nicht bereit war für eine neue Beziehung. Marianne hatte daraufhin lediglich erwidert, dass sie ja nichts überstürzen müssten. Das Thema war seither nie wieder zwischen ihnen angesprochen worden.

»Es ist nur ein Freundschaftsdienst«, sagte Axel zu seinem Vater. »Marianne geht nicht gerne alleine aus.«

Axel bemerkte, dass sein Vater ihn aufmerksam beobachtete. »Hast du ihr übrigens schon das Kreditangebot für das Gestüt gemacht?«, wechselte er schnell das Thema, bevor er wieder etwas erklären musste, was für ihn längst abgeschlossen war.

Henrik seufzte tief auf. »Sogar ein sehr großzügiges Angebot, aber sie hat es sich nicht einmal richtig angesehen. Ich verstehe diese Frauen nicht, wie können sie Rosenfeld in fremde Hände gehen lassen?«

Fragend sah Axel seinen Vater an. »Frauen?«

»Ich habe Louise getroffen. Ich dachte natürlich sofort, sie sei zurückgekehrt.«

Die beiden Männer erreichten den für sie reservierten Tisch. »Du kennst ihre Pläne«, sagte Axel, als er sich setzte.

Henrik nahm ebenfalls Platz. Seine Augenbrauen zogen sich unzufrieden über der Nasenwurzel zusammen. »Pferdezucht in Dubai ist sicher sehr reizvoll, aber wir brauchen so talentierte Leute wie sie auch hier. Außerdem gefällt es mir nicht, dass ein Gestüt wie Rosenfeld einfach aufgegeben wird.«

»Hast du nicht versucht, im Reitverband einen seriösen Käufer zu finden? Du als Vorsitzender kennst doch jeden, der die Möglichkeiten hätte, ein solches Gestüt zu führen.«

»Zu groß, zu teuer, zu viele Schulden.« Henrik schüttelte den Kopf. »Man muss schon eine besondere Beziehung zu dem Gestüt haben, wenn man sich auf so ein Vorhaben einlassen soll. Ich wünschte, ich könnte Louise umstimmen.«

Axels Miene blieb undurchdringlich, als er erwiderte: »Das wünschte ich auch. Aber mach dir keine Hoffnungen, Papa. Ich denke, wir müssen uns daran gewöhnen, dass es das Gestüt Rosenfeld bald nicht mehr geben wird. So traurig das auch ist.« Er schlug die Speisekarte auf, doch richtig konzentrieren konnte er sich auf die angebotenen Gerichte nicht. So richtig Appetit hatte er eigentlich auch nicht mehr.

Wie lange war es her, seit sie etwas so Köstliches gegessen hatte wie Marias Erdbeerkuchen! Sie hatte lange bei Maria in der Küche gesessen und sich erzählen lassen, wie Marianne in den vergangenen Jahren um den Erhalt von Rosenfeld gekämpft hatte.

Louise hatte Marianne so lange gehasst, dass sie sich gegen den Anflug von Verständnis wehrte, der sie bei Marias Erzählung überkam. Allerdings lehnte sie nicht sofort ab, als Maria beim Abschied fragte: »Soll ich Marianne einen Gruß sagen?«

»Von mir aus«, erwiderte Louise mürrisch. »Aber dann sag ihr auch, dass sie es sich noch mal überlegen soll.«

Maria zuckte bedauernd mit den Schultern. »Ich glaube, das ist zu spät.«

Louises Blick glitt ins Leere. »Warum macht sie das?«, fragte sie leise.

Maria griff nach ihren Händen. »Marianne hat im Grunde nie hierher gehört. Sie hat deinen Vater geliebt, nur deshalb ist sie geblieben.«

»Willst du damit sagen, es war meine Schuld, dass ich zu Papa keinen Kontakt mehr hatte?«, fuhr Luise auf.

»Das spielt doch keine Rolle mehr«, sagte Maria besänftigend. »Schuld ... nicht schuld. Du warst ein trotziges, verletztes Kind. Und Marianne eine verliebte Frau, das konnte nicht gut gehen.«

»Ich weiß«, murmelte Louise. Es war so vieles schiefgelaufen in den vergangenen Jahren. Die Endgültigkeit des Verlustes ihres Elternhauses traf sie mit voller Wucht und gleichzeitig die Erkenntnis, dass es ihr damit nie mehr möglich sein würde, endgültig mit ihrer Vergangenheit abzuschließen.

Maria sah genauso unglücklich aus, wie Louise sich im Moment selbst fühlte. »Komm mal her.« Louise umarmte Maria. »Mach es gut.«

»Du auch«, flüsterte Maria mit tränenerstickter Stimme.

Louise löste sich aus Marias Armen und lief aus dem Haus, als wäre sie auf der Flucht vor sich selbst. Atemlos erreichte sie ihren Wagen, doch sie stieg immer noch nicht ein. Sie sah zurück, sah ihr Elternhaus im hellen Sonnenlicht, daneben die Stallungen. Von den Koppeln her war das Wiehern eines Pferdes zu hören. Die Sehnsucht, noch einmal über das Anwesen bis zum See zu reiten, wurde übermächtig in ihr. Vielleicht hatte Axel ja Lust, sie zu begleiten.

Louise überlegte nicht lange. Blomma begrüßte es mit einem freudigen Schnauben, dass sie zum zweiten Mal an diesem Tag zu einem Ausritt gesattelt wurde. Nachdem Louise von einem der Pferdepfleger erfahren hatte, wo Axel wohnte, ritt sie los.

Sie kannte das Haus, in dem Axel seine Praxis und auch seine privaten Wohnräume eingerichtet hatte, noch aus ihrer Kindheit. Damals war es ziemlich verfallen gewesen und Geistergeschichten rankten sich um das alte Holzhaus. Sie hatte selbst einmal eine Mutprobe bestanden, bei der sie es länger als fünf Minuten in dem Haus ausgehalten hatte. Noch heute erinnerte sie sich an ihre Angst und ihr Herzklopfen.

Inzwischen war das Haus vollständig renoviert und machte einen behaglichen Eindruck inmitten des blühenden Gartens, der bis an das Seeufer reichte.

Axel trat just in dem Moment hinaus auf die Veranda. Er trug einen dunklen Anzug und staunte nicht schlecht, als er Louise auf dem Pferd sah. »Du bist ja noch da?«

»Hast du Lust, mit mir auszureiten?«

Axel freute sich sichtlich über ihre Frage. »Aber kein Wettreiten«, scherzte er. »Ich habe die Niederlagen von damals noch nicht verschmerzt.«

Louise grinste. »Na gut. Ich verspreche dir, dass ich dich gewinnen lasse.«

Axel blickte an sich hinab. »Verflixt, ich habe … äh … ich habe noch einen Termin.« Er wirkte sehr enttäuscht.

Louise schluckte ihre eigene Enttäuschung hinunter und brachte ein bemühtes Lächeln zustande. »Wenn du einen Termin hast, ist da natürlich nichts zu machen. Ich verstehe das. Na dann …« Sie winkte ihm noch einmal zu und ritt davon. Ihr letzter Ritt auf Blomma, ihr letzter Ritt über die Felder Rosenfelds.

Marianne saß in dem eleganten Schlafzimmer, das sie einst selbst eingerichtet hatte. Das war eines von vielen Dingen gewesen, die Louise ihr übel genommen hatte.

Marianne wollte mit ihrem Mann nicht in dem Raum und sogar in dem Bett schlafen, in dem er vor ihr mit einer anderen Frau glücklich gewesen war. Peter hatte das verstanden, Louise aber nicht. Dabei konnte sie sich an ihre Mutter überhaupt nicht mehr erinnern. Louise war gerade erst zwei Jahre alt gewesen, als ihre Mutter an einer verschleppten Lungenentzündung gestorben war.

Als Marianne damals das Schlafzimmer neu einrichten ließ,

hatte Louise ihr vorgeworfen, sie würde jede Erinnerung an ihre Mutter ausmerzen wollen.

Jetzt schüttelte Marianne den Kopf, wollte nicht mehr daran denken. Louises Besuch hatte sie ziemlich aus dem Konzept gebracht. Ihre Forderung, Rosenfeld nicht zu verkaufen, hatte Marianne sogar regelrecht verärgert. Die ganzen Jahre über hatte Louise sich um nichts gekümmert, und dann tauchte sie plötzlich hier auf und wollte ihr vorschreiben, was sie zu tun hatte.

Für Marianne gab es kein Zurück mehr. Solange Peter noch lebte, hatte sie nie darüber nachgedacht, zurück nach Stockholm zu gehen. Sie hatte von Anfang an gewusst, dass er nur hier leben konnte, dass Rosenfeld zu ihm und seiner Familie gehörte und er es nie verlassen würde.

Marianne setzte sich vor den großen Kosmetikspiegel und griff nach dem korallenroten Lippenstift. Sie zog ihre Lippen nach, während ihre Gedanken weiter in der Vergangenheit verweilten.

Peter hatte sie sehr geliebt. Und für Marianne war es selbstverständlich gewesen, an seiner Seite zu bleiben, auch wenn das ein Leben auf dem Lande beinhaltete. Ebenso selbstverständlich war es nach seinem Tod für sie gewesen, Rosenfeld zu erhalten, nachdem Louise in ihrem Trotz sogar so weit gegangen war, das Erbe auszuschlagen.

Aber jetzt konnte und wollte sie nicht mehr um etwas kämpfen, was nie wirklich zu ihr gehört hatte. Ihre Trauer hatte sie überwunden. Etwas in ihr würde immer Peter Stenfeldt gehören, aber sie war noch jung genug, ein völlig neues Leben zu beginnen. Nicht hier, sondern in Stockholm.

Ein neues Leben: Vor ein paar Monaten hatte sie zufällig Rita, eine frühere Kommilitonin, wiedergetroffen, die in Stockholm ein führendes Modemagazin leitete. Am Ende ihres Gesprächs hatte Rita ihr eine Stelle in Aussicht gestellt, obwohl Marianne so gut wie keine Berufserfahrung besaß. Aber Marianne war während des Modedesignstudiums eine der Besten gewesen und hatte sich immer noch für Mode interessiert. Sie war fest entschlossen, diese Herausforderung anzunehmen.

Und ihre Pläne gingen noch viel weiter, sie schlossen Axel Hasselroth mit ein. Sie hatte nicht vergessen, was er nach dem ersten und einzigen Kuss zu ihr gesagt hatte. Marianne hatte sich damals vorgenommen, geduldig zu sein und darauf zu warten, dass er irgendwann zu einer Beziehung mit ihr bereit war. Jetzt allerdings lief ihr die Zeit davon. Wenn Rosenfeld erst einmal verkauft war, wollte sie sofort nach Stockholm ziehen, und sie war fest entschlossen, Axel dazu zu bringen, mit ihr nach Stockholm zu gehen. Er konnte dort eine Kleintierpraxis eröffnen und nebenbei als Turnierarzt arbeiten. Henrik Hasselroth konnte da gewiss seine Beziehungen spielen lassen.

Das Klingeln des Telefons unterbrach ihre Gedanken. Ihr Herz klopfte schneller, als der Anrufer am anderen Ende seinen Namen nannte. »Herr Söderlag, das ist aber schön, dass sie sich noch einmal melden.«

Edgar Söderlag teilte ihr mit, dass er nun eine Weile überlegt habe und zu dem Schluss gekommen sei, Rosenfeld sei ideal für seine Pläne. Das Gelände eignete sich für einen Golfplatz, das Herrenhaus sollte zu einem luxuriösen Hotel umgebaut werden. Jetzt wollte er sich alles noch einmal zusammen mit seiner Frau und seinem Architekten ansehen, um danach eine endgültige Entscheidung zu treffen.

»Selbstverständlich können Sie sich alles noch einmal anschauen«, versicherte Marianne. Edgar Söderlag verabredete sich gleich für den nächsten Tag mit ihr.

Zufrieden legte Marianne den Hörer auf. Auch dieser Teil ihres Planes schien sich zu ihrer vollen Zufriedenheit zu entwickeln. Die Söderlags würden ihr einen guten Preis für Rosenfeld zahlen. Blieb nur noch Axel.

Marianne machte sich besonders sorgfältig zurecht. Sie wählte das schwarze Kleid mit dem tiefen Ausschnitt, dazu eine Korallenkette, die perfekt zu ihrer Lippenstiftfarbe passte. High Heels vervollständigten ihre Aufmachung. Ein prüfender Blick in den Spiegel. Sie sah sehr sexy aus, aber nicht auf eine aufdringliche Art und Weise, sondern sehr elegant und aufregend. Heute Abend würde Axel ihr nicht länger widerstehen können.

Axel schaute immer noch in die gleiche Richtung, obwohl von Louise schon lange nichts mehr zu sehen war. Er hörte den Wagen, der sich von der anderen Seite her näherte, doch er wandte sich erst um, als er hinter ihm hielt. Marianne stieg aus. Sie sah atemberaubend aus.

»Da bin ich«, sagte sie und musterte ihn in seinem hellen Anzug. »Bist du fertig? Wir sind ein bisschen spät dran.«

»Ich weiß«, nickte Axel.

Marianne trat ganz dicht an ihn heran. Ihre Hände glitten unter sein Jackett, strichen über seine Brust. »Sollen wir schwänzen? Du könntest uns etwas kochen und wir machen uns einen gemütlichen Abend.«

Der Duft ihres Parfüms stieg ihm in die Nase. Ihre Hände lagen immer noch unter seinem Jackett, glitten jetzt auf seinen Rücken. Sie drückte sich ganz fest an ihn. Axel hatte plötzlich das Gefühl, sie drücke ihm die Luft ab. Er befreite sich von ihr, trat einen Schritt zurück.

»Ich wollte dich gerade anrufen. Tut mir leid, aber ich kann dich nicht begleiten. Ein Notfall bei Mikaelsson, er hat gerade angerufen«, schwindelte er. »Die beste Kuh kalbt und es scheint größere Probleme zu geben. Tut mir leid«, entschuldigte er sich noch einmal. »Wenn du mich bitte entschuldigst, ich will mich schnell noch umziehen.«

Marianne zog ärgerlich die Augenbrauen zusammen. »Das kannst du nicht machen. Du hast versprochen, dass du mich begleitest!«

Axel hatte ein schlechtes Gewissen, weil er sie belog, um den Abend nicht mit ihr verbringen zu müssen. »Ich weiß«, erwiderte er unbehaglich. »Aber was soll ich denn machen? Ich kann es nicht ändern.«

Marianne betrachtete ihn mit einer Mischung aus Ärger und Belustigung. »Du versetzt mich tatsächlich wegen einer kalbenden Kuh? Das ist mir noch nie passiert. Na gut, ich wünsche dir trotzdem viel Spaß.«

Axel atmete erleichtert auf, als sie in ihren Wagen stieg. Als sie wegfuhr, schaute er wieder in die Richtung, in die Louise geritten war. Er glaubte zu wissen, wo er sie finden würde.

Louise suchte noch einmal ihren Zufluchtsort am See auf. Hier war es so still, so friedlich. Lange saß sie da und schaute aufs Wasser. Plötzlich stand Axel neben ihr. Louise schaute ihn nur kurz an, bevor sie wieder aufs Wasser starrte. »Was ist mit deinem Termin?«

»War plötzlich nicht mehr so wichtig«, erwiderte er knapp.

»Es ist so schön hier«, sagte Louise. »Warum kann es nicht immer so sein? Ich kann mich kaum von diesem Anblick lösen.«

»Du könntest diesen Anblick wieder jeden Tag haben«, sagte Axel. »Du müsstest nur ...« Das Klingeln seines Handys unterbrach ihn. Axel zog das Gerät aus seiner Tasche und meldete sich. »Was?«, rief er kurz darauf entsetzt aus. »Sind Sie da sicher?«

Louise wandte sich ihm zu. Axel hatte sich ein paar Schritte von ihr entfernt, der Anruf schien ihm ziemlich zuzusetzen.

»Ich kann mir das nicht vorstellen!«, fuhr er fort. Was sein Gesprächspartner antwortete, konnte Louise nicht verstehen.

»Nein, ich will Ihre Kompetenz nicht anzweifeln«, sprach Axel weiter. »Gut, ich warte auf die Ergebnisse.« Er schaltete das Handy aus und sah Louise besorgt an. »Das war das Labor. Sie haben die Blutprobe von Pilot ausgewertet. Pilot ist gedopt worden. In seinem Blut wurde Buceterol gefunden.«

»Das ist unmöglich.« Louise erschrak, schüttelte dann aber entschieden den Kopf. »Du glaubst doch nicht ernsthaft, dass ich mein Pferd gedopt habe! Die müssen im Labor etwas verwechselt haben.«

Axel zuckte hilflos mit den Schultern. »Doktor Miller sagt, eine Verwechslung sei ausgeschlossen.«

Namenloses Entsetzen breitete sich in ihr aus, als mehr und mehr in ihr Bewusstsein sickerte, was diese unglaubliche Anschuldigung für sie bedeutete. »Das kann nicht sein!« Sie schüttelte den Kopf. »Ich würde doch niemals mein Pferd dopen. Bitte, Axel, du glaubst mir doch. Bitte sag, dass du mir glaubst.«

Axel kam zu ihr, legte einen Arm um ihre Schultern, doch sein Blick verriet, dass er ebenfalls beunruhigt war. »Natürlich glaube ich dir. Leider sagen die Fakten etwas völlig anderes.«

Louise schüttelte seinen Arm ab. »Ich muss nach Hause«, stieß sie hervor. Plötzlich konnte sie nicht schnell genug nach Hause kommen. Alles, was sie eben noch bewegt hatte, der Abschied von Rosenfeld, der bevorstehende Verkauf des Gestüts, verschwand zumindest jetzt hinter ihrer Sorge um Pilot. Sie fragte sich, ob Markus schon informiert worden war.

Während der Rückfahrt griff Louise nach ihrem Handy. Kein Anruf auf der Mailbox, keine SMS. Sie wählte Markus' Nummer, aber sein Handy war ausgeschaltet. Als sie den Södertäljevägen erreichte, überlegte sie kurz, ob sie erst zu Markus' Wohnung oder gleich zum Stall fahren sollte.

Lieber zum Stall. Sie musste Pilot sehen und mit Ole sprechen. Er war für Pilot zuständig und würde es mit Sicherheit für ebenso abwegig halten wie sie selbst, dass Pilot gedopt gewesen sein sollte.

Louise konnte bis vor das Stallgebäude fahren, doch noch bevor sie ausgestiegen war, bereute sie es, überhaupt hierhergekommen zu sein. Eine Meute von Presseleuten umringte sofort ihren Wagen. Louise stieg aus und versuchte verzweifelt, sich einen Weg zum Stall zu bahnen. Blitzlichter blendeten sie, Fragen prasselten auf sie ein. Aber selbst wenn sie gewollt hätte, hätte sie nicht antworten können.

»Frau Stenfeldt, was sagen Sie zu den Doping-Vorwürfen?«

»Womit haben Sie Pilot gedopt?«

»Es handelt sich um einen Irrtum«, unternahm Louise den verzweifelten Versuch einer Rechtfertigung, doch obwohl die Reporter ihr unablässig Fragen stellten, diese Antwort wollten sie offensichtlich nicht hören.

»Ging es ums Geld?«

»Werden Sie den Titel zurückgeben?«

»Was sagt eigentlich der Verband dazu?«

Als Louise das Stalltor erreichte, stand plötzlich Markus neben ihr. »Es wird sich alles aufklären. Selbstverständlich ist unser Pferd niemals gedopt worden«, sagte er energisch. Er zerrte Louise in den Stall und schloss das Tor sofort wieder. Zwei Pferdepfleger bewachten den Eingang und ließen keinen der Reporter herein.

»Wo kommen die her? Woher wissen die das so schnell?«, fragte Louise gehetzt.

Markus wirkte, als könne ihn das alles nicht aus der Ruhe bringen. Er zuckte gleichmütig mit den Schultern. »Das übliche Pack. Ist alles in Ordnung mit dir?«

Was für eine Frage. Nichts war in Ordnung. »Was ist da passiert, Markus? Ich verstehe das alles nicht.«

»Es gibt viele Neider. Der eine oder andere wird schon ein Interesse daran haben, uns zu schaden.«

»Mit solchen Mitteln?« Louise schüttelte den Kopf. »Nein, das kann ich mir nicht vorstellen. Das kann doch nur ein böser Scherz sein!«

Markus wirkte immer noch seltsam ungerührt, als er antwortete: »Die Welt ist schlechter, als du denkst.«

Louise warf einen hilflosen Blick zu Ole hinüber, der neben Pilot stand und über die Nüstern des Pferdes strich. Offenbar ging ihm die Sache ebenso an die Nieren wie Louise selbst. Er wirkte geknickt und senkte den Blick, als sie ihn anschaute.

Louise ging zu Pilot, streichelte ihn. »Hej, mein Schöner. Ich weiß genau, dass du nicht gedopt warst.« Wieder sah sie zu Ole hinüber, erwartete seine Zustimmung, doch Ole wandte den Blick ab.

Der Anruf kam am nächsten Morgen während der Sprechstunde. Zum Glück war Axel gerade mit seinem letzten Patienten, einem erkälteten Kaninchen, fertig. Er nahm ein Medikament aus seinem Schrank und gab es der Besitzerin. »So, Anna, davon gibst du dem Kleinen dreimal am Tag jeweils fünf Tropfen. In zwei Tagen will ich ihn noch einmal sehen.«

Anna nickte erleichtert, froh darüber, dass ihrem Liebling nichts Schlimmeres fehlte.

Das Telefon auf seinem Schreibtisch gleich unter dem Fenster klingelte immer noch. Axel eilte an den Apparat und meldete sich. Innerlich spannte er sich an, als sich am anderen Ende der Leiter des Stockholmer Labors meldete. Es waren keine guten Nachrichten, die er für Axel hatte.

»Die zweite Probe also auch«, sagte Axel niedergeschlagen. »Sind Sie ganz sicher, Doktor Miller?«

Es war das zweite Mal, dass Axel das Ergebnis anzweifelte. Die Antwort des Stockholmer Kollegen war entsprechend harsch.

»Natürlich zweifle ich nicht an Ihrer Kompetenz«, versicherte Axel wie schon am Vortag. »Ich verstehe das nur nicht. Louise Stenfeldt hat es doch überhaupt nicht nötig, ihr Pferd zu dopen. Pilot ist seit Jahren auf der Siegerstrecke.«

Doktor Miller war einigermaßen besänftigt. Er teilte sogar Axels Meinung, aber die Ergebnisse sprachen nun einmal für sich.

Axel bedankte sich für die schnelle Nachricht und legte den Hörer wieder auf. Nachdenklich starrte er aus dem Fenster. »Ich verstehe das trotzdem nicht«, murmelte er.

Das Ergebnis des Labors ließ Axel nicht mehr los. Er wollte wissen, was mit Pilot los war, und überprüfte die Termine, die er an diesem Tag noch hatte. Wenn er sich beeilte, konnte er sich in einer Stunde auf den Weg nach Stockholm machen.

Unruhig tigerte Louise durch Markus' Wohnzimmer. Er besaß eine dieser luxussanierten Altbauwohnungen mit einem traumhaften Blick über den Saltsjön. Das war aber auch das Einzige, was Louise an dieser Wohnung gefiel. Die moderne Einrichtung, in der kühles Messing und Chrom dominierten, ließ jede Gemütlichkeit vermissen. Im Moment interessierte sie aber weder die Aussicht noch die Einrichtung. Sie konnte immer noch nicht fassen, was da gerade passierte. Vergeblich versuchte Markus, sie zu beruhigen.

»Ich kann das nicht.« Louise stand am Fenster. Sie sah hinaus, ohne wirklich etwas wahrzunehmen. Ein Ausflugsdampfer tuckerte gerade gemütlich vorbei, aber Louise achtete nicht darauf. Jetzt wandte sie sich mit einem Ruck um. »Ich kann nicht so tun, als wäre alles in Ordnung.«

Markus kam zu ihr und nahm sie in die Arme. »Was wir tun können, habe ich veranlasst. Hör also auf zu grübeln und freue dich auf unsere Zukunft. Du und ich in Tausendundeiner Nacht. Das wird ganz toll.«

Seine Küsse wurden begehrlicher, seine Hände streichelten über ihren Körper.

Louise stieß ihn zurück. »Lass das bitte, Markus.«

Markus griff erneut nach ihr, ließ die Hand aber sinken, als ihr

Handy klingelte. Es war Ole, mit einer alarmierenden Nachricht.

»Ich komme sofort«, rief Louise und beendete mit zitternden Fingern das Gespräch. »Pilot«, sagte sie knapp zu Markus. »Es geht ihm sehr schlecht.«

»Was ist denn?«, wollte Markus wissen, doch das wusste Louise selbst nicht. Sie wollte so schnell wie möglich zu ihm in den Stall. Es verletzte sie, dass Markus ihr nicht einmal anbot, sie zu begleiten.

Louise fuhr so schnell, wie der Verkehr in Stockholm es zuließ. Von Markus Wohnung aus brauchte sie normalerweise nur eine Viertelstunde bis zum Stall, doch heute kam ihr die Zeit endlos vor. An jeder roten Ampel tippte sie nervös mit den Fingern auf das Lenkrad. Als sie endlich ankam, sprang sie aus dem Wagen und stürmte in den Stall.

Ole wartete schon ungeduldig auf sie. »Endlich bist du da. Pilot hyperventiliert.«

Louise erschrak, als sie in die Box ihres Pferdes trat. Sein Zustand war weitaus schlimmer, als sie befürchtet hatte. Sein Atem ging schwer, sein Fell war schweißnass. Louise strich besorgt über seinen Hals. »Was ist mit dir los, mein Schöner?« Sie drehte sich zu Ole um. »Wann kommt der Arzt?«

»Er war noch im OP, als ich angerufen habe. Aber er müsste jetzt unterwegs sein.«

»Er ist ganz heiß.« Louise streichelte Pilot unablässig. Ihre Angst um ihn wuchs sich zur Panik aus. Sie musste etwas tun. »Es ist mir egal, ob der Arzt operiert. Ich hole ihn jetzt.« Sie lief zur Tür und stieß dort beinahe mit Axel zusammen, der gerade hereinwollte.

»Axel! Was machst du denn hier?« Louise wartete seine Antwort erst gar nicht ab. Was immer ihn dazu bewogen hatte, hierherzukommen, es kam genau zur richtigen Zeit. Sie griff nach seiner Hand. »Komm! Komm! Komm!«

»Was ist denn los?«, fragte Axel und folgte ihr zu Pilots Box. Er sah sofort, dass mit dem Hengst etwas nicht stimmte.

»Wie lange ist er schon in diesem Zustand?«, wollte er wissen.

Ole zuckte mit den Schultern. »Keine Ahnung. Ich bin vor einer halben Stunde gekommen und da habe ich gesehen, dass mit ihm etwas nicht stimmt.«

»Was ist mit ihm?« Louise schaffte es nicht, ihre Panik zu unterdrücken, obwohl sie genau wusste, dass sie Pilot damit zusätzlich nervös machte. Zum Glück blieb wenigstens Axel völlig ruhig.

»Das kann ich so schnell nicht sagen.« Axel begann mit einer gründlichen Untersuchung. »Es sieht so aus, als hätte er Fieber und Probleme mit der Atmung. Ich muss ihm Blut abnehmen.«

»Aber er war doch immer total fit«, wandte Louise ein.

Axel hielt kurz inne und schaute sie ernst an. »Jedenfalls geht es ihm jetzt sehr schlecht, was auch immer der Grund sein mag.«

»Bitte, Axel, hilf ihm«, flehte Louise. »Er muss gesund sein, wenn wir nach Dubai fliegen.«

Axel schüttelte den Kopf. »Dieses Pferd kann die nächsten Wochen nicht nach Dubai fliegen. Das würde es nicht überleben.«

Louise war müde, erschöpft und ziemlich deprimiert, als sie Stunden später wieder zurück zu Markus kam. Er stand in seiner verchromten Küche und bereitete sich mit seiner Luxuskaffeemaschine in aller Seelenruhe einen Espresso zu. »Hallo, Schatz«, grüßte er gut gelaunt.

Louise ballte die Hände zu Fäusten. Sie spürte, wie ihr das Blut in den Kopf schoss. »Ich habe die ganze Zeit versucht, dich anzurufen! Wieso gehst du nicht ans Telefon?«

Wenn er bemerkt hatte, dass bei ihr etwas nicht in Ordnung war, konnte er das gut verbergen. »Ich war beim Zoll, da gab es noch einiges zu erledigen. Wie geht es Pilot?«

»Interessiert dich das wirklich?« Louise schrie jetzt fast. »Ich hatte eher den Eindruck, das ist dir völlig egal. Pilot hat eine schwere Lungenentzündung.«

»Was? Das gibt es doch nicht.« Markus war ein schlechter Schauspieler, aber Louise wusste inzwischen auch so, dass er ihr etwas vormachte. »Du hast es gewusst«, warf sie ihm vor. »Axel hat gesagt, dass die akute Phase drei bis vier Wochen her sein muss. Das war genau zu der Zeit, als ich in Schottland war und die Pferde für den Scheich ausgesucht habe.«

Markus ging an ihr vorbei ins Wohnzimmer. Louise folgte ihm, wartete immer noch auf eine Antwort.

»Ja, und?«, war alles, was er schließlich sagte.

»Ja, und?«, echote Louise. »Verdammt, Markus, ich will wissen, wer ihm das Buceterol gespritzt hat!«

»Meine Güte, Louise, jetzt reg dich doch bitte nicht so auf! Als du weg warst, hatte Pilot plötzlich Probleme mit der Atmung. Ausgerechnet so kurz vor dem letzten Springen. Es ist doch normal, dass ich da was unternommen habe.«

Seine Selbstgefälligkeit brachte sie zusätzlich auf. Ihr Ärger schien regelrecht an ihm abzuprallen! »Normal …? Es ist nicht normal, dass du mir nichts davon gesagt hast«, sagte sie jetzt mit erhobener Stimme. »Ich wäre doch das Turnier niemals mit einem kranken Pferd gesprungen.«

»Er war wieder gesund und du hast gewonnen«, sagte Markus in einem Tonfall, als wäre das Thema für ihn damit abgeschlossen.

»Du spinnst doch!«

In diesem Ton hatte Louise noch nie mit ihm gesprochen. Markus zog irritiert eine Augenbraue in die Höhe, aber Louise war noch nicht fertig.

»Du hast mit seiner Gesundheit gespielt und mit meiner Karriere. Wegen eines einzigen Sieges? Ich kann das nicht glauben, Markus.«

»Der Sieg im Victoria-Stadion war die Krönung deiner Karriere. Hättest du wirklich auf diesen Glanzpunkt verzichten wollen? Mal abgesehen davon, dass dieser Sieg deinen Marktwert noch mal unglaublich gesteigert hat.«

Louise lachte spöttisch auf. »Mein Marktwert dürfte jetzt gleich null sein.«

Markus hatte so viel Anstand, wenigstens jetzt betreten zu Boden zu schauen. »Das tut mir wirklich leid. Ich konnte ja nicht wissen, dass man das Medikament so lange noch nachweisen kann. Niklas hat mir versichert, dass ...«

»Niklas?«, fiel Louise ihm ins Wort. Sie schrie ihn an. »Du hast Per Niklas an mein Pferd gelassen? Diesen Quacksalber, dem die Approbation entzogen wurde?«

»Ist halt blöd gelaufen.« Markus zuckte die Schultern und wirkte dabei immer noch so ungerührt, dass es Louise jetzt die Sprache verschlug. War das wirklich der Mann, den sie zu lieben glaubte? Ein eiskalter Egoist, nur auf seinen eigenen Vorteil bedacht? Es war ihm nicht um ihren Ruf gegangen, sondern darum, welche Vorteile dieser Sieg letztendlich auch für ihn brachte. Er wurde an ihren Erfolgen gemessen und hätte die Leitung des Gestüts in Dubai niemals ohne sie bekommen.

»Magst du auch einen Espresso?«

Louise starrte ihn ungläubig an. Sie schüttelte den Kopf und ließ sich in einen der Designersessel vor dem Glastisch fallen. Sie verbarg ihr Gesicht in beiden Händen.

»Gut, dann eben nicht«, hörte sie Markus sagen.

In diesem Augenblick zerbrach etwas in ihr. Ihr wurde bewusst, was sie wahrscheinlich unterschwellig schon eine ganze Zeit lang gefühlt hatte. »Ich komme nicht mit«, sagte sie.

»Wie bitte? Was soll das denn heißen?«

»Es soll heißen, dass es vorbei ist.« Louise war plötzlich ganz ruhig, und dieses Mal hatte sie es geschafft, seine Selbstgefälligkeit zu durchdringen. Markus war offensichtlich geschockt. »Ich bitte dich, Louise, das ist doch Blödsinn. Ja, ich habe einen Fehler gemacht, aber jeder macht Fehler im Leben. Sieh einfach nur nach vorne. Auf unser neues Leben.«

Louise sagte kein Wort, schüttelte nur den Kopf.

Markus schien zu begreifen, dass sie es wirklich ernst meinte. Er ging vor ihr in die Hocke, fasste nach ihren Schultern. »Ich verstehe, dass du im Moment aufgebracht bist, aber in ein paar Tagen hast du das alles vergessen. Da liegen wir am Strand. Die Luft ist lau, das Meer ist warm. Komm, Liebling, hör auf, dir Sorgen zu machen. Am Sonntag sitzen wir im Flieger und lassen das alles hinter uns.« Seine Stimme klang beschwörend, sein Blick schien sie hypnotisieren zu wollen.

»Hörst du mir eigentlich nie zu?«, fragte Louise tonlos. »Ich komme nicht mit nach Dubai.«

Markus schüttelte sie leicht. »Weißt du eigentlich, was du da gerade machst? Du wirfst unsere ganze Zukunft weg.«

»Unsere Zukunft gibt es nicht mehr. Und weißt du was, es tut nicht einmal weh.« Louise stellte erstaunt fest, dass es sogar stimmte. Da war nichts in ihr, was das Ende ihrer Beziehung bedauerte. Sie fühlte sich eher erleichtert.

Markus erhob sich. In seinen Augen lag ein kalter Glanz. Wortlos verließ er das Zimmer.

Louise stand ebenfalls auf. Sie folgte ihm nicht. Es war alles gesagt. An der Garderobe löste sie von ihrem Schlüsselbund den Schlüssel zu seiner Wohnung und legte ihn gut sichtbar auf den Schrank neben dem Spiegel. Leise schloss sie die Wohnungstür hinter sich. Irgendwann später würde sie ihre Sachen abholen, im Augenblick konnte sie es keine Sekunde länger in Markus' Gegenwart aushalten.

Louise seufzte tief auf, als sie in ihrem Wagen saß. Ihr wurde klar, dass sie ihr Leben nun völlig neu ordnen musste, aber erstaunlicherweise machte ihr das keine Angst. Sie fühlte sich wie von einer Last befreit und war voller Unternehmungslust.

Als Erstes musste sie dafür sorgen, dass Pilot ganz gesund wurde, und sie hatte auch schon eine Idee, wo er sich am besten erholen würde.

Louise war selbst überrascht, wie gut es ihr gelang, eine Menge Dinge in kurzer Zeit zu organisieren. Sie hatte den Stall gekündigt und einen Pferdetransporter besorgt. Ihre eigene Wohnung wollte sie in den nächsten Tagen auflösen, der Mietvertrag lief noch bis zum Ende des Monats und ein Nachmieter war für die Wohnung noch nicht gefunden. Vielleicht würde sie die Kündigung auch zurücknehmen. Morgen werde ich in Ruhe darüber nachdenken, beschloss sie. Im Moment war sie außerstande, eine Entscheidung zu treffen.

Nach einer schlaflosen Nacht war Louise ganz früh am nächsten Morgen im Stall. Obwohl es ihm offensichtlich immer noch sehr schlecht ging, stieg Pilot ohne zu zögern in den Transporter. Er war es gewohnt, von einem Ort zum nächsten gefahren zu werden, trotzdem machte Louise sich große Sorgen um ihr Pferd. Mit dem Anhänger würde die Fahrt sicher länger als zwei Stunden dauern.

Louise machte zwischendurch immer wieder Pausen, um nach Pilot zu sehen. Auch wenn sein Zustand immer noch besorgniserregend war, so schien er die Fahrt doch besser zu verkraften, als sie es befürchtet hatte.

Ihr erster Weg führte sie zu Axel. Sie wollte ihn bitten, Pilots weitere Behandlung zu übernehmen und ihn sich gleich einmal anzusehen. Der Tierarzt hatte sie bereits durch das Fenster seiner Praxis gesehen und kam aus dem Haus, als sie vorfuhr.

Louise hielt an und stieg aus. »Hej, Axel.«

»Ist das der Weg nach Dubai?«, grinste Axel.

Louises Gesicht wurde ernst. »Ich fliege nicht nach Dubai.«

Natürlich wollte Axel wissen, was passiert war, doch Louise mochte nicht darüber reden. Nicht jetzt! Irgendwann später vielleicht.

Als ein lautes Wiehern aus dem Anhänger zu hören war, glitt ein Lächeln über Axels Gesicht. »Was hast du mit Pilot vor?«

Louise erzählte ihm, dass sie ihren Hengst nach Rosenfeld bringen wollte, damit er sich dort erholen konnte. Zumindest so lange, bis Marianne Rosenfeld verkauft hatte. Jeder Tag hier draußen auf dem Land würde Pilot guttun.

Louise bat Axel auch gleich, Pilot tierärztlich zu betreuen. Er war sofort einverstanden und bot ihr an, sie nach Rosenfeld zu begleiten.

Es war ein sonderbares Gefühl, schon wieder nach Hause zu kommen, obwohl sie doch auch diesmal davon überzeugt gewesen war, es würde sich um einen endgültigen Abschied handeln.

Louise parkte direkt vor den Stallungen. Axel öffnete den Anhänger und stieg hinein. Er streichelte den Hals des Pferdes. »Du hast es geschafft, mein Junge. Hier wird es dir gefallen.« Pilots Schnauben klang wie eine Zustimmung. Louise musste lachen. Sie war erleichtert, dass ihr Pferd die Fahrt gut überstanden hatte.

»Louise! Was machst du hier?«

Louise wandte sich um. Marianne war gerade aus den Stallungen gekommen und schaute sie abweisend an.

»Hej, Marianne.« Louise lächelte knapp.

Marianne trat näher und erkannte Axel in dem Anhänger. Ihr Gesicht leuchtete auf, als sie ihn begrüßte.

»Pilot braucht dringend Ruhe und frische Luft. Ich wollte ihn hier für ein paar Tage zur Kur unterstellen«, erklärte Louise.

Das Lächeln auf Mariannes Gesicht erlosch. »Pilot ist doch das gedopte Pferd mit der Lungenkrankheit, oder?« Marianne schüttelte entschieden den Kopf. »Es tut mir leid, aber das will ich nicht.«

»Was?« Luise war völlig entgeistert. Sie hatte nicht unbedingt mit herzlicher Zustimmung gerechnet, aber auch ganz bestimmt nicht mit dieser strikten Ablehnung.

»Ich kann hier doch kein krankes Pferd unterstellen«, unterstrich Marianne ihre Absage noch einmal deutlich.

»Aber er ist total schwach und muss sich erholen!« Louise war verzweifelt. Es war unmöglich, dem kranken Pilot jetzt auch noch die stundenlange Rückfahrt zuzumuten. Außerdem hatte sie in Stockholm auch den Stall gekündigt.

Marianne interessierte das überhaupt nicht. »Du kannst ihn trotzdem nicht hierlassen. Ich will meine eigenen Pferde gerade verkaufen, da kann ich kein Risiko eingehen.«

»Das tust du auch nicht«, schaltete sich Axel in das Gespräch ein. »Pilots Krankheit ist nicht ansteckend. Er stellt für die anderen Pferde keine Gefahr dar.«

Axels Bemerkung brachte Marianne erst recht auf. »Wer weiß, was dieses Pferd noch alles hat«, sagte sie hart. »Ich habe Nein gesagt, und dabei bleibt es.« Sie drehte sich einfach um und ließ sie stehen.

»Marianne!«, rief Axel ihr empört nach, aber Marianne drehte sich nicht einmal mehr um.

»Lass sie«, sagte Louise niedergeschlagen. Hilflos schaute sie auf ihr krankes Pferd im Hänger. Bildete sie es sich ein, oder atmete Pilot schon wieder schwerer? Sie hatte keine Ahnung, was sie jetzt machen sollte.

»Ich habe einen Stall am Haus«, schlug Axel vor. »Du kannst Pilot bei mir lassen.«

Louise schüttelte den Kopf. »Das ist nett. Aber ich brauche einen Platz, wo ich in seiner Nähe bin. Ich kann ihn jetzt nicht allein lassen.«

»Also, wenn du willst ... Ich meine, mein Haus ist groß genug«, druckste er verlegen herum. »Du könntest das Gästezimmer haben.«

Louise war erleichtert. Das war die beste Lösung überhaupt. Pilot konnte sich in der klaren Landluft erholen und der Tierarzt war direkt in der Nähe. Louise strahlte Axel dankbar an.

Sie fuhren zu Axels Haus und versorgten gemeinsam zuerst Pilot, der sichtbar froh war, dass sie endlich das Ziel der langen Fahrt erreicht hatten. Ohne Probleme ließ er sich in den fremden Stall führen und fraß sogar etwas.

Trotzdem gelang es Louise noch nicht, richtig zu entspannen. Sie ließ ihr Pferd keinen Moment aus den Augen.

»Es ist alles gut«, redete Axel beruhigend auf ihn ein. »Ich werde ihn später noch einmal gründlich untersuchen. Jetzt soll er erst einmal zur Ruhe kommen. Komm, ich zeige dir dein Zimmer.« Es fiel Louise nicht leicht, Pilot in der ihm ungewohnten Umgebung alleine zurückzulassen. Sie streichelte noch einmal über den Hals des Pferdes, bevor sie Axel folgte.

Zum ersten Mal betrat sie Axels Haus. Alles war hell und freundlich eingerichtet. Wohnräume und Küche gingen ineinander über. Die in weiß gehaltene Küche ging in den Wohnraum über, in dem ein heller Tisch stand, um den sich acht Stühle gruppierten. Eine große Familie hätte eher hierher gepasst als ein Single. Wahrscheinlich hatte Axel das Haus auch für eine Familie geplant.

Louise verspürte mit einem Mal Mitleid mit Axel. Er war so ein wundervoller Mensch, wieso hatte seine Frau es nicht bei ihm ausgehalten? Lag es wirklich, wie in so vielen Beziehungen, am Landleben? Aber Marianne hatte es auch bei ihrem Vater ausgehalten, obwohl sie ebenfalls ein Stadtmensch war.

Es war das erste Mal, dass Louise überhaupt in Erwägung zog, dass Marianne ihren Vater wirklich geliebt hatte.

Sie wurde in ihren Überlegungen von dem kleinen Hund unterbrochen, der schwanzwedelnd auf sie zuwackelte. Louise bückte sich und hob ihn hoch. »Hallo, Hundchen. Hast du jetzt einen Namen?«

Axel zeigte sich zerknirscht. »In so was bin ich ganz schlecht.«

»Dazu brauchst du nun wirklich nicht sehr viel Kreativität«, sagte Louise lachend. »Mal sehen, uns wird schon ein Name einfallen.« Louise folgte Axel mit dem Hund auf dem Arm, als sie die Hausbesichtigung fortsetzten.

»Und das ist das Gästezimmer.« Axel öffnete die Tür und ließ Louise eintreten. »Ach ja, und das Bad ist gleich da drüben.« Er wies in die entsprechende Richtung.

Louise trat ein und sah sich in dem kleinen Zimmer um. Das weiße Himmelbett mit der blau gemusterten Patchworkdecke stand rechts an der Wand, gleich neben einem kleinen, runden Tisch.

Links an der blau tapezierten Wand stand der ebenfalls weiße Kleiderschrank. Ein roter Sessel neben der Tür bildete einen kontrastreichen Farbpunkt zu der blau-weißen Einrichtung. Auf dem Fensterbrett standen blühende Topfpflanzen.

Aus dem Fenster konnte Louise direkt auf den See schauen. Nachdenklich betrachtete sie das glitzernde Wasser. Dieses Haus war so ganz anders als das, in dem er aufgewachsen war. Sie war als Kind viele Male in der eleganten Villa der Hasselroths zu Besuch gewesen und erinnerte sich an ein großes Haus mit dunklen, holzvertäfelten Wänden. Dieses Haus hier passte viel besser zu Axel.

Axel beobachtete sie. Er konnte ihr Schweigen nicht recht deuten und befürchtete, dass ihr das Zimmer nicht gefiel. »Sag es mir ruhig, wenn du etwas brauchst. Ein anderes Kissen oder eine andere Lampe vielleicht. Ich habe nicht sehr oft Gäste, weißt du.«

Louise setzte sich auf das Bett. Den kleinen Hund hatte sie immer noch auf dem Arm. Er kuschelte sich ganz fest an sie. Axel war rührend in seinen Bemühungen, es ihr recht zu machen. »Es ist alles gut«, sagte sie, »und das Zimmer ist ganz zauberhaft. Seit wann wohnst du hier?«

»Seit fünf Jahren.« Axel lächelte traurig. »Ich habe das Haus für Ingrid und mich gekauft und umgebaut. Sie hat sich von mir getrennt, bevor es fertig war.«

Ingrid hatte ihn von heute auf morgen verlassen, ohne ein Wort. Sie hatte ihm lediglich eine kurze Notiz hinterlassen, dass sie es auf dem Land nicht länger aushielt. Auch wenn Axel jetzt sehr sachlich, in kurzen, knappen Worten darüber sprach, lag noch immer etwas von dem Schmerz in seiner Stimme, den er damals empfunden haben musste.

»Am Anfang habe ich gedacht, das Haus ist zu groß für mich«, schloss er, »aber inzwischen fühle ich mich hier sehr wohl.«

»Dieses Haus passt zu dir«, nickte Louise. Sie schwieg eine Weile, ihr Blick glitt an Axel vorbei. »Eigentlich müsste ich in Stockholm die Koffer packen und meine Wohnung auflösen oder mich zumindest darum kümmern, dass mein Mietvertrag verlängert wird. Stattdessen bin ich hier und habe keine Ahnung, wie es überhaupt weitergehen soll.«

Axel setzte sich zu ihr aufs Bett. Aufmerksam studierte er ihr Gesicht. »Willst du mir nicht endlich sagen, was passiert ist?«

»Es war Markus«, platzte es aus Louise heraus.

Axel schien nicht sonderlich überrascht. »Markus hat Pilot also gedopt.« Nur eins wunderte ihn. »Wie ist er an das Buceterol gekommen?«

»Du erinnerst dich doch sicher an Per Niklas«, sagte Louise.

Wieder stieg die Wut in ihr auf, als sie daran dachte, dass Markus ausgerechnet diesen Mann an ihr Pferd gelassen hatte.

Axel dachte kurz nach. »Du meinst den ehemaligen Kollegen, dem wegen eines Dopingskandals die Approbation entzogen wurde?«

»Er ist ein alter Freund von Markus«, erwiderte Louise bitter.

Axels Gesichtszüge wurden hart. Er stand auf, ging hin und her, bevor er am Fußende des Bettes stehen blieb. Seine Hände umfassten die Bettkante. »Das tut mir so leid für dich, Louise.«

Seine Worte taten ihr gut. »Ich bin froh, dass ich erst einmal hier sein kann. Danke. Wenn es Pilot besser geht und ich ein bisschen zur Ruhe gekommen bin, kann ich auch entscheiden, wie es weitergehen soll. Ich brauche einfach noch ein paar Tage.«

Louises Handy klingelte. Sie legte den kleinen Hund aufs Bett, der sich sofort zur Kugel rollte und einschlief. Louise erhob sich und fischte das Handy aus der Tasche ihrer Jeans.

Axel wandte sich zur Tür und wollte sich diskret entfernen, während Louise das Gespräch annahm. Als er jedoch mitbekam, dass der Anrufer sein Vater war, drehte er sich wieder um.

Louise hatte mit diesem Anruf gerechnet. Als Vorsitzender des Reitverbandes war es Henrik Hasselroths Aufgabe, sie über Entscheidungen, die sie betrafen, zu unterrichten. Louise hatte damit gerechnet, dass ihr der letzte Sieg aberkannt werden würde, doch Henrik sagte ihr jetzt, dass die Entscheidungen des Reitverbandes viel weitreichender sein würden.

»Ich habe damit wirklich nichts zu«, rief Louise aufgebracht in ihr Handy. »Ich weiß, dass es anders aussieht. Gib mir bitte die Chance, es dir zu erklären. Kann ich sofort zu dir kommen?«

Henrik war einverstanden. Louise beendete das Gespräch und starrte Axel mit weit aufgerissenen Augen an. »Ich wusste, dass der Reitverband mir den letzten Sieg aberkennen wird, aber nun denken sie auch darüber nach, mir meine Lizenz als Züchterin zu entziehen!«

Eine solche Entscheidung wäre für Louise das berufliche Aus. Der Skandal jetzt würde es ihr schon schwer genug machen, jemals wieder auf einem Gestüt Arbeit zu finden. Wenn sie aber nicht als Züchterin arbeiten durfte, gab es für sie überhaupt keine Zukunft mehr in ihrem Beruf.

»Soll ich mit meinem Vater reden?«, schlug Axel vor. »Er kennt dich doch und glaubt sicher nicht ...«

»Er kann doch nicht anders«, fuhr Louise dazwischen. »Alles spricht gegen mich. Aber ich bin unschuldig. Die müssen mir einfach glauben, dass ich nichts davon wusste.«

Das hat doch alles keinen Sinn, dachte sie resignierend. Ich habe nichts getan und trotzdem ist mein Leben vollkommen verpfuscht.

Gleich darauf straffte sie sich wieder. Nein, so schnell würde sie nicht aufgeben. Sie war unschuldig und das würde sie Henrik auch klarmachen. »Dein Vater erwartet mich«, sagte sie zu Axel. »Ich fahre sofort zu ihm.«

»Ich komme mit«, sagte Axel.

Es hatte sich nichts verändert in Henrik Hasselroths Haus, trotzdem fühlte Louise sich nicht besonders wohl. Sie hatte Angst vor der Unterredung mit Henrik Hasselroth. Jetzt war es nicht Axels Vater oder der väterliche Freund aus Kindertagen, den sie aufsuchte, sondern der Präsident des Reitsportverbandes.

Auf dem Gang zu Henriks Büro hingen Fotos von edlen Pferden an den Wänden. Einige von ihnen entstammten der Rosenfeld-Züchtung. Henrik war ein Pferdenarr und daraus war, verstärkt durch den frühen Tod ihrer Frauen, auch seine ganz besondere Freundschaft zu Louises Vater entstanden.

Henrik erhob sich hinter seinem Schreibtisch, als Louise und

Axel sein Arbeitszimmer betraten. »Gut, dass du kommst, Mädchen«, begrüßte er Louise.

»Ich weiß, dass es so aussieht, als hätte ich von der Sache gewusst«, kam Louise gleich auf den Punkt. »Aber so ist es nicht, das musst du mir glauben.«

Henrik stellte sich vor sie hin. Seine Miene war ernst. »Darum geht es nicht, das weißt du auch. Die Tatsachen sprechen erst einmal gegen dich. Und ob du es gewusst hast oder nicht, der Sieg auf einem gedopten Pferd wird dir in jedem Fall aberkannt. Es tut mir leid, Louise, das weißt du hoffentlich.«

Axel stellte sich auf Louises Seite. »Papa, Louise wurde hereingelegt. Markus Segerstadt ist der Schuldige! Er hat Pilot dopen lassen, als Louise in Schottland war. Du kannst doch nicht zulassen, dass sie für etwas bestraft wird, was sie nicht gemacht hat«, rief er aufgebracht aus.

Henrik wirkte hilflos. Louise wusste, dass auch ihm die Hände gebunden waren, aber es war ihr wichtig, dass er ihr wenigstens glaubte.

»Ich habe gehört, dass Markus Segerstadt alleine nach Dubai fliegt«, sagte er. »Was hast du denn jetzt vor?«

»Keine Ahnung«, gab Louise ehrlich zu. »Ich hatte so große Pläne und jetzt ist auf einmal alles aus.« Sie brach ab, starrte sekundenlang nachdenklich vor sich hin. Plötzlich lächelte sie. »Aber als ich mit Pilot auf dem Weg hierher war, da hatte ich plötzlich das Gefühl, dass vielleicht doch alles einen Sinn hat.«

Weder Henrik noch Axel verstanden, was sie damit sagen wollte. »Vielleicht sollte ich ja doch das Gestüt von Marianne kaufen.« Louise lächelte versonnen. »Was meinst du, Henrik? Du hast mir doch gesagt, dass du mir dabei helfen würdest.«

Henriks Miene verschloss sich. »Du brauchst eine Züchterlizenz, um Rosenfeld zu übernehmen.«

Louise hatte das Gefühl, als würde endgültig alles unter ihr zusammenbrechen und sie ins Leere stürzen lassen. »Es ist also schon entschieden? Bitte nicht, Henrik«, flehte sie. »Ihr dürft mir meine Lizenz nicht entziehen.«

»Noch ist nichts entschieden, der Verband berät noch«, stellte Henrik klar, aber weder seine Stimme noch sein Gesichtsausdruck machten ihr Mut. Seine nächsten Worte bestätigten das. »Ich fürchte, wir haben keine andere Wahl, als dir die Lizenz zu entziehen. Es sei denn, du kannst bis zur Sitzung einen Beweis für deine Unschuld vorlegen.«

Louise hatte das Gefühl zu ersticken. Die Angst schnürte ihr die Kehle zu. Axel fragte an ihrer Stelle, wann die nächste Sitzung stattfinden würde.

»In vier Tagen«, erwiderte Henrik.

»Papa, das ist Wahnsinn. Wie soll Louise in vier Tagen Beweise herbeischaffen?« Seine Stimme wurde laut vor Aufregung.

Henrik zuckte mit den Schultern. »Beweise es«, sagte er eindringlich zu Louise. »Beweise, dass Markus gehandelt hat, ohne dich zu informieren. Das ist deine einzige Chance.«

»Ja«, nickte Louise mechanisch. Sie fühlte sich wie in Trance. Vier Tage Zeit, um ihre Unschuld zu beweisen. Nicht nur Henrik und Markus, vor allem ihr selbst war klar, dass das unmöglich war.

Axel war ein sehr einfühlsamer Gastgeber. Er spürte, dass Louise ihre Ruhe brauchte, um wieder zu sich selbst zu finden. Er bedrängte sie weder mit Fragen noch mit irgendwelchen Phrasen, die ihr Mut machen sollten und im Grunde doch kein bisschen weiterhalfen. Er zeigte ihr einfach nur, dass er für sie da war, wenn sie ihn brauchte.

Louise verbrachte eine unruhige Nacht. Sie entwickelte Ideen, die sie kurz darauf verwarf, weil die Ausführung zu unrealistisch war. Völlig übernächtigt stand sie früh am nächsten Morgen auf.

Im Haus war alles still. Axel schlief noch. Das kleine Hundchen, das seinen Platz in einem Korb im Wohnzimmer hatte, hob den Kopf und wedelte kurz mit seinem Schwänzchen. Danach legte es den Kopf wieder auf die Vorderpfoten und schlief weiter.

Obwohl es draußen gerade erst dämmerte, wusste Louise, dass es keinen Zweck hatte, sich noch einmal hinzulegen. Sie würde doch nicht mehr schlafen können. Leise, um Axel nicht zu wecken, verließ sie das Haus.

Langsam ging sie am Seeufer entlang. Das Wasser kräuselte sich leicht, schimmerte silbern, als die Sonne aufging.

Vögel begrüßten in den Bäumen zwitschernd den neuen Tag.

Mir war gar nicht klar, wie sehr ich das alles vermisst habe, dachte Louise. In all den vergangenen Jahren, als sie in Stockholm gelebt hatte, war ihr diese Heimat so fern gewesen. Jetzt war es genau umgekehrt. Sie war wieder zu Hause. Stockholm und die Zeit mit Markus gehörten zu einem anderen Leben, das endgültig vorbei war. Sie hatte das Gefühl, nach langer Zeit endlich dorthin zurückgekehrt zu sein, wo sie hingehörte.

Es gab etwas, was Louise unbedingt noch erledigen musste. Ein Besuch, der längst überfällig war. Der Weg dorthin führte sie am Markt vorbei. Die meisten Stände gehörten Bauern aus der Umgebung, die hier früh am Morgen frisches Obst und Gemüse verkauften. An einem Stand gab es Kurzwaren, aus der Bäckerei am Ende der Straße roch es verführerisch nach frisch gebackenen Brötchen.

Louise blieb vor einem Stand mit Schnittblumen stehen und kaufte einen Strauß gelber Rosen. Sie bezahlte und wandte sich um. Erschrocken zuckte sie zusammen. Markus stand gleich hinter ihr.

»Was machst du hier?«, fragte sie abweisend.

»Ich bin gestern Abend schon angekommen und habe im

Hotel übernachtet.« Bittend schaute er sie an. »Wir müssen miteinander reden.«

»Es gibt nichts mehr zu reden.« Louise wollte an ihm vorbei, doch Markus stellte sich ihr in den Weg. »Bitte warte, Louise.«

Widerstrebend blieb sie stehen.

»Hör zu, es ist doch verrückt«, redete er auf sie ein. Er griff nach ihrer Hand und hielt sie fest, obwohl sich alles in Louise dagegen sträubte.

»Eben noch hatten wir eine gemeinsame Zukunft«, fuhr Markus fort, »und jetzt behandelst du mich plötzlich wie einen Schwerverbrecher. Jeder hat eine zweite Chance verdient.«

»Du willst eine zweite Chance?« Louise schaute ihn eindringlich an. »Gut, die sollst du haben. Erkläre dem Reitverband, dass du die Dopinggeschichte zu verantworten hast.«

Markus ließ ihre Hand los. »Dann würde man mir die Züchterlizenz aberkennen«, lehnte er ihr Ansinnen rundheraus ab. Dass ihr genau die gleiche Strafe drohte, schien ihm völlig egal zu sein. Trotzdem besaß er die Frechheit, sie noch einmal zu bitten, dass sie bei ihm blieb. »Komm mit mir, Louise. Wir lassen diesen ganzen Kram hinter uns, ja?«

Fassungslos schüttelte Louise den Kopf. Das, was er als Kram bezeichnete, war das, was ihr Leben ausmachte. Es war ihr Beruf, ihre Existenz. »Wieso habe ich eigentlich nie bemerkt, was für ein Mensch du wirklich bist?«, fragte sie jetzt. Es gab nichts mehr zu sagen. Sie ließ ihn einfach stehen, verließ mit eiligen Schritten den Markt. Sie war froh, dass er ihr nicht hinterherlief. Sie hätte wahrscheinlich die Fassung verloren und ihn auf offener Straße angeschrien. Erst am Ende der Straße schaute sie sich um. Gott sei Dank, von Markus war nichts mehr zu sehen. Erst als sie den Friedhof erreichte, atmete sie durch.

Auf dem Weg zum Grab ihrer Eltern versuchte sie, jeden Gedanken an Markus und die unerfreuliche Begegnung mit ihm zu verdrängen. Das Gelände fiel sanft zum Wasser hin ab. Dunkle

Grabsteine zeigten auf der grünen Wiese die letzten Ruhestätten der Verschiedenen an. Es war so still hier.

Louise dachte an den Tag, als ihr Vater beerdigt wurde. Sie hatte dahinten an der kleinen Kapelle gestanden, weit weg vom Geschehen. Marianne war es gewesen, die vorne am Grab gestanden hatte, der von den vielen Gästen kondoliert wurde. Wie sie diesen Auftritt genießt, hatte Louise damals voller Hass gedacht. Die schöne, trauernde Witwe, die von allen bedauert wird.

Habe ich ihr Unrecht getan?, fragte Louise sich heute. Vielleicht hat sie Papa ja wirklich glücklich gemacht, vielleicht war nicht sie, sondern ich die Schlange im Paradies.

Nachdenklich legte Louise die gelben Rosen auf das Grab ihrer Eltern. Ihre Mutter war lange vor ihrem Vater hier beerdigt worden. Die Inschrift mit ihrem Namen war fast schon verblichen, während die ihres Vaters noch klar und deutlich zu lesen war.

»Hallo, Paps.« Louise liefen Tränen über die Wangen. »Ich bin es, deine Louise, die Ausreißerin.« Louise schluchzte laut auf. »Ich wollte dir nur sagen ... ach Gott ... Es gibt noch so vieles, was ich dir gerne gesagt hätte. Vor allem, dass es mir leidtut. Und ich brauche dich. Bitte, Paps, ich brauche dich. Wenn du mich hörst, dann hilf mir bitte.«

Auch wenn der Vater ihr nicht mehr antworten konnte, so fühlte Louise sich doch wie von einer schweren Last befreit. Sie glaubte zu wissen, was ihr Vater gesagt hätte, wenn sie zu seinen Lebzeiten zu ihm gekommen wäre. Sie hatte sogar seine Stimme im Ohr, konnte sich genau an seinen liebevollen Blick erinnern. Sie hatte ihrem Vater sehr wehgetan, aber es gab wenigstens etwas, was sie jetzt für ihn und auch für sich selbst tun konnte. Sie musste Rosenfeld erhalten und es wieder zu seinen früheren Erfolgen führen. Es würde kein einfacher Kampf werden, aber Louise war fest entschlossen, ihn aufzunehmen.

In dieser Stimmung traf sie bei Axel ein. Axel war auf der Weide vor dem Stall und untersuchte Pilot. Zufrieden streichelte er über den Hals des Hengstes und sprach beruhigend auf ihn ein. »Na siehst du, es geht doch schon besser.«

Axel bemerkte Louise erst, als sie näher kam. Er fragte nicht, wo sie die letzten Stunden verbracht hatte. Er wollte einfach nur wissen, wie es ihr ging.

Louise zeigte sich kämpferisch. »Ich werde mich nicht einfach geschlagen geben. Ich lasse mir mein Leben nicht zerstören.«

Axel lächelte zustimmend. »Was hast du vor und wie kann ich dir dabei helfen?«

»Ich muss akzeptieren, dass der Verband mir den Sieg aberkennt.« Daran bestand für Louise kein Zweifel. Sie hätte ihre Auszeichnung für diesen Sieg freiwillig zurückgegeben, seit sie wusste, dass Pilot gedopt war. Aber sie war nicht bereit, sich dafür auch noch bestrafen zu lassen. »Ich werde nicht zulassen, dass mir die Züchterlizenz entzogen wird. Ich muss beweisen, dass ich nichts wusste.«

»Das wird schwierig«, äußerte Axel seine Bedenken. »Vermutlich wird es nicht reichen, wenn du Zeugen dafür findest, dass du zu dem fraglichen Zeitpunkt in Schottland warst.«

»Es gibt eine Möglichkeit«, sagte Louise nachdenklich, kam aber nicht mehr dazu, ihre Idee näher zu erläutern.

»Tut mir leid«, entschuldigte Axel sich mit einem schiefen Lächeln, als er sein klingelndes Handy aus seiner Jeans zog. »So ist das bei einem Tierarzt. Das Telefon klingelt garantiert immer im falschen Moment.« Er schaltete das Gerät ein und hielt es an sein Ohr. Seine Miene nahm einen besorgten Ausdruck an, während er dem Anrufer lauschte.

»Bleib ganz ruhig, Olof«, beendete er das Gespräch, »ich bin gleich da. Tut mir leid«, wandte er sich gleich darauf an Louise. »Eine Erstlingsgeburt, und das geht offensichtlich nicht ohne den Onkel Doktor. Bist du noch hier, wenn ich zurückkomme, oder befindest du dich dann schon auf deinem Kreuzzug?«

»Kann ich mitkommen?«, bat Louise.

»Klar«, stimmte Axel zu, schaute sie aber ein wenig verwundert an.

»Ehrlich gesagt bin ich froh, wenn ich jetzt nicht alleine sein muss«, lautete Louises einfache Erklärung.

Axel legte einen Arm um ihre Schulter. »Na, dann mal los.«

Olof nahm sich nicht einmal die Zeit, sie zu begrüßen, als sie in den Stall kamen. Seine Angst konnte Louise nur zu gut nachvollziehen. Silas gewölbter Leib wurde von Krämpfen geschüttelt. Sie war schweißnass, ihre Augen traten vor Angst und Schmerzen weit aus den Höhlen.

Louise hatte oft erlebt, wenn eine junge, unerfahrene Stute zum ersten Mal fohlte. Sie streichelte den Kopf des Tieres und sprach beruhigend auf die Stute ein, während Axel den Leib des Tieres abtastete. Kurz informierte er Olof darüber, dass das Fohlen falsch lag.

Axel arbeitete schnell und konzentriert, während Louise weiter auf die Stute einredete und sie streichelte, um sie zu beruhigen. Sie hörte Olof einige Male aufstöhnen, aber Axel ließ sich nicht davon ablenken. Endlich erschienen die winzigen Hufe des Fohlens und nach einem weiteren angstvollen Moment fiel ein blutiges Bündel ins Stroh.

Sila beruhigte sich augenblicklich. Sie wandte den Kopf und schaute auf ihr Fohlen. Olof hatte damit begonnen, es mit einem Bündel Stroh trocken zu reiben. Sila drehte sich vorsichtig herum, damit ihre Hufe das Fohlen nicht verletzten. Olof ließ von dem Fohlen ab, als Sila begann, das Fohlen mit der Zunge abzulecken. Hatte die junge Stute eben noch Todesangst ausgestanden, so wusste sie jetzt instinktiv, was zu tun war.

»Ein wundervolles Hengstfohlen.« Axel schlug Olof anerkennend auf die Schulter. »Jetzt ist alles okay, Mutter und Fohlen sind wohlauf.«

»Danke«, seufzte Olof erleichtert. »Ohne deine Hilfe hätten sie es nicht geschafft.« Er drückte Axel eine Flasche Schnaps in die Hand, hob gleich darauf mahnend den Zeigefinger. »Aber dass du Louise davon etwas abgibst.«

»Klar«, grinste Axel. Auch Louise musste lächeln, aber in Gedanken war sie noch bei der Geburt des Fohlens.

Auf der Heimfahrt schien Axel zu spüren, wie sehr sie das gerade Erlebte aufwühlte. Er fuhr nicht auf direktem Weg zurück zu seiner Praxis, sondern hielt in der Nähe des Ufers an. Louise war sofort einverstanden, als er vorschlug, ein paar Schritte zu gehen.

Schweigend gingen sie nebeneinanderher. Louise fand es angenehm, dass sie zusammen mit Axel schweigen konnte, ohne das Gefühl zu haben, krampfhaft nach Worten suchen zu müssen.

Neben einer hohen Birke ließ sie sich ins Gras fallen. Axel setzte sich dicht neben sie. Nur das Gezwitscher der Vögel war zu hören, bis Axel schließlich sagte: »«Du warst toll, vorhin bei Sila.«

»Du warst toll«, widersprach Louise. »Du weißt, was du tust, und man spürt, dass du auch noch Spaß daran hast.«

»Ich habe meinen Platz gefunden, das ist sehr hilfreich«, sagte Axel ruhig und schaute dabei über den See. Als Louise nichts sagte, sondern ihn nur unverwandt von der Seite anschaute, wandte er den Blick zu ihr. »Ich meine das ganz ernsthaft. Es hilft wirklich zu wissen, wohin man gehört. Das macht es einfacher, Entscheidungen zu treffen.«

»Es ist nur blöd, wenn sie einen nicht lassen«, meinte Louise niedergeschlagen.

Axel stieß sie mit der Schulter leicht an. »Hast du nicht vorhin erst gesagt, du willst das nicht hinnehmen? Du hast doch einen Plan, oder?«

»Ja«, nickte Louise. »Es gibt nur einen, der für mich aussagen kann. Weil er weiß, dass Markus mich hintergangen hat.«

Axel wusste sofort, wen sie meinte. »Ausgerechnet Per Niklas! Glaubst du wirklich, dass er für dich aussagen wird? Damit würde er gleichzeitig sich selbst belasten.«

Louise zuckte mit den Schultern. »Ich habe keine andere Wahl. Er muss die Wahrheit sagen.« In ihren Augen blitzte der Schalk. »Notfalls werde ich ihn mit vorgehaltener Waffe dazu zwingen.«

»Ich wusste gar nicht, dass so viel kriminelle Energie in dir steckt«, erwiderte Axel mit gespieltem Entsetzen.

»Du glaubst wohl, bloß weil wir als Kinder befreundet waren, weißt du alles über mich.«

»Nein«, Axel wurde plötzlich ganz ernst, sein Gesicht näherte sich dem ihren. »Ich hätte aber nichts dagegen, alles zu wissen«, sagte er leise. Sein Mund suchte ihre Lippen.

Louise hielt ganz still, und als er sich wieder ein wenig zurückzog, fasste sie mit einer Hand in sein Haar und zog seinen Kopf wieder zu sich heran. Axel stöhnte leise auf. Ganz fest zog er sie in seine Arme, sein Mund presste sich auf ihren. Louise spürte den heftigen Schlag seines Herzens, als sich seine Zunge in ihren Mund tastete. In diesem Augenblick war nichts wichtig, nur sie und Axel.

Sie verbrachten einen schönen, ungestörten Tag miteinander. Für Axel gab es keine weiteren Notfälle und Louise konnte sich entspannen, weil es Pilot zunehmend besser ging.

Sie gingen zusammen für ein gemeinsames Abendessen einkaufen, doch Axel bestand darauf, alleine für sie zu kochen. Louise durfte lediglich den Tisch auf der Terrasse decken.

Es war schön, hier draußen zu sitzen. Louise hatte Teelichter angezündet und auf der Brüstung der Terrasse verteilt. Dahinter schimmerte der See golden im Licht der letzten Sonnenstrahlen. Wie dunkle Schatten erhoben sich die bewaldeten Hänge auf der anderen Uferseite.

Aus dem Haus kam ein verführerischer Duft. Ihr Magen knurrte bereits, als Axel das Essen und einen leichten Weißwein auftischte. Lachs in Blätterteig, dazu einen gemischten Salat. Als Nachtisch gab es frische Erdbeeren mit Sahne.

Louise nippte an ihrem Glas und beobachtete Axel. Wieso war ihr bisher noch nicht aufgefallen, wie toll er aussah? Er war der perfekte Jeans-Typ, groß und sportlich. Dazu trug er ein weißes Hemd. Weil er sich viel im Freien aufhielt, waren seine kräftigen Arme und sein Gesicht gebräunt. Sie sehnte sich danach, von ihm wieder in die Arme genommen zu werden. Sie wollte seine Küsse spüren, seine Hände auf ihrem Körper.

Hatte er das Verlangen in ihren Augen gesehen? Axel trat auf sie zu. Wortlos nahm er ihr das Glas aus der Hand und zog sie hoch. Er zog sie mit sich ins Haus, in sein Schlafzimmer. Nur das Feuer im Kamin verbreitete einen schwachen Lichtschein.

Axel zog Louise zu sich aufs Bett. Er öffnete ihre Bluse, seine warmen Hände streichelten ihre Haut, streiften die Bluse über ihre Schultern. In seinen Augen lag ein lockendes Leuchten, all das Sehnen und Begehren, das Louise selbst empfand.

Axel schlief, als Louise später aufstand, um sich in der Küche ein Glas Milch zu holen. Sie schlüpfte in sein Hemd, nahm den schwachen Duft seines Körpers war, der noch darin hing. Es war ein guter, männlicher Geruch.

Als Louise zurück ins Schlafzimmer kam, war Axel wach. Verlangend streckte er beide Arme nach ihr aus. Louise kletterte zu ihm aufs Bett. »Hättest du dir das mit uns beiden jemals vorstellen können? Ich als ...«

»... meine Frau«, fiel Axel ihr schmunzelnd ins Wort.

»Kommt zwar ein bisschen plötzlich, aber warum nicht, wenn du unbedingt willst.«

Louise schmiegte sich in seine Arme. »Du bist ziemlich eingebildet. Eigentlich will ich überhaupt keinen Ehemann.«

»Ich eigne mich auch gut als Liebhaber.« Axel grinste frech und hielt sie mit beiden Armen umfangen, als sie ihr Gesicht an seines schmiegte. »Ich habe gerade das Gefühl, ich könnte alles schaffen«, seufzte Louise behaglich. »Jetzt traue ich es mir sogar zu, Rosenfeld zu retten.«

Axel versprach ihr seine Hilfe, doch diesmal schüttelte Louise den Kopf. »Nein, das ist meine Sache. Das ist etwas, was ich ganz alleine schaffen muss.«

Louise dachte an ihren Vater. Sie war es ihm schuldig – und nicht zuletzt war sie es auch sich selbst schuldig.

Axel brachte sie am nächsten Morgen zur Tür. Er hielt das kleine Hündchen auf dem Arm, das immer noch namenlos war. Louise nahm sich ganz fest vor, sich sofort nach ihrer Rückkehr einen Namen für den Kleinen auszudenken. Axel wollte ihr da völlig freie Hand lassen.

»Bist du sicher, dass ich nicht mitkommen soll?« Besorgt schaute Axel sie an. Sie hatten beim Frühstück noch einmal darüber gesprochen, aber Louise war nach wie vor der Meinung, dass sie diese Sache alleine durchstehen musste. Auch jetzt schüttelte sie wieder den Kopf. »Ich schaffe das schon«, versicherte sie, obwohl sie sich da keineswegs so sicher war. In der vergangenen Nacht war ihre Zuversicht weitaus größer gewesen. Aber es war auch einfach, eine Idee auszusprechen, solange es nicht an die Planung der Details ging. Louise wusste nicht einmal, wo sie den Mann, der sie entlasten konnte, finden würde.

In Gedanken war sie bereits in Stockholm, während es Axel schwerfiel, sie fahren zu lassen.

»Bis heute Abend«, sagte er zärtlich und fügte mit einem vielsagenden Blick auf das Hündchen in seinem Arm hinzu: »Wir freuen uns jetzt schon auf dich.«

Auf einmal war da das Gefühl, dass sie sich ziemlich viel vorgenommen hatte, zu viel. Louise wollte sich vor Axel nichts anmerken lassen, aber ihre Stimme klang reichlich beklommen, als sie sagte: »Ich weiß nicht, ob ich das schaffe. Vielleicht muss ich über Nacht in Stockholm bleiben.«

»Tu das nicht«, bat Axel leise.

Nein, eigentlich wollte sie auch nicht länger in Stockholm bleiben als unbedingt nötig. »Ich werde es versuchen«, versprach sie ihm.

Axel küsste sie zärtlich, mochte sich überhaupt nicht von ihr lösen. Auch Louise fiel der Abschied nach der letzten Nacht nicht leicht.

Als sie im Auto über die Landstraße brauste, dachte sie über das weitere Vorgehen nach. Sie musste Per Niklas finden, und es gab einen Menschen, der ganz bestimmt wusste, wo der ehemalige Tierarzt zu finden war. Aber ob ausgerechnet Markus ihr den Aufenthaltsort von Per Niklas verraten würde? Sie wusste ja nicht einmal, ob er inzwischen nach Stockholm zurückgekehrt war.

Markus dürfte auch kaum daran gelegen sein, dass die Wahrheit über diesen Dopingskandal herauskam. Es würde seine eigene berufliche Karriere unwiderruflich zerstören. Und was ist mit meiner Karriere, dachte Louise bitter. Was ist mit Rosenfeld? Es hing so vieles daran, dass sie die Wahrheit herausfand, und es ging nicht mehr nur um sie selbst. Es ging auch um die Menschen, denen Rosenfeld etwas bedeutete. Und ganz besonders natürlich auch um die Menschen, die dort arbeiteten und ihren Lebensunterhalt verdienten. Und was würde aus Maria werden?

Meine liebe, gute Maria. Ein Lächeln umspielte Louises Lippen. Ganz besonders Maria hatte es verdient, dass Rosenfeld erhalten blieb. Sie war eine hervorragende Haushälterin und eine begnadete Köchin, aber sie würde in ihrem Alter kaum noch eine neue Anstellung finden.

Sie musste einfach herausfinden, wo Per Niklas sich aufhielt. Kurz entschlossen wählte sie Markus' Nummer und presste das Handy an ihr Ohr. Bereits nach dem zweiten Freizeichen vernahm sie seine Stimme.

»Das ist die Mailbox von Markus Segerstadt. Sie können mir eine Nachricht hinterlassen, ich rufe zurück.«

»Hallo Markus, hier ist Louise. Ich muss dich dringend sprechen, also ruf mich bitte zurück. Es ist wichtig.«

Unzufrieden legte Louise das Handy auf den Beifahrersitz. Als sie Stockholm zwei Stunden später erreichte, hatte sich Markus noch nicht gemeldet. Sie fuhr zuerst zu seiner Wohnung, doch da öffnete ihr niemand die Tür.

Louise überlegte, und plötzlich fiel ihr ein, dass es möglicherweise noch jemanden gab, der wusste, wo Per Niklas zu finden war.

Im Stall herrschte emsige Geschäftigkeit. Ein vertrauter Geruch stieg Louise in die Nase, eine Mischung aus Pferd und frischem Streu.

Die Box, in der Pilot gestanden hatte, war bereits wieder vergeben. Malin kümmerte sich gerade um den Neuzugang.

Louise hatte mit Malin nie viel zu tun gehabt. Ole hatte sich um Pilot gekümmert.

Malin hatte nie ein Hehl daraus gemacht, dass sie Louise bewunderte. Jetzt grüßte sie freundlich, als Louise in den Stall kam. Louise erwiderte den Gruß und fragte nach Ole. Malin wies auf die letzte Box ganz am Ende des großen Stalles. »Ich glaube, Ole ist bei Starwar. Die letzte Box ganz hinten.«

Louise bedankte sich und wollte weitergehen, doch Malin hielt sie noch fest.

»Wie geht es dir denn so? Ist ja nicht gerade eine tolle Zeit für dich im Moment.«

Louise schaute sie prüfend an. Nein, da war keine Sensationslust in den Augen der jungen Pferdepflegerin. Auch keine Schadenfreude, wie sie manche Neider von ihr ganz gewiss empfanden. In Malins Augen lag echtes Mitgefühl.

»Das wird schon alles wieder«, sagte Louise ausweichend. Auch wenn sie die Anteilnahme des jungen Mädchens rührte, so wollte sie mit ihr nicht über die Angelegenheit reden.

»Hoffentlich«, sagte Malin. »Ich finde das alles so unfair.«

»Das ist lieb, dass du das sagst.« Dankbar drückte Louise Malins Hand. Aus den Augenwinkeln sah sie, dass Ole gerade Starwar aus der letzten Box führte. Sie eilte zu ihm.

Ole sah sie überrascht und nicht sonderlich erfreut an. Zumindest kam es Louise so vor. »Hej, Louise, was machst du hier?«

»Ich suche Markus. Er meldet sich nicht bei mir.«

Ole vermied jeden Blickkontakt mit ihr. »Ist Markus nicht schon auf dem Weg nach Dubai?«

»Nein«, sagte Louise, »aber vielleicht kannst du mir ja auch helfen. Ich muss unbedingt Per Niklas sprechen. Weißt du, wo ich den erreichen kann?«

»Steht er nicht im Telefonbuch?«

Louise beobachtete Ole aufmerksam. Der Pferdepfleger fühlte sich sichtlich unbehaglich. Sie spürte, dass er mehr wusste, als er ihr sagen wollte.

»Seit dem Skandal damals ist Per Niklas untergetaucht. Aber du musst doch seine Nummer haben, Ole. Per Niklas war doch hier und hat Pilot behandelt.«

Oles Kopf zuckte hoch. Kurz begegnete er Louises Blick, bevor er die Augen wieder senkte. Das schlechte Gewissen stand ihm förmlich ins Gesicht geschrieben. Trotzdem behauptete er: »Ich habe ihn nie gesehen. Tut mir leid, aber ich muss jetzt weitermachen.«

Louise konnte es nicht fassen. Ole hatte Pilot gepflegt, seit sie in Stockholm war. Sie hatte immer geglaubt, dass zwischen ihnen so etwas wie ein freundschaftliches Vertrauensverhältnis bestanden hatte. »Ole, jetzt komm schon«, drängte sie. »Es geht um meine Zukunft. Ich muss Per Niklas finden.«

»Ich habe ihn nicht gesehen«, behauptete Ole noch einmal. »Geh jetzt bitte, Louise. Ich kann dir echt nicht helfen.«

Von Ole würde sie offensichtlich keine Auskunft erhalten. Louise fragte sich, was Markus ihm für sein Schweigen bezahlt hatte. »Okay, ich verstehe«, sagte sie mit hoch erhobenem Kopf. Immerhin hatte sie die Genugtuung, dass Ole ihr nicht in die Augen sehen konnte, auch wenn sie das kein Stück weiterbrachte.

Grußlos wandte Louise sich ab und ging zum Ausgang. Malin stand immer noch vor Pilots ehemaliger Box, sie musste jedes Wort mitbekommen haben. Louise verabschiedete sich von der jungen Pferdepflegerin, verließ den Stall und atmete erst einmal tief aus. Sie hatte keine Ahnung, wie es jetzt weitergehen sollte. Markus hatte sich immer noch nicht gemeldet und wahrscheinlich würde Ole ihn jetzt vorwarnen.

Louise blieb stehen und wandte sich um, als jemand ihren Namen rief. Malin kam auf sie zu, schaute sich hastig um, ob sie beobachtet wurde. Der Hof vor dem Stall war menschenleer.

»Ich habe Per Niklas einmal hier gesehen«, sagte Malin leise.

Louises Herz schlug schneller, als Malin raunte: »Ich habe gehört, wie er Ole sagte, wo er wohnt. Hier, unter dieser Adresse kannst du ihn finden.« Malin sah sich noch einmal nach allen Seiten um, bevor sie Louise einen Zettel in die Hand drückte.

»Danke, Malin«, seufzte Louise erleichtert.

Malin lächelte. »Gerne, und viel Glück.«

Die Adresse befand sich außerhalb Stockholms, in einer Gegend, in der Louise sich überhaupt nicht auskannte. Zweimal musste sie fragen, bis sie endlich vor einer heruntergekommenen Hütte stand, die ihr kaum als menschliche Behausung geeignet schien. Louise kamen erste Zweifel. Hier sollte Per Niklas wohnen? Langsam ging sie auf die Hütte zu. Ein windschiefer Zaun umstand einen verwilderten Garten, in dem allerlei Unrat herumlag. Dazwischen wuchs Unkraut. Zwei Stufen führten auf die hölzerne Veranda. Ausrangiertes Werkzeug rostete hier vor sich hin.

»Per Niklas«, rief Louise laut und klopfte an die Tür. Niemand meldete sich. Louise versuchte es noch einmal, aber Per Niklas war offensichtlich nicht zu Hause. Sofern er wirklich hier lebte, was Louise kaum denkbar erschien.

Louise ging die Stufen wieder hinunter und umrundete langsam das Haus. Immerhin stand die Hütte inmitten einer malerischen Landschaft, was den Verfall aber umso drastischer erscheinen ließ.

Hinter der Hütte führte ein schmaler Weg zwischen hohen Birken hindurch. Louise folgte diesem Weg, hörte das Plätschern des Wassers, bevor sie es sah. Es musste sich um einen Ausläufer des Mälaren handeln.

Als die Bäume die Sicht freigaben, sah Louise einen Steg, der weit ins Wasser führte. Am Ende des Stegs stand ein Angler. Der Mann wandte ihr den Rücken zu.

»Per Niklas?«, rief Louise laut.

Der Mann wandte sich um, sodass Louise sein Gesicht sehen konnte. Tiefe Falten hatten sich in die Mundwinkel eingegraben, er wirkte verbittert, mürrisch und sehr unfreundlich. Auch wenn er kein Wort sagte, so spürte Louise doch deutlich, dass er sie als unwillkommene Störung empfand. Nachdem er sie kurz gemustert hatte, drehte er ihr wieder den Rücken zu und warf seine Angel aus.

Louise betrat den Steg und ging zu ihm. »Ich bin Louise Stenfeldt. Ich muss mit Ihnen reden.«

»Gehen Sie weg«, knurrte er.

»Nein!« Knapp und hart stellte Louise klar, dass sie sich so einfach nicht vertreiben ließ. Immerhin erreichte sie damit, dass Per Niklas sich ihr wieder zuwandte. Er hatte die Augenbrauen ärgerlich zusammengezogen.

»Was soll das? Was wollen Sie von mir?«

»Sie müssen mit dem Reitverband reden«, verlangte Louise.

Seine Augen leuchteten spöttisch auf, sein Mund verzog sich zu einem grimmigen Lächeln. »Warum sollte ich das tun?«

Mit Louises Beherrschung war es vorbei. »Jetzt tun Sie doch nicht so! Weil die ganze Welt glaubt, ich hätte von der Dopinggeschichte gewusst! Sie müssen dem Verband klarmachen, dass ich davon nichts wusste.«

»Ich habe keine Ahnung, wovon Sie reden. Verschwinden Sie endlich.«

Louise spürte, dass er log. Sie würde sich nicht vertreiben lassen, bis er ihr gesagt hatte, was sie wissen wollte. Ruhig stellte sie klar: »Nein, ich gehe nicht. Sie sind der Einzige, der die Vorwürfe gegen mich entkräften kann. Ich lasse Sie nicht in Ruhe, bis Sie klargestellt haben, dass ich absolut unschuldig bin.«

Ihre Hartnäckigkeit schien ihn zu irritieren. Er schwieg eine Weile, zog die Angelschnur ein, um sie dann erneut auszuwerfen. »Warum sollte ich das tun?«, fragte er schließlich.

Hatte sie nicht klar und deutlich gesagt, dass es ihr darum ging, ihre Unschuld zu beweisen? Aber plötzlich ging ihr auf, was Per Niklas mit seiner letzten Frage meinte. Er gehörte wahrscheinlich zu den Menschen, die sich für alles bezahlen ließen, selbst für die Wahrheit.

»Geht es um Geld?«, sprach sie ihre Gedanken aus. »Erwarten Sie, dass ich Sie für Ihre Aussage bezahle?«

»Hören Sie auf, ich will kein Geld«, brummte er.

Louise kniff die Augen zusammen, betrachtete ihn nachdenklich. Es kam ihr so vor, als hätte sie ihn mit ihrer Vermutung verletzt. Vielleicht steckte doch noch so etwas wie Anständigkeit in ihm. »Dann reden Sie«, bat sie eindringlich. »Kommen Sie mit und sagen Sie vor dem Reitverband aus. Bitte, Per Niklas, ich bitte Sie, tun Sie das für mich. Sie haben doch nichts zu verlieren.«

»Ach nein, habe ich nicht?« Wut brannte in seinen Augen. »Sie sagen doch, ich hätte Ihr Pferd gedopt. Glauben Sie wirklich, ich würde mich selbst beschuldigen?«

Louise schaute Per Niklas nachdenklich an. »Was hat Markus gesagt, als er Sie damals anrief?«

»Dass Ihr Pferd krank ist und ich sofort kommen soll, weil er den Tierarzt nicht erreichen kann, der Pilot sonst behandelt.«

Ganz langsam wurde Louise klar, dass Per Niklas selbst in Markus' Falle getappt war. Markus hatte genau gewusst, was er tat. Dr. Thorwaldsson, der Pilot sonst behandelte, hätte nie zugelassen, dass Pilot für das Turnier gemeldet wurde. Deshalb hatte Markus ihn erst gar nicht informiert.

Louise sah Per Niklas mit großen Augen an. Die Erkenntnis, dass Markus zu so etwas fähig war, erschütterte sie. »Markus hat Sie genauso reingelegt wie mich! Sie haben dem Pferd lediglich geholfen, ohne zu wissen, dass Markus mein Pferd kurz darauf an den Start gehen lassen wollte, mit Buceterol im Blut.«

Per Niklas wirkte mit einem Mal selbst nachdenklich, gab aber kein bisschen nach. »Sie wollen doch nur Ihren Hals retten«, warf er ihr vor.

»Natürlich will ich das«, gab Louise unumwunden zu. »Und Sie sind der Einzige, der mir dabei helfen kann.«

Per Niklas schaute ihr das erste Mal direkt in die Augen. »Und was ist mit meinem Hals?«

»Per Niklas, Sie haben lediglich meinem kranken Pferd geholfen. Das wird Ihnen keiner verübeln.«

Per Niklas starrte sie an, zuckte schließlich mit den Schultern und wandte ihr wieder den Rücken zu. Er beschäftigte sich mit seiner Angel und schien von Louise keine Notiz mehr zu nehmen.

Niedergeschlagen musste Louise akzeptieren, dass es ihr nicht gelungen war, Per Niklas zu überzeugen. Er würde nicht aussagen, obwohl er selber in eine Falle getappt war. Damit verlor sie ihren Ruf, ihre Lizenz als Pferdezüchterin und vor allem Rosenfeld. Im Augenblick wusste sie nicht einmal, was schwerer für sie wog.

Louise hatte sich immer noch nicht gemeldet. Axel war die ganze Zeit in Gedanken bei ihr und fragte sich, ob sie bisher etwas erreicht hatte. Vielleicht wäre es doch besser gewesen, wenn er sie begleitet hätte.

Obwohl Axel seine Arbeit liebte, musste er sich an diesem Vormittag immer aufs Neue motivieren. Ausgerechnet heute schienen sich die besonders schwierigen Patienten mit ihren besorgten Besitzern in seinem Wartezimmer zu versammeln. Zuerst kam die alte Frau Svanblom mit ihrem übergewichtigen Mops Gustav. Es waren die üblichen Beschwerden, unter denen Gustav litt, weil Frau Svanblom einfach nicht einsehen wollte, dass ihr Hund abnehmen musste.

»Er mag das Diätfutter nicht«, stellte Frau Svanblom kategorisch fest, »und ich kann Gustav ja schließlich nicht verhungern lassen.«

Leider mochte Gustav außer dem Diätfutter auch Tierärzte nicht besonders, was die Untersuchung erschwerte. Der Mops zog die Lefzen hoch und zeigte seine spitzen Zähne, als Axel ihn untersuchte. Das war nicht nur eine Drohgebärde. Axel konnte seine Hand gerade noch rechtzeitig zurückziehen, als der Hund zuschnappte.

Nach Gustav war Moko an der Reihe. Verglichen mit diesem keifenden und um sich beißenden Papagei war Gustavs Untersuchung ein reines Kinderspiel gewesen. Axel war froh, als er gegen Mittag die Sprechstunde hinter sich gebracht hatte. Von Louise hatte er immer noch keine Nachricht. Kein Anruf, keine SMS.

Immerhin aber auch keine Nachricht, dass Louise heute nicht zurückkommen würde. Axel dachte an den vergangenen Abend und musste lächeln. Er wollte Louise bei ihrer Rückkehr wieder mit einem Festmahl überraschen und vielleicht konnten sie den Abend ebenso romantisch ausklingen lassen wie gestern. Allerdings musste er dafür noch einiges einkaufen. Er zog sich um und fuhr nach Arboga. Auf dem Markt gab es frisches Gemüse und wenn er Glück hatte auch noch frischen Fisch. Er hatte allerdings nicht damit gerechnet, dass er dort ausgerechnet Marianne begegnen würde. Zusammen mit einem älteren Paar schlenderte sie zwischen den Ständen umher. Als sie ihn sah, leuchtete ihr Gesicht auf. Sie sagte etwas zu ihrer Begleitung und kam über die Straße auf ihn zu.

»Hej, Axel.«

»Hej«, grüßte Axel zurück.

Marianne schaute sich kurz nach dem Paar um und beugte sich ein wenig vor. »Du kannst mir mal die Daumen drücken«, sagte sie leise, damit sie niemand außer Axel verstand. »Da drüben, das sind die Söderlags. Sie sind fest entschlossen, Rosenfeld zu kaufen. Die Finanzierung steht auch schon.«

Ausgerechnet jetzt, schoss es Axel durch den Kopf. Seit Monaten schon versuchte Marianne, Rosenfeld zu verkaufen. Es wäre eine bittere Ironie des Schicksals, wenn Louise Rosenfeld für alle Zeiten verlor, nachdem sie endlich beschlossen hatte, das Gut zu übernehmen und zu retten.

Axel wollte etwas sagen, wollte Marianne klarmachen, dass sie Rosenfeld auf keinen Fall an die Söderlags verkaufen durfte, doch Marianne ließ ihn erst gar nicht zu Wort kommen. Er öffnete nur den Mund, da sagte sie schon: »Keine Einwände bitte. Wenn sie es wirklich kaufen, bin ich endlich frei. Das gönnst du mir doch, oder?«

»Natürlich, aber es könnte auch eine andere Lösung geben.«

Marianne hörte ihm überhaupt nicht zu. »Ich komme heute Abend vorbei und erzähle dir alles.« Sie drehte sich um, um zu den Söderlags zurückzukehren. So beschwingt und glücklich wie heute hatte Axel sie noch nie gesehen. Sie schien sich wirklich darüber zu freuen, dass sie Rosenfeld endlich verkaufen konnte. Nicht ein Hauch von Wehmut schien sie dabei zu erfüllen.

Axel streckte die Hand nach ihr aus, wollte sie zurückhalten. »Heute Abend geht es nicht«, rief er ihr noch nach, doch Marianne wandte nicht einmal mehr den Kopf. Sie schlenderte gemeinsam mit den potenziellen Käufern weiter. Wahrscheinlich machte sie die beiden gerade mit der Umgebung vertraut.

Ich muss etwas tun, dachte Axel. Verzweifelt dachte er nach. Solange Louise ihre Unschuld nicht bewiesen hatte, würde sie Rosenfeld nicht übernehmen können. Noch dringender hätte er jetzt gerne gewusst, wie weit sie in Stockholm gekommen war. Er hätte sie gerne angerufen, aber dann müsste er auch von seinem Treffen mit Marianne erzählen. Wenn Louise nichts erreicht hatte, setzte er sie damit unter Zugzwang.

Lieber nicht, beschloss er. Diese Hiobsbotschaft hatte noch bis später Zeit. Aber vielleicht konnte sein Vater noch etwas unternehmen.

Axel hatte den Gedanken kaum zu Ende gebracht, da machte er sich auch schon auf den Weg zu der Bank seines Vaters. Wenigstens diesmal hatte er Glück. Sein Vater war in seinem Büro und führte im Augenblick auch keine wichtigen Kundengespräche. Die Sekretärin ließ ihn sofort durch.

Henriks Büroeinrichtung ähnelte der Möblierung in seiner Villa. Dunkle, holzvertäfelte Wände. Kostbare Antiquitäten und

Pferdebilder an den Wänden. Einige waren Fotografien neueren Datums, aber es gab auch ein paar alte, überaus wertvolle Holzstiche. Sie alle zeugten von der Leidenschaft des Bankdirektors. Auf der Fensterbank standen zwei Pferdeskulpturen neben einer blühenden Begonie.

Axel stürmte zum Schreibtisch seines Vaters. »Papa, finanzierst du den Söderlags die Übernahme von Rosenfeld?«

Henrik klappte das Notebook zu, das vor ihm auf dem Schreibtisch stand. Er zog eine Augenbraue in die Höhe. »Du glaubst doch nicht wirklich, dass ich mit dir über meine Geschäfte rede? Hast du schon mal etwas von Bankgeheimnis gehört?«

»Da ist nichts mehr geheim«, erwiderte Axel. »Marianne hat mir selbst gesagt, dass der Deal so gut wie perfekt ist.«

Henrik stand auf und trat ans Fenster. »Axel, glaube mir, ich würde alles tun, um zu verhindern, dass aus Rosenfeld ein Golfplatz wird.«

»Dann unterstütze Louise«, bat Axel drängend.

Henrik drehte sich um. »Louise hat wahrscheinlich schon bald keine Züchterlizenz mehr.«

»Dann zögere den Verkauf von Rosenfeld bis zur Sitzung des Reitverbands heraus.« Axel ließ nicht locker. »Louise ist unschuldig und das wird sie auch beweisen. Sie wird Rosenfeld kaufen, Papa.«

Henrik schüttelte den Kopf. »Ich wünschte, das würde sie«, meinte er resigniert. »Aber ich weiß ehrlich gesagt nicht, wie das gehen soll.«

Alles war vorbei. Nur Per Niklas konnte ihre Unschuld beweisen, aber das wollte er offensichtlich nicht. Louise hielt sich noch eine ganze Weile in der Nähe der Hütte auf, in der Hoffnung, dass Per Niklas nur eine Weile Zeit brauchte, um über das Gespräch mit ihr nachzudenken. Jetzt aber sah sie ein, dass er ihr nicht folgen und sich nicht zu einer Aussage bereit erklären würde.

Mutlos ging sie zu ihrem Wagen. Schon von Weitem vernahm sie das Klingeln ihres Handys, das sie auf dem Beifahrersitz gelassen hatte. Sie sah auf dem Display, dass Markus sie anrief, und meldete sich.

»Endlich«, herrschte Markus sie an. »Ich versuche schon die ganze Zeit, dich zu erreichen.«

Louise schluckte ihren aufkeimenden Ärger hinunter. Sie hatte ihn doch um einen Rückruf gebeten, auch wenn das jetzt nicht mehr erforderlich war, sie hatte Per Niklas auch ohne seine Hilfe gefunden. »Jetzt bin ich ja da«, erwiderte sie mit ruhiger Stimme. »Du klingst so gestresst.«

»Bin ich auch«, polterte er am anderen Ende der Leitung. »Es gibt Probleme mit Scheich Abdul. Er will uns seine Anwälte auf den Hals hetzen.«

»Und was habe ich damit zu tun?« Für Louise hatte sich die Sache mit Dubai längst erledigt.

»Sehr viel, meine Liebe«, kam es ironisch zurück. »Hast du eigentlich jemals den Vertrag gelesen, den auch du unterschrieben hast? Absatz zwölf, Thema Vertragsstrafe?«

Allmählich beschlich Louise ein mulmiges Gefühl. »Moment mal. Du hast doch gesagt, du hättest den Vertrag geprüft. Da lese ich doch das Kleingedruckte nicht mit der Lupe!«

»Das hättest du vielleicht tun sollen«, bellte er wütend in den Hörer. »Aber so naiv kannst auch nur du sein. Hast du gedacht, du kannst dem Scheich ein nettes Fax schicken, dass du es dir plötzlich doch anders überlegt hast und jetzt nicht kommst? Da hast du leider übersehen, dass du eine Vertragsstrafe von fünfzigtausend Dollar zahlen musst, wenn du nicht antrittst.«

Louise wurde eiskalt. Natürlich war sie naiv gewesen. Sie hatte unterschrieben, ohne sich die Verträge genau durchzulesen. Sie hatte sich wieder einmal auf Markus verlassen, als er ihr erklärte, mit den Verträgen wäre alles in Ordnung.

»Das ist doch hoffentlich nur ein schlechter Witz, Markus. Ich habe keine fünfzigtausend Dollar.«

»Ich auch nicht«, brüllte er sie durch den Hörer an. »Deswegen fahre ich auch nach Dubai. Du hast genau eine Woche Zeit, einen adäquaten Ersatz zu finden. Viel Glück bei der Suche.« Damit beendete er das Gespräch und gab ihr keine Gelegenheit mehr zu einer Antwort.

Fassungslos starrte Louise auf ihr Handy. Er hatte sie einfach weggedrückt, ging auch nicht mehr an sein Handy, als sie sofort wieder versuchte, ihn zu erreichen.

Axel schob den Hecht mit der Reis-Gurken-Füllung in den Backofen. Der kleine Hund schaute ihm dabei aufmerksam zu.

»Hej, das duftet aber gut.«

Axel fuhr herum. Unbemerkt war Marianne durch den Hintereingang in die Küche gekommen. Dabei hatte er sie vor einer Stunde noch einmal angerufen und ihr auf die Mailbox gesprochen, dass er heute Abend keine Zeit hatte.

Marianne schwenkte eine Flasche Champagner. »Ich habe genau das richtige Getränk mitgebracht.«

Axel schüttelte den Kopf. »Ich wollte gerade ...«

»Sag bloß, du willst nicht mit mir anstoßen«, unterbrach ihn Marianne. Sie warf den Kopf in den Nacken, lachte laut auf. »Du kannst mir gratulieren, ich habe Rosenfeld verkauft.«

Ein eisiger Schrecken durchfuhr ihn. »Verkauft?«

Marianne strahlte ihn an und nahm zwei Sektgläser aus der Anrichte. Gekonnt entkorkte sie den Champagner und füllte die Gläser mit dem perlenden Getränk. Sie stellte die Flasche ab und kam mit wiegenden Schritten auf Axel zu. Wie eine Raubkatze auf Beutefang, schoss es ihm durch den Kopf. Ihr Blick verriet, was sie wollte, ihre Lippen öffneten sich leicht. Sie umfasste ihn, verschränkte ihre Hände in den seinen hinter seinem Rücken und ließ ihn nicht los, als er sie abwehren wollte. Heiser lachte sie auf: »Kann es sein, dass du ein kleiner Spießer bist?«

Axel wollte das nicht. Ihre Nähe hatte etwas Erdrückendes. Am liebsten hätte er sie zurückgestoßen, doch bevor er handeln konnte, pressten sich ihre rot geschminkten Lippen auf seinen Mund ...

Louise wusste nicht mehr weiter. Sie war in ihre Wohnung gefahren, um einen Blick in den Vertrag zu werfen. Bis dahin hatte sie noch gehofft, dass Markus ihr doch aus Rache einen üblen Streich gespielt hatte. Nun konnte sie weder ihre Unschuld beweisen, noch kam sie aus dem Vertrag mit dem Scheich.

Fünfzigtausend Dollar konnte sie auf keinen Fall aufbringen. Nicht einmal wenn sie Rosenfeld übernahm, konnte sie einen so großen Kredit aufnehmen. Das würde nur dazu führen, dass sie das Gestüt überschuldete und erst recht in den Ruin trieb.

So schwer es ihr auch fiel, Rosenfeld war verloren. Und was wurde aus ihr und Axel? Eine Beziehung hätte wahrscheinlich kaum Bestand, wenn ein Partner in Schweden und der andere in Dubai lebte. Blieb ihr also nur die Möglichkeit, einen angemessenen Ersatz zu finden, es war die einzige Chance, um der Vertragsstrafe zu entgehen.

Diese Möglichkeit war für den Fall eines Rücktritts in dem Vertrag festgehalten worden. Allerdings musste der Scheich entscheiden, ob ihm die Ersatzperson angemessen erschien. Abgesehen davon hatte Louise nicht die geringste Ahnung, wer an dieser Stelle Interesse haben könnte.

Mutlos klappte sie die Akten zu. Sie konnte heute keine Entscheidungen treffen. Sie sehnte sich nur noch nach Axel, nach seinen Armen, die sie umfassten. Nach seinen Küssen, die sie hoffentlich diesen schrecklichen Tag vergessen ließen.

An der Straße, die nach Rosenfeld führte, sah sie starr geradeaus. Sie war froh, als sie nach der stundenlangen Fahrt endlich Axels Haus erreichte. Sie lief um das Haus herum, die Hintertür zur Küche war weit geöffnet. Louise trat ein und erstarrte.

Mit allem hätte sie gerechnet, aber nicht damit, dass Axel und Marianne in enger Umarmung zusammenstanden und sich küssten. »Axel«, stammelte sie.

Marianne ließ Axel los, der sofort einen Schritt zurücktrat. Er wirkte verwirrt und gleichzeitig erschrocken. »Ich habe dich gar nicht kommen hören«, sagte er zu Louise.

Das habe ich gemerkt, dachte Louise. Ihr Gefühl war völlig ausgeschaltet. In ihr waren nur noch Leere und Taubheit.

»Ich bin auch schon wieder weg«, brach es aus ihr heraus.

»Bleib doch«, sagte Marianne. »Axel hat gekocht, das reicht bestimmt für uns alle.«

»Danke, nein, ich habe keinen Hunger«, murmelte Louise erstickt. Sie musste hier raus. Auch wenn Axel und Marianne jetzt ein ganzes Stück auseinanderstanden, wurde sie das Bild nicht los, wie sie die beiden angetroffen hatte. Eng umschlungen, wie ein Liebespaar. Axel und Marianne, Marianne und Paps. Zum zweiten Mal verlor sie einen Menschen, den sie liebte, an ihre Stiefmutter, doch diesmal konnte sie Marianne nicht einmal dafür hassen. Marianne wusste nicht, was zwischen ihr und Axel passiert war. Aber Axel wusste es, und heute küsste er Marianne.

Wie hatte sie sich so in ihm täuschen können? Louise lief zu ihrem Wagen, kämpfte mit den Tränen. Auf halbem Weg holte Axel sie ein.

»Lauf bitte nicht weg.«

»Was soll ich denn sonst machen?«, erwiderte Louise bitter. »Es ist nicht gerade ein tolles Gefühl zu sehen, wie einem die Stiefmutter den Mann ausspannt.«

»Das ist absoluter Blödsinn«, fuhr Axel auf. »Marianne und ich, wir sind nur …«

»… gute Freunde, ich weiß«, fiel Louise ihm ins Wort. Sie lachte hart auf. »Das habe ich gesehen. Aber es ist sowieso alles egal. Ich werde eh nicht hierbleiben.«

»Bitte, Louise, was soll das?« Axel legte eine Hand auf ihren Arm. »Da ist wirklich nichts zwischen Marianne und mir, was sich nicht in einfachen Worten erklären ließe. Ich weiß, dass sie mehr von mir erwartet hat, aber ich habe nichts mit ihr, das musst du mir glauben!« Axel schaute sie bittend an. »Willst du mir nicht sagen, was wirklich mit dir los ist?«

Was wirklich mit ihr los war? Sie hatte alles verloren, das war's. In wenigen Stunden war ihre Welt zusammengebrochen, hatte sich ihr ganzes Leben, hatten sich ihre Pläne ein zweites Mal innerhalb kurzer Zeit zerschlagen. Die Weichen waren jetzt so gestellt, dass ihr nichts anderes übrig blieb, als nach Dubai zu gehen. Vielleicht war es der einfachste Weg für sie alle. So musste sie nicht zusehen, wie Rosenfeld verkauft wurde, und sie stand auch Marianne nicht länger im Weg. Ihr fehlte einfach die Kraft, sich noch einmal auf einen Machtkampf mit der Stiefmutter einzulassen. Auch wenn Axel noch so oft beteuerte, dass er nichts mit Marianne hatte. Zumindest Marianne schien das anders zu sehen. Der Kuss, den Louise eben beobachtet hatte, war alles andere als freundschaftlich gewesen.

Axel stand immer noch neben ihr und beobachtete sie. Es schien ihn nervös zu machen, dass sie kein Wort mehr sagte.

»Was ist passiert?«, drängte er. »Hast du Per Niklas gefunden?«

Diesmal nickte Louise kaum merklich, sagte aber immer noch kein Wort.

»Louise, du darfst jetzt nicht alles hinwerfen. Rosenfeld, uns beide …« Axel verstummte. Er schien nicht zu wissen, was er noch sagen konnte, um sie umzustimmen. Es gab auch nichts mehr zu sagen. Louise hatte ihre endgültige Entscheidung getroffen.

»Axel, ich kann das alles nicht mehr.« Sie schüttelte den Kopf, sah ihn nicht an, als sie weitersprach. »Ich bin eigentlich auch nur gekommen, um dir zu sagen, dass es nicht geht. Ich komme aus dem Vertrag mit dem Scheich nicht raus.« Ohnmächtig ballte sie die Hände zu Fäusten. Ihre eigene Hilflosigkeit machte sie wütend. Auf sich, auf Markus und auch auf Axel und Marianne. »Aber eigentlich kann dir das egal sein«, stieß sie hervor. »Ich störe hier doch sowieso nur.« Louise ließ ihn einfach stehen und ging zu ihrem Wagen.

»Louise«, rief Axel ihr nach, doch er folgte ihr nicht.

Louise wusste nicht, warum ihr Weg sie ausgerechnet jetzt noch einmal nach Rosenfeld führte. Auf der Herfahrt hatte sie nicht einmal in die Richtung schauen wollen und jetzt stürmte sie ins Haus, die Treppe hinauf und geradewegs in ihr früheres Zimmer. Sie warf sich auf ihr Bett, die Gedanken in ihrem Kopf rasten. Zum Glück musste sie heute nicht befürchten, hier auf Marianne zu treffen.

Ihre Wut war verraucht. Louise spürte einen schmerzhaften Stich, als sie an ihre Stiefmutter dachte. Marianne war bei Axel. Es war nur eine Frage der Zeit, bis sie auch ihn herumgekriegt hatte, genauso wie damals ihren Vater.

Auch wenn es noch so schmerzte, Louise rief sich jede Einzelheit in Erinnerung. Das Essen im Ofen, die beiden Gläser und die geöffnete Champagnerflasche auf der Anrichte. Marianne, die Axel umarmte und küsste.

Als sie Schritte vernahm, zuckte Louise erschrocken zusammen und fuhr herum. Im nächsten Moment seufzte sie erleichtert auf. Es war Maria, die sich jetzt zu ihr aufs Bett setzte und sie mit beiden Armen tröstend umschlang.

»Ich habe dich die Treppe rauflaufen hören. Wie früher, wenn du wütend von der Schule nach Hause gekommen bist.«

»Ich bin nicht wütend«, sagte Louise leise, »und nichts ist wie früher.«

Maria wiegte sie eine Weile hin und her. Sie sagte nichts, sie fragte auch nicht, bis Louise ihr von sich aus alles erzählte. Angefangen von ihrem Wunsch, Rosenfeld doch noch zu übernehmen, ihrem Gespräch mit Per Niklas bis hin zu dem Moment, als sie Axel und Marianne in Axels Haus überraschte. Auch die Vertragsklausel von Scheich Abdul ließ sie nicht aus, die sie jetzt doch noch zwang, nach Dubai zu gehen. »Aber vielleicht ist das auch das einzig Richtige«, schloss sie.

Maria schüttelte den Kopf. »Du bist wieder dabei wegzulaufen«, sagte sie.

»Nein, bin ich nicht. Außerdem ist es diesmal ganz anders.«

»Das hast du damals auch gesagt«, erinnerte sie Maria lächelnd.

Louise lehnte ihren Kopf gegen Marias Schulter. »Ich muss einfach akzeptieren, dass ich nicht hierher gehöre.«

Schließlich bat Louise Maria, sie noch ein bisschen alleine zu lassen. »Ich komme aber gleich runter und verabschiede mich von dir, bevor ich fahre.«

Als sie alleine war, streckte Louise sich auf dem Bett aus und starrte an die Decke. Sie wollte nur einen Moment ausruhen. Ein paar Minuten an gar nichts denken, damit sie innerlich ein wenig zur Ruhe kam.

Nachdenklich ging Maria hinunter in die Küche. Ihr Gefühl sagte ihr, dass Louise auch diesmal den falschen Weg einschlug. Aber was nützte ihr eigenes Gefühl, wenn Louise nicht auf sie hören wollte.

Als Henrik Hasselroth anrief und sich aufgeregt erkundigte,

ob Louise auf Rosenfeld sei, schöpfte sie neue Hoffnung. Henrik wollte sofort nach Rosenfeld kommen, er hatte schon seit einer ganzen Weile nach Louise gesucht. Über ihr Handy, so berichtete er Maria, konnte er sie nicht erreichen, weil sie es ausgeschaltet hatte.

»Beeilen Sie sich bitte«, bat Maria. »Lange kann ich sie nicht mehr aufhalten.«

Wenn sie jetzt nicht ging, würde sie nie mehr gehen. Wie oft habe ich in den letzten Tagen eigentlich endgültig Abschied von Rosenfeld genommen, fragte sich Louise, bevor sich die Ereignisse doch wieder gewendet haben. Für kurze Zeit war es noch einmal ein schöner Traum. Aber es lag in der Natur eines Traums, daraus irgendwann wieder zu erwachen.

Langsam ging Louise die Treppe hinunter. Maria stand an der geöffneten Haustür und sprach mit jemandem. Als Louise unten ankam, erkannte sie Henrik.

»Bist du wegen mir hier?«, fragte sie und schloss Maria mit ihren nächsten Worten gleich mit ein. »Ihr bemüht euch umsonst. Ich weiß jetzt, dass man auf seinem Weg nicht mehr zurückgehen kann.«

»Das sehe ich anders«, widersprach Henrik energisch. »Ich suche schon die ganze Zeit nach dir, um dir zu sagen, dass Per Niklas mich eben angerufen hat. Er wird vor dem Verband bestätigen, dass er von Markus Segerstadt beauftragt wurde, Pilot das Buceterol zu spritzen, und du davon nichts gewusst hast.«

Damit hatte Louise nicht gerechnet. Per Niklas hatte also die Wahrheit gesagt und damit war zumindest ihr guter Ruf wiederhergestellt. So richtig freuen konnte Louise sich aber nicht drüber. Zu viel war inzwischen passiert.

»Schade, dass es nichts mehr nützt«, sagte sie leise.

»Aber natürlich nützt es was.« Henrik sah sie eindringlich an.

»Ich kann dir sofort einen Finanzierungsplan vorlegen, damit du Marianne Rosenfeld abkaufen kannst.«

Louise presste die Lippen zusammen, schüttelte den Kopf. »Danke für deine Mühen, Henrik, aber es geht einfach nicht. Scheich Abdul droht mir mit seinen Anwälten, wenn ich den Vertrag nicht einhalte. Ich muss nach Dubai fliegen, wenn ich ihm keinen Ersatz besorge. Oder ich muss fünfzigtausend Dollar Vertragsstrafe zahlen.«

Henrik wirkte niedergeschlagen. Nachdem er voller Hoffnung nach Rosenfeld gekommen war, schien diese sich jetzt zu zerschlagen. Er verabschiedete sich und ging zu seinem Wagen. Er wirkte alt und schien eine ganze Menge von seiner Dynamik verloren zu haben. Obwohl sie sich selbst elend fühlte, hatte Louise großes Mitleid mit ihm. Henrik hatte alles versucht, das Lebenswerk seines besten Freundes zu retten. Niemand wusste so gut wie sie selbst, wie es sich anfühlte, daran zu scheitern.

»Ich fahre dann auch mal«, sagte sie zu Maria, doch die wollte sie noch nicht gehen lassen.

»Und was ist mit Axel?«

»Das fragst du am besten Marianne«, erwiderte Louise ironisch.

»Du überlässt ihn Marianne?«, forderte Maria sie heraus. »So wie damals deinen Vater?«

Louise musste lächeln. Maria ließ jetzt offensichtlich nichts mehr unversucht, um sie doch noch zu halten. »Damals und heute, das kannst du nicht vergleichen. Damals war ich ein trotziges, eifersüchtiges Kind, jetzt bin ich erwachsen.« Sie umarmte Maria. »Mach es gut, du Liebe, und vielen Dank für alles.«

Maria ließ sie immer noch nicht gehen. »Ich war nur ein einziges Mal in meinem Leben verliebt. Und ich habe es selbst kaputt gemacht. Ich kann dir gar nicht sagen, wie sehr ich das bereue.«

Louise hatte nicht einmal gewusst, dass es in Marias Leben eine große Liebe gegeben hatte. »Was ist passiert? Wer war das?«

»Er war Lehrer in Ingerlund. Wir waren so gut wie verlobt. Das dachte ich jedenfalls.« Maria lächelte wehmütig. »Dann hieß es, er hätte mich mit einer Kollegin betrogen. Ich habe sofort Schluss gemacht, obwohl er beteuerte, dass er nur mich lieben würde. Aber ich war so gekränkt, dass ich überhaupt keinen klaren Gedanken fassen konnte.«

»Und was passierte danach?«, fragte Louise gespannt.

»Nichts.« Maria schüttelte den Kopf. »Er hat Ingerlund verlassen und ich habe ihn nie wiedergesehen.«

»Das hast du mir nie erzählt. Es tut mir so leid«, sagte Louise mitfühlend. Ganz fest schloss sie Maria in ihre Arme.

»Ich habe das nicht erzählt, um dein Mitleid zu wecken. Aber es gibt Menschen, die sind in der Lage, aus den Fehlern anderer zu lernen.«

»Ich nicht«, sagte Louise unglücklich. »Ich bin da anders. Ich muss meine Erfahrungen immer selber machen. Egal, wie schmerzhaft sie sind. So, und jetzt gehe ich, sonst fange ich an zu heulen.«

Maria umarmte Louise ganz fest und wünschte ihr alles Gute. Louise musste sich zusammenreißen, um nicht in Tränen auszubrechen. Noch musste sie sich zusammenreißen, musste sie stark sein. Auch wenn es ihr schwerfiel, sie musste noch einmal zurück zu Axel, um etwas Wichtiges mit ihm zu besprechen.

Axel war bei Pilot auf der Weide, als sie dort ankam. Alleine, ohne Marianne. Aufmerksam sah er ihr entgegen, als sie aus dem Wagen stieg.

»Ich wollte mich nur verabschieden. Und fragen, ob Pilot noch eine Weile hierbleiben darf, bis er wieder ganz gesund ist?«

»Was soll das?«, fragte Axel unwillig. »Verdammt, Louise, das kann doch nicht sein. Hat dir das mit uns überhaupt nichts bedeutet? Komm ... Lass uns noch einmal in Ruhe über alles reden.«

»Nein. Es ist alles entschieden«, sagte Louise fest. »Ich fliege in den nächsten Tagen nach Dubai. Und wenn Pilot wieder vollkommen in Ordnung ist, dann ruf mich bitte an. Ich lasse ihn dann holen. Auf Wiedersehen.« Louise streckte ihm die Hand zum Abschied entgegen, doch er ergriff sie nicht, schüttelte leicht den Kopf. Louise wandte sich um. Mit tränenerstickter Stimme sagte sie: »Es tut mir leid, dass ich so viel Wirbel gemacht habe.«

Axel wirkte fassungslos. »Moment mal, Louise, so geht das nicht.«

Louise musste sich anstrengen, um nicht doch noch vor ihm in Tränen auszubrechen. Ihre Augen waren dunkel vor Schmerz. »Ich habe mich getäuscht, Axel. Ich habe einen Moment lang wirklich geglaubt, dass man den Weg, den man eingeschlagen hat, verlassen könnte.«

»Aber das kannst du, Louise. Niemand kann dich zwingen, einen Weg zu gehen, den du nicht gehen willst.«

Es klang alles so einfach, wie Axel es sagte, aber so war ihr Leben nicht. Es war alles viel zu verworren und kompliziert.

»Es tut mir leid, ich kann nicht«, sagte sie leise und stieg endgültig in ihren Wagen. Irgendwann würde auch Axel einsehen, dass es so besser war.

Henrik Hasselroth fiel es schwer, sich auf seine Arbeit zu konzentrieren. Immer wieder schweiften seine Gedanken ab. Louise war auf dem Weg nach Dubai und Marianne würde heute Nachmittag den Kaufvertrag mit den Söderlags beim Notar amtlich machen. Es war alles vorbei. Alles aus, wofür sein Freund Peter ein Leben lang gekämpft hatte. Alles, wofür Henrik sich selbst in den vergangenen Monaten eingesetzt hatte.

Es war ein Ende mit Schrecken, aber wenigstens war es endlich zu Ende.

Henriks Gedanken wurden durch Axels Anruf unterbrochen. »Louise ist dabei, alles hinzuschmeißen«, vernahm er die aufgeregte Stimme seines Sohnes.

»Ich weiß«, erwiderte Henrik müde, »aber niemand kann sie zu ihrem Glück zwingen.«

»Zwingen nicht, aber helfen könntest du ihr vielleicht. Du bist doch auch davon überzeugt, dass sie einfach hierher gehört.«

Ja, er war der gleichen Meinung wie sein Sohn, aber Henrik wusste einfach nicht, was er noch tun konnte.

»Sag mal«, fragte Axel, »hast du vor ein paar Jahren bei dem großen Reitturnier in Rom nicht auch diesen Scheich Abdul kennengelernt?«

»Hm«, war alles, was Henrik darauf erwiderte, doch sein Gehirn arbeitete bereits auf Hochtouren.

Axel beendete das Gespräch. Er stützte beide Unterarme auf den Tisch und legte erschöpft den Kopf auf die Hände. Es war eine Menge schiefgelaufen heute. Es war für Louise zu viel gewesen, als sie ihn auch noch zusammen mit Marianne gesehen hatte. An ihrer Stelle hätte er wahrscheinlich auch nicht anders reagiert. Zu eindeutig war diese Szene gewesen, für die er selbst überhaupt nichts konnte. Marianne hatte ihn einfach überrumpelt.

Aber etwas hatte Axel zu dieser Situation schon beigetragen, das war ihm heute klar geworden. Er hatte Marianne gegenüber nie klar Stellung bezogen, weil er sie nicht verletzen wollte. Jetzt wusste Marianne, dass er Louise liebte, und sie hatte es überraschend gelassen aufgenommen.

Allerdings sollte auch Louise endlich einsehen, dass sie zu ihm gehörte und er zu ihr.

Ein leises Fiepen veranlasste Axel, den Kopf zu heben. Der kleine Hund saß neben ihm und blickte schwanzwedelnd zu ihm auf.

»Na, du Quälgeist.« Axel hob ihn hoch und setzte ihn auf den Tisch vor sich hin. »Eigentlich ist mir auch nach Winseln zumute.«

Der kleine Hund schaute ihn an, als würde er jedes Wort verstehen. Er tapste auf Axel zu und stupste ihn auffordernd an.

»Einen Namen hast du auch immer noch nicht«, sagte Axel. Ein verwegener Gedanke schoss ihm durch den Kopf. Es war verrückt, aber er würde alles tun, um Louise doch noch zu halten.

Louise verlangsamte die Fahrt, als sie an der letzten Koppel vorbeifuhr. Blomma, die mit zwei anderen Pferden auf der Weide graste, hob den Kopf. Sie erkannte Louise sofort und kam bis zum Gatter. Schnaubend warf sie den Kopf hoch. Es sah aus, als wüsste sie, dass sie Louise jetzt zum letzten Mal sah, und als wolle sie sich verabschieden.

Eigentlich hatte Louise vorgehabt, an der Koppel noch einmal zu halten, aber das konnte sie jetzt nicht mehr. Sie schluchzte laut auf, Tränen liefen über ihre Wangen. Sie gab Gas und fuhr weiter. Im Rückspiegel sah sie Blomma, die ihr nachschaute.

Der Wagen schlingerte leicht auf dem unbefestigten Weg, als Louise das Gaspedal ein wenig tiefer hinunterdrückte. Erschrocken nahm sie den Fuß vom Pedal, bis der Wagen langsamer fuhr.

In zwei Stunden würde sie in Stockholm sein, ein Ticket nach Dubai lösen und ihre Wohnung komplett räumen. Spätestens in zwei Tagen wollte sie im Flugzeug sitzen.

Wie mochte sich ihr Leben in Dubai gestalten? Es war alles anders als geplant. Sie kam nicht als Markus' Lebensgefährtin und würde demnächst doch jeden Tag mit ihm zusammentreffen. Mit dem Wissen, dass er sie übelst hintergangen hatte.

Louise hätte ihm vielleicht verzeihen können, dass er ihren

Ruf in den Schmutz gezogen hatte, aber sie würde ihm niemals vergessen, dass er durch sein unverantwortliches Handeln Pilot in Gefahr gebracht hatte.

Sie biss die Zähne fest aufeinander, als sie daran dachte. Leicht würde die Zusammenarbeit nicht werden. Außerdem musste auch Markus noch mit Konsequenzen aus der Dopinggeschichte rechnen. Louise fragte sich, ob und welche Auswirkungen bis Dubai reichen würden.

Kurz vor dem Ende des unbefestigten Weges erblickte Louise im Rückspiegel einen einsamen Reiter, der im hohen Tempo querfeldein ritt. Sie fuhr immer noch in gemäßigtem Tempo und konzentrierte ihren Blick auf den Weg, der an dieser Stelle tiefe Traktorspuren aufwies. Als sie wieder in den Rückspiegel blickte, war der Reiter näher gekommen. Louise stutzte, schaute noch einmal in den Rückspiegel und bremste. Sie stieg aus dem Wagen, kniff die Augen zusammen. Sie hatte sich nicht geirrt. Es war Pilot, der über das Feld auf sie zujagte. Auf seinem Rücken saß Axel. Als er nahe genug herangeritten war, rief Axel laut: »Du darfst nicht wegfahren.«

Pilot kam näher, wurde langsamer und noch einmal rief Axel: »Du darfst nicht wegfahren, Louise.«

Louise schüttelte den Kopf. Sie wusste nicht, was sie sagen sollte.

Axel stieg vom Pferd und jetzt sah Louise den kleinen Hund. Axel hatte ihn in sein Hemd gesteckt, nur der Kopf des Kleinen guckte unter Axels Kinn daraus hervor. Axel kam langsam näher, wies auf den kleinen Hund. »Du darfst nicht wegfahren, ohne ihm einen Namen gegeben zu haben.«

»Und deshalb bist du mir nachgeritten? Wieso fragst du nicht Marianne?« Louise konnte sich diese Bemerkung nicht verkneifen.

»Hör auf mit dem Quatsch«, sagte Axel ärgerlich. »Marianne wird keinem meiner Tiere jemals einen Namen geben.«

Louise sagte dazu nichts. Sie wurde das Bild nicht los, wie sie Axel und Marianne vorgefunden hatte. Die Zweifel waren ihr deutlich anzusehen.

»Verdammt noch mal, ich liebe dich«, sagte Axel. »Ich will dich nicht verlieren.«

War das wieder nur ein Traum, aus dem es später ein schmerzliches Erwachen gab? »Was?«, war alles, was Louise dazu einfiel.

»Also dann noch einmal.« Axel trat ganz dicht an sie heran. »Ich liebe dich und ich will, dass du bei mir bleibst.«

Er schaute sie an. Louise erwiderte stumm seinen Blick.

»Wieso sagst du nichts?«

»Was soll ich dazu sagen?« Louise lächelte. »Du hast recht.«

»Ich habe recht? Was soll das heißen?«

Axel wirkte unsicher, doch für Louise war mit einem Mal alles ganz einfach und klar. Axel hatte das ausgesprochen, was sie selbst fühlte. Und es wurde Zeit, dass sie zu ihren eigenen Gefühlen stand und dass sie aufhörte davonzulaufen, wenn ihr eine Situation zu kompliziert wurde.

»Ich liebe dich«, sagte sie klar und deutlich, »und ich will bei dir bleiben. Bei dir und in Rosenfeld.«

Axel zog sie zu sich heran. Sein Blick brannte sich in ihren. Sie spürte seine Nähe mit allen Sinnen, als er sie küsste. Als er sie wieder losließ, zeigte Louise auf den kleinen Hund. »Und einen Namen habe ich auch schon für ihn. Wir nennen ihn Klee.«

»Klee?«, brummte Axel. »Das ist aber ein komischer Name für einen Hund.«

Louise breitete die Arme aus, laut und vergnügt lachte sie auf. »Aber er bringt Glück.«

Es blieb ihnen nicht viel Zeit, sich über ihr Glück und ihre Liebe zu freuen. Wenn Louise Rosenfeld behalten wollte, mussten sie sich beeilen. Axel hatte ihr gesagt, dass der Termin beim Notar bereits an diesem Nachmittag stattfinden sollte.

Gemeinsam fuhren sie nach Rosenfeld. Louise hoffte inständig, dass Marianne noch einmal nach Hause gefahren war, bevor sie zu ihrem Notartermin aufbrach. Maria zerstörte diese Hoffnung.

»Marianne ist mit den Söderlags unterwegs zum Notar. Der Termin ist doch schon um drei.«

Louise schaute auf ihre Armbanduhr. Bereits zehn vor drei. Zehn Minuten blieben ihr für die Fahrt nach Arboga und die Überzeugungsarbeit, die sie leisten musste, damit Marianne Rosenfeld an sie verkaufte.

Axel ließ ihr keine Zeit, lange darüber nachzudenken, ob sie das überhaupt schaffen konnte. Er zog sie ins Auto, setzte sich selbst hinter das Lenkrad und raste los.

Immer wieder schaute Louise auf die Uhr. Sie würden es unmöglich rechtzeitig schaffen. Axel wollte davon aber nichts hören. Mit verbissener Miene fuhr er weiter. Glücklicherweise war die Landstraße bis Arboga ziemlich leer. Jetzt musste Axel ein wenig abbremsen, als er in die engen Straßen einbog. Fünf Minuten vor drei.

Ein Traktor kam aus einer Seitenstraße und nahm Axel die Vorfahrt. Axel fluchte leise, er hielt das Lenkrad fest umklammert.

Beruhigend strich Louise über seine Hand, obwohl sie selbst auf das Äußerste angespannt war. Drei Minuten vor drei.

Es war unmöglich und viel zu gefährlich, den Traktor auf den schmalen Straßen zu überholen. Axel bog in eine Seitenstraße ein. Ein Umweg, der ihnen weitere kostbare Zeit rauben würde. Allerdings würde es sie weitaus mehr Zeit kosten, wenn sie weiterhin hinter dem Traktor hertuckerten.

Eine Minute vor drei.

Louise rutschte unruhig auf dem Beifahrersitz hin und her.

Gleich dort hinten war das Notariat von Dr. Marklund und jetzt sah sie auch Marianne zusammen mit den Söderlags. Sie standen vor dem Eingang des Notariats.

Punkt drei!

Axel bremste mit quietschenden Reifen. Marianne und die Söderlags wollten soeben eintreten und drehten sich irritiert um.

Louise sprang aus dem Wagen und lief auf Marianne zu. »Marianne, tu es nicht. Bitte, verkaufe an mich!«, rief sie atemlos.

»Wie bitte?« Marianne schüttelte konsterniert den Kopf. »Ich verstehe dich nicht, wieso willst du ...«

»Gib mir das Gestüt«, verlangte Louise ganz direkt.

»Das geht nicht.« Wieder schüttelte Marianne den Kopf. »Selbst wenn ich wollte ... Ich habe einen mündlichen Vertrag mit Herrn und Frau Söderlag. Es tut mir wirklich leid, aber es ist zu spät.«

Diesmal glaubte Louise ihrer Stiefmutter sogar. Trotz ihrer Ablehnung war Mariannes Gesichtsausdruck weich und mitfühlend.

»Bitte, überlege es dir noch einmal«, bat Louise inständig.

»Ich denke nicht, dass es hier noch viel zu überlegen gibt«, mischte sich Beate Söderlag in das Gespräch ein. Ihre Miene war undurchdringlich.

»Sie haben vollkommen recht«, stimmte Marianne ihr zu. »Entschuldigen Sie bitte. Wir sollten den Notar jetzt nicht länger warten lassen.«

Axel, der ebenfalls ausgestiegen war, legte einen Arm um Louises Schulter. Haltsuchend lehnte sie sich an ihn. Sie waren rechtzeitig gekommen und doch war es zu spät.

Frau Söderlag lächelte plötzlich. »Wenn es möglich ist, dass das Gestüt in der Familie bleibt, dann soll das wohl so sein.« Überraschenderweise nickte Herr Söderlag zustimmend zu den Worten seiner Frau.

»Was meinen Sie?« Marianne verstand in diesem Moment wahrscheinlich ebenso wenig wie Louise und Axel. Louise war sich nicht einmal sicher, ob sie ihren Ohren überhaupt trauen durfte.

»Mein Mann hat vor ein paar Jahren beinahe das Erbe seiner Eltern verloren«, erklärte Frau Söderlag. »Nur einem glücklichen Umstand war es zu verdanken, dass er es schließlich doch behalten konnte. Wir verstehen also, was das Gestüt Ihrer Stieftochter bedeutet«, lächelte Frau Söderlag. »Ich bin sicher, sie wird das Beste daraus machen.«

Louise presste beide Fäuste vor den Mund. »Danke«, brach es aus ihr heraus. »Danke! Danke!«

Axel hätte sie gerne begleitet, aber leider war ihm ein Notfall dazwischengekommen. Halb scherzhaft, halb im Ernst hatte er Louise klargemacht, dass sie sich daran in Zukunft gewöhnen musste.

Louise hatte damit kein Problem. Sie hätte vielmehr kein Verständnis dafür gehabt, wenn Axel sich nicht mit aller Hingabe um die Tiere kümmern würde, die ihm von ihren Besitzern anvertraut wurden.

Louise legte einen großen Blumenstrauß auf das Grab ihrer Eltern. Sie dachte an den letzten Besuch auf dem Friedhof, an ihre inständige Bitte um Hilfe. Louise wusste nicht, ob der Vater, wo immer er auch sein mochte, ihr wirklich geholfen hatte, aber sie mochte gerne daran glauben. Zumindest wusste sie ganz sicher, dass sich alles in seinem Sinne gewandelt hatte.

Allerdings rechnete Louise noch mit negativen Reaktionen aus Dubai. Bisher hatten die Anwälte des Scheichs sich noch nicht bei ihr gemeldet. Es war nur eine Frage der Zeit, bis die Forderungen des Scheichs an sie gerichtet werden würden. Nach allem, was sie in den letzten Tagen durchgestanden hatte, würde sie damit aber auch noch fertigwerden.

Louise sah auf, als Marianne neben sie trat.

»Peter hätte sich gefreut, das weiß ich«, sagte Marianne leise.

Louise spürte in sich hinein. Sie empfand nicht einmal mehr den leisesten Groll gegenüber Marianne. Sie spürte vielmehr ein Bedauern, dass sie Marianne und sich selbst nie eine Chance gegeben hatte.

»Kannst du mir verzeihen, Marianne? Ich war so blöd. Ein gekränkter, eifersüchtiger Teenager, der es nicht ertragen konnte, nicht mehr der Mittelpunkt im Leben des Vaters zu sein«, sagte sie jetzt leise.

»Du hast ihn geliebt«, erwiderte Marianne ruhig.

Louise schaute ihr offen ins Gesicht. »Du auch«, sagte sie. So lange hatte sie gebraucht, um das vor sich selbst zuzugeben. Anstatt Marianne mit ihrer Eifersucht das Leben schwer zu machen, hätte sie ihr dankbar sein müssen, dass sie den Vater glücklich gemacht hatte.

Louise stiegen Tränen in die Augen, als Marianne sie in den Arm nahm. Es war das erste Mal, dass die beiden Frauen sich umarmten. Eine Umarmung, die Louise voller Herzlichkeit erwidern konnte.

»Willst du nicht bleiben?«, fragte Louise. »Hier ist Platz für uns beide.«

Marianne lächelte. »Ich weiß. Ich brauche erst einmal Zeit für mich«, sagte sie. »Ich habe noch so viele Pläne.« Ihr Blick verriet, dass sie sich auf ihren neuen Lebensabschnitt freute.

»Ich werde dir das Geld für Rosenfeld bald überweisen können«, sagte Louise. »Henrik hat mir einen sehr guten Finanzierungsplan vorgelegt.«

Davon wollte Marianne nichts wissen. »Nimm das Geld für die Tilgung der Schulden. Mir musst du für Rosenfeld gar nichts geben. Es ist das Letzte, was ich für deinen Vater tun kann.«

Mariannes Stimme wurde weich und liebevoll, als sie schloss: »Er hat sich so sehr gewünscht, dass du nach Rosenfeld zurückkommst. Jetzt geht sein Wunsch in Erfüllung.«

Gemeinsam fuhren Louise und Marianne zurück nach Rosenfeld. »Die Herren Hasselroth warten auf der Terrasse«, wurden sie gleich an der Tür von Maria empfangen.

Louise und Marianne gingen nach draußen, wo die beiden Männer am Tisch saßen und sich flüsternd unterhielten. »Sie kommen«, hörte Louise Axel sagen. Die Augen der beiden Männer waren auf sie gerichtet.

»Bitte, nicht schon wieder eine Katastrophe«, stöhnte Louise.

Henrik lehnte sich entspannt im Gartenstuhl zurück. »Wenn du es als Katastrophe werten willst, dass ich Scheich Abdul einen Ersatzmann für dich schicken werde und du ohne Konsequenzen aus dem Vertrag raus bist ...« Henrik grinste verschmitzt. »Was sagst du nun, mein Mädchen?«

»Was?« Louise trat einen Schritt vor. Axel stand auf und kam zu ihr. Zärtlich legte er einen Arm um ihre Schulter.

»Papa kennt den Scheich seit Jahren, und wie das so ist mit den Global Players reichen ein paar Telefonate, um alle Probleme aus der Welt zu schaffen.«

Louise konnte ihr Glück nicht wirklich fassen. »Ich muss nichts zahlen? Ich kann hier unbelastet anfangen?«

Henrik nickte zufrieden. Louise küsste ihn und breitete beide Arme aus. »Wisst ihr eigentlich, wie schön das Leben ist?«

Maria kam aus dem Haus. In der Hand trug sie eine Platte mit ihrer berühmten Erdbeertorte. »So, jetzt gibt es erst einmal Kaffee und Kuchen.«

Es dämmerte bereits, als Axel und Louise noch einen letzten Ausritt zu ihrer Lieblingsstelle am See unternahmen. Axel ritt auf Pilot, der sich inzwischen sehr gut erholt und eine ganz besondere Zuneigung zu Axel gefasst hatte. Ganz so, als wüsste er, dass dieser Mann ihm das Leben gerettet hatte. Louise war ein wenig besorgt gewesen, doch selbst der wilde Ritt, als Axel ihr gefolgt war, hatte Pilot nichts ausgemacht.

Louise ritt auf Blomma. Auch wenn Rosenfeld demnächst wieder von der Zucht leben sollte, diese beiden Pferde würde sie niemals verkaufen. Sie sollten für immer auf Rosenfeld ein Zuhause haben.

Der See schimmerte dunkel. Leise plätscherte das Wasser gegen das Ufer. Axel wendete Pilot und ritt so dicht an Blomma heran, dass er Louise ins Gesicht schauen konnte.

»Ich liebe dich«, sagte er leise.

»Ich liebe dich«, erwiderte Louise und beugte sich zu ihm hinüber, um ihn zu küssen.

Der Weg zu dir

Das war es dann.« Mia legte das Foto, auf dem sie und Markus gemeinsam in die Kamera lächelten, zuletzt in den Karton. Ihr Schreibtisch war leer und bereit für ihren Nachfolger. Ein wenig wehmütig war ihr schon zumute, als sie sich noch einmal umschaute. Ihr kleines Büro würde ihr fehlen, auch wenn sie es am Anfang eher widerstrebend bezogen hatte.

Bereits während des Studiums war es Mias großer Wunsch gewesen, einmal eine eigene Pfarre zu betreuen. Während des Vikariats und auch danach hatte sie sich immer wieder beworben. Seit ihrem Examen begleitete sie selbst junge Vikare und Vikarinnen als Mentorin.

Sie hatte ihre Hoffnung auf eine eigene Pfarre inzwischen aufgegeben. Markus liebte seine Arbeit in einer Kunstgalerie und er liebte Stockholm. Kaum vorstellbar, dass er hier alles hinter sich ließ, um sie in eine Pfarre irgendwo auf dem Land zu begleiten.

Manchmal fragte Mia sich allerdings, ob ihre Beziehung es noch wert war, dafür ihren Lebenstraum zu opfern. Bis vor einem Jahr hatte sich diese Frage für sie noch nicht einmal gestellt, aber jetzt war alles anders.

Nur nicht darüber nachdenken, ermahnte sie sich selbst. Es tat immer noch weh, wenn sie daran dachte, wie sehr Markus ihre Liebe verraten hatte.

»Du willst dich wohl still und heimlich davonmachen?«

Mia sah auf, sie lächelte. Ihr Kollege Sven lehnte gegen den Türrahmen und grinste sie frech an. Sie kannten sich bereits seit dem gemeinsamen Studium. Mia schüttelte den Kopf.

»Ich wollte den ruhigen Samstag nur nutzen, um mein Büro

auszuräumen. Du weißt doch, wie es in der Woche hier zugeht.«

Sven nickte zustimmend. Er wusste, welcher Betrieb insbesondere in den letzten Tagen bei Mia geherrscht hatte. Ständig hatte das Telefon geklingelt oder waren andere Mitarbeiter bei Mia aufgetaucht, um sich persönlich von ihr zu verabschieden. Sie war hier im Institut sehr beliebt.

Sven hob mahnend den Zeigefinger. »Du wirst dich nicht vor der Abschiedsfeier am Montag drücken.«

»Das habe ich auch nicht vor.« Lächelnd schüttelte Mia den Kopf, obwohl sie solche Veranstaltungen nicht mochte. Aber die jungen Vikare, die sie betreute, und ein paar Kollegen wollten sich mit ihr auf der Terrasse ihres Lieblingscafés zu einem Umtrunk treffen, da konnte sie nicht einfach wegbleiben. Mia versicherte ihrem Kollegen noch einmal, dass sie Montag auf jeden Fall dabei sein würde.

Sven half ihr, die Kartons nach unten zu tragen und im Kofferraum ihres Wagens zu verstauen. Er küsste sie zum Abschied auf die Wange. Obwohl er sich so betont fröhlich gab, wusste Mia, dass er ihren Weggang bedauerte.

Drei freie Monate lagen vor ihr, bevor sie ihre Stelle an der Uni antrat. Sie hatte sich einiges vorgenommen für diese Zeit. Allem voran stand ein Besuch bei ihrer Mutter und danach wollte sie die Wohnung renovieren, in der sie zusammen mit Markus lebte.

Der Verkehr über die Centralbron floss an diesem späten Samstagnachmittag erfreulich zügig. Ihre Wohnung lag in der Nähe des Monteliusvägen. Wenn sie den Weg hinaufstieg, vorbei an pittoresken Villen, bot sich ihr eine traumhafte Aussicht auf den Mälarsee.

Früher hatte Markus sie oft auf diesen Spaziergängen begleitet. Seit einiger Zeit begleitete er sie nicht mehr. Sie musste den Weg alleine gehen, und manchmal kam es Mia so vor, als wäre das sinnbildlich für ihr gemeinsames Leben. Es waren Gedanken, die Mia seit dem vergangenen Jahr immer öfter quälten. Damals war etwas in ihr zerbrochen.

Sie parkte den Wagen vor dem zweigeschossigen Wohnhaus. Außer ihr und Markus wohnte in der oberen Etage nur noch ein junges Paar, das nur selten zu Hause war.

Mia trug einen der Kartons ins Haus und schloss die Wohnungstür auf. Gleich dahinter lag das Wohnzimmer mit der angrenzenden Essecke. Rechts ging es in das Schlafzimmer und in Markus' Arbeitszimmer, links in die schöne Wohnküche und das Bad.

Mia selbst arbeitete meist an dem großen Esstisch unter dem Fenster. Früher hatte sie sich ihr Arbeitszimmer in dem zweiten Schlafzimmer eingerichtet, es aber bereitwillig geräumt, als Markus zu ihr zog.

Während ihres Studiums hatte Mia in einer chaotischen WG gelebt und sich mit ihrem ersten Gehalt sofort auf die Suche nach einer Wohnung gemacht. Sie hatte sich auf Anhieb in diese helle Wohnung mit den schönen Holzböden verliebt. Bei der Einrichtung hatte Mia sich auf helle Farben konzentriert. Weiße Tische und Stühle, ein pastellfarbenes Sofa. An den Wänden hingen farbenfrohe Aquarelle.

Markus hatte dann bei seinem Einzug eigene Möbelstücke mitgebracht. Schwere, dunkle Antiquitäten, von denen er sich nicht trennen mochte. Anfangs fand Mia diesen Kontrast zwischen Altem und hellem Modernen ganz reizvoll. Je nachdem, in welcher Stimmung sie sich befand, empfand sie die dunklen Möbel inzwischen aber manchmal auch als störend.

Müde stellte Mia den Karton auf den Esszimmertisch. Das Lämpchen des Anrufbeantworters blinkte. Früher hatte auf dem Vertiko eine alte Puppe gesessen, mit der schon ihre Großmutter gespielt hatte, zusammen mit anderen hübschen Kleinigkeiten, die Markus als unnütze Staubfänger bezeichnete. Stattdessen befand sich dort nun die Telefonanlage mit Anrufbeantworter und Faxgerät.

Mia drückte auf den Knopf neben dem blinkenden Lämpchen. Sie vernahm Markus' Stimme. Er teilte ihr mit, dass er bereits auf dem Weg nach München war und vor Montag nicht zurückkommen würde. Es war also das dritte Wochenende in Folge, an dem er sie wegen seines Jobs alleine ließ.

Er hätte mich wenigstens fragen können, ob ich ihn nicht begleiten will, schoss es ihr durch den Kopf. Sie stand eine Weile reglos im Raum, schließlich zuckte sie mit den Schultern und beschloss, es sich für den Rest des Tages gut gehen zu lassen. Ein heißes Bad, ein gutes Buch und morgen würde sie sich vielleicht mit einer Freundin treffen.

Als Markus später noch einmal anrief, hatte er offensichtlich ein schlechtes Gewissen. Immerhin lud er sie für Montag zum Mittagessen ein und schlug vor, dass Mia ihn nach der Abschiedsfeier in der Galerie abholte.

Die kleine, weiße Kirche der Sankt-Göran-Gemeinde stand am Rande des Friedhofs von Liljehamn inmitten hoher, alter Eichen. Der Gottesdienst war recht gut besucht, auch wenn längst nicht alle Bänke besetzt waren.

Solveig Ljungström wusste, dass ihr Mann trotzdem zufrieden war. Er betonte immer, dass es ihm weitaus besser ging als vielen seiner Kollegen. Besonders die Anonymität in den Großstädten machte es ihnen unmöglich, die einzelnen Gemeindemitglieder zu erreichen. Pastor Ljungström hingegen kannte jeden Bewohner von Liljehamn persönlich. Mit einer Ausnahme, aber das lag nicht an Pastor Ljungström.

Solveig musste seit Beginn des Gottesdienstes an diesen Mann denken, der völlig zurückgezogen am Rande der Gemeinde lebte. Sie hatte ihn gesehen, kurz bevor der Gottesdienst begann. Er hatte einen scheuen Blick auf die weit geöffnete Tür der Kirche geworfen und Solveig hatte einen Augenblick sogar geglaubt, dass er dem Gottesdienst an diesem Morgen beiwohnen wollte, bevor er sich ganz schnell abgewandt hatte und weitergegangen war.

Solveig versuchte, die Gedanken an diesen Mann zu verdrängen und sich auf den Gottesdienst zu konzentrieren. Ihr Mann stand oben auf der Kanzel und schloss die Predigt soeben mit dem Kanzelsegen. »Der Herr segne euch und behüte euch. Der Herr lasse leuchten sein Angesicht über euch und sei euch gnädig. Der Herr erhebe sein Angesicht auf euch und gebe euch Frieden. Amen.«

»Amen«, stimmten die Kirchenbesucher ein.

Kurz nickte Pastor Ljungström seiner Frau zu. Für sie war es das Zeichen, auf der Orgel einen Choral anzustimmen, während er selbst in seinem schwarzen Talar von der Kanzel herunterschritt. Er wandte sich dem Altar zu und bereitete das Abendmahl vor.

Solveigs Blick war auf das Notenheft gerichtet und so bekam sie zuerst nicht mit, was geschah. Erst ein lautes, schepperndes Geräusch ließ sie aufschauen, ohne ihre Finger von den Tasten zu nehmen.

Der Kelch lag vor dem Altar. Die Hostien waren herausgefallen und verteilten sich auf dem Boden. Pastor Ljungström stieß einen undefinierbaren Laut aus und fasste sich mit beiden Händen an die Brust. Sein Gesicht war schmerzverzerrt. Langsam fiel er zu Boden.

Solveig sprang auf. »Thore, Thore«, schrie sie seinen Namen. Mit schnellen Schritten war sie bei ihrem Mann und kniete neben ihm. Sein weißes Gesicht war mit kaltem Schweiß bedeckt, sein Atem ging stoßweise.

»Thore«, schluchzte Solveig auf. Sie strich ihm über das Haar. Mit panischem Blick wandte sie sich den Menschen im Kirchenschiff zu, die ebenfalls von ihren Bänken aufgesprungen waren. »Einen Notarzt, schnell«, rief sie. Danach brachte sie kein Wort mehr heraus. Die Angst, dass sie ihren Mann für immer verlieren könnte, schnürte ihr die Kehle zu.

»Skål!« Die jungen Leute hoben die Sektgläser und prosteten Mia zu. Das Café unweit des Instituts war ein beliebter Treffpunkt bei Mia, ihren Kollegen und auch den jungen Vikaren. Das lag vor allem an der schönen Terrasse direkt am Saltsjön. Gerade zog ein Ausflugsdampfer vorbei, Touristen winkten den ausgelassenen jungen Leuten zu.

Mia hatte einen Kloß im Hals. Die Arbeit mit den jungen Vikaren hatte ihr Spaß gemacht. Aber es war nicht nur die Arbeit, die sie vermissen würde, sondern auch die Kollegen.

»Du wirst eine brillante Wissenschaftlerin und machst eine große Karriere an der Uni«, prophezeite Sven.

Mia wusste, dass es Kollegen gab, die sie um diese Chance beneideten. Sven gehörte nicht dazu. Er gönnte ihr die Stelle von ganzem Herzen und war einer der wenigen, die wussten, wie sehr Mia mit sich gerungen hatte, bevor sie zugesagt hatte. Für sie beinhaltete dieser Schritt in eine völlig neue Zukunft auch den Abschied von ihrem Lebenstraum, eine eigene Pfarre zu übernehmen.

Mia sah in die strahlenden Gesichter der jungen Vikare. Sie wusste, dass die meisten von ihnen ebendiesen Wunsch hegten, der auch sie zu ihrem Theologiestudium bewogen hatte. Lena, das klein gewachsene Mädchen mit den Sommersprossen, die kaum älter aussah als vierzehn, würde sicher eine gute Pastorin werden. Sie war einfühlsam und verständnisvoll, aber auch zu jedem Schabernack aufgelegt und hatte Mia so manchen Streich gespielt.

Oder Monica, die junge Schwedin mit dem asiatischen Aussehen, die ihre Trauer über Mias Abschied nur schwer verbergen konnte. Immer wieder wischte sie sich verstohlen über die Augen.

Und da war Peter, der ernsthafte junge Mann, der ohne Familie aufgewachsen war. Mit unermüdlichem Eifer und Fleiß hatte er es geschafft, sich das Studium zu ermöglichen. Ihn hatte Mia ganz besonders ins Herz geschlossen. Schade, dass sie nun nicht mehr mitbekam, ob aus ihm und der fröhlichen Lena doch noch ein Paar wurde. Die beiden waren offensichtlich sehr verliebt ineinander, und doch traute sich keiner von ihnen, einen ersten Schritt auf den anderen zuzugehen. Da zeigte sich selbst die sonst so forsche Lena überaus schüchtern.

Ich werde sie alle vermissen, dachte Mia wehmütig. Natürlich versprachen sie sich alle in diesem Moment des Abschieds, den Kontakt aufrechtzuerhalten. Aber Mia wusste nur zu gut, dass es meist bei diesem Versprechen blieb. Die Zukunft führte sie und die jungen Menschen in verschiedene Richtungen. Auf sie alle kam viel Neues zu, was das Alte verdrängen würde.

Mia wandte sich um, als eine Frauenstimme ihren Namen rief. Sie grinste, als sie Maria erkannte. Maria erledigte fast alles im Laufschritt und kam doch immer zu spät. Diesmal hatte sie sogar eine plausible Erklärung. »Ich wollte gerade raus, als das Kirchenamt anrief. Du sollst so schnell wie möglich zurückrufen. Es gibt einen Notfall in Liljehamn. Der Pastor dort hatte eine Herzattacke und du sollst ihn vertreten.« Maria reichte ihr einen Zettel mit den Kontaktdaten. Mia griff danach, schüttelte aber gleichzeitig den Kopf.

»Das kann nicht wahr sein! Jahrelang suche ich eine Stelle als Pastorin, und ausgerechnet jetzt, wo ich eine Stelle an der Uni angenommen habe, wird mir zumindest eine Vertretung angeboten! Hast du denen gesagt, dass ich nicht interessiert bin?«

»Natürlich nicht«, sagte Maria bestimmt. »Du hast doch noch drei Monate Urlaub, bis du an der Uni beginnst. Vielleicht möchtest du die ja als Pastorin verbringen?«

»Das Thema ist für mich endgültig abgeschlossen«, lehnte Mia entschieden ab. Ihre Entscheidung für den Job an der Uni stand fest. Wenn sie jetzt aushilfsweise eine Pfarre übernahm, würde das nur wieder neue Zweifel auslösen. Außerdem hatte Markus ihr versprochen, sich in nächster Zeit pünktlich freizunehmen. Mia hoffte, dass sie sich dann wieder näherkämen. Sie knüllte den Zettel zusammen und steckte ihn in ihre Handtasche.

Gegen Mittag war die kleine Feier vorbei. Zu spät für Mia, um erst noch einmal nach Hause zu fahren. Sie wollte Markus nicht warten lassen. Lieber kam sie eine halbe Stunde früher als verabredet bei ihm an.

Die Galerie lag in einem der palastartigen Gebäude auf Riddarholmen. Hohe, dunkle Räume, in denen die angestrahlten Bilder an den Wänden richtig zur Geltung kamen. Einige wenige Möbelstücke aus verschiedenen Epochen sowie moderne Skulpturen waren künstlerisch in Szene gesetzt.

Die Ausstellungsräume gingen ineinander über, in einigen Räumen waren nicht mehr als zwei oder drei Exponate ausgestellt. Markus hatte ihr einmal erklärt, dass Galeriebesucher die Kunstwerke so besser auf sich wirken lassen könnten. Ein Zuviel würde den Zuschauer nur erschlagen.

Immerhin war das Ergebnis beeindruckend, musste Mia zugeben. Wohl fühlte sie sich in diesen Räumen trotzdem nicht. Das lag nicht nur an der minimalistischen Ausstattung, sondern an der Düsternis und Kühle der Räume.

Markus' Büro lag gleich hinter dem zweiten Ausstellungsraum. Auf dem Weg dorthin kam ihr Sandra, seine Sekretärin, entgegen.

»Hej, Mia, herzlichen Glückwunsch. Markus hat mir erzählt, dass du die Forschungsstelle an der Uni bekommen hast.«

Mia bedankte sich und fragte, ob Markus in seinem Büro war.

»Ja«, bestätigte Sandra und begleitete sie ein Stück. »Er ist noch in einer Besprechung, wird aber bestimmt gleich fertig sein.«

Die Tür zu Markus' Büro stand weit offen. ». . . schöne große Terrasse, mit einem wundervollen Seeblick«, hörte Mia den Mann sagen, der neben Markus an dessen Schreibtisch stand. Beide Männer schauten auf etwas hinab, was auf Markus' Schreibtisch lag.

»Hej, ich wollte nur sagen, dass ich draußen warte«, sagte Mia.

Markus Kopf flog hoch. Er wirkte erschrocken. »Mia!«, stieß er hervor. »Ich, äh . . . Wie spät ist es denn?«

Der Mann neben Markus kam mit ausgestreckter Hand auf Mia zu. »Gut, dass Sie kommen. Herr Nybom ist wirklich keine große Hilfe. Ich bin übrigens Hans Petersson.«

Markus streckte in einer hilflosen Geste die Hand aus. »Herr Petersson . . .«

Hans Petersson wandte nicht einmal den Kopf. Er strahlte Mia an. »Vielleicht sind Sie ja in der Lage, eine Entscheidung zu treffen.«

Mia fand die aufdringliche Art dieses Mannes mehr als peinlich. Sie schüttelte den Kopf. »Ich mische mich nie in Markus' Arbeit ein.«

Herr Petersson wirkte einen Moment lang verständnislos. »Aber das wird doch auch Ihr neues Heim.«

Langsam dämmerte es Mia, dass es hier keineswegs um eine geschäftliche Besprechung ging. »Wie bitte?«

»Herr Petersson, das ist jetzt wirklich nicht der richtige Moment«, versuchte Markus zu retten, was schon nicht mehr zu retten war.

Hans Petersson ging zurück zum Schreibtisch und hob einen Plan hoch. Mia, die langsam näher schritt, erkannte den Grundriss von zwei Häusern.

Markus starrte sie verzweifelt an. »Mia, ich muss dir etwas erklären ... das ist alles nicht ...«

Weiter kam er nicht. Hans Petersson, erfüllt von dem Eifer, eines der Objekte zu verkaufen, zeigte Mia begeistert den Plan der beiden Häuser. »Die Objekte sind absolut gleichwertig. Jeweils fünf Zimmer, Sauna, Hot Tub und ein großer Garten.«

Mia war innerlich wie erstarrt. Hatte sie es nicht längst gespürt und einfach nicht wahrhaben wollen? Es war doch alles genau wie vor einem Jahr. Die Überstunden, die plötzlichen Reisen am Wochenende. Sie hörte nicht mehr zu, als Hans Petersson die weiteren Vorzüge der beiden Häuser pries. Sie schaute nur Markus an, während sich in ihr eine unglaubliche Kälte ausbreitete. »Wir ziehen um, Markus? Das wusste ich ja noch gar nicht.« Mia wunderte sich selbst, wie ruhig und gefasst ihre Stimme klang.

Selbst der dickfellige Hans Petersson schien endlich zu begreifen, dass hier etwas völlig schieflief. Er legte den Plan auf Markus' Schreibtisch, sein Blick wanderte zwischen Mia und Markus hin und her. »Ich ... ich gehe dann mal Hände waschen.« Hastig zog er sich zurück, doch weder Mia noch Markus beachteten ihn.

»Das sind sehr schöne Häuser, Markus.« Mias Stimme gab die Kälte wieder, die sie empfand. »Ich bin sicher, ihr werdet da sehr glücklich sein, du und Hanna.«

Markus stritt nichts ab. Es wäre ohnehin sinnlos gewesen. »Ich habe wirklich versucht, es zu beenden«, sagte Markus zerknirscht.

Mia warf den Kopf zurück. »Was war ich nur für ein Idiot? Ich dachte wirklich, du hättest mit ihr Schluss gemacht.«

»Es tut mir leid«, beteuerte Markus, sah dabei aber so aus, als würde er sich im Augenblick selbst am meisten bedauern.

»Du bist so ein Feigling«, fuhr Mia ihn an. »Wann wolltest du es mir denn sagen? Am Tag deines Auszugs?« Sie schüttelte den

Kopf, starrte blicklos ins Leere. »Und ich habe wirklich geglaubt, wir hätten noch eine Chance ... Na ja, ist ja jetzt auch egal ... Mach's gut, Markus.«

»Mia, du bist eine tolle Frau ...«

»Das hatten wir schon alles, erinnerst du dich?«, fiel Mia ihm aufgebracht ins Wort. »Vor einem Jahr hast du behauptet, Hanna sei nur eine Affäre und ich wäre die Frau, die du liebst.« Mia wandte sich zum Gehen.

»Bitte, Mia, renn nicht einfach davon«, versuchte Markus sie zurückzuhalten. »Lass uns in Ruhe über alles reden.«

Mia wandte nur kurz den Kopf. »Ich bin ein paar Tage weg. Wenn ich zurückkomme, solltest du ausgezogen sein«, sagte sie kühl.

Mia steckte die Hände in die Jackentasche und zog fröstelnd die Schultern hoch, als sie über die Riksbron ging. Dunkle Wolken hatten sich vor die Sonne geschoben. Ein kühler Wind war aufgekommen. Es war nicht nur die Außentemperatur, die sie frösteln ließ. In ihr lag immer noch die Kälte, die sie in Markus' Büro in sich gespürt hatte. Im letzten Jahr war da noch brennender Schmerz gewesen, als sie von Markus' Affäre mit Hanna erfuhr. Eher zufällig, wie wohl in den meisten dieser Situationen. Markus und Hanna, Hanna und Markus. Warum hatte sie einfach nicht sehen wollen, was so offensichtlich gewesen war?

Hanna war ihre beste Freundin gewesen bis zu jenem denkwürdigen Tag, an dem Mia zu früh von einem Besuch bei ihrer Mutter zurückkehrte.

Mias Mutter lebte immer noch in Visby an der Westküste Gotlands in dem Haus, in dem Mia aufgewachsen war. Eigentlich war das Haus viel zu groß für Mias Mutter, aber sie wehrte sich mit aller Macht gegen einen Umzug. »Hier hat mein ganzes Leben stattgefunden«, pflegte sie zu sagen. »Dieses Haus ist voller Erinnerungen. Ich kann hier nicht einfach ausziehen und das Haus an Fremde verkaufen.«

Zu diesen Erinnerungen gehörte sicher auch das Glück, das sie an der Seite ihres Mannes viele Jahre lang gefunden hatte. Vor zehn Jahren war Mias Vater nach schwerer Krankheit gestorben. Ihre Mutter hatte ihn bis zuletzt gepflegt.

Mia war immer davon überzeugt gewesen, dass für ihre Mutter keine neue Beziehung mehr in Frage kam. Umso überraschter war sie bei ihrem letzten Besuch gewesen, dass es doch wieder einen Mann in Anne Rosenbloms Leben gab. Sie wohnten sogar schon zusammen in Mias Elternhaus und die beiden schienen sehr vertraut und glücklich miteinander zu sein.

Mia gönnte ihrer Mutter das Glück und fand Karl Gunnar auch sehr nett. Aber sie hatte sich bei ihrem Besuch auch wie das sprichwörtliche fünfte Rad am Wagen gefühlt und war deshalb früher als geplant abgereist.

Es war der Klassiker schlechthin gewesen. Als sie samstags am späten Nachmittag nach Hause kam, hatte sie Markus und Hanna in sehr eindeutiger Situation im Schlafzimmer vorgefunden. Es war, als würde ihr der Boden unter den Füßen weggezogen.

Ihre Freundschaft mit Hanna war darüber in die Brüche gegangen. Auch ihre Beziehung zu Markus drohte zu scheitern. Mia wusste nicht, ob sie ihm je wieder vertrauen konnte. Er war es, der darum kämpfte, dass sie zusammenblieben. Immer wieder beteuerte er, dass die Sache mit Hanna nur ein Ausrutscher gewesen sei. Wie lange ging das schon wieder zwischen den beiden? Hatten sie sich überhaupt je getrennt?

Mia dachte nicht lange darüber nach und zuckte desinteressiert mit den Schultern, während sie gleichzeitig registrierte, dass sie immer noch keinen Schmerz spürte. Im vergangenen Jahr hatte sie es kaum ertragen können und nächtelang nur geweint. Hatte sie sich seit damals weiter von Markus entfernt, als es ihr bewusst gewesen war?

Sie wollte wirklich ein paar Tage verreisen, um Abstand zu gewinnen, und überdachte die verschiedenen Möglichkeiten. Ein Strandurlaub irgendwo im Süden. Oder völlige Einsamkeit hoch oben im Norden. Eine Kreuzfahrt hatte sie auch immer schon einmal machen wollen. Aber es gab noch eine Alternative, die ihr verlockender schien als alles andere. Vor ein paar Stunden noch hatte sie die Pastorenvertretung in Liljehamn entschieden abgelehnt und jetzt erschien sie ihr als die beste aller Möglichkeiten. Nachdenklich spielten ihre Finger mit dem zerknüllten Zettel in ihrer Handtasche. Schließlich zog sie den Zettel aus der Tasche und strich ihn glatt, bevor sie auch ihr Handy herausnahm. Jetzt überlegte Mia nicht mehr lange. Sie wählte die angegebene Nummer und sagte ihr Kommen noch an diesem Tag zu. Die Frau am anderen Ende, die sich als Solveig Ljungström vorgestellt hatte, verabredete sich mit ihr in der Kirche von Liljehamn.

Markus war nicht da, als sie nach Hause kam. Sie hatte befürchtet, dass er von der Galerie nach Hause gefahren war, um noch einmal mit ihr zu reden. Im Moment wollte sie ihn nicht sehen und schon gar nicht mit ihm reden. Sie wollte nur noch weg.

In aller Eile packte sie ihre Reisetasche und steckte eine Landkarte ein. Die Karte war zwar ziemlich alt, aber Mia hoffte, dass sie damit zurechtkam. Sie warf keinen Blick zurück, als sie das Haus verließ. Sie schaltete ihr Handy aus und warf es ins Handschuhfach. Im Augenblick wollte sie für niemanden erreichbar sein. Ganz besonders nicht für Markus.

Um die Schäreninsel Liljehamn zu erreichen, musste sie zweimal mit der Fähre übersetzen. Sie war angespannt während der Fahrt, konnte sich kaum auf das konzentrieren, was vor ihr lag. Erst als sie auf der Fähre stand, spürte sie, wie sie innerlich etwas ruhiger wurde. Mia liebte die Schären. Die vielen großen und kleinen Inseln lagen wie hingetupft auf der tiefblauen Wasseroberfläche.

Sie ließ sich ein wenig mehr Zeit, als sie ihr erstes Etappenziel erreichte. Einige Kilometer hinter dem Fährhafen hielt sie am Straßenrand an und stieg aus. Sie spürte das Salz auf ihren Lippen, den leichten Wind in ihrem Haar. Karge Felsen bildeten den Uferbereich. Gelbes Strandgras wuchs in Mulden und Vertiefungen und wehte leise im Wind. Die Ostsee glitzerte. Das stetige Rauschen der Wellen, die mit einem schmatzenden Geräusch an dem felsigen Ufer brachen, wirkte beruhigend auf Mia. Sie ging ganz nahe ans Ufer, hielt ihr Gesicht in die Sonne. Die Anspannung der letzten Stunden fiel von ihr ab.

Mia zog den Verlobungsring vom Finger und betrachtete nachdenklich die Gravur im Inneren des Ringes. *Für immer, Markus und Mia.*

Markus hatte diese Inschrift ausgewählt, die für Mia Bestandteil ihres Lebens, für Markus aber nicht viel mehr als eine Phrase gewesen war. Nun war es vorbei. Endgültig, das wurde ihr hier und jetzt mit aller Deutlichkeit klar. Sie wog den Ring kurz in ihrer flachen Hand, bevor sie ausholte und ihn weit hinaus ins Wasser schleuderte. Kurz kräuselte sich die Oberfläche an der Stelle, wo der Ring aufkam, dann war nichts mehr zu sehen. Sie fühlte sich wie befreit, als sie zur letzten Etappe ihrer Reise aufbrach.

Nur noch eine schmale Wasserstraße trennte sie von Liljehamn. Laut ihrer alten Karte müsste hier eigentlich der Fährhafen sein. Vor ihr lag die Anlegestelle, ebenso wie am gegenüberliegenden Ufer. Von einer Fähre war aber weit und breit nichts zu sehen.

Vor dem Haus auf der gegenüberliegenden Seite des Anlegers arbeitete ein Mann an der Anlegestelle. Er schien so in Gedanken vertieft, dass er Mia nicht bemerkte.

»Hej«, rief Mia laut und winkte.

Der Mann sah auf. »Hej«, grüßte er zurück.

»Können Sie mir sagen, wann die nächste Fähre kommt?«

Der Mann lachte laut auf. »Die letzte Fähre ist hier vor fünfundzwanzig Jahren gefahren.«

»Keine Fähre?« Mia hob die Karte hoch. »Auf dieser Karte ist aber ein Fähranleger eingezeichnet.«

»Das muss eine sehr alte Karte sein. Hier gab es mal eine Fähre und das dahinten ist das alte Fährhaus.« Der Mann wies auf das rote Haus hinter sich.

Mia blickte auf das Wasser, das sie von ihrem Ziel trennte. »Und wie komme ich jetzt nach Liljehamn?«

Wieder lachte der Mann belustigt auf. »Fahren Sie einfach einen halben Kilometer weiter die Straße entlang, bis Sie zur Brücke kommen. Die führt Sie geradewegs nach Liljehamn. Ich wünsche Ihnen dort einen schönen Tag.«

Mia musste jetzt auch lachen. Sie bedankte sich und stieg in ihren Wagen. Wenn alle Bewohner auf Liljehamn so nett waren wie dieser Mann, würde sie sich auf der Schäreninsel bestimmt sehr wohl fühlen.

Mia hatte das Verdeck ihres Wagens heruntergelassen. Es roch nach Meer und Salz. Der Fahrtwind zerzauste ihr Haar und rötete ihre Wangen.

Liljehamn war ein idyllischer Ort. Das einzige Städtchen hatte den Namen der Insel übernommen. Kleine Geschäfte gruppierten sich auf dem Hauptplatz um das Rathaus, das in dem gleichen Rot gestrichen war wie die meisten Häuser im Ort.

Als sie um die nächste Biegung fuhr, lag die kleine Kirche vor ihr. Umgeben von einer niedrigen Mauer aus aufgeschichteten Steinen, hinter der auf einer grasbewachsenen Fläche dunkle Grabsteine und alte Eichenbäume zu sehen waren. Die Kirche stand am Rande des Friedhofs. Orgeltöne drangen nach draußen und vermischten sich mit dem Gezwitscher der Vögel. Es war eine so wundervolle, friedliche Stimmung, dass Mia einen Augenblick innehielt, um diesen Moment auf sich wirken zu lassen.

Die Musik schwoll an, als sie die Kirche betrat. Eine blonde Frau saß rechts neben dem Altar hinter der Orgel und spielte völlig versunken. Mia hatte als Kind selbst Klavierunterricht gehabt und während ihres Studiums Orgel gespielt. Es war ein Genuss, dem Spiel dieser Frau zuzuhören.

Ein Sockel, auf dem ein Foto stand, erregte Mias Aufmerksamkeit. Leise, um die Frau hinter der Orgel in ihrem Spiel nicht zu stören, trat Mia näher und nahm das Foto in die Hand. In diesem Augenblick verstummte das Orgelspiel. Die blonde Frau erhob sich und kam näher.

»Das ist unser St. Göran«, sie wies lächelnd auf das Foto in Mias Hand. »Eine Skulptur aus dem 15. Jahrhundert und das Wertvollste, was wir hier in der Kirche haben. Leider können wir die Skulptur zurzeit nicht aufstellen. Sie wurde bei dem schweren Sturm im Frühjahr beschädigt. Ich bin übrigens Solveig Ljungström, und kann es sein, dass Sie Mia Rosenblom sind?«

Mia bestätigte das und erwiderte den Händedruck. Solveig Ljungström war ihr auf Anhieb sympathisch. Sie hatte ein waches Gesicht, umrahmt von blonden Locken, und war ungefähr so alt wie ihre Mutter.

Solveig Ljungström schien sie der gleichen Musterung zu unterziehen. Das warme Lächeln auf ihrem Gesicht zeigte, dass sie nicht unzufrieden war.

»Sie spielen wundervoll«, sagte Mia.

»Das hängt bei mir immer von der Stimmung ab«, erwiderte Solveig. »Heute war es die Freude, die mein Spiel bestimmte. Ich konnte meinen Mann eben vom Krankenhaus abholen.«

»Es geht ihm also besser?«

Solveig wirkte besorgt, obwohl sie jetzt nickte. »Er ist noch ziemlich schwach, aber zu Hause wird er sich schneller erholen als im Krankenhaus. Der Arzt hat ihm allerdings verboten zu arbeiten.«

»Deswegen bin ich ja hier«, lächelte Mia.

Das Pastorenhaus war nicht weit von der Kirche entfernt. Solveig führte Mia hinaus auf die Terrasse, wo Pastor Ljungström gerade Fotos betrachtete. Als er die beiden Frauen sah, legte er die Fotos sofort beiseite und stand auf, um sie zu begrüßen. Er überragte Mia um einen ganzen Kopf und musste ein paar Jahre älter sein als seine Frau, auch wenn sein Alter nur schwer einzuschätzen war. Er war freundlich, aber weitaus distanzierter als seine Frau.

Mia konnte sich vorstellen, was in dem Pastor vorging. Es war nicht nur die Krankheit, die ihn quälte, sondern auch die Vorstellung, dass er seine Gemeinde einer Vertretung überlassen musste.

Pastor Ljungström blieb stehen, bis Mia Platz genommen hatte. Solveig ging zurück ins Haus, um für sich und Mia Kaffee zu kochen. Den angebotenen Tee schlug der Pastor mit einer abfälligen Grimasse und einem Kopfschütteln aus.

Mia sah sich neugierig um. Das Grundstück hinter dem Pastorenhaus war nicht sehr groß, aber schön angelegt. Gleich hinter der Terrasse begann eine von bunten Blumen eingefasste Rasenfläche, die bis hinunter an einen Kanal führte. Ein Motorboot schaukelte an der Anlegestelle.

Mias Blick fiel auf die Fotos, die vor dem Pastor auf dem Tisch lagen. Sie zeigten ebenfalls St. Göran, dessen Foto sie bereits in der Kirche gesehen hatte. »Kann die Figur nicht restauriert werden?«, fragte sie den Pastor.

»Es gibt nur ganz wenige Fachleute, die dafür in Frage kommen«, erwiderte Pastor Ljungström.

»Du und dein Heiliger.« Solveig kam mit zwei dampfenden Tassen aus dem Haus, die sie vor Mia und sich abstellte. »Ein bisschen besessen ist er ja schon.« Solveig zwinkerte Mia zu. »Ich hätte längst einen Sachverständigen kommen lassen.«

Pastor Ljungström schüttelte den Kopf. »Diese Skulptur ist ein richtiges Kleinod. An die lasse ich nicht irgendeinen abgebrochenen Kunststudenten heran. Es gibt nur einen, der für diese Arbeit in Frage kommt. Paul Lagfeld.«

Erwartungsvoll schaute er Mia an. Als sie darauf nichts sagte, wollte er wissen: »Haben Sie noch nie von Paul Lagfeld gehört?«

Mia zuckte mit den Schultern. »Nein, tut mir leid. Warum beauftragen Sie diesen Paul Lagfeld denn nicht mit der Reparatur des St. Göran?«

Die Miene des Pastors verdüsterte sich. »Paul Lagfeld ist verschwunden. Wie vom Erdboden verschluckt.«

»Ich kann mich gerne einmal in meinem Freundeskreis erkundigen, ob jemand einen guten Restaurator kennt«, bot Mia an.

Durch die offene Tür war das Klingeln des Telefons zu hören. Solveig ging ins Haus und meldete sich. Ihre Stimme war bis draußen zu hören. Mia hatte das Gefühl, dass der Pastor den Worten seiner Frau lauschte, und sagte deshalb nichts. Das Telefonat dauerte nicht lange. Solveig wirkte bedrückt, als sie zurück auf die Terrasse kam.

»Das war Jan Broderson«, sagte sie zu ihrem Mann und fügte erklärend für Mia hinzu, dass es sich dabei um den Inselarzt handelte. »Per Larsson liegt im Sterben. Seine Enkelin hat gesagt, dass er seinen Pastor noch einmal sehen möchte.«

Pastor Ljungström wollte sich erheben, doch Mia war schneller als er. »Ich fahre selbstverständlich hin«, sagte sie mit einer Bestimmtheit, die keinen Widerspruch duldete. »Wie komme ich zu diesem Per Larsson?«

»Der Arzt nimmt sie mit.« Im Gegensatz zum Pastor wirkte Solveig erleichtert, als Mia sofort die Initiative ergriff.

Jan Broderson war jung und unkompliziert. Er war in dieser Gegend aufgewachsen und nach seinem Medizinstudium in Stockholm nach Hause zurückgekehrt, jetzt arbeitete er für das Krankenhaus auf Liljehamn als Notarzt. Während er erzählte, manövrierte er das Motorboot schnell und sicher zwischen den kleinen und größeren Inseln hindurch. Manchmal waren es auch nur einzelne Felsen, die aus der Wasseroberfläche herausragten.

Die Gischt schlug gegen die Frontscheibe des Motorbootes. Mia schmeckte die salzige Luft auf ihren Lippen.

»Pastor Ljungströms Gemeinde ist flächenmäßig eine der größten in Schweden«, fuhr der junge Arzt mit seinen Erläuterungen fort und fügte lachend hinzu: »Auf jeden Fall ist es die Gemeinde mit den meisten Bootsanlegestellen.«

»Richtig krank werden dürfen die Leute hier bei schlechtem Wetter aber nicht. Ich stelle mir den Weg über die See zum nächsten Krankenhaus dann sehr schwierig vor.«

»Im Prinzip lebt hier ein ziemlich gesunder Menschenschlag. Zum Beispiel der alte Per Larsson, zu dem wir gerade fahren.« Jan Broderson lachte vergnügt auf. »Mindestens zweimal im Jahr fahre ich zu ihm raus, weil er angeblich im Sterben liegt. Ich bin sicher, dass er hundert Jahre alt wird auf seiner Insel. Na ja, Seeleute ... mit allen Wassern gewaschen. Und mit Wikingerblut in den Adern. Das da drüben ist übrigens Weihnachten.« Er wies mit dem Finger auf das Eiland vor ihnen.

»Die Insel heißt Weihnachten?« Mia lachte, fand den Namen bei näherer Betrachtung aber durchaus passend. Weihnachten war nicht mehr als ein Fels, der sich kegelförmig aus dem Wasser hob. Ganz oben thronte ein Leuchtturm mit einem kleinen Anbau. Von der Form her erinnerte es wirklich an einen Weihnachtsbaum. Der Eindruck verstärkte sich sicher noch, wenn bei Dunkelheit die Lichter im Haus eingeschaltet waren. Eine junge Frau stieg die Holztreppe über die Felsen hinunter, als das Boot anlegte.

»Hej, Stina«. Jan sprang aus dem Boot und vertäute es am Steg, während Mia aus dem Boot stieg.

»Das ist Mia Rosenblom«, stellte Jan vor. »Sie vertritt den Pastor.« Stina stellte er als Enkelin seines Patienten vor.

»Ich weiß nicht ...« Stina schaute Mia zweifelnd an. »Mein Großvater hat ausdrücklich nach dem Pastor verlangt. Hoffentlich will er dich überhaupt sehen.«

Stinas Augen wurden plötzlich groß. »Großvater«, rief sie entsetzt aus. »Du sollst doch im Bett bleiben.«

Mia wandte sich um. Neben Jan, der ihr vergnügt zuzwinkerte, stand ein älterer Mann mit eisgrauem Haar und einem ebenso grauen wie dichten Bart. Er trug einen schwarzen Anzug, der seine besten Jahre sicher schon hinter sich hatte. An den Ellbogen war er leicht abgewetzt, die Hosenbeine gingen gerade bis zu seinen Knöcheln. Todkrank sah dieser Mann aber nicht aus. In seinen blauen, vom Alter bereits leicht verwässerten Augen lag der Schalk.

»Ich habe das Boot gehört. Ich werde meinen Pastor doch nicht im Bett empfangen«, sagte er mit fester, ziemlich klarer Stimme. Suchend schaute er sich um. »Wo ist er überhaupt?«

Stina blickte ihren Großvater betreten an und überließ Jan die Antwort. »Du weißt doch, dass Thore krank ist. Dafür habe ich seine Vertretung mitgebracht, Pastorin Rosenblom.«

Mia trat einen Schritt näher, als sie Per Larsson die Hand entgegenstreckte. »Ich freue mich, Sie kennenzulernen, Herr Larsson.«

Der alte Mann erwiderte ihren Händedruck, schaute ihr prüfend ins Gesicht und lachte dann herzlich. »Ich freue mich auch. Sie sind nämlich viel hübscher als der Pastor. Willkommen auf Weihnachten. Stina«, wandte er sich seiner Enkelin zu, wobei er Mias Hand immer noch in der seinen hielt. »Geh rauf und mach Kaffee.«

»Das geht doch nicht«, protestierte Stina. »Jan und die Pastorin sind nicht zum Kaffeetrinken den weiten Weg zu dir gekommen.« Es schien ihr peinlich zu sein, dass sie für ihren angeblich sterbenden Großvater alle Hebel in Bewegung gesetzt hatte und er nun ziemlich vergnügt und offensichtlich auch recht gesund mit der neuen Pastorin flirtete.

»Tut mir leid.« Per Larsson zuckte unbekümmert mit den Schultern. Es war ihm deutlich anzusehen, dass es ihm in Wirklichkeit kein bisschen leidtat. »Ich sterbe heute doch noch nicht«, klärte er alle auf. »Ich weiß nicht wieso, aber ich fühle mich plötzlich wieder richtig gut. Vielleicht liegt es ja am Ostwind, der hat mir schon immer Glück gebracht.«

Dieser alte Mann war viel zu charmant, als dass Mia ihm böse sein konnte. Jan Broderson ging es nicht viel anders. Er wirkte ebenso amüsiert wie Mia selbst, bekam aber jetzt über sein Handy einen Anruf, der ihn zu einem wirklichen Notfall rief.

»Du brauchst mich doch wirklich nicht, oder?«, versicherte er sich trotzdem bei Per Larsson.

»Fahr schon los, damit du nicht zu spät kommst«, winkte Per ab.

»Dann pass nur gut auf dich auf, Per.« Jan grinste den alten Mann an und wandte sich Mia zu. »Wir müssen los.«

»Nein, nein!« Per Larsson hielt Mias Hand ganz fest. »Du kannst ja gehen, Doktor, aber die Pastorin bleibt hier. Wer weiß, ob ich heute nicht doch noch vor den Herrgott treten muss.«

»Aber Großvater, wie soll sie denn nach Hause kommen?«, wandte Stina ein.

»Mit meinem Boot natürlich«, erwiderte Per Larsson. »Du kannst doch ein Boot lenken?«, wandte er sich Mia zu und duzte sie dabei mit entwaffnender Selbstverständlichkeit.

»Ich habe sogar einen Bootsführerschein«, erwiderte Pia amüsiert.

»Dann ist ja alles klar«, stellte Per Larsson fest. »Ich habe ein paar gute Seekarten, da wirst du dich schon zurechtfinden.«

Jan machte sich auf den Weg, während Per Larsson seine Besucherin hinauf ins Haus brachte. Auch dabei zeigte sich, dass der alte Mann alles andere als schwer krank war. Mühelos bewältigte er sämtliche Stufen bis hinauf zum Haus und atmete nicht einmal schwer, als er Mia in die Küche führte.

Es war ein einfacher Raum, aber blitzsauber. Die Wände waren holzgetäfelt, gegenüber der Küchenzeile stand eine Sitzecke. Eine Holzbank, ein Tisch und zwei Stühle.

Es war aber nicht die Einrichtung des Hauses, die Mias Interesse erweckte, sondern der Blick aus dem Küchenfenster. Vor ihr breitete sich die See wie ein blaugrüner Teppich aus. Die Sonne stand bereits tief im Westen und schickte goldene Strahlen über einen breiten Streifen, der sich zum Horizont verjüngte.

»Dieser weite Blick«, sagte Mia ergriffen. »Sie haben es wirklich sehr schön hier, Herr Larsson.«

»Sag ruhig Per und du zu mir.« Der alte Mann bot ihr mit einer Handbewegung einen Stuhl am Tisch an. Er setzte sich selbst erst, nachdem Mia Platz genommen hatte. »Du wirst noch oft mit mir zu tun haben, bevor ich wirklich für immer gehe. Ein alter Sünder wie ich braucht viel Zuspruch, wenn er sich auf den Weg ins Jenseits macht.«

»Ich komme sehr gerne, Per«, sagte Mia und meinte es genau so, wie sie es sagte. Sie fühlte sich wohl hier oben in dem Haus neben dem Leuchtturm und sie genoss die Gesellschaft des kauzigen alten Mannes.

Stina kam an den Tisch. Sie brachte Kaffee und danach einen Teller voller Blechkuchen. »Greif zu, Mia, alles selbst gebacken.«

Mia starrte ein wenig fassungslos auf den Kuchen.

»So ist das hier bei uns«, klärte Per Larsson sie auf. »Die Menschen freuen sich, wenn sie ihren Pastor sehen, oder besser noch die Pastorin.« Wieder lag dieses verschmitzte Lächeln in seinen Augen. »Das hier ist unsere Art, unsere Freude auszudrücken. Du wirst uns diese Freude doch nicht nehmen wollen?«

»Nein, das will ich nicht.« Mia schüttelte den Kopf und lachte. »Das sieht alles sehr lecker aus, aber wenn ich länger hierbleibe, werde ich ziemlich dick.«

»Wenn ich länger bleibe?«, hakte der alte Larsson sofort nach. »Was soll das denn heißen? Du wirst hierbleiben, lass dir das von mir gesagt sein. Ich spüre, dass du hierher gehörst.«

»Ich bin nur zur Vertretung hier.« Mia nahm ein Stück Kuchen und biss herzhaft hinein. Es schmeckte köstlich.

»Gefällt es dir hier nicht?«, wollte Per Larsson wissen.

Mia nickte mit vollem Mund. »Doch.«

»Dann gibt es keinen Grund, hier wieder wegzugehen«, stellte Per Larsson fest.

Mia ertappte sich bei dem Gedanken, dass es wirklich schön wäre, diese Pfarre hier zu betreuen. Gleich darauf schämte sie sich. Wenn sie diese Pfarre fest übernahm, würde das gleichzeitig bedeuten, dass Thore Ljungström dazu nicht mehr in der Lage war. Sie gönnte dem Pastor von Herzen, dass er bald wieder gesund wurde, und da war ja auch noch ihr eigener Job an der Uni.

Sie wollte das Thema nicht weiter vertiefen. Stina kam ihr dabei unwissentlich zu Hilfe, indem sie Mia über Stockholm ausfragte. Die junge Frau war in ihrem Leben tatsächlich nicht weiter als bis nach Liljehamn gekommen. Stockholm war für sie eine fremde, überaus faszinierende Welt.

»Du kannst mich jederzeit in Stockholm besuchen, wenn ich wieder zu Hause bin«, bot Mia an. »Ich zeige dir dann die ganze Stadt.«

Stina freute sich und versprach, dieses Angebot auf jeden Fall anzunehmen. Per Larsson sagte kein Wort dazu, doch in seinen Augen lag ein ganz besonderes Funkeln. Er erzählte Mia eine Menge über die Inseln, die zu der Gemeinde gehörten, und einige Anekdoten über die Einwohner. Es wurde bereits dunkel, als Stina sie hinunter zum Steg begleitete.

Der alte Larsson hatte auch mitkommen wollen, aber er wirkte mit einem Mal so müde und erschöpft, dass Stina es ihm mit Mias Hilfe ausredete.

Per Larssons Boot entpuppte sich als alter Fischkutter. Das Holz war von der Sonne und dem Seewasser ausgebleicht. Die Brücke mit dem Mast und der Baumkurre, in der das Fangnetz hing, befand sich hinter dem Ruderhaus. Stina versicherte ihr, dass der Kutter garantiert seetauglich sei. Ihr Großvater ließ den Motor regelmäßig überholen.

Mia war schon auf Gotland mit einem ähnlichen Bootstyp gefahren und sicher, dass sie damit zurechtkam. Im Licht einer Taschenlampe zeigte Stina ihr auf der Karte den Weg zurück nach Liljehamn und die Einfahrt, die bis zum Kanal hinter dem Haus des Pastors führte. Die Taschenlampe überließ sie Mia, damit sie unterwegs die Karte studieren konnte.

Mia war sicher, dass sie den Weg zurück finden würde, und verabschiedete sich von Stina.

»Ich danke dir, Mia. Meinem Großvater ging es schon lange nicht mehr so gut wie heute. Schön, dass du dir so viel Zeit genommen hast.«

Mia war sicher, dass dieser Dank nicht nur den Großvater betraf. Stina liebte ihre Heimat, das war aus jedem Wort zu hören, das sie über die Gegend hier verlor. Trotzdem schien sie den Wunsch zu haben, mehr von der Welt zu sehen, andere Menschen kennenzulernen. Die junge Frau lebte schon sehr zurückgezogen, alleine mit ihrem Großvater auf diesem winzigen Eiland.

»Es war schön bei euch«, sagte Mia herzlich, »und ich komme gerne wieder. Grüß deinen Großvater von mir. Er ist wirklich sehr liebenswert.« Und du auch, fügte sie in Gedanken hinzu. Es war keineswegs selbstverständlich, dass eine so junge Frau wie Stina bei ihrem Großvater blieb, anstatt sich den Wind der weiten Welt um die Nase wehen zu lassen oder gar eine eigene Existenz aufzubauen.

Vorsichtig steuerte Mia den Kutter an den Felsen vorbei, die in der Nähe der Insel aus dem Wasser ragten. Der starke Scheinwerfer schuf eine helle Lichtbahn auf der dunklen Wasseroberfläche. Sie kam gut voran und der Motor des kleinen Kutters lief ruhig und gleichmäßig.

Mia hatte etwa die Hälfte der Strecke hinter sich, als die ersten Nebelschwaden an ihr vorbeizogen. Sie presste die Lippen aufeinander und hoffte, dass es bei diesen einzelnen Schwaden bleiben würde.

Sie hatte den Gedanken kaum zu Ende gebracht, da tauchte der Kutter in eine dichte Nebelwand ein. Das Licht des Scheinwerfers wurde regelrecht vom Nebel verschluckt. Der Nebel nahm ihr nicht nur die Sicht, er veränderte auch die Geräusche der Umgebung. Zumindest kam es Mia so vor. Das Tuckern des Motors klang dumpfer, das Wasser schien schwer gegen den Bootsrumpf zu platschen.

Angestrengt hielt Mia Augen und Ohren offen. Sie hatte Angst, den Kutter gegen einen der aus dem Wasser ragenden Felsen zu steuern oder mit einem anderen Boot, das in dieser Nebelsuppe unterwegs war, zusammenzustoßen.

Verflixt, warum hatte sie nicht mehr auf den Weg geachtet, als sie mit Jan zu Per Larsson gefahren war. Sie konnte sich an einzelne Felsen im Wasser erinnern, aber nicht mehr an deren Standorte.

Mia wurde plötzlich klar, dass sie in diesem undurchdringlichen Dunst völlig die Orientierung verloren hatte. Sie konnte auch nicht umkehren, weil sie überhaupt nicht mehr wusste, in welcher Richtung Per Larssons Insel lag. Sie griff nach ihrer Handtasche, suchte darin nach ihrem Handy, bis ihr einfiel, dass es noch in ihrem Auto liegen musste.

Panik stieg in ihr auf. Sie stellte den Motor des Kutters ab. Nichts war zu hören außer dem Wasser, das von außen gegen den Rumpf schlug. Der Kutter schaukelte auf den Wellen, driftete nach rechts ab.

Mia startete den Motor wieder. Sie wollte wenigstens auf dem Kurs bleiben, den sie eingeschlagen hatte. Ihr blieb zumindest die Hoffnung, dass sie sich in Richtung Liljehamn bewegte.

Es war kurz nach Mitternacht. Solveig saß in der Küche und starrte durch die Fensterscheibe hinaus in die Dunkelheit. Sie wandte den Kopf, als ihr Mann hereinkam.

Thore blieb im Türrahmen stehen. »Was machst du denn hier mitten in der Nacht?«

»Mia ist noch nicht zurück. Langsam mache ich mir Sorgen.«

»Ach, Liebes.« Pastor Ljungström kam näher und streichelte über die Schultern seiner Frau. »Das ist mal wieder typisch für dich. Kaum bin ich aus dem Gröbsten heraus, suchst du dir jemand anderen, um den du dich sorgen kannst. Das ist völlig unnötig. Diese jungen Großstadtfrauen kommen sehr gut alleine zurecht.« Thore ging um den Tisch herum und nahm ihr gegenüber Platz.

»Großstadtfrauen«, wiederholte Solveig. »Wie du das sagst. Magst du sie nicht? Also, ich finde sie sehr nett.«

»Nett?« Thore dehnte das Wort. »Ja, das ist sie ... aber eine Pastorin habe ich mir doch irgendwie anders vorgestellt.«

»Würdevoller?« Solveig wollte genau wissen, was Thore an Mia auszusetzen hatte.

»Vielleicht«, gab Thore zu. »Auf jeden Fall älter und nicht so ...« Er brach ab, suchte sichtbar nach den richtigen Worten.

»Nicht so hübsch?«, half Solveig nach.

Es schien Thore schwerzufallen, das zu beschreiben, was er empfand. »Ich habe gehofft, die schicken mir jemanden, der mal mein Nachfolger werden kann.«

»Glaubst du nicht, dass Mia das kann?«

Thore schüttelte den Kopf. »So habe ich mir meinen Nachfolger ganz bestimmt nicht vorgestellt.«

Solveig lächelte. Sie wusste genau, was mit Thore los war. Er wollte sich nicht an Mia gewöhnen, weil sie in absehbarer Zeit wieder fortging, und das konnte er am besten, indem er sie einfach als ungeeignet für seine Nachfolge einstufte.

Solveig war da völlig anderer Ansicht als ihr Mann. Sie kannte Mia zwar erst seit ein paar Stunden, aber ihre Menschenkenntnis sagte ihr, dass Mia ganz hervorragend nach Liljehamn passte. Sie war davon überzeugt, dass Thore in ein paar Tagen zu der gleichen Erkenntnis kommen würde.

Mia umklammerte das Steuer mit beiden Händen. Ihre Augen brannten vor angestrengtem Starren. Wo immer sie sich auch befinden mochte, auf dem Weg nach Liljehamn war sie ganz bestimmt nicht mehr. Plötzlich hatte sie das Gefühl, dass sich die Nebelwand lichtete. Sie beugte sich vor und stöhnte enttäuscht auf, als sie merkte, dass sie es sich nur eingebildet hatte.

Ein paar Meter weiter überfiel sie dasselbe Gefühl erneut, und diesmal hatte sie recht. Aus der dichten Wand wurden Nebelschleier, die sich im Licht des Scheinwerfers auflösten. Direkt vor ihr lag Land. Ein Bootsschuppen, dessen Anleger ins Wasser ragte. Ein Motorboot war daran festgemacht und schaukelte leicht auf den Wellen.

Mia war es egal, wo sie gelandet war. Sie wollte nur aus diesem Nebel heraus, endlich wieder festen Boden unter den Füßen haben.

Ganz langsam fuhr sie an die Anlegestelle heran. Sie nahm die Taschenlampe, die Stina ihr gegeben hatte, sprang auf den Steg und vertäute den Kutter. Von der See her zogen einzelne Nebelfetzen über das Land.

Mia ging bis zur Tür des Bootsschuppens und leuchtete mit der Taschenlampe hinein. Der Lichtschein verlor sich zwischen Balken und Fischernetzen, die von der Decke herabhingen. Auf der gegenüberliegenden Seite stand eine Tür weit offen, die ins Freie führte.

»Hallo«, rief Mia zaghaft. »Ist da jemand?«

Alles blieb still, und doch war sie sich ganz sicher, dass sie nicht alleine war. Da atmete jemand, ganz in ihrer Nähe. Die Härchen auf ihren Armen stellten sich auf.

»Hallo«, rief sie noch einmal, erhielt aber wieder keine Antwort.

Vorsichtig trat sie einen Schritt zurück. Sie schwenkte die Taschenlampe von rechts nach links. War dahinten nicht ein Schatten, der sich schnell hinter einem der Balken verbarg?

Das Atmen kam näher. Mia spürte den harten Schlag ihres Herzens. Ihr eigener Atem ging schneller. Wieder ließ sie den Lichtstrahl durch den Bootsschuppen kreisen. Die Taschenlampe fiel ihr vor Schreck beinahe aus der Hand, als die hechelnden Atemgeräusche in ein leises Winseln übergingen.

Mia senkte die Taschenlampe und lachte vor Erleichterung auf. Ein großer, schneeweißer Hund kam auf sie zu und schmiegte sich vertrauensvoll an sie. Mia beugte sich zu ihm hinunter und streichelte über sein weiches Fell.

»Du bist ja ein Schöner. Hast du dich auch im Nebel verirrt?«

»Snövit!«

Mias Hand mit der Taschenlampe fuhr hoch. Der Lichtschein umfasste in der offenen Tür auf der anderen Seite des Schuppens eine hohe Gestalt. Dunkel zeichnete sie sich vor den hellen Nebelschwaden ab, die hinter ihr vorbeizogen.

Die Gestalt kam einen Schritt näher. Als Mia ihr mit der Taschenlampe ins Gesicht leuchtete, hob sie schützend den Arm vor die Augen. Trotzdem hatte Mia den Mann erkannt.

»Oh ... hallo! Wir haben uns doch schon einmal gesehen. Vor dem Fährhaus, erinnern Sie sich?«, sagte sie erleichtert.

Der Mann richtete seine eigene Taschenlampe auf sie. »Ja, stimmt«, erwiderte er einsilbig.

»Ich bin so froh, dass ich Sie treffe«, rief Mia aus. »Ich habe mich verirrt.«

»Das kann einem hier leicht passieren«, erwiderte er vieldeutig. Heute Morgen am Fähranleger hatte er gelacht und ihr freundlich den Weg zur Brücke gewiesen, als sie nicht wusste, wie sie nach Liljehamn kommen sollte. Jetzt wirkte er abweisend, beinahe schon unfreundlich. Aber er war nun einmal weit und breit der einzige Mensch, den sie um Hilfe bitten konnte.

»Können Sie mir noch einmal sagen, wie ich nach Liljehamn komme? Ich wohne da bei Pastor Ljungström.«

»Ich kann Sie mit meinem Jeep hinfahren.«

Mia war doppelt überrascht. Seine abweisende Art stand in deutlichem Widerspruch zu seinem Hilfsangebot, und sie hätte niemals damit gerechnet, dass sie es im Nebel tatsächlich bis zur richtigen Insel geschafft hatte.

»Ich nehme ihr Angebot gerne an«, sagte sie dankbar. »Aber der Kutter liegt da noch am Steg. Ich würde ihn ungern hierlassen. Er gehört Per Larsson.«

»Den Kutter klaut schon keiner. Es ist viel zu gefährlich, bei diesem Nebel mit dem Boot zu fahren. Lassen Sie uns den Wagen nehmen.« Er kam über die feuchten Holzdielen des Bootsschuppens näher und streckte ihr die Hand entgegen. »Geben Sie mir die Hand, sonst rutschen Sie noch aus.«

Sein Händedruck war warm und fest. Sie hatte diesen Mann am Morgen nur einmal kurz getroffen und spürte trotz seiner reservierten Art großes Zutrauen. Sie zögerte keinen Moment, ihm zu seinem Wagen zu folgen.

Noch einmal wandte der Mann sich kurz um. »Snövit«, rief er nach dem schneeweißen Hund.

Snövit, dachte Mia. Wie passend, diesen Hund ausgerechnet Schneewittchen zu taufen.

Der Mann öffnete die Tür auf der Beifahrerseite und ließ erst Mia einsteigen, bevor er die rückwärtige Tür öffnete. Mit einem

Satz sprang Snövit auf die Rückbank und legte sich dort auf Kommando gehorsam hin.

Der Mann ging um den Wagen herum und nahm hinter dem Lenkrad Platz. Er fuhr langsam und konzentriert durch den Nebel, der sich von der See her immer stärker über die Insel ausbreitete. Das Licht der Scheinwerfer zerfaserte im Nebel.

Mia war froh, dass sie nicht mehr alleine war, auch wenn der Mann neben ihr schwieg, bis er vor dem Haus des Pastors anhielt.

»Da sind wir.«

Knapp und kühl. Wahrscheinlich war er froh, dass er sie endlich loswurde. Mia verspürte Gewissensbisse, weil er extra wegen ihr diesen Weg machen musste. Sie lächelte ihn an.

»Ich kann immer noch nicht glauben, dass ich tatsächlich die richtige Insel gefunden habe. Nur eben am falschen Ende.«

Er schaute sie kurz an, bevor er den Blick wieder starr geradeaus richtete. »Wenn man bedenkt, dass es hier Tausende von Möglichkeiten gibt«, stimmte er ihr zu.

»Sie meinen, es ist kein Zufall, dass ich ausgerechnet bei Ihnen gelandet bin?«, versuchte Mia ihn aus der Reserve zu locken. Warum war er jetzt so ganz anders als heute Morgen?

Der Mann antwortete nicht, schaute weiterhin geradeaus durch die Windschutzscheibe.

»Ich bin jedenfalls froh, dass Snövit mich aufgespürt hat«, brach Mia das Schweigen zwischen ihnen wieder. »Mein Name ist übrigens Mia Rosenblom. Ich vertrete den Pastor, bis er wieder gesund ist.«

Er schaute sie wieder an, Überraschung lag in seinem Blick. »Sie sind Pastorin?«

Mia nickte, schüttelte gleich darauf den Kopf. »Nur als Vertretung. Ich arbeite demnächst an der Uni in Stockholm.« Sie zögerte einen Augenblick, bevor sie ihm eine persönliche Frage stellte. »Und was ist mit Ihnen? Wohnen Sie schon immer auf der Insel?«

Sein Blick verschloss sich augenblicklich. Mia sah es, noch bevor er den Kopf wieder zur Seite wandte. Sie spürte förmlich, wie er sich innerlich zurückzog. »Seit ein paar Jahren«, sagte er kurz angebunden. Danach herrschte wieder Schweigen.

Ein rätselhafter Mann. Mia hätte gerne mehr über ihn erfahren, aber seine ganze Haltung verriet deutlich, dass er an einem weiteren Gespräch mit ihr nicht interessiert war. Sie öffnete die Tür und bedankte sich, bevor sie ausstieg: »Vielen Dank, dass Sie sich meiner angenommen haben. Meiner verirrten Seele.« Mit diesen Worten sprang sie aus dem Wagen und wollte gerade die Tür hinter sich zuwerfen, als er doch noch einmal mit ihr sprach: »Ich heiße Patrick Ekham«, sagte er schnell. »Gute Nacht, Mia.«

Mia lächelte. »Gute Nacht, Patrick.«

»Passen Sie auf sich auf.« Er sprach leise, schaute sie dabei nicht an. Als er den Motor startete, schlug Mia die Beifahrertür zu. Sie schaute ihm nach, als er davonfuhr.

Ein rätselhafter Mann, dieser Patrick Ekham, dachte sie noch einmal. Rätselhaft, aber auch sehr interessant.

Solveig hatte tatsächlich auf sie gewartet. Mia war gerührt, als sie die Pastorenfrau in der Küche vorfand, voller Sorge um sie. Sie war müde, wollte am liebsten ins Bett, aber zuerst erzählte sie Solveig, was passiert war.

Fürsorglich begleitete Solveig sie danach in ihr Zimmer und brachte ihr anschließend sogar noch einen heißen Tee nach oben.

Es war ein hübsches Zimmer, das Mia im Pastorenhaus zur Verfügung gestellt worden war. Es lag gleich unter dem Dach mit einem großen Fenster, durch das sie bis zur See schauen konnte.

Das weiße Bett an der Längsseite der Wand war einfach, aber

sehr bequem. Am Fenster stand ein kleiner, runder Tisch, auf den Solveig eine Vase mit einem Feldblumenstrauß gestellt hatte. Daneben eine Flasche Wasser, ein Glas und ein altmodischer Wecker.

Der Kleiderschrank an der Wand auf der gegenüberliegenden Seite war nicht besonders groß, reichte Mia aber vollkommen. Ein bunter Flickenteppich lag auf den Holzdielen, die den schwachen Geruch nach Bienenwachs verströmten. An den Fenstern hingen gelb-weiß gestreifte Vorhänge.

Es war ein aufreibender Tag gewesen. Trotzdem schlief Mia sofort ein, als sie sich ins Bett legte.

Mias Blick fiel auf den Wecker. Schon zehn Uhr! Erschrocken sprang sie mit einem Satz aus dem Bett. Was mochten die Ljungströms von ihr denken? Sie hastete in das Badezimmer nebenan, das ausschließlich ihr zur Verfügung stand. Nach einer schnellen Dusche zog sie sich an und ging nach unten.

Solveig kam gerade aus der Küche und wischte ihre Entschuldigung mit einer Handbewegung beiseite. Sie hatte Mia an diesem Morgen extra ausschlafen lassen und bestand jetzt auf einem ausgiebigen Frühstück. Sie setzte sich mit einer gefüllten Kaffeetasse zu Mia an den Frühstückstisch.

Mia genoss es, den Tag so geruhsam zu beginnen. Als sie später zusammen mit Solveig in die Kirche ging, klingelte ihr Handy. Sie blieb stehen und nahm den Anruf entgegen, während Solveig ihr mit Handzeichen bedeutete, dass sie vorgehen würde.

Mia war genervt, als Markus sich meldete. »Was willst du?«

»Bitte, lass uns doch noch einmal miteinander reden«, bat er.

»Es gibt zwischen uns beiden nichts mehr zu besprechen«, stellte sie bestimmt fest.

Markus überhörte ihren Einwand einfach. Wie er es immer

tat, wenn ihm ihre Antwort nicht passte. »Ich komme zu dir«, sagte er eifrig.

»Ich will nicht, dass du kommst.« Mia bemühte sich, ruhig zu bleiben. »Ich will dich nicht sehen.«

»Aber ich ...«

»Lass es einfach«, fiel Mia ihm grob ins Wort. Sie schloss jede weitere Diskussion aus, indem sie einfach das Handy ausstellte.

Minutenlang verharrte sie auf der Stelle. Das Telefonat hatte sie aufgewühlt, aber sie verspürte kein Bedauern wegen der Trennung. Es tat heute genauso wenig weh wie gestern.

Als Mia ein paar Minuten später die Kirche betrat, saß Pastor Ljungström im Seitenschiff und betrachtete nachdenklich die abgebrochenen Stücke einer Skulptur. Mia vermutete, dass es sich dabei um Teile des zerstörten St. Göran handelte. Sie begrüßte Thore.

Pastor Ljungström lächelte knapp. »Doch noch nach Hause gefunden?«

»Ich hatte mich im Nebel verirrt«, erzählte Mia nun auch ihm, »aber dann kam ein guter Ritter und brachte mich zurück auf den richtigen Weg.«

»Patrick Ekham, ich weiß.« Thore nickte. »Du bist noch nicht einmal einen Tag hier und lernst schon Patrick Ekham kennen.« Ebenso wie Per war er jetzt auch zum vertraulichen Du übergegangen. Mia freute sich darüber, weil sie sich noch nicht sicher war, ob sie Pastor Ljungström wirklich willkommen war. Seine Zurückhaltung ihr gegenüber war schon ein starker Kontrast im Vergleich zur Herzlichkeit seiner Frau.

Der Pastor sinnierte sekundenlang vor sich hin. »Patrik Ekham ist ziemlich seltsam.«

»Seltsam ist nicht das richtige Wort.« Solveig, die an der Orgel ihre Noten für den nächsten Gottesdienst zusammenstellte, kam jetzt zu Mia und Thore. »Er ist zurückhaltend, fast schon ein bisschen scheu.«

»Zurückhaltend?« Thore schüttelte verständnislos den Kopf. »Da lebt einer mitten unter uns und vermeidet jeden Kontakt. Wie wissen so gut wie nichts von ihm. Er hat sich nicht vorgestellt, redet nicht mit den Leuten.« Thore blickte seine Frau herausfordernd an. »Du kannst sagen, was du willst, aber dieser Patrik Ekham ist ein komischer Kauz.«

»Auf jeden Fall hat er mich letzte Nacht nach Hause gebracht, und das war sehr nett von ihm«, sagte Mia.

»Außerdem sieht er gut aus«, meinte Solveig. Gespielt schwärmend verdrehte sie die Augen. »Geheimnisvolle Männer sind verführerisch.«

»Ach, ja?« Thore schmunzelte.

»Soll ich dich gleich ein bisschen herumführen?«, wechselte Solveig das Thema. Fragend schaute sie Mia an. »Ich könnte dich mit einigen Leuten bekannt machen. Außerdem müssen wir den Larssons den Kutter zurückbringen.«

Thore hob die Hand. »Eines nach dem anderen, Liebes. Zuerst erklärst du ihr, was sie zu tun hat. Danach sagst du ihr, mit wem sie es hier zu tun hat.«

Alle drei lachten und Mia stellte erfreut fest, dass Thore ihr gegenüber allmählich aufgeschlossener wurde.

Auch wenn sie es sich nicht einmal selbst eingestand, so musste Mia doch die ganze Zeit an Patrick Ekham denken. Sie versuchte, Solveig auszufragen, doch sie wusste kaum mehr als Mia selbst. Irgendwann war er einfach da gewesen in dem alten Fährhaus unten am Anleger. Zusammen mit seinen Hunden, die er offensichtlich zu Schlittenhunden ausbildete. Woher er kam, wie er seinen Lebensunterhalt bestritt, das wusste niemand. Aber er war oft und gerne das Gesprächsthema der Leute auf Liljehamn.

»Wie es eben so ist bei Menschen, die ein Geheimnis haben«, schloss Solveig.

»Vielleicht hat er überhaupt keine Geheimnisse, sondern will einfach nur seine Ruhe haben«, überlegte Mia laut. »Möglicherweise hat Thore recht und dieser Patrick Ekham ist nicht viel mehr als ein seltsamer Kauz.«

Solveig schien nicht überzeugt, gab aber zu, dass sie es viel romantischer fand, sich den jungen Mann mit einem Geheimnis vorzustellen. Es schien ihr aber aufzufallen, dass Mia ein ganz besonderes Interesse an diesem Patrick Ekham zeigte.

»Warum gehst du nicht zu ihm und bedankst dich bei ihm? Oder besser noch, du fährst zu ihm. Im Schuppen steht mein Fahrrad. Du kannst es dir ausleihen, wann immer du es brauchst.«

Mia fand die Idee gut, sich bei Patrick Ekham zu bedanken. Aber sie wollte nicht mit leeren Händen bei ihm erscheinen, immerhin hatte er wegen ihr in der vergangenen Nacht durch den dichten Nebel fahren müssen. Blumen schienen ihr unangebracht und kaufen wollten sie auch nichts. Das war ihr zu unpersönlich. Zu persönlich sollte es aber auch wieder nicht sein.

Als Solveig ihr erzählte, dass Thore nachmittags gerne Kuchen aß, wusste Mia, was sie Patrick mitbringen konnte. Solveig überließ ihr gerne ihre Küche und so backte Mia in der Mittagszeit zwei Kuchen. Einen für die Ljungströms und gleich auch noch einen für Patrick und sich. Sie hatte nämlich beschlossen, sich selbst an diesem Nachmittag bei Patrick zum Kaffee einzuladen. Er würde sie wohl kaum rauswerfen, wenn sie den Kuchen mitbrachte.

Am Nachmittag packte sie den Kuchen in ein Tuch und verstaute ihn in dem Korb auf Solveigs Fahrrad. Die Ljungströms wussten Bescheid, dass sie sich bei Patrick bedanken und anschließend den Kutter zurück zu den Larssons bringen wollte. Mia verschwieg allerdings, dass sie zum Kaffee bei Patrick Ekham bleiben wollte.

Es war ein schöner Nachmittag. Die Sonne schien, der nahende Sommer lag in der Luft.

Mia fuhr auf Solveigs Fahrrad den Kanal entlang. Motorboote lagen neben Segelbooten an den Anlegestegen. Der Kanal führte an der Rückseite der pastellfarben und rot gestrichenen Häuser vorbei. Mia freute sich über die blühenden Gärten.

Menschen winkten ihr fröhlich zu. »Hej, Pastorin«, bekam sie mehrfach zu hören. Sie kannte die Leute hier noch nicht, aber die meisten wussten bereits, wer sie war.

Solveig hatte ihr den Weg erklärt. Dort, wo der Kanal einen leichten Bogen machte, war eine Brücke. Mia überquerte den Kanal und bog in einen schmalen Waldweg ein, der sie geradewegs zu ihrem Ziel führte.

Das Fährhaus lag in einem malerisch verwilderten Garten. Der hintere Teil des Gebäudes war höher als der Eingangsbereich. Als Fährhaus war es einmal ein öffentliches Gebäude gewesen, aber dennoch nicht sehr viel größer als die Wohnhäuser auf der Insel.

Mia stieg vom Rad und schaute sich um. Vor ihr lag die alte Anlegestelle. Genau gegenüber hatte sie gestern gestanden und das erste Mal mit Patrick gesprochen.

Wenn sie den Kopf ein wenig nach links wandte, konnte sie den felsigen Strand und die Ostsee sehen. Ein Weg führte an den Felsen vorbei.

Die Stille wurde plötzlich von Hundegebell unterbrochen. »Go, go, go«, hörte sie eine Stimme laut rufen. Jetzt erschien ein Gespann in Mias Blickfeld. Patrick stand auf einem Trainingswagen, der von neun Hunden gezogen wurde. Snövit führte das Gespann an der Spitze.

»Easy«, rief er und dann ein lautes »Stay«. Die Hunde wurden langsamer und blieben genau vor dem Haus stehen.

Patrick stieg vom Trainingswagen. Snövit war der erste Hund, den er streichelte, bevor er ihn losmachte. Mia beobachtete fasziniert, wie Patrick sich danach zu jedem der Hunde hinabbeugte, ihn lobte und streichelte. Noch hatte er sie nicht bemerkt. Snövit hob die Nase, nahm ihre Witterung auf und kam zu ihr gelaufen.

»Hallo, Snövit.« Mia kraulte den Hund zwischen den Ohren.

Patrick schaute auf. »Hej«, sagte er ohne den Anflug eines Lächelns.

»Entschuldigen Sie bitte, dass ich Sie so überfalle«, sagte Mia unsicher. Sie spürte, dass ihm ihr Besuch nicht willkommen war. »Ich wollte mich nur für Ihre Hilfe bedanken. Ich hoffe, Sie mögen Kuchen.«

Patrick wirkte verwirrt. »Ja, mag ich«, sagte er nach kurzem Zögern.

Mia nahm das rundliche Päckchen aus dem Fahrradkorb und zog das Geschirrtuch ein wenig auseinander, damit er den Kuchen sehen konnte. »Meine Spezialität, Schoko-Mandelkuchen.« Mia lachte und gestand ihm: »Ich muss gestehen, dass ich nur diesen Kuchen backen kann.«

»Sie sind ja wie Rotkäppchen«, schmunzelte Patrick. »Sie kennen doch sicher das Mädchen, das in den Wald ging, um seine Großmutter zu besuchen.«

Allerdings hatte Rotkäppchen nicht nur einen Kuchen, sondern auch eine Flasche Wein dabei, dachte Mia. Sie nickte. »Ich kenne das Märchen. Hier gibt es aber keinen bösen Wolf, der mich frisst, sondern nur den guten Snövit, der mich rettet.«

Von einem auf den anderen Moment zog Patrick sich wieder in sich zurück. Das Lächeln auf seinem Gesicht erlosch. »Danke für den Kuchen«, sagte er. »Das wäre aber nicht nötig gewesen.«

Was hätte er gesagt, wenn sie ohne Kuchen gekommen wäre? Scher dich zum Teufel und lass mich in Ruhe? Seine ganze, plötzlich veränderte Haltung drückte genau das aus. So schnell konnte ein Mensch doch nicht seine Laune wechseln! Hatte sie etwas Falsches gesagt?

Mia war fest entschlossen, sich nicht so einfach verscheuchen zu lassen. »Ich habe leider keinen Kaffee dabei. Vielleicht haben Sie ja Kaffee im Haus. Wenn Sie es möchten, können wir den Kuchen zusammen essen.«

»Ich habe auch keinen Kaffee im Haus«, sagte er schnell. »Ist mir heute Morgen ausgegangen und ich habe es nicht geschafft . . ., ich bin nicht dazu gekommen . . .«, druckste er herum. Immerhin hatte er so viel Anstand, wegen dieser allzu offensichtlichen Ausrede verlegen zu werden. Er wollte sie nicht hier haben, das gab er ihr deutlich zu verstehen.

»Schon gut«, winkte Mia ab. »Wenn Sie mir noch schnell die Stelle zeigen könnten, an der ich in der Nacht das Boot gelassen habe, bin ich auch schon wieder weg.«

Unerwartet lächelte er wieder. »Ja«, stimmte er sofort zu. Es hob erkennbar seine Laune, sie so schnell wieder loszuwerden.

»Ich muss nur schnell noch die Hunde versorgen«, sagte Patrick. »Aber vorher bringe ich den Kuchen ins Haus. Ich habe keine Lust, ihn mit den Hunden zu teilen.«

Fassungslos starrte Mia ihm nach. Er ließ sie einfach hier stehen, kam nicht einmal auf die Idee, sie zu fragen, ob sie ihn nicht ins Haus begleiten wollte.

Es dauerte nur ein paar Minuten, bis er wieder nach draußen kam. Er vermied jeden Blickkontakt mit ihr, sagte auch kein Wort, während er die Hunde versorgte.

Mia wusste nicht, ob sie sich ärgern oder eher amüsiert sein sollte. Dieser Mann interessierte sie. Sie wollte auf jeden Fall herausfinden, was hinter seinem seltsamen Verhalten steckte.

Nach einer ganzen Weile war Patrick mit den Hunden fertig. Auch jetzt sprach er nicht mit ihr, sondern bedeutete ihr lediglich mit einer Handbewegung, ihm zu folgen. Snövit durfte sein Herrchen und Mia begleiten, alle anderen Hunde waren in einem großen Freilaufgehege untergebracht.

Patrick führte sie über die glatten Felsen am Ufer entlang. Mia musste aufpassen, um nicht auszurutschen. Anstatt auf ihre Füße zu schauen, hielt sie den Kopf hoch, weil sie sich nicht sattsehen konnte an dem Blick auf die Ostsee. Das Wasser wurde an diesem Teil der Insel wie in einer Bucht umschlossen. Bewaldete Uferbereiche lösten sich mit kahlen Felsen ab.

»Wie schön es hier ist«, sagte sie. »Ein bisschen einsam, aber die Landschaft ist traumhaft. Au«, stieß sie im nächsten Moment hervor. Sie war mit ihrem Fuß in einer Felsspalte hängen geblieben. Ein fester Griff von Patrick verhinderte, dass sie der Länge nach hinfiel.

»Ich habe dir doch gesagt, Sie ... du musst hier aufpassen.«

Seine Stimme klang streng, aber das störte Mia nicht. Sie registrierte zufrieden, dass er sie auf einmal duzte. Er hielt sie an der Hand, bis sie ihr Ziel erreichten. Wie in der vergangenen Nacht fiel ihr auf, dass seine Hand warm und trocken war. Der Druck seiner Hand verhieß Zuversicht und Stärke. Noch nie zuvor war sie einem so widersprüchlichen Menschen wie Patrick Ekham begegnet.

Leider war es nicht mehr weit bis zu ihrem Ziel. Patrick ließ ihre Hand los, als sie vor Per Larssons Kutter standen. Er sah zu, wie sie auf den Kutter kletterte und sich im Ruderhaus hinter das Ruder setzte.

»Danke, dass du mich hierher gebracht hast«, rief Mia ihm zu. »Hast du nicht Lust, ein bisschen mit rauszufahren? Ich könnte gut einen Lotsen brauchen.«

Patrick schüttelte nicht nur den Kopf, er trat auch noch einen Schritt zurück. »Das schaffst du schon.«

Mia ließ sich ihre Enttäuschung nicht anmerken. Sie winkte ihm zu, während sie ablegte, und wandte noch einmal den Kopf, bevor sie davonfuhr. Sie sah Patrick am Ufer stehen, er schaute ihr nach. Sein Gesicht blieb unbewegt, auf ihr Winken reagierte er nicht. Er wirkte einsam, wie er da stand, obwohl Snövit bei ihm war.

Mia fand die kleine Insel Weihnachten ohne Schwierigkeiten. Stina und Per Larsson freuten sich, sie zu sehen. Natürlich durfte sie auch diesmal die Insel nicht verlassen, ohne vorher mit den Larssons Kaffee zu trinken und Stinas hervorragenden Blechkuchen zu essen.

Mia fragte sich, ob Patrick jetzt ganz alleine in seinem Haus saß und ebenfalls Kuchen aß. Ob er dabei an sie dachte, so wie sie an ihn?

Per Larsson ließ es sich später nicht nehmen, Mia persönlich mit seinem Kutter nach Liljehamn zurückzubringen. Stina protestierte und auch Mia fand das viel zu gefährlich. Immerhin war Per Larsson am Tag zuvor davon überzeugt gewesen, sterben zu müssen. Der alte Mann überging grinsend die Einwände der beiden Frauen. Stina resignierte, bestand aber darauf mitzufahren.

Nach einer kurzweiligen Fahrt kamen die beiden anschließend noch mit ins Pastorenhaus. Solveig, vor allem aber Thore, freuten sich über diesen Besuch. Wahrscheinlich fühlte er sich ein wenig einsam, seit er sich schonen musste und sich um seine Gemeinde nicht mehr so aktiv kümmern durfte wie früher.

Stina und Per blieben sogar zum Abendessen. Mia spürte, dass Thore sie unablässig beobachtete. Es schien ihm zu gefallen, dass Per und Stina sie offensichtlich schon als Mitglied dieser Gemeinde betrachteten. Für Per zumindest schien festzustehen, dass sie für immer blieb.

Am nächsten Tag teilte Thore ihr mit, dass sie den Gottesdienst am kommenden Sonntag übernehmen sollte.

Mia freute sich. Es war lange her, seit sie als Pastorin einen Gottesdienst abgehalten hatte. Sie freute sich darauf und war gleichzeitig nervös. Sie ahnte, dass es auch für Thore nicht einfach war, und bat ihn um Hilfe. Nur zu gerne klärte Thore sie darüber auf, wie seine Gemeinde den Gottesdienst gewohnt war. Mia übernahm auch seine Anregungen bei der Ausarbeitung der Predigt.

Solveig war dankbar, weil Mia so viel Geduld mit Thore zeigte und sich sogar von ihm in ihre Arbeit reinreden ließ. Ein anderer Pastor hätte sich möglicherweise gegen diese Einmischung gewehrt. Mia hingegen fand es sogar ganz angenehm, dass der ältere Kollege sie an seinen eigenen Erfahrungen teilhaben ließ. Sie war nervös, als sie an ihren ersten Gottesdienst in Liljehamn dachte.

Von Patrick Ekham hatte sie nichts mehr gehört. Sie traf ihn auch nicht zufällig, wenn sie in Liljehamn unterwegs war. Irgendwann musste sie zu ihm gehen, um Solveigs Fahrrad zu holen.

Als Mia sonntags in die Kirche kam, stockte ihr kurz der Atem. Die kleine Kirche war bis auf die letzte Bank besetzt. Ganz hinten standen sogar einige Leute. Alle wollten sie die Pastorin sehen, von der Per Larsson erzählte, dass sie ganz bestimmt für immer bleiben würde.

Ganz vorn in der ersten Bank saß Thore. Mia bemerkte, dass Solveig ihm von ihrem Platz aus hinter der Orgel besorgte Blicke zuwarf. Thore nickte ihr aufmunternd zu. Er fühlte sich offensichtlich wohl.

Mias Nervosität verflog, sobald die ersten Klänge der Orgel die Kirche erfüllten. Sie schaute in ausnahmslos freundliche Mienen und spürte das Wohlwollen, das die Leute ihr entgegenbrachten. Sie hatte das Gefühl, dass sie genau auf dem Platz war, auf den sie auch gehörte.

Nach dem Gottesdienst verabschiedete Mia die Menschen an der Tür der offenen Kirche. »Gut gemacht«, flüsterte Thore ihr zu, als er zusammen mit Solveig nach draußen ging.

Viele kamen auf Mia zu, drückten ihr die Hand. Die alte Frau Svanblom beteuerte immer wieder, wie gut ihr der Gottesdienst gefallen hätte und ob Mia nicht in den nächsten Tagen einmal zu ihr kommen könnte.

Mia versprach ihr einen Besuch gleich am nächsten Tag. Ein junges Paar ging vorbei. Die Frau trug ein Baby auf dem Arm, lächelte Mia zu. Mia lächelte zurück. Es war so ein schöner Tag, sie fühlte sich wohl wie lange nicht mehr. Das Gefühl, angekommen zu sein, breitete sich in ihr aus, ergriff regelrecht Besitz von ihr, bis Mia sich entschieden dagegen wehrte. Nein, ermahnte sie sich selbst. Du darfst dich nicht zu sehr an Liljehamn und die Menschen hier gewöhnen. Dein Platz ist in Stockholm, da gehörst du hin.

Vier kichernde, junge Mädchen bauten sich vor ihr auf. Es war erstaunlich, wie viele junge Menschen hier den Gottesdienst besuchten.

»Machen Sie auch den Konfirmandenunterricht?«, wollte eines der Mädchen wissen.

»Solange, bis Pastor Ljungström wieder gesund ist«, bestätigte Mia.

»Cool.« Die Mädchen strahlten und stoben lachend davon.

»Das war ein feiner Gottesdienst, Pastorin.« Per Larsson hatte sich durch die Menschen bis zu ihr vorgeschoben, Stina folgte ihm. »Ich habe gleich gewusst, dass du genau die Richtige für uns bist.«

»Mia hat ihre Sache wirklich gut gemacht. Die Leute mögen sie, weil sie ein großes Herz hat.«

Thore lächelte und setzte sich an den Küchentisch. »Ich weiß, dass du sie magst.« Sein Blick verlor sich in weiter Ferne, dann sagte er leise: »Sie könnte unsere Tochter sein.«

Solveig schwieg. Sie wollte keine alten Wunden aufreißen,

nicht an das eine Kind erinnert werden, das sie verloren hatte, bevor es auf die Welt kam. Es war für beide, für Thore und sie selbst, der schmerzlichste Moment ihres Lebens gewesen, als der Arzt ihr nach der Fehlgeburt mitgeteilt hatte, dass sie niemals eigene Kinder haben würden. Es hatte ihr damals beinahe das Herz zerrissen und sie war sogar so weit gewesen, Thore freizugeben. Zu einem Pastor gehört eine Familie mit Kindern, hatte sie gesagt.

Thore hatte sich darauf nicht eingelassen. Er liebte Solveig und wahrscheinlich hatte er sich sogar eher mit ihrem kinderlosen Leben abgefunden als sie selbst.

Thore hatte recht, Mia könnte ihre Tochter sein. Das Kind, das nie geboren wurde, wäre heute etwa so alt wie Mia.

Solveig hätte sich eine Tochter wie Mia gewünscht, und es entging ihr nicht, dass auch Thore die junge Frau von Tag zu Tag mehr ins Herz schloss. Es wäre schön, wenn Mia für immer bleiben könnte.

»Weißt du, Thore, du wirst den Arzt ernst nehmen müssen. Du kannst dir die Arbeit nicht mehr zumuten.«

Eigensinnig schüttelte Thore den Kopf. »Ich höre nicht auf, bevor der heilige Göran wieder da steht, wo er hingehört.«

Erst eine Stunde nach dem Ende des Gottesdienstes konnte Mia sich auf den Heimweg machen. Ihr schwirrte der Kopf von den vielen neuen Eindrücken und den Leuten, die sie heute kennengelernt hatte. Alle wollten am nächsten Sonntag wieder zum Gottesdienst kommen.

Ein wundervoller Duft wehte ihr entgegen, als sie das Pastorenhaus betrat. Sie fand Solveig und Thore in der Küche.

»Das duftet wunderbar«, sagte Mia, als sie dazukam.

»Es gibt Fisch«, lächelte Thore ihr zu. »Gefüllt mit geheimnisvollen Kräutern aus Solveigs Garten.«

Solveig, die gerade aus dem Küchenfenster schaute, sagte: »Wir bekommen Besuch von Patrick Ekham.«

»Was will der denn hier?«, fragte Thore verblüfft. Er ließ es sich nicht nehmen, selbst zur Tür zu gehen und den unerwarteten Besucher zu empfangen. Kurz darauf kam er in Patricks Begleitung zurück in die Küche.

Patrick sah scheu von Mia zu Solveig. »Ich war gerade in der Nähe und da dachte ich, ich bringe mal den Teller zurück.«

Solveig nahm den Teller, den er ihr reichte. Patrick schaute Mia an. »Der Kuchen schmeckt richtig gut.« Dann verstummte er, schien nicht zu wissen, was er noch sagen sollte.

Es war Thore, der das Wort ergriff. Aufmunternd lächelte er Patrick zu. »Bleiben Sie doch zum Essen, Herr Ekham. Wir würden uns alle freuen.«

Solveig stimmte ihrem Mann sofort zu. Mia hielt sich zurück. Natürlich freute sie sich auch darüber, dass Patrick da war. Sie hatte so viel an ihn denken müssen. Aber dieser Mann verwirrte sie mehr, als es gut für sie war. Immer wenn sie das Gefühl hatte, dass sich eine ganz besondere Nähe zwischen ihnen entwickelte, stieß er sie zurück.

Gemeinsam deckten die Frauen den Tisch auf der Terrasse. Thore erzählte Patrick derweil von dem beschädigten St. Göran. Mia fragte sich, ob Patrick sein Interesse nur vorgab oder ob es echt war. Jedenfalls hörte er dem Pastor aufmerksam zu und stellte auch die eine oder andere Frage. Immer wenn ihre Blicke sich trafen, lächelte er.

Was will er hier?, fragte sie sich. War er wirklich nur wegen des Tellers gekommen oder hatte er seit ihrer letzten Begegnung so viel an sie denken müssen wie sie an ihn?

Auch während des Essens sprachen Thore und Patrick über die Restaurierung beschädigter Heiligenfiguren. Patrick schien wirklich Ahnung zu haben.

Solveig und Mia hörten zumeist schweigend zu, auch wenn

Thore immer wieder versuchte, die beiden Frauen in das Gespräch miteinzubeziehen. Mia bemerkte, dass Solveig Patrick ebenso beobachtete wie sie selbst.

Nach dem Essen wischte Thore sich mit einer Serviette den Mund ab. »Das war ausgezeichnet, Liebes«, lobte er Solveig.

»Ich habe lange nicht mehr so gut gegessen«, stimmte Patrick ihm zu. »Ich muss allerdings zugeben, dass ich ein ziemlich lausiger Koch bin.«

»Es macht aber auch keinen Spaß, alleine zu essen«, sagte Solveig. »Da würde sogar ich das Kochen aufgeben.«

»Sie wissen, was das bedeutet«, rief Thore launig aus. »Suchen Sie sich schleunigst eine Frau.«

Mia spürte, wie sich Patricks Haltung versteifte. Auf seinem Gesicht erschien wieder dieser abweisende Ausdruck, den sie nur zu gut kannte.

Selbst Solveig schien die Bemerkung ihres Mannes als überaus unpassend zu empfinden. »Thore«, mahnte sie und warf ihrem Mann einen ärgerlichen Blick zu. In diesem Moment klingelte das Telefon, Solveig entschuldigte sich und eilte ins Haus.

»Ich glaube, ich gehe dann jetzt«, sagte Patrick steif. »Vielen Dank für die spontane Einladung.«

»Kommen Sie doch auch mal in die Kirche«, sagte Thore.

Es war das erste Mal, dass Mia sich über den älteren Kollegen ärgerte. Die ganze Zeit über war er feinfühlig und behutsam mit Patrick umgegangen und jetzt zum Schluss folgte eine plumpe Bemerkung der anderen. Mia erhob sich.

»Ich glaube, Patrick muss jetzt wirklich gehen«, sagte sie.

Patrick lächelte ihr dankbar zu. »Ja, ich muss. Auf Wiedersehen, Pastor.« Beinahe fluchtartig verließ er den Garten. Durch die geöffnete Terrassentür war zu hören, dass er auch Solveig hastige Abschiedsworte zurief.

Mia sagte kein Wort und begann, den Tisch abzuräumen. Als sie Patricks Serviette hochhob, lag darunter sein Schlüsselbund.

Rasch nahm sie die Schlüssel und folgte ihm. Er wandte sich um, als sie seinen Namen rief. Mia blieb ein wenig atemlos vor ihm stehen. »Du hast deine Schlüssel vergessen.«

Als er die Schlüssel nahm, streiften seine Finger ihre Hand. Es fühlte sich an wie zärtliches Streicheln. Ihre Blicke versanken ineinander.

»Ja, also«, stammelte er umständlich, »wenn wir jetzt in Stockholm wären, würde ich dich fragen, ob du Lust hättest, mit mir ins Kino zu gehen.«

»Das hätte ich ganz sicher«, erwiderte Mia spontan.

»Ja ... Ehrlich gesagt, ich war schon lange nicht mehr in so einer Situation.« Patrick lächelte scheu. »Ich weiß nicht, was ... Ich meine ...« Er verstummte.

»Vielleicht hättest du Lust, nachts mit mir auf das Meer hinauszufahren«, kam Mia ihm zur Hilfe. Sie konnte sich nichts Romantischeres vorstellen, als eine Nacht draußen auf See. Um sie herum nur Wasser, über ihnen die funkelnden Sterne.

Es passierte das, was sie schon so oft bei Patrick erlebt hatte. Das Lächeln auf seinem Gesicht schwand. Stattdessen präsentierte er ihr wieder seine verschlossene Miene und seine abweisende Haltung. »Du hast noch dein Fahrrad bei mir«, war alles, was er auf ihren Vorschlag antwortete.

»Ich weiß«, erwiderte Mia hilflos. Sie wusste einfach nicht, wie sie mit Patrick umgehen sollte. Offensichtlich sagte sie immer wieder etwas Falsches, ohne zu wissen, was genau daran falsch war.

Mia war froh, dass in diesem Augenblick Solveig aus dem Haus kam. Suchend blickte sie die Straße entlang und kam zu ihnen, als sie Mia erblickte.

»Mia, du möchtest bitte zu Paula Sarby hinausfahren. Das ist die Frau, die mit dem süßen Baby in der Kirche war.«

Mia erinnerte sich an das junge Paar und die Frau, die das Baby auf den Armen trug.

»Paula möchte mit dir über die Taufe reden«, fuhr Solveig fort. »Du kannst Thores Boot nehmen.«

»Natürlich«, stimmte Mia sofort zu. »Wie komme ich denn zu ihr?«

»Das ist ein bisschen kompliziert.« Solveig überlegte, wandte sich an Patrick. »Sie kennen doch den Weg. Können Sie Mia nicht begleiten?«

Diesmal zuckte er regelrecht zurück. »Tut mir leid, aber ich habe einen wichtigen Termin. Der Tierarzt ...« Es schien, als wäre ihm die Ausrede gerade erst eingefallen. »Er kommt die Hunde impfen.«

»Schade«, sagte Mia. Es war allzu offensichtlich, dass er log, und er wusste, dass sie es wusste.

»Ja, schade«, stieß er abgehackt hervor, »aber es geht nicht.«

»Also, mir wäre schon wohler, wenn Mia da nicht alleine rausfahren würde.« Solveigs Blick war unverwandt auf Patrick gerichtet. Immerhin wurde er ein wenig rot. Es schien ihm peinlich zu sein, die Bitte der Frau abzulehnen, bei der er eben noch zum Essen eingeladen gewesen war. Trotzdem blieb er unerbittlich und schüttelte den Kopf. »Tut mir leid, es geht wirklich nicht. Auf Wiedersehen.« Er drehte sich um und ging, ohne noch einmal zurückzuschauen.

Mia sah ihm bedrückt nach. Was stimmte mit diesem Mann nicht? Je länger sie ihn kannte, umso drängender wurde diese Frage in ihr.

Auch Solveig schaute Patrick fassungslos hinterher.

»Das ist doch kein Problem«, sagte Mia.

»Nein, nein.« Solveig schüttelte bestimmt den Kopf. »Ich lasse dich beim ersten Mal auf keinen Fall alleine dahin fahren.« Obwohl sie mit Mia sprach, starrte Solveig noch immer in die Richtung, in die Patrick gegangen war. Inzwischen war von ihm nichts mehr zu sehen.

»Weißt du, Mia«, sprach Solveig genau das aus, was Mia eben

selbst gedacht hatte. »Ich würde zu gerne wissen, was mit diesem jungen Mann los ist.«

Am liebsten wäre Thore selbst mit hinaus zu Paula Sarby gefahren, aber das ließ Solveig nicht zu. Mia hegte den Verdacht, dass Solveig selbst das Bedürfnis hatte, ein bisschen hinauszukommen. Seit Thores Erkrankung war sie meist bei ihm zu Hause.

Solveig steuerte das schnittige Motorboot rasant hinaus auf die offene See. Mia stand neben ihr, sie streckte das Gesicht dem Fahrtwind entgegen.

»Thore ist ein richtiger Bootsnarr«, rief Solveig gegen das Motorengeräusch an. »Manchmal glaube ich, dass er die Stelle hier auf Liljehamn nur angenommen hat, damit er recht viel auf dem Wasser sein kann. Er hat die Bootsfahrten zu seinen Schäfchen geliebt.«

Mia wandte den Blick zu Solveig, als sie antwortete: »Er ist ein wunderbarer Pastor.«

»Ja, das ist er.« Solveig nickte stolz. »Die Leute lieben ihn und er liebt sie.«

»Er wird bestimmt wieder gesund.«

Solveig zuckte mit den Schultern. Es dauerte eine Weile, bis sie darauf antwortete. »Ich weiß genau, was der Arzt gesagt hat. Thore muss mit seinen Kräften haushalten. Er wird nie mehr auf die Kanzel zurückkehren können. Selbst wenn er wieder gesund wird, kann es nie mehr so sein, wie es einmal war. Es bereitet ihm große Sorgen, dass er noch keinen Nachfolger gefunden hat.« Solveig schaute Mia jetzt direkt an. »Oder eine Nachfolgerin.«

Mia wandte den Kopf ab und schaute wieder geradeaus auf das Wasser. Sie wusste nicht, was sie darauf antworten sollte.

Die Insel, auf der Paula Sarby mit ihrer kleinen Familie lebte, war um einiges größer als Weihnachten. Allerdings sehr viel kleiner als Liljehamn. Außer Paula und Rolf Sarby mit ihrer kleinen Tochter lebten noch drei weitere Familien auf der Insel.

Paulas Haus erinnerte Mia ein bisschen an Patricks Fährhaus. Zumindest von außen. Denn wie das Fährhaus von innen aussah, wusste sie nicht.

Das Haus der Sarbys war sehr gemütlich eingerichtet. Helle Wände, helle Möbel und eine wundervolle Standuhr zierten das Wohnzimmer. Paula erzählte Mia, dass sie die Uhr von ihrer Großmutter geerbt hatte. Sie bot ihren beiden Besucherinnen Kaffee an und holte anschließend ihre kleine Tochter dazu.

Das Baby war gerade sechs Wochen alt und auf der kleinen Insel geboren. Lachend erzählte Paula, wie nervös ihr Mann bei der Geburt gewesen war, zumal der Notarzt erst in letzter Sekunde eingetroffen war.

Mia konnte sich kaum sattsehen an dem kleinen, zerknautschten Gesichtchen. Vorsichtig strich sie mit der Hand über die Wange des Babys. »Sie ist wunderschön. Wie soll sie denn heißen?«

Paula Sarby lachte. »Wir sind uns immer noch nicht einig. Rolf will sie Lotta nennen und ich bin mehr für Beata.«

»Beata, die Glückliche. Ein schöner Name«, nickte Mia. »Was wünscht man seinem Kind mehr, als dass es glücklich wird.«

»Wann soll die Taufe denn stattfinden?«, wollte Solveig wissen.

Paula legte die Kleine in den Kinderwagen, während sie antwortete. »In vier Monaten, wenn meine Mutter Geburtstag hat.«

Mia und Solveig tauschten einen schnellen Blick aus. »In vier Monaten wird Thore die Taufe vornehmen«, sagte Mia. »Dann bin ich leider nicht mehr da.«

Paula, die gerade über den Kinderwagen gebeugt ihr Töchterchen sorgfältig zudeckte, sah überrascht auf. »Das verstehe ich nicht. Per Larsson hat gesagt, dass du Thores Nachfolgerin wirst.«

Mia wusste nicht, ob sie lachen oder sich ärgern sollte. Bisher hatte Per Larsson lediglich verkündet, er habe im Gefühl, dass die Pastorin für immer auf Liljehamn bliebe. Inzwischen schien er das aber als feststehende Tatsache zu verbreiten.

»Wir finden alle, dass du ganz gut zu uns passt«, fügte Paula noch hinzu.

Mia konnte dazu nichts mehr sagen. Sie saß einfach da und schüttelte den Kopf. Warum konnten die Leute sie nicht ihre eigene Entscheidung treffen lassen?

Solveig spürte, was in ihr vorging. Sie trat neben Mia und legte eine Hand auf ihre Schulter. »Du solltest dich nicht darüber ärgern, Mia. Es wird dir im Leben nichts Besseres passieren, als dass sich eine Gemeinde dich als Pastorin aussucht.«

Sein unfreundliches und für andere so unberechenbares Verhalten quälte ihn selbst am meisten, aber Patrick konnte einfach nicht anders. Es war ein Schutzwall, den er um sich herum aufgebaut hatte, und er brauchte ihn. Kein Mensch hier auf der Insel wusste, was er getan hatte, und so sollte es auch bleiben.

Eigentlich gab es nur einen Menschen, der wusste, was wirklich mit ihm los war. Und ausgerechnet dieser Mensch saß an dem Gartentisch vor dem Fährhaus, als Patrick in seinem Jeep dort vorfuhr.

Patrick sprang aus dem Wagen. »Was machst du denn hier, Max? Warum hast du nicht angerufen?«

Max blieb sitzen. Offensichtlich hatte er sich in der Küche selbst bedient. Vor ihm stand ein Teller mit Mias Kuchen.

»Sag bloß nicht, dass du dich nicht freust, Bruderherz«, grinste Max. Er hatte nicht sehr viel Ähnlichkeit mit seinem dunkelhaarigen Bruder. Er war blond und breitschultrig, in seinen blauen Augen lag ein fröhliches Leuchten.

»Ich dachte, ich schaue mal nach dir, bevor du hier ganz zum Einsiedler wirst«, fuhr er fort. »Aber offensichtlich bist du hier gar nicht so einsam, wie ich dachte.« Max wies auf den Teller vor sich. »Oder hast du diesen köstlichen Kuchen hier etwa selbst gebacken?«

Patrick nahm Max den Teller einfach weg. Zu seiner eigenen Verwunderung ärgerte er sich darüber, dass Max den Kuchen einfach genommen hatte. Es ging ihm dabei nicht um den Kuchen, musste er sich eingestehen, sondern darum, dass er von Mia stammte, und die hatte ihn ausschließlich für ihn gebacken.

Max lachte nur. »Du siehst eindeutig besser aus«, stellte er fest.

»Es ist okay«, stellte Patrick knapp fest und machte sich auf den Weg zum Haus, um den Kuchen zurückzubringen.

»Okay ist nicht gut.« Max schüttelte unzufrieden den Kopf. »Ich habe mich in letzter Zeit immer öfter gefragt, ob es nicht ein Fehler war, dir das Haus zu überlassen. Du musst mehr unter Leute, solltest dich hier nicht so vergraben.«

»Ich habe doch gesagt, es ist okay«, warf Patrick über die Schulter zurück.

Max ignorierte den Einwurf seines Bruders. »Und deshalb habe ich beschlossen, die Hütte zu verkaufen.«

»Was?« Patrick fuhr herum.

»Ja«, nickte Max bestätigend. »Dann musst du was tun. Dann bleibt dir gar nichts anderes übrig.«

»Du hast doch gesagt, ich kann hierbleiben, solange ich will«, regte Patrick sich auf. »Ich habe doch gerade erst alles renoviert.«

Max zuckte nur mit den Schultern.

Patrick ging ins Haus und stellte den Kuchen in den Kühlschrank. Er musste sich erst einmal sammeln. Mit beiden Händen stützte er sich anschließend auf dem Küchentisch ab. Er hatte sich hier eine neue Welt aufgebaut, die ihm das Gefühl von Sicherheit bot. Auch wenn diese Sicherheit in den letzten Tagen mehrfach durch seine eigenen Gefühle bedroht wurde, war es ihm unvorstellbar, von hier wegzugehen. Er hatte es nach der Katastrophe damals geschafft, neu anzufangen. Ein zweites Mal würde ihm das nicht gelingen.

Max war ihm in die Küche gefolgt. »Jetzt hör mir mal zu«, sagte er streng. Ganz so, als wäre er der ältere Bruder, dabei war er vier Jahre jünger als Patrick.

»Ich weiß, du hast Schweres durchgemacht, und ich kann auch verstehen, dass man nach so einer Katastrophe erst mal nichts mehr von der Welt wissen will. Aber so banal das klingt, das Leben geht weiter. Mir ist klar, dass du nie aufhören wirst, dir die Schuld an dem zu geben, was deiner Frau und deinem Sohn passiert ist. Aber niemand hat etwas davon, wenn du auch noch dein Leben wegwirfst.«

»Tu ich nicht«, flüsterte Patrick. »Ich führe jetzt ein anderes Leben. Mein altes Leben war an dem Tag zu Ende, als Timmi starb.« Tränen liefen über seine Wangen. »Als ich in seine verzweifelten Augen sah und ihn nicht retten konnte. Ich führe jetzt ein anderes Leben, finde dich damit ab.«

»Was ist denn das für ein Leben, das du hier führst? Du hast einfach alles aufgegeben: deinen Beruf, deine Interessen, deine Freunde und deine Kollegen. Du hast dir von niemandem helfen lassen!«, rief Max aufgebracht.

»Ich habe den Tod von zwei Menschen zu verantworten. Wie soll man jemandem helfen können, der seine Frau und sein Kind verliert? Wie soll das gehen?«, rief Patrick verzweifelt aus.

»Es war ein Unfall.« Max umfasste die Schultern seines Bruders und schüttelte ihn leicht. »Glaubst du wirklich, die beiden hätten gewollt, dass du dich so dafür bestrafst? Dass du hier wie ein Einsiedler lebst und Hunde züchtest? Emma hat dich geliebt. Sie wollte immer, dass du glücklich bist.«

Patrick ließ den Kopf sinken. »Und ich habe mich nie darum gekümmert, ob auch sie glücklich ist. Das werde ich mir nie verzeihen.«

Auf dem Rückweg sagten beide Frauen eine ganze Weile nichts. Auch diesmal steuerte Solveig das Motorboot. Mia hing ihren Gedanken nach und Solveig ließ sie gewähren. Mia spürte, dass Solveig sie hin und wieder prüfend von der Seite musterte.

»Ihr seid wirklich alle sehr nett zu mir«, sagte Mia.

»Ja, und sonst?«, kam es prompt von Solveig zurück.

»Was möchtest du denn sonst noch hören?«

»Könntest du dir vorstellen, für immer hier zu leben?«

»Ach, Solveig«, seufzte Mia auf. »Das ist alles nicht so einfach. Ich habe diesen Job in der Uni, außerdem meine Wohnung und meine Freunde in Stockholm.«

»Und einen Mann?«, wollte Solveig wissen. Es war das erste Mal, dass sie ihr so persönliche Fragen stellte.

Mia schüttelte den Kopf. »Wir haben uns getrennt.«

»Das tut mir leid«, sagte Solveig betroffen.

»Muss es nicht. Die Trennung war unausweichlich. Wir haben in letzter Zeit nur noch nebeneinanderher gelebt.« Von Markus' Affäre mit ihrer ehemals besten Freundin sagte sie nichts. Nicht, weil sie Solveig nicht vertraute. Sondern weil es ihr einfach nicht mehr wichtig genug war.

»Außerdem habe ich beschlossen, diese Trennung als Chance zu sehen«, fuhr Mia fort und fügte mit einem Seitenblick hinzu, »was aber nicht heißt, dass ich auch den Rest meines Lebens umkrempeln will.«

Inzwischen hatten sie ihr Ziel erreicht. Solveig steuerte das Motorboot an den Landesteg von Patricks Bootsschuppen, um

Mia aussteigen zu lassen. Mia hatte sie vor der Abfahrt gebeten, sie dorthin zu fahren, damit sie endlich das Fahrrad abholen konnte. Wahrscheinlich ahnte Solveig, dass es Mia nicht nur um das Fahrrad, sondern vielmehr um Patrick ging.

Was sie ihm sagen wollte, ob sie ihn vielleicht sogar direkt auf sein seltsames Verhalten ansprechen würde, das wusste Mia nicht. Es würde sich schon irgendwie ergeben. Vorsichtig balancierte sie über die glatten Felsen bis zu dem Weg, der zum Fährhaus führte. Schon von Weitem sah Mia einen fremden Mann. Patrick war nicht allein. Sie überlegte, ob sie umkehren sollte, doch da hatte Patrick sie bereits gesehen.

»Hallo, Mia.«

Mia ging zögernd weiter. »Hej. Ich wollte das Fahrrad abholen.«

Sie bemerkte, dass der fremde Mann sie neugierig musterte. Auch Patrick schien das aufzufallen. Er machte die beiden miteinander bekannt. »Das ist Mia Rosenblom. Sie vertritt den Pastor für eine Weile.« Patrick wies auf den Mann neben sich. »Mein Bruder Max.«

Immerhin hatte Patrick einen Bruder und der schien sich auch um ihn zu kümmern. »Freut mich, dich kennenzulernen.« Mia streckte Max die Hand entgegen.

»Mich auch.« Max schaute von ihr zu Patrick und wieder zurück. Mia fragte sich, was er gerade dachte.

»Ich bin dann mal wieder weg«, sagte er. Er schaute Patrick an, als er weitersprach. »Nimm mir bitte nicht übel, was ich dir gesagt habe. Ich mache mir halt Sorgen um dich.«

»Das musst du nicht«, murmelte Patrick. »Ich komme klar.«

Max hob den Zeigefinger. »Aber das Haus verkaufe ich trotzdem.«

Mia hatte schweigend zugehört. Als Snövit zu ihr kam, ging sie neben ihm in die Hocke und kraulte ihn. Vertrauensvoll schmiegte sich der Hund an sie.

Max verabschiedete sich von Mia und stieg in seinen Wagen. Patrick wartete, bis sein Bruder davongefahren war, bevor er sich Mia zuwandte. Mit keinem Wort ging er auf das ein, was sein Bruder gerade gesagt hatte. Stattdessen zeigte er auf Snövit.

»Normalerweise ist er sehr zurückhaltend. Es dauert lange, bis Snövit einem Menschen so sehr vertraut, dass er sich anfassen lässt.«

»Tatsächlich?« Mia freute sich, dass der Hund bei ihr offensichtlich eine Ausnahme machte. Wahrscheinlich spürte er einfach, dass sie Tiere liebte.

Patricks Blick verlor sich in weiter Ferne. »Bisher gab es nur einen Menschen, den er so schnell akzeptiert hat.«

Patrick zuckte zusammen, als würde ihm gerade erst bewusst, was er gesagt hatte. Hastig wechselte er das Thema. »Ich habe Kaffee gekauft. Möchtest du eine Tasse?«

»Gerne«, nickte Mia.

Schalk leuchtete plötzlich in seinen Augen auf. Es war das erste Mal, dass Mia so etwas bei ihm bemerkte.

»Ich glaube, ich habe auch noch ein Stückchen von einem ganz hervorragenden Schokoladen-Mandelkuchen.«

Mia lachte. »Dazu lasse ich mich gerne überreden.«

»Was macht Paulas Baby?«, wollte Thore wissen, als Solveig nach Hause kam. Er saß auf der Bank im Garten und wirkte eigentlich ganz zufrieden. Solveig war doch ein bisschen besorgt gewesen, ihn zu lange alleine gelassen zu haben. Aber allmählich schien Thore sich mit seinem Leben im Ruhezustand anzufreunden.

»Es ist ganz süß. Paula will es Beata nennen und Rolf hat sich für den Namen Lotta entschieden.«

Thore lachte laut auf. Es war in der ganzen Gemeinde kein

Geheimnis, dass Paula und Rolf Sarby nur selten einer Meinung waren. Eigentlich war es erstaunlich, dass die beiden sich so sehr liebten. Ihre Ehe hielt schon seit fünf Jahren und sie waren offensichtlich glücklich miteinander.

»Wird Mia die Kleine taufen?«, fragte Thore weiter.

Solveigs Miene verdüsterte sich. »Die Taufe soll erst in vier Monaten stattfinden.«

»Na, und?« Thore zuckte mit den Schultern.

»In vier Monaten wird Mia nicht mehr bei uns sein«, erinnerte ihn Solveig.

»Soll das heißen, ich muss mich dann schon wieder an jemand Neuen gewöhnen?«, fuhr Thore auf.

Solveig musste grinsen. Es war erst ein paar Tage her, seit Thore behauptet hatte, er könne sich Mia unmöglich als Nachfolgerin vorstellen. Sie hatte doch geahnt, dass er die junge Frau ganz schnell in sein Herz schließen würde.

»Mia hat ein Leben in Stockholm«, sagte sie ruhig. »Aber ich weiß, dass es ihr hier bei uns gut geht.«

Thore schüttelte unwillig den Kopf. »Sie hat das Zeug zu einer guten Pastorin. Ich werde es nicht zulassen, dass sie diese Fähigkeit nicht nutzt.«

Solveig setzte sich neben ihn auf die Bank und schmiegte ihren Kopf an seine Schulter. »Hätten wir eine Tochter gehabt, hätte sie so sein sollen wie Mia.«

Es wurde ein schöner Nachmittag. Patrick und Mia tranken gemeinsam vor dem Haus Kaffee und aßen den restlichen Kuchen. Patrick erzählte ihr dabei recht anschaulich, wie er dieses letzte Stück Kuchen vor seinem Bruder gerettet hatte.

Warum sein Bruder ihn aufgesucht hatte, weshalb Max sich um ihn Sorgen machte, darüber verlor Patrick allerdings kein Wort. Mia fragte auch nicht danach, weil sie nicht riskieren wollte, dass er sich wieder zurückzog. Sie erzählte ihm von ihrem Leben in Stockholm. Von der Arbeit im Institut und sogar von Markus und Hanna erzählte sie ihm. Mit nüchternen Worten, die ihr Inneres spiegelten und zeigten, wie viel Abstand sie inzwischen gewonnen hatte. Vielleicht traute Patrick ihr ja, wenn sie ihm bewies, dass sie ihm vertraute.

Mehrmals hatte sie das Gefühl, dass er mit sich rang. Ganz so, als überlege er, ihr etwas zu sagen. Dann verdüsterte sich seine Miene aber immer wieder, er wirkte in sich gekehrt. Er sah dann so aus wie bei den vielen Gelegenheiten, bei denen Mia das Gefühl gehabt hatte, dass sie ihm zu nahegekommen war, ohne zu wissen, womit sie seine Grenzen überschritten hatte. Aber trotzdem war es diesmal anders. Die innere Distanz, die sie in solchen Momenten sonst von seiner Seite gespürt hatte, baute sich heute nicht auf. Sie hatte das Gefühl, dass er sie heute näher an sich heranließ als jemals zuvor. Er bat sie sogar, noch ein bisschen zu bleiben, als sie sich nach dem Kaffee verabschieden wollte.

Als die Sonne unterging, zündete er ein Windlicht auf dem Tisch an. Die Luft war von einem weichen Schimmer erfüllt, die alle Schatten golden aufleuchten ließ. Das Rauschen der Wellen war zu hören, das leise Plätschern des Wassers, wenn es gegen das Ufer schlug.

Patrick holte eine Flasche Rotwein aus der Küche und brachte gleichzeitig einen tragbaren CD-Player mit. Er schob eine CD in das Gerät und schaltete es ein.

Klaviertöne vermischten sich mit dem Rauschen des Meeres.

»Kennst du das?«, fragte er leise.

»Chopin«, nickte Mia.

»Ich mag Chopin. Meine ...« Patrick brach ab, als hätte er wieder einmal zu viel gesagt. »Ich habe es schon immer gern gehört«, brachte er den Satz schließlich zu Ende.

»Spielst du Klavier?«, wollte Mia wissen.

»Nein, nicht wirklich.« Patrick lachte, er wirkte schon wieder gelöst.

Mia stand auf. Sie breitete die Arme aus und drehte sich um sich selbst. »Schön hast du es hier. Aber ist dir diese Ruhe nicht manchmal zu viel? Tag und Nacht, Sommer und Winter.«

»Nein.« Patrick schüttelte den Kopf. Er kam zu ihr, stand jetzt ganz dicht vor ihr. Seine Hand strich sanft über ihre Wange. Seine Nähe war warm und prickelnd, beruhigend und aufregend zugleich. Er stand jetzt so dicht vor ihr, dass sie seinen Atem spürte. Sie schmiegte ihr Gesicht in seine Hand, die immer noch ihre Wange streichelte. Seine dunklen Augen ließen ihren Blick nicht los, als er mit seinem Mund ihre Lippen berührte.

Es war eine kurze, zärtliche Berührung. Mia war davon überzeugt, dass sie ihm ebenso viel bedeutete wie ihr. Plötzlich ließ er sie wieder los. Er wandte ihr den Rücken zu. Mia trat hinter ihn, streichelte zärtlich über seine Schultern. »Wieso bist du so alleine hier, Patrick?«

»Ich bin eben ein Einzelgänger. Ich liebe die Einsamkeit. Außerdem brauchte mein Bruder damals jemanden, der auf sein Haus aufpasst«, sagte er abweisend.

»Entschuldige, ich wollte nicht indiskret sein.«

»Bist du nicht.« Patrick wandte sich ihr wieder zu, schaute sie aber nicht mehr an. »Ich will einfach nicht über mich reden. Männer haben damit ein Problem.«

Mia zog eine Augenbraue in die Höhe. »Dabei würde es manchen von euch ganz guttun, einmal zu reden.«

Es geschah von einer Sekunde zur nächsten. So wie Mia es immer wieder bei ihm erlebt hatte. Seine Miene verschloss sich, seine ganze Haltung versteifte sich. »Ich brauche das nicht«, sagte er kühl.

Er wusste, dass er sie verletzt hatte. Mia hatte sich ebenso kühl von ihm verabschiedet, wie er zuletzt mit ihr gesprochen hatte. Dabei gab es doch so vieles, was er ihr gerne sagen würde.

Patrick war völlig verwirrt. Er hätte es nicht für möglich gehalten, dass er noch einmal dazu in der Lage sein würde, eine Frau zu lieben. Er wollte das nicht, es durfte einfach nicht sein. Es half ihm kein bisschen über seinen alten Schmerz hinweg. Ganz im Gegenteil, es verschlimmerte alles nur noch. Er, Patrick Ekham, hatte einfach nicht das Recht, im Leben jemals wieder glücklich zu sein.

Ruhelos tigerte er durch das Haus. Auf dem Kaminsims lagen drei Bücher, die er hierhergebracht und nie wieder aufgeschlagen hatte. Es waren Bücher aus einem früheren Leben, die mit seinem Leben heute nichts mehr zu tun hatten. Sie handelten ausnahmslos von kostbaren Skulpturen und der Möglichkeit, sie zu restaurieren. Eines dieser Bücher hatte er selbst verfasst.

Mit den Büchern in den Händen ging er in die Küche und setzte sich an den Tisch. Ebenso wie die anderen Räume im Fährhaus, war auch die Küche lediglich zweckmäßig eingerichtet. Es gab alles, was er zum Leben brauchte. Einen Tisch, Stühle. Einen alten Schrank, in dem sich wenig Geschirr und etwas Besteck befanden. An der Wand über dem alten Herd, der noch mit Feuer beheizt wurde, hingen zwei verbogene Töpfe.

Patrick schlug eines der Bücher auf. Er blätterte darin und fand plötzlich die beiden Fotos, die er vor einigen Jahren selbst einmal in das Buch gesteckt hatte. Fotos, die von einer glücklichen Zeit zeugten.

Vor seinem Umzug hatte er alle Fotos in einem Karton verstaut und diesen hier oben auf den Speicher gebracht. Niemals wieder, das hatte er sich geschworen, würde er sich diese Fotos ansehen. Jetzt, wo sie ihm durch Zufall in die Finger fielen, konnte er einfach nicht anders. Wie unter Zwang nahm er die Fotos in die Hände und betrachtete sie.

Auf dem einen Bild war ein blonder Junge zu sehen. Er war etwa vier Jahre alt, lachte übermütig in die Kamera. Das andere Bild zeigte eine Frau. Sie war ebenso blond wie der kleine Junge und hielt das Kind auf dem Arm. Es waren die Gesichter, die ihn bis in seine Träume verfolgten.

Verzweiflung übermannte ihn. Tränen liefen über seine Wangen. Er ließ die Fotos fallen, schlug beide Hände vors Gesicht. Die Starre, die ihn so lange umfangen gehalten hatte, löste sich. Es war das erste Mal seit der Katastrophe, dass er weinen konnte.

Mia hatte sich in die kleine Kirche zurückgezogen. Möglicherweise waren Solveig und Thore noch auf. Aber sie konnte jetzt mit niemandem reden, konnte keine Fragen beantworten.

Sie setzte sich hinter die Orgel. Ihr Blick fiel auf das Notenblatt, das Solveig auf den Notenständer gelegt hatte. Ausgerechnet ein Prelude von Frédéric Chopin, in einer Bearbeitung für die Orgel.

Mia stellte die Orgel ein. Ihre Finger glitten über die Tasten. Auch wenn sie nicht so brillant wie Solveig spielte, wirkte die Musik beruhigend auf ihre aufgewühlten Gefühle.

Der Kuss heute hatte ihr gezeigt, was mit ihr los war. Mia machte sich nicht länger etwas vor. Sie hatte sich in Patrick verliebt. Was immer Patrick quälte, sie wäre gerne für ihn da. Aber solange er sie immer wieder von sich stieß, konnte sie ihm nicht helfen.

Am nächsten Morgen konnte sie Thore und Solveig wieder gegenübertreten. Sie hatte schlecht geschlafen in der vergangenen Nacht, aber nach einer ausgiebigen Dusche und mithilfe von ein wenig Make-up war ihr das nicht anzusehen. Sie kam den beiden zuvor und erzählte beim Frühstück von sich aus von dem vergangenen Abend. Davon, dass es nett gewesen sei und Patrick sich als angenehmer Gastgeber entpuppt hatte. Den Kuss und alles, was danach passiert war, verschwieg sie.

Um zehn Uhr hatte sie ihren ersten Konfirmandenunterricht. Mia freute sich darauf. Schon in Stockholm hatte sie gerne mit den Vikaren und Vikarinnen gearbeitet. Der Konfirmandenunterricht sah freilich ein wenig anders aus, aber es war die Arbeit mit jungen Menschen, die Mia zusagte.

Ihre Schüler warteten bereits vor der Kirche auf sie. Fröhlich kamen sie auf Mia zu. Sie erkannte die vier Mädchen, die sie nach dem Gottesdienst angesprochen hatten. Die Jugendlichen begrüßten sie alle mit Handschlag und nannten ihre Namen. Mia gestand lachend, dass es wahrscheinlich ein bisschen dauern würde, bis sie sich alle Namen gemerkt hatte.

Das Lachen blieb ihr im Hals stecken, als sie den Kopf hob und sah, wer soeben an den Grabreihen vorbei auf sie zukam.

»Geht doch schon einmal in die Kirche«, bat sie ihre Schüler. »Ich komme gleich nach.«

Lachend und übermütig stoben die Jugendlichen davon. Mia ging Markus langsam entgegen. Ihr Gesicht war unbewegt, sie strahlte Kälte aus. Sie blieb vor ihm stehen.

»Da hast du dir ja einen herrlichen Flecken Erde ausgesucht«, meinte Markus mit einer ausholenden Handbewegung. Er strahlte sie an, als hätte nie etwas zwischen ihnen gestanden.

Mia streckte das Kinn in die Höhe. »Was willst du?«

»Mia, wir sind doch erwachsen. Lass uns noch einmal reden.«

Mia trat einen Schritt zurück, als er die Hände nach ihr ausstreckte. »Wir haben uns nichts mehr zu sagen.«

»Du meine Güte«, fuhr er auf. »Ich weiß, dass alles meine Schuld ist. Ich kann einfach nicht vergessen, was zwischen uns war. Du kannst doch nicht einfach so davonrennen.«

Wenn sie nicht gegangen wäre, hätte er sie verlassen. Einfach so, ohne Rücksicht darauf, wie sie sich fühlte. Er hatte doch genau das bekommen, was er ohnehin haben wollte. Warum beließ er es nicht einfach dabei?

Markus blieb hartnäckig. Mia gab nur nach, weil sie ihre Konfirmanden nicht noch länger warten lassen wollte. »Wir treffen uns in zwei Stunden am Hafen«, sagte sie. »Da gibt es ein kleines Fischrestaurant.«

Was mache ich hier eigentlich?, fragte Patrick sich selbst. Es war wie ein Rausch, der ihn auf einmal erfasst hatte. Seit dem gestrigen Abend fühlte er sich lebendig wie lange nicht mehr. Er wusste nicht einmal, was er eigentlich vorhatte. In seinen alten Beruf zurückkehren? Bisher war das für ihn völlig ausgeschlossen gewesen.

Er zweifelte immer noch, ob es richtig war, seinen früheren Kollegen anzurufen, und als er ihn nicht sofort erreichte, nahm er das als Wink des Schicksals. Es sollte eben nicht sein.

Dann kam der Rückruf. Der Kollege hatte die Nummer von Patricks Handy auf seinem Display gefunden und freute sich offensichtlich, etwas von ihm zu hören.

Patrick antwortete kurz und knapp, es ginge ihm gut, als der Kollege sich vorsichtig danach erkundigte, und kam sofort auf den Grund seines Anrufes. »Es geht um die Figur des heiligen Göran in Liljehamn. Ich brauche dringend eine Farbanalyse. Ich bin mir ganz sicher, dass die Skulptur von Herrmann Rode ist, aber die Bemalung dürfte von Guido Reni stammen. Der hat im 17. Jahrhundert die Fresken in der Kirche gemalt.«

Der Kollege versprach, sich so schnell wie möglich darum zu kümmern. Für eine Farbanalyse würde er später aber eine Probe benötigen.

Patrick war zufrieden, als er das Gespräch beendete. Er wollte sich den heiligen Göran noch einmal selbst ansehen. Irgendwo ganz tief in ihm war die Hoffnung, dass er dabei auf Mia traf.

Markus hatte einen Tisch direkt am Wasser ausgewählt. Er stand auf, als Mia auf ihn zukam. »Schön, dass du gekommen bist. Ich habe uns eine Kleinigkeit zu essen bestellt.«

»Ich weiß nicht, was das überhaupt soll«, sagte Mia unzufrieden, ließ aber doch zu, dass Markus ihr einen Stuhl zurechtrückte.

Markus blickte sie bewundernd an. »Du siehst gut aus. Du scheinst es richtig zu genießen, dass du mich los bist. Oder ist es nur die gesunde Luft hier draußen?«

»Bitte, Markus, ich habe keine Lust auf Smalltalk. Was willst du?«

»Ich will, dass du uns beiden noch ein bisschen Zeit gibst. Wir haben noch nicht einmal über das reden können, was passiert ist. Plötzlich war alles vorbei.«

»Für dich kam das ja alles nicht so plötzlich. Du hast für dich und Hanna ein Haus gekauft. Heimlich, hinter meinem Rücken.«

In einer hilflosen Geste hob er die Hände. »Vielleicht war das falsch.«

Mia erinnerte sich daran, dass er auch im letzten Jahr erst richtig um sie gekämpft hatte, als sie ihn verlassen wollte. Konnte er es einfach nicht ertragen, dass sie es war, die ihn verließ?

»Weiß du eigentlich, wie oft du mir in den ganzen Jahren gesagt hast, dass du mich liebst?«, sagte sie. »Mehr als drei Mal waren es nicht. Nein, Markus, das mit uns ist vorbei.«

Markus hielt sie nicht zurück, als sie aufstand, um zu gehen. Mia entfernte sich ein paar Schritte, als ihr noch etwas einfiel. Sie kehrte zurück an den Tisch, ignorierte sein siegessicheres Lächeln.

»Sag mal, kennst du eigentlich einen gewissen Paul Lagfeld?«

Das Lächeln auf seinem Gesicht gefror, als ihm klar wurde, dass sie nicht seinetwegen zurückgekommen war. »Ja, sicher«, nickte er. »Paul Lagfeld ist einer der besten Restauratoren der Welt.«

»Kannst du mir sagen, wo ich ihn finde?« Wenn Markus die Adresse dieses Restaurators hatte, kam wenigstens etwas aus diesem unerfreulichen Treffen heraus. Thore würde sich freuen.

Markus schüttelte den Kopf. »Keine Ahnung. Er ist vor einigen Jahren einfach so verschwunden und niemand weiß, wo er jetzt lebt.«

»Danke«, nickte Mia enttäuscht und wandte sich ab. Das alles hatte Thore ihr auch schon erzählt. Und dieses Mal ging sie endgültig. Sie wandte nicht einmal mehr den Kopf, obwohl sie spürte, dass Markus ihr nachschaute.

Mia fuhr zuerst zurück zur Kirche, um einige Vorbereitungen für den Gottesdienst am nächsten Sonntag zu treffen. Zu ihrer Überraschung traf sie dort auf Patrick. Er stand im Seitenschiff, wo Thore die zerbrochenen Teile des heiligen Göran aufbewahrte. Patrick hielt eines der Teile in der Hand und betrachtete es aufmerksam. Als er Mia bemerkte, legte er das Teil hastig zurück.

»Was machst du denn hier?«, fragte Mia.

Er lächelte sie ein wenig schuldbewusst an. Wahrscheinlich dachte er gerade ebenso an den vergangenen Abend wie sie. »Ich habe dich überall gesucht. Ich habe ein Geschenk für dich.« Patrick zog eine CD aus der Jackentasche.

Mia schaute auf das Cover. »Chopin?«

Patrick nickte. »Eine alte Horowitz-Aufnahme aus den Fünfzigern. Für mich die beste, die es gibt.«

»Vielen Dank, ich freue mich!« Nicht nur über die CD, fügte sie in Gedanken hinzu, sondern ganz besonders darüber, dass du gekommen bist. Mia wies auf die zerstörte Skulptur. »Was hältst du von unserem Heiligen?«

»Ja«, sagte er gedehnt, »ich kenne mich nicht besonders gut aus, aber es ist bestimmt schwer, die Figur zu restaurieren.«

»Du, ich muss dich etwas fragen«, begann Mia vorsichtig. »Meine Konfirmanden haben mir erzählt, dass sie sehr neugierig auf deine Schlittenhunde sind.«

»So?« Wenn Patrick ahnte, worauf sie hinauswollte, so kam er ihr kein bisschen entgegen. Er ging allerdings auch nicht sofort wieder in seine Abwehrhaltung.

»Ich habe ihnen versprochen, dich zu fragen, ob wir mal zu dir rauskommen dürfen.« Mia schaute ihn bittend an.

»Gerne«, stimmte er zu ihrer Überraschung sofort zu. »Komm doch am Samstagabend vorbei, dann besprechen wir alles.«

Markus war wütend, weil Mia ihn einfach so sitzen gelassen hatte. Im Restaurant, in ihrem gemeinsamen Leben ...

Er war es nicht gewohnt, verlassen zu werden. Wenn überhaupt, war er es, der den Schlussstrich zog.

Zu dumm, dass sie die Sache mit dem Haus mitbekommen hatte. Dabei war Markus keineswegs sicher gewesen, ob er überhaupt eines der Häuser kaufen wollte. Eigentlich hatte er dieses Treffen mit dem Makler nur arrangiert, um Hanna ruhigzustellen. Sie war ungeduldig geworden, hatte Entscheidungen von ihm verlangt, die er nicht treffen wollte.

Eigentlich war doch alles ganz schön gewesen, so wie es war. Zu Hause die genügsame, friedliche Mia, außer Haus die aufregend kapriziöse Hanna. Von ihm aus hätte es ewig so weitergehen können.

Über eine Stunde blieb Markus in dem Restaurant. Er war viel zu aufgebracht, um sofort zurück nach Stockholm zu fahren, und ärgerte sich über sich selbst. Nicht, weil er Mia betrogen hatte, sondern weil er so dumm gewesen war, sich dabei erwischen zu lassen. Schließlich bezahlte er und ging zu seinem Wagen am Rande des Hafens. Er wollte gerade einsteigen, als er auf der gegenüberliegenden Seite einen Mann aus einem Geschäft kommen sah. »Das gibt es doch nicht«, murmelte Markus. Er beobachtete den Mann, wie er in seinen Jeep stieg und davonfuhr.

Markus schüttelte den Kopf. Sobald er zurück in Stockholm war, musste er dringend etwas überprüfen.

Während sie Markus' Besuch längst aus ihren Gedanken verbannt hatte, schwang das Treffen mit Patrick in ihr nach. Sie hatte das Gefühl, dass sich bei ihm etwas veränderte. Er hatte diese Abwehrhaltung selten eingenommen. Zumindest ihr gegenüber, was ihr zu Hoffnung Anlass gab, dass dies auch ein wenig an ihr lag. Mia lächelte auf dem ganzen Heimweg versonnen vor sich hin.

Sie hatte Solveig versprochen, pünktlich nach Hause zu kommen. Nach Thores Erkrankung hatte sich Solveig heute das erste Mal wieder mit einer Freundin verabredet. Mia hatte sie dazu gedrängt und ihr versprochen, sich ein wenig um Thore zu kümmern.

Thore war es gewohnt, nachmittags seinen Kaffee zu trinken. Nur zähneknirschend hatte er akzeptiert, dass der Kaffee jetzt gegen Tee eingetauscht werden musste. Ihm zuliebe verzichtete Mia selbst an diesem Nachmittag auf ihren Kaffee und stellte eine zweite Teetasse auf das Tablett.

Thore hatte es sich im Wintergarten gemütlich gemacht. Er saß in einem der beiden Ohrensessel, die Decke über den Knien. Er ließ die Zeitung sinken, als Mia mit dem Tablett in den Raum kam.

»Wie haben dir deine Konfirmanden gefallen?«

»Sehr gut«, gab sie die Antwort, die er augenscheinlich auch erwartete. Mia füllte seine Tasse mit Tee und reichte sie ihm, bevor sie ihre eigene Tasse füllte. Sie nahm in dem zweiten Ledersessel Platz und nippte an ihrem Tee.

»Die jungen Leute sind aufgeweckt und interessiert«, teilte sie Thore ihre Eindrücke mit. Sie machen sich Gedanken über sich und die Welt.« Bewundernd schaute sie den älteren Kollegen an. »Das haben Sie sehr gut hingekriegt, Thore. Die jungen Leute schwärmen regelrecht von Ihnen.«

Thore lächelte ihr zu. »Ich finde, du solltest mich langsam auch duzen«, bot er an. Er trank einen Schluck aus seiner Tasse, musterte Mia dabei prüfend.

»Du siehst wunderschön aus. Jeden Tag ein bisschen schöner.«

Mia schmunzelte. »Und Sie ...«, sie brach ab und fuhr nach einer kurzen Pause fort, »Du meinst, das hat mit meiner Arbeit hier zu tun?«

»Unbedingt.« Thore betrachtete ihr Gesicht nachdenklich. »Wenn auch nicht ausschließlich. Das Leuchten in deinen Augen könnte auch eine andere Ursache haben. Hast du herausbekommen, was mit ihm los ist?«

»Mit wem?«, stellte Mia sich ahnungslos, obwohl sie genau wusste, wen Thore meinte.

»Mit Patrick Ekham«, kam es da auch prompt. »Da muss etwas in seiner Vergangenheit sein, was ihn belastet. Aber das brauche ich dir ja nicht zu sagen, das spürst du doch selbst.«

Mia zuckte erst mit den Schultern, nickte dann aber. Sie gab zu, dass sie selbst nicht viel über Patrick wusste. »Ich habe ihn mit seinen Schlittenhunden gesehen«, war alles, was sie Thore sagen konnte. »Er liebt sie und die Hunde lieben ihn.«

Beide schwiegen danach, hingen eine Weile ihren Gedanken nach.

»Gib doch zu, dass du dir ein Leben hier auf Liljehamn durchaus vorstellen könntest«, sagte Thore plötzlich.

Mia schaute ihn an, zuckte nur mit den Schultern. Ja, sie hatte darüber nachgedacht. In den letzten Tagen sogar immer öfter. Im Moment war es aber immer noch ein zu großer Schritt, all das aufzugeben, was sie sich inzwischen in Stockholm erarbeitet hatte.

»Als ich damals mit meinem Studium anfing, da konnte ich mir auch nicht vorstellen, dass ich mal eine Pfarre in Schweden übernehme. Ich sah mich vielmehr als Missionar in Afrika. Tief im Busch, bei Menschen, die wirklich meine Hilfe brauchen«, fuhr Thore fort. »Es hat eine ganze Weile gedauert, bis ich erkennen konnte, wo mein Platz ist. Es war wie ein Wink von oben.«

Mia hörte ihm aufmerksam zu. Es war das erste Mal, dass Thore ihr gegenüber so viel von sich preisgab.

Thore lächelte verhalten. »Ich kam in diese Kirche und da sah ich den heiligen Göran. Ich war wie vom Blitz getroffen ... Diese Figur, die alles in sich trägt, Würde, Stolz, Leidenschaft, Kampfbereitschaft und Mut. Von einer Sekunde zur anderen wusste ich, hier gehöre ich her.«

Vielleicht war es genau das, was sie auch brauchte. Eine Art Blitzschlag, der ihr zeigte, wo sie hingehörte. Mia seufzte tief auf.

»Mia, ich glaube ja, dass du eine gute Theologin bist und dass deine Forschungen wichtig sind, aber glaubst du wirklich, das ist das Leben, das dir bestimmt ist?«

Mia schüttelte langsam den Kopf. »Ich wollte schon immer Pastorin werden, schon als junges Mädchen. Aber als ich einfach keine Stelle gefunden habe, da habe ich mir etwas anderes gesucht, was mich interessiert. Die Forschung.« Wieder seufzte Mia laut auf. »Ja, und jetzt fehlt mir vielleicht der Mut, so viel Verantwortung zu übernehmen.«

Markus griff sofort zum Telefon, als er in der Galerie ankam, und rief einen Kollegen an. Als der Kollege erfuhr, wen Markus gesehen haben wollte, konnte er es zuerst nicht glauben.

»Er war es, da bin ich mir hundertprozentig sicher«, rief Markus aufgeregt in den Hörer. »Ich kenne ihn schließlich von Vorträgen und Kongressen. Offensichtlich lebt er jetzt auf Liljehamn. Ich frage mich nur, warum das niemand weiß.«

Der Kollege schlug vor, die Medien zu informieren, doch damit war Markus nicht einverstanden. »Keine Presse, warte erst noch ab. Das ist mir alles noch viel zu vage. Ich schaue mal, ob ich mehr herausfinden kann.«

Thore lächelte sie vielsagend an, als sie sich am Samstag verabschiedete, um zu Patrick zu fahren. Er sagte aber kein Wort, versagte sich jede Anspielung.

Mia trug ein hübsches Sommerkleid, das ihre schlanken Beine sanft umspielte.

Patrick kam ihr bereits auf dem Weg zum Fährhaus entgegen. Er wirkte aufgeregt und schien sich auf ihren Besuch ebenso zu freuen, wie sie sich darauf freute, ihn wiederzusehen.

»Hej«, begrüßte Mia ihn fröhlich. »Ich habe schon etwas vorbereitet, wie wir den Besuch der Konfirmanden bei deinen Hunden gestalten können.«

Patrick lächelte geheimnisvoll. »Ich habe auch schon etwas vorbereitet.« Er griff nach ihrer Hand und zog sie ins Haus. Es war das erste Mal, dass Mia das Fährhaus betrat. Bereits an der Tür wehte ihr ein appetitlicher Duft entgegen. Patrick ließ ihre Hand los und ging voraus in die Küche. Mia folgte ihm. Erstaunt sah sie, wie er einen Deckel von einem der Töpfe auf dem Herd nahm und darin rührte.

»Was ist das denn?«

Er lächelte stolz. »Ich dachte, wir essen erst eine Kleinigkeit.«

»Ich wusste gar nicht, dass du kochen kannst.«

»Kann ich auch nicht«, gestand Patrick. »Aber ich kann lesen. Also habe ich mir in der Buchhandlung ein Kochbuch gekauft.«

Er griff wieder nach ihrer Hand und zog sie in den Raum nebenan. Alles war einfach und spartanisch eingerichtet. In der Küche war gerade das Nötigste vorhanden und auch der Wohnraum nebenan mit der anschließenden Essecke war nur spärlich möbliert. Ein breites Sofa vor dem Kamin. Eine Truhe, die als Tisch diente. In der Ecke unter dem Fenster standen Kartons, die Patrick seit seinem Einzug noch nicht ausgepackt hatte. Links war die Essecke, die aus einem Tisch und vier Stühlen bestand. Trotz aller Einfachheit war Mia überwältigt. Patrick hatte den Tisch gedeckt. Mit Rosen und Kerzen, deren Licht sich in dem Porzellan widerspiegelte.

Mia trat einen Schritt näher an den Tisch heran. »Das hast du alles für mich gemacht?«

Patrick kam zu ihr. Seine Finger berührten sacht ihre Hand. Mia drehte sich zu ihm um. Sein Blick war ernst, verriet, was er für sie empfand. Mia streichelte über seine Stirn. Ihr Finger zog sanft über seine Augenbraue, die Wange, hinunter zu seinen Mundwinkeln. Leicht öffnete sie die Lippen, als sich sein Gesicht dem ihren näherte. Sie zitterte leicht vor Erregung, als er sie küsste, seine Zunge sich in ihren Mund tastete. Sie spürte seine Hände auf ihrem Körper, sanft und warm. Noch nie zuvor hatte sie einen Mann so sehr begehrt wie ihn.

Inzwischen war es draußen dunkel geworden. Der Mond schickte einen leuchtenden Streifen über das Meer. Die Wellen rauschten leise. Mia zog die Decke ein wenig höher und schmiegte ihren nackten Körper an Patrick. Entspannt schlief sie in seinen Armen ein.

Ganz früh am nächsten Morgen wachte Mia auf. Sie war allein. Lauschend hob sie den Kopf. Patrick fehlte ihr. Seine Nähe und Wärme, die sie die ganze Nacht gespürt hatte. Sie wickelte die Decke um ihren Körper, als sie aufstand.

»Patrick«, rief sie, erhielt jedoch keine Antwort. Sie suchte nach ihm in der Küche, doch dort war er nicht. Als sie zurück in den Wohnraum ging, fiel ihr Blick auf die Treppe am Ende des Raumes. Neugierig ging sie nach oben.

Nur ein Bett befand sich in dem Raum, mit einem kleinen runden Tisch daneben. Mia sah mehrere aufgeschlagene Bücher auf dem Tisch und ging näher heran. Sie nahm eines der Bücher hoch, las den Titel. Ein wenig verwundert nahm sie zur Kenntnis, dass Patrick sich offensichtlich für die Restauration alter Kunstgegenstände interessierte. Er war wirklich ein Mann voller Überraschungen.

»Hej«, vernahm sie seine zärtliche Stimme hinter sich.

Mia legte das Buch zurück und drehte sich um. »Hej. Ich habe dich gesucht.«

»Hast du gut geschlafen?«, fragte Patrick.

Mia nickte. »Und du?«

»So gut wie schon lange nicht mehr.« Er warf ihr ein Kleidungsstück zu, das er mit raufgebracht hatte. »Zieh das an und komm runter.«

Mia entrollte einen dunklen Overall. »Was hast du vor?«

Patrick grinste sie an. »Die Hunde sind schon ganz ungeduldig.«

»Go, go, go«, feuerte Patrick hinter ihr die Hunde an. Mia hatte vor ihm auf dem Sitz des Trainingswagens Platz genommen, der von einem Rudel Hunde in atemberaubendem Tempo gezogen wurde. Snövit war als Führer an der Spitze des Rudels eingespannt. Die Hunde hinter ihm liefen in Zweierreihen.

Zuerst war es einfach nur ungewohnt, aber nach ein paar Minuten entspannte sie sich. Patrick wusste genau, was er zu tun hatte, und Snövit setzte jeden seiner Befehle sofort um.

Der Weg führte vorbei am Ufer bis zu einem Felsplateau, das bis ins Meer hineinreichte. Hier ließ Patrick die Hunde anhalten. Auch diesmal lobte er jeden Einzelnen von ihnen, bevor er eine Decke aus einem Beutel nahm und sie auf dem Felsen ausbreitete.

Mia drehte sich einmal um sich selbst, um die Landschaft aus allen Perspektiven zu betrachten. »Herrlich ist es hier.«

Als Patrick seinen Rucksack abnahm und sich auf die Decke setzte, nahm sie neben ihm Platz. Er zog eine Thermoskanne aus seinem Rucksack, schraubte den Becher vom Verschluss und füllte ihn mit heißem, dampfendem Kaffee. Mia sah Patrick unverwandt an, während sie den Becher dankbar annahm, einen Schluck trank und ihm den Becher zurückgab. Sie hatte ihn noch nie so gelöst gesehen wie an diesem Morgen. Gleichzeitig wirkte er sehr verletzlich. Zärtlichkeit und Rührung erfüllten sie. Sie hob die Hand und streichelte über sein Gesicht. Patrick beugte sich zu ihr hinüber und küsste sie.

Mia hätte am liebsten einen lauten Fluch ausgestoßen, als in diesem Moment ihr Handy klingelte, das Patrick auf ihre Bitte hin in den Rucksack gesteckt hatte, damit sie im Notfall erreichbar war. Jetzt wünschte Mia, sie hätte das Handy einfach im Fährhaus gelassen.

»Entschuldige bitte.« Mia nahm das Gespräch an. Sie zog eine Grimasse, als sie Markus' Stimme vernahm.

»Ich will nicht mehr mit dir sprechen«, sagte sie bestimmt.

»Vielleicht weiß ich, wo dieser Paul Lagfeld ist«, sagte Markus. »Soll ich mich bei dir melden, wenn ich mehr weiß?«

Mia hatte das Gefühl, dass Markus' Stimme lauernd klang. Aber vielleicht bildete sie sich das auch nur ein.

»Ja«, sagte sie, um gleich darauf das Gespräch zu beenden.

Wahrscheinlich nutzte er hier nur eine günstige Gelegenheit, um wieder Kontakt mit ihr aufzunehmen. Sie glaubte nicht wirklich daran, dass Markus etwas in Erfahrung bringen würde.

»Das war Markus, mein Exfreund«, erklärte sie Patrick. »Er leitet eine Galerie in Stockholm und ich hatte ihn nach einem Restaurator gefragt wegen des heiligen Göran.«

»Kann er dir helfen?«, fragte Patrick.

Mia schüttelte den Kopf. »Es sieht nicht danach aus. Ich wollte von ihm wissen, ob er diesen Restaurator kennt, den Thore unbedingt haben will.« Mia hob hilflos beide Hände. »Dieser Mann ist einfach verschwunden, das musst du dir mal vorstellen! Lagfeld, einer der besten Restauratoren dieser Welt, ist plötzlich wie vom Erdboden verschluckt. Zusammen mit seiner Frau und seinem Kind.«

»Es gibt ja noch andere Restauratoren als diesen Paul ... Ich meine diesen Lagfeld«, verbesserte Patrick sich schnell.

Mia sah ihn erstaunt an. »Er heißt tatsächlich Paul. Woher weißt du das?«

Patrick zuckte mit den Schultern. Er schaute an ihr vorbei auf die See. »Vielleicht habe ich mal etwas über ihn gelesen.«

Mia erinnerte sich an die Bücher, die sie auf dem Tisch neben seinem Bett gesehen hatte, und gab sich mit dieser Antwort zufrieden. Als sie einen Blick auf ihre Armbanduhr warf, schrie sie erschrocken auf. »Ich muss los, Patrick! In einer halben Stunde fängt der Gottesdienst an.«

Patrick stand sofort auf.

»Hast du keine Lust, mit mir zur Kirche zu kommen? Ich würde mich wirklich freuen.«

Patrick schüttelte mit bedauernder Miene den Kopf. »Na ja ... Ich würde mal sagen, meine Beziehung zu Gott ist ein bisschen problematisch.«

Mia ließ sich nicht anmerken, dass sie enttäuscht war. Aber ihr war es wichtig, dass die Mitglieder der Gemeinde aus freien Stücken in die Kirche kamen, und das galt schließlich auch für Patrick.

Patrick hatte Mia noch bis zur Kirche gebracht. Es erfüllte ihn mit Stolz, als er sah, mit welcher Freude die Leute sie begrüßten. Er ertappte sich bei dem Wunsch, ebenfalls in die Kirche zu gehen. Und das nicht zum ersten Mal. Schon oft hatte er vor Beginn des Gottesdienstes vor der Kirche gestanden, doch dann immer wieder an das denken müssen, was passiert war, und sich wieder abgewandt.

Auch diesmal verließ ihn der Mut. Als er nach Hause kam, traf sein Bruder gerade ein, dieses Mal kam er mit dem Boot. Schon von Weitem rief er Patrick zu: »Ich habe einen Interessenten für mein Haus. Der würde mir jede Menge Geld dafür zahlen.«

Patrick reagierte nicht. Sein Blick glitt über das Wasser hinweg, verlor sich in der Ferne.

Max hatte ihn jetzt erreicht und stand vor ihm. »Du hörst mir ja überhaupt nicht zu.«

Patrick sah seinen Bruder fragend an. Er hatte tatsächlich nicht mitbekommen, was Max gesagt hatte.

»Was ist denn los?«, fragte Max. Er betrachtete seinen Bruder prüfend. »Ist es wegen dieser Frau? Der Pastorin?«

Wie ertappt wandte Patrick sich ab und ging zum Haus. Max folgte ihm. »Du bist verliebt«, stellte er fest. »Das ist ja großartig!«

Patrick lächelte schwach. »Ich hätte nicht gedacht, dass mir so etwas noch einmal passiert.« Gleich darauf wurde sein Blick ernst. Er schüttelte den Kopf. »Ich weiß nicht, ob ich das kann.«

»Du kannst das«, beschwor Max ihn. »Tu es. Bitte, lebe endlich wieder.«

Patrick ließ die Schultern sinken. Er schaute an seinem Bruder vorbei. »Und wenn es wieder passiert? Wenn ich ihr nicht helfen kann? Wenn ich auch sie verliere?«

»Du hast Angst. Das ist normal«, sagte Max. »Mein Gott, freu dich doch, dass du ihr begegnet bist. Liebt sie dich denn auch?«

»Ich weiß es nicht«, erwiderte Patrick. »Aber das spielt auch keine Rolle. Ich bin noch viel zu sehr belastet mit meiner eigenen Geschichte. Mia hat einen Mann verdient, der nicht so einen Berg an Schuldgefühlen mit sich herumschleppt.«

Max wurde ärgerlich. »Das meinst du doch nicht ernst, oder?«

»Ich weiß es nicht«, sagte Patrick hilflos. »Ich weiß nur, dass ich sie nicht verlieren will.«

In den nächsten Wochen lebte Mia sich mehr und mehr in die Gemeinde ein. Manchmal kam es ihr so vor, als wäre sie immer schon an diesem Ort gewesen. Sie kannte die Leute inzwischen beim Namen, wusste um ihre Probleme und Sorgen. Thore und Solveig schienen in ihr inzwischen so etwas wie das Kind zu sehen, das sie selbst nie gehabt hatten. Sie begegneten ihr auf eine liebevolle und fürsorgliche Weise, ohne dass sie je versuchten, Mia zu bevormunden. Sie verloren nie ein Wort darüber, wenn Mia die Nacht bei Patrick verbracht hatte.

Ihre Beziehung zu Patrick gestaltete sich nach wie vor schwierig. Es gab Tage, an denen war er gelöst und zeigte ihr, wie sehr er sie liebte. Dann war er plötzlich von einer Minute auf die nächste schwermütig und zog sich völlig zurück. Selbst Mia kam dann nicht an ihn heran.

An einem Sonntag, Mia war inzwischen seit etwas mehr als zwei Monaten in Liljehamn, sah sie Patrick in die Kirche kommen. Sie stand gerade auf der Kanzel und hielt ihre Predigt, als die Tür aufging, Patrick hindurchschlüpfte und sich in den Schatten einer der Säulen am hinteren Ausgang stellte.

Nach dem Gottesdienst war er der Erste, der hinausging. Als Mia aus der Kirche kam, stand er ein wenig abseits und wartete geduldig darauf, dass sich die anderen Gläubigen von ihr verabschiedeten.

Mia ging zu ihm. »Wie schön, dass du gekommen bist. Ich freue mich wirklich!«

Patrick lächelte verlegen. »Es war eine sehr schöne Predigt.«

Weiter kamen sie nicht. Der alte Larsson drängte sich dazwischen. »Dann komm mal mit, Pastorin.«

»Wohin?«, wollte Mia überrascht wissen.

»Zu uns nach Weihnachten«, erwiderte Per Larsson. »Hat dir denn niemand gesagt, dass ich zu diesem Datum traditionell die ganze Gemeinde zum Essen einlade?«

Nein, Mia hatte davon nichts gewusst. Was für eine schöne Idee, die Gemeinde einmal im Jahr einzuladen.

Per Larsson wandte sich Patrick zu, der einen Schritt zurückgetreten war. »Bist du nicht dieser Hundemensch?«

Patrick nickte belustigt.

»Dann komm doch auch mit. Wir haben genug zu essen. Und nur vom Feinsten.«

Patrick schüttelte hastig den Kopf. »Nein, danke, ich kann nicht.«

»Schade«, sagte der alte Larsson und ging weiter, um andere Kirchenbesucher an das Essen auf Weihnachten zu erinnern.

Mia trat wieder zu Patrick. »Komm doch mit«, bat sie. »Das wird bestimmt lustig.«

»Es geht wirklich nicht«, behauptete Patrick. Und mit diesen Worten drehte er sich einfach um und ging davon.

Diesmal nicht, schoss es Mia durch den Kopf. Diesmal lasse ich dich nicht einfach so gehen, ohne dass du mir sagst, was mit dir los ist! Sie lief ihm nach, holte ihn zwischen den Gräbern ein. »Patrick, habe ich etwas falsch gemacht?«, fragte sie hilflos. Als er sich langsam zu ihr umdrehte, erschrak sie über den schwermütigen Ausdruck in seinen Augen. Patrick schüttelte den Kopf.

»Nein, du hast nichts falsch gemacht. Ich weiß nur nicht, ob das gut ist mit uns beiden«, sagte er leise.

Mia seufzte schwer. Es ging doch nur um eine Fahrt nach Weihnachten. Wieso stellte er deshalb jetzt ihre ganze Beziehung in Frage?

»Natürlich ist das gut«, sagte sie zärtlich. »Du bist das Beste, was mir seit Langem passiert ist!«

Sein Blick war leer. »Ich will dich einfach nicht enttäuschen«, sagte er mutlos und ging davon.

Mia sah ihm traurig nach. Warum sagte er ihr nicht endlich, was mit ihm los war? Sie liebte ihn so sehr. Warum ließ er nicht zu, dass sie ihm half?

Mia ging enttäuscht zurück in die Kirche. Sie trug immer noch den weißen Talar und wollte sich in der Sakristei umziehen. Jemand rief hinter ihr ihren Namen.

Mia wandte sich im Mittelgang um und stöhnte innerlich auf, als sie Markus erblickte. Gab er denn nie auf?

»Ich habe dich eben beobachtet«, sagte er und kam näher. In der Hand hielt er ein Buch.

Ärgerlich zog Mia die Stirn in Falten, aber Markus ließ sie erst gar nicht zu Wort kommen.

»Hast du eigentlich eine Ahnung, mit wem du dich da eben unterhalten hast?«

»Patrick Ekham«, erwiderte Mia automatisch.

Markus schüttelte den Kopf. »Das war Paul Lagfeld«, rasselte er herunter. »Seit vier Jahren vermisst. Hat mit seiner Familie eine Karibiktour gemacht, ein Segelboot gechartert und ist seither verschollen.«

Markus' ungeheuerliche Behauptung raubte ihr den Atem. Das konnte nicht sein. Patrick konnte unmöglich dieser Paul Lagfeld sein! Oder?

Mias Gedanken rasten und plötzlich fiel ihr auf, was an dieser Geschichte nicht stimmte. Was möglicherweise mit Patrick nicht stimmte. Patrick hatte ein Problem mit Booten. Hatte er sich nicht immer dann zurückgezogen, wenn er in ein Boot steigen sollte? Damals, als Solveig ihn gebeten hatte, sie zu Paula Sarby zu begleiten. Oder als sie ihn fragte, ob er mit ihr zusammen den Kutter zurück zu Per Larsson bringen konnte. Und eben erst hatte Patrick abgelehnt, als Per Larsson ihn einlud, mit nach Weihnachten zu kommen. Ja, das ergab Sinn.

»Das war Patrick Ekham«, widersprach sie Markus. »Er hat keine Familie und weigert sich, auf Boote zu gehen. Er würde niemals ein Segelboot chartern. Er ist es also bestimmt nicht und jetzt lass mich in Ruhe.«

Markus schlug das Buch auf, das er in der Hand hielt. *Die alte Madonna, meisterhaft restauriert von Paul Lagfeld*, stand unter einem Foto. Das Foto zeigte eine Skulptur, vor der ein Mann stand und in die Kamera lächelte. Mia schlug das Herz bis zum Hals. Es war der Mann, den sie als Patrick kannte.

Sie sagte kein weiteres Wort, sondern wandte sich um und ging weiter den Mittelgang entlang. Ihre Gedanken überschlugen sich, ihre Hände zitterten.

»Natürlich ist er es«, rief Markus ihr nach. »Ich kenne ihn. Ich bin ihm sogar ein paarmal begegnet.«

Mia hatte ihn angerufen. Jetzt kam er an den Landungssteg, als sie mit dem Boot seitlich anfuhr, und fing das Tau auf, das sie ihm zuwarf. Mia stieg aus dem Boot.

»Ich muss mit dir reden ...« Mia schaute ihm in die Augen, »... Paul.«

Er zuckte zusammen. Für Mia war es der letzte Beweis dafür, dass Markus die Wahrheit gesagt hatte.

»Du bist Paul Lagfeld«, stellte sie fest. »Kunsthistoriker, Restaurator. Verheiratet mit Emma, Vater von Tim.«

Der Mann, den sie bisher als Patrick kannte, senkte den Kopf.

»Was soll das alles?«, fragte Mia enttäuscht. »Wieso lebst du hier unter falschem Namen und wo ist deine Familie?«

Er hob den Kopf. »Ja, ich bin Paul Lagfeld. Oder besser gesagt, ich war es. Damals, in einem anderen Leben, als Emma und Timmi noch lebten. Aber damit habe ich nichts mehr zu tun, das ist vorbei. Weit weg.«

Paul wandte ihr den Rücken zu.

»Sie sind tot?«, sagte Mia erschüttert. Sie trat ganz dicht hinter ihn und umschlang ihn mit beiden Armen. »Das tut mir so leid. Deswegen lebst du hier unter einem anderen Namen. Aber wir können doch nicht so tun, als wäre nichts gewesen.« Es gab vieles, was sie noch wissen wollte, doch jetzt war nicht der richtige Zeitpunkt für Fragen.

Er drehte sich um. Patrick, ihr Geliebter, ihr Vertrauter, und Paul, der Fremde, Schwermütige in einer Person.

»Mia, ich kann das nicht. Ich habe einfach nicht den Mut.«

Mia legte ihre Hände auf seine Schultern und sah ihm fest in die Augen. »Ich akzeptiere das nicht. Ich will nicht, dass du dein Leben wegwirfst.«

Er hielt ihrem Blick stand, lächelte wehmütig und strich ihr eine Strähne aus der Stirn. Unvermittelt presste er seine Lippen auf ihren Mund. Mia schmiegte sich an ihn, erwiderte diesen Kuss mit aller Liebe, die sie für ihn empfand, und wusste doch, dass es hier und jetzt zu Ende war. Es war Patricks Abschiedskuss. Sie würde Patrick nie wiedersehen und Paul, der konnte einfach nicht über seinen Schatten springen und mit ihr neu anfangen.

Mia wusste nicht, ob es pure Neugierde war oder ob Markus einfach nur Kontakt zu ihr suchte. Aber als sie das Boot am Hafen anlegte, um noch ein paar Einkäufe zu erledigen, stand er plötzlich hinter ihr.

»Du hattest recht«, kam Mia ihm zuvor. »Patrick ist Paul Lagfeld. Seine Frau und sein Sohn sind tot.«

Markus nickte. »Ich glaube, ich weiß jetzt auch, warum er sich hier versteckt. Wahrscheinlich ist wirklich etwas dran an den Gerüchten über ihn.«

Mia zog die Augenbrauen zusammen. »Was willst du damit sagen?«

»Überleg doch mal«, sagte Markus überheblich. »Der Mann hat Frau und Kind und verschwindet plötzlich. Dann taucht er wieder auf. Unter falschem Namen, ohne Frau und Kind.«

Es war unfassbar, was Markus da andeuten wollte. Kein Mensch, der Patrick oder vielmehr Paul kannte, konnte auf einen solchen Gedanken kommen.

»Er mag auf andere Menschen vielleicht etwas ungewöhnlich wirken«, sagte Mia heftig, »aber das heißt noch lange nicht, dass er seiner Frau oder seinem Kind etwas antun würde. Du irrst dich, Markus!«

Markus wollte noch etwas sagen, doch Mia schnitt ihm einfach das Wort ab und bat ihn, sie ab sofort in Ruhe zu lassen.

Max war sichtlich verärgert, als er das Fährhaus betrat. »Warum gehst du nicht ans Telefon? Ich habe ein paarmal versucht, dich anzurufen.«

Paul saß am Küchentisch. Neben ihm stand ein geöffneter Karton. Vor ihm auf dem Tisch ausgebreitet lagen die Fotos, die sein gesamtes Familienleben dokumentierten. Emma und er bei ihrer Trauung. Sie hatte wunderschön ausgesehen in ihrem weißen Brautkleid.

Timmi, nur wenige Tage nach seiner Geburt. Timmi, wie er mit einem knappen Jahr in die Kamera grinste. Wie er seine ersten Schritte machte. Timmi am Strand, beim Baden. Vier Jahre eines viel zu kurzen Lebens. Alles, was davon geblieben war, waren ein paar Fotos. Und diese schrecklichen Erinnerungen, die ihn nicht losließen.

Paul hob den Kopf, als sein Bruder näher kam. »Du kannst das Haus verkaufen. Ich gehe weg.«

Max begriff nicht sofort. »Das ist ja toll«, freute er sich. »Gehst du zurück in deinen alten Beruf? Und was ist mit deiner Pastorin?«

Paul stand so heftig auf, dass er den Stuhl umstieß, auf dem er gesessen hatte. »Ich habe es zerstört«, schleuderte er seinem Bruder entgegen. »Aber besser jetzt als später, wenn wir uns aneinander gewöhnt hätten. Es hätte sowieso nicht geklappt mit uns.«

»Und warum nicht?«, fragte Max aufgebracht. »Jetzt noch mal. Nur, damit ich das auch verstehe: Du hast also Angst, es könnte wieder passieren. Du befürchtest, dass sie genau wie Emma und Timmi vor deinen Augen ertrinkt.«

Paul schluckte. So wie sein Bruder es sagte, klang es wirklich unsinnig. Aber er kam gegen diese Angst nicht an.

»Das ist doch jetzt egal«, sagte er dumpf. »Es ist ohnehin vorbei.«

Max zuckte die Schultern. »Ich gebe es auf, mach, was du willst. Aber eines sage ich dir, du bist ein Feigling.« Aufgebracht stapfte Max aus dem Haus.

Sie hatte Verschiedenes zu erledigen, aber das war nicht der einzige Grund, weshalb Mia an diesem Tag nach Stockholm gefahren war. Ihre Zeit in Liljehamn ging allmählich dem Ende zu. Noch zwei Wochen und sie würde das geruhsame Leben auf der

Schäreninsel gegen das pulsierende, lärmende in der Stadt tauschen.

Der Verkehr brauste an ihr vorbei, als sie die Praxis ihres Arztes verließ. Alles war so laut und unruhig. Erst als sie auf der Fähre war, kam sie ein wenig zur Ruhe, bis das Handy klingelte.

»Hallo, Markus. Nicht schon wieder«, stöhnte Mia.

»Hör mir doch bitte erst einmal zu.«

Mia fragte sich, ob Markus schon immer diesen oberlehrerhaften Ton gehabt hatte, wenn er mit ihr sprach. Sie schwieg, wartete ergeben darauf, was er ihr zu sagen hatte.

»Lagfeld stand tatsächlich im Verdacht, seine Familie umgebracht zu haben.«

»Markus, es reicht!« Sie hatte keine Lust, sich mit solchen Gerüchten zu befassen. Es gab etwas weitaus Wichtigeres, worüber sie nachdenken musste.

»So ist es aber«, ließ Markus nicht locker. »Es gab da einen Bootsunfall in der Karibik. Jedenfalls sind sie zu dritt losgefahren und er ist alleine zurückgekehrt. Tut mir leid, ich weiß, das gefällt dir nicht. Ich hatte das Gefühl, du schlidderst da in etwas hinein, was dir gefährlich werden könnte. Dieser Mann ist offenbar unberechenbar.«

»Nett, dass du dir Sorgen machst«, sagte Mia ironisch und klappte das Handy einfach zu.

Sie fuhr die gleiche Strecke wie beim ersten Mal. Gedankenverloren starrte sie auf die Straße. So viel war inzwischen passiert. Mia hielt an der gleichen Stelle an, an der sie das erste Mal angehalten hatte. Sie ging bis ans Ufer, setzte sich auf die sonnenwarmen Felsen und starrte auf das blaue Wasser. Hier hatte sie damals Markus' Ring ins Wasser geworfen. Mit ihm hatte sie abgeschlossen. Mit dem, was jetzt war, konnte sie nicht abschließen.

Solveig stand im Wohnzimmer und füllte eine Vase mit frischen Blumen. Erfreut sah sie auf, als Mia ins Zimmer kam.

»Na, Kind, wie war es in Stockholm? Bist du froh, wieder hier zu sein?«

»Ja, schon«, erwiderte Mia gedehnt.

Solveig sah auf. »Aber?«

Mia überreichte ihr den großen Blumenstrauß, den sie aus Stockholm mitgebracht hatte. Außerdem eine Flasche von dem guten Rotwein, den Thore so gerne mochte und den ihm sogar der Arzt erlaubt hatte.

»Ihr habt mich so lieb aufgenommen. Es ging mir hier so gut wie schon lange nicht mehr.« Mia kämpfte mit den Tränen. »Danke.«

Solveig schaute ihr prüfend ins Gesicht. »Ist das ein Abschiedsgeschenk?«

»Ich habe lange darüber nachgedacht«, sagte Mia leise. »Thore hat recht, ich könnte vielleicht wirklich eine gute Pastorin sein. Aber es spricht zu viel dagegen.«

Solveig schüttelte leicht den Kopf. »Ja, glaubst du denn, du bist zufällig hier? Glaubst du nicht auch, dass einer da oben dich hierher geführt hat?«

Mia setzte sich auf einen Sessel. »Ich würde wirklich gerne bleiben, aber es geht einfach nicht.« Sie ignorierte den brennenden Schmerz, der sich dabei in ihrem Inneren ausbreitete.

»Du willst wirklich zurück nach Stockholm?«

Mia nickte.

»Und du glaubst, alles wird dann wieder wie früher?«

»Ich weiß es nicht«, flüsterte Mia. Eigentlich wollte sie ja nicht einmal, dass alles wieder wie früher wurde. Das würde bedeutend, dass auch Markus wieder zu ihrem Leben gehörte, und das war für sie auf jeden Fall ausgeschlossen.

Solveig setzte sich ihr gegenüber in den Sessel. »Und du willst es ihm auch nicht sagen?«

Mias Kopf ruckte hoch. »Was?«

»Oder willst du das Kind gar nicht bekommen?«

Woher wusste Solveig das? Mia war sich selbst nicht sicher gewesen, bis zu dem Besuch bei ihrem Arzt heute.

Solveig, die sie nicht aus den Augen gelassen hatte, schien zu spüren, was sie gerade dachte. »Mia, eine Frau wie ich, die sich so sehnlich ein Kind gewünscht hat und keins bekommen durfte, die sieht es einer anderen schon an, bevor die es selber weiß.«

Mia nickte, unfähig ein Wort zu sagen.

»Das Kind wird dich nach seinem Vater fragen«, sagte Solveig behutsam.

Eine Träne lief über Mias Wange. »Es gibt viele Kinder, die ohne Vater groß geworden sind.« Natürlich würde sie dieses Kind bekommen. Für sie hatte es nicht eine Sekunde lang einen Zweifel daran gegeben, seit sie wusste, dass sie schwanger war. Etwas anderes hätte sie nicht mit ihrem Glauben vereinbaren können. Aber sie würde dieses Kind ohne seinen Vater aufziehen.

»Er soll nicht einmal die Chance haben, darüber nachzudenken, was dieses Kind auch für ihn bedeuten könnte?« Solveig sprach all das aus, was Mia sich auf der Rückfahrt von Stockholm nach Liljehamn selbst schon klargemacht hatte. Die Antwort stand für sie fest.

»Er hatte ein Kind und eine Frau. Sie sind immer noch Teil seines Lebens. Für mich ist da kein Platz«, stieß sie bitter hervor, »und für ein Kind schon gar nicht.«

In den nächsten Tagen befand Mia sich auf einer emotionalen Achterbahn. Mal war sie ganz unten, dann wieder obenauf. Auch wenn es für sie und Paul kein gemeinsames Leben gab, so blieb ihr doch wenigstens ein Teil von ihm. Ihr gemeinsames

Kind würde sie immer an die schönsten Stunden ihres Lebens erinnern.

In zwei Tagen würde sie abreisen. Mia hatte die Reisetasche offen auf ihr Bett gestellt und legte alles hinein, was sie in den nächsten beiden Tagen nicht mehr brauchen würde. Plötzlich stand Thore in der offenen Tür.

»Du packst?«

Mia fuhr herum. Sie presste das Kleid, das sie gerade in die Reisetasche legen wollte, gegen ihre Brust. »Kann es sein, dass ich das Kind eines Mannes erwarte, der seine Familie umgebracht hat?«, sprudelte es aus ihr heraus.

Thore betrachtete sie nachdenklich. »Denkst du das wirklich?«, fragte er ruhig.

»Nein.« Mia schüttelte den Kopf. Natürlich war Patrick, oder Paul, wie er richtig hieß, kein Mörder. Auch wenn Markus in den letzten Tagen wiederholt angerufen hatte, um diesen Verdacht in ihr zu schüren.

»Nein, es stimmt nicht. Er ist kein Mörder«, stellte Thore fest. Er bat sie, nach unten in den Wintergarten zu kommen. Er wollte ihr dringend etwas erzählen, aber das lange Stehen strengte ihn noch viel zu sehr an.

Mia begleitete ihn nach unten und legte eine Decke über seine Knie, nachdem er sich in seinen Lieblingssessel gesetzt hatte. Er dankte ihr mit einem Lächeln und wartete, bis sie sich ebenfalls gesetzt hatte. Erwartungsvoll schaute Mia ihn an.

»Ich hab ein bisschen herumtelefoniert. Das Kirchennetzwerk funktioniert hervorragend«, begann Thore. »Paul Lagfeld war erfolgreich und anerkannt. Vor ein paar Jahren bekam er eine Anfrage aus Mexiko. Er sollte sich den Altar in einer der ältesten Kirchen ansehen. Ihm Gegensatz zu ihm wollte seine Frau nicht nach Mexiko, weil der kleine Tim in diesen Tagen in den Kindergarten kommen sollte. Paul wollte aber unbedingt, dass die beiden ihn begleiteten. Er war nicht davon abzubringen.«

Thore machte eine kurze Pause. Das viele Reden strengte ihn sichtlich an. Obwohl Mia ungeduldig darauf wartete, den Rest der Geschichte zu hören, bedrängte sie ihn nicht. Nach einer Weile fuhr Thore fort.

»In Mexiko lief alles sehr gut. Und dann hat Paul ein Segelboot gechartert, um mit seiner Frau und seinem Sohn Ferien zu machen. Paul Lagfeld war ein hervorragender Segler, doch das half ihm nicht. Ein Sturm kam auf, der schwerste seit Jahren. Paul hatte keine Chance. Das Boot wurde nie gefunden. Emma und der kleine Tim auch nicht. Nur Paul und der weiße Hund wurden an den Strand einer kleinen Insel getrieben.

Paul Lagfeld fühlte sich schuldig am Tod seiner Familie. Er tauchte für eine Weile unter, und als er dann schließlich nach Schweden zurückkam, verkroch er sich hier mit seinem Hund im Haus seines Bruders und nannte sich Patrick Ekham. Der weiße Hund gehörte seiner Frau.«

»Snövit«, sagte Mia erschüttert.

»Ja, Snövit«, bestätigte Thore. »Der Hund ist das Einzige, was ihm von seiner Familie geblieben ist. Paul Lagfeld fühlt sich vor allem deshalb schuldig, weil er seine Frau überredet hat, mit nach Mexiko zu kommen.«

»Jetzt kann ich verstehen, warum er von mir nichts wissen will«, sagte Mia nachdenklich.

»Er hat Angst, alles zu verlieren, was er liebt«, bestätigte Thore das, was sie selbst vermutete. »Aber er weiß nicht, dass seine Seele eine neue Liebe braucht. Sonst wird sie für immer verdunkelt bleiben.«

»Man kann ihn nicht dazu zwingen«, rief Mia verzweifelt aus.

»Das vielleicht nicht«, stimmte Thore ihr zu. »Aber man kann ihm Mut machen.«

Nach einer schlaflosen Nacht machte Mia sich gleich am nächsten Morgen auf den Weg zum alten Fährhaus. Snövit begrüßte sie begeistert, Paul war nirgendwo zu sehen.

Mia setzte sich auf die Stufen zum Eingang. Sie würde nicht weichen, bevor sie mit ihm gesprochen hatte.

Es dauerte eine halbe Stunde, bis er den Weg entlangkam. Seine Augen leuchteten auf, als er sie sah.

»Hej.« Er setzte sich neben sie auf die Stufe. »Ich bin froh, dass du gekommen bist. Ich wollte dich nicht verletzen. Er ist nur ..., ja, es ist nicht so einfach für mich. Ich hatte nicht damit gerechnet, dass ich mich noch einmal so verlieben kann. Aber du sollst wissen, dass ich in den letzten Jahren nicht mehr so glücklich war wie mit dir.«

Mia lächelte, doch gleich darauf wurde sie wieder ernst. »Vielleicht ist es falsch, dir das zu sagen, aber du hast ein Recht darauf, es zu wissen: Ich bin schwanger.«

»Wie?«, fragte er verblüfft.

»Ich weiß es erst seit gestern«, sagte Mia.

Fragend schaute er sie an. Allmählich schien er zu begreifen, was das bedeutete. »Du willst es bekommen?«

»Ja, auf jeden Fall.«

Paul sprang auf, entfernte sich ein paar Schritte. »Das geht nicht«, rief er kopfschüttelnd aus. »Ich kann das nicht. Ich will kein Kind mehr.«

Mia stand auf und kam zu ihm. Sanft legte sie ihre Arme um seinen Hals. »Paul«, nannte sie ihn bei seinem richtigen Namen, »ich liebe dich und du liebst mich.«

Paul hörte ihr überhaupt nicht zu. Blanke Panik lag in seinen Augen. »Ein Vater muss sein Kind beschützen. Ich hatte die Verantwortung für Timmi. Mein Sohn ...« Seine Stimme brach, er konnte kaum weiterreden. »Ich konnte ihn nicht retten! Timmi ist vor meinen Augen gestorben und ich konnte nichts tun.«

»Du würdest unser Kind genauso lieben, wie du Timmi geliebt hast«, sagte Mia zärtlich. »Ich wünsche diesem Kind so sehr einen Vater wie dich.«

»Einen, der es sterben lässt«, fuhr Paul auf. Er befreite sich aus ihrer Umarmung.

»Es ist eine zweite Chance«, sagte Mia.

Paul schüttelte den Kopf. »Die habe ich nicht verdient.«

Die Nachricht, dass er wieder Vater wurde, setzte Paul offensichtlich ziemlich zu. Mia beschloss, ihn alleine zu lassen und später noch einmal mit ihm zu reden. Im Augenblick war er viel zu aufgewühlt. Jetzt saß sie auf der Terrasse der Ljungströms und arbeitete an ihrer letzten Predigt für die Gemeinde.

Sie sah auf, als Paula auf sie zukam. In den Armen trug sie ihr Baby. »Hej, Mia«, grüßte Paula und setzte sich zu ihr an den Tisch. »Solveig hat mich reingelassen und mir gesagt, dass du hier bist.«

»Hej, Paula.« Mia beugte sich über das Baby und kitzelte es am Hals. Das Baby gluckste vor Vergnügen.

»Wie geht es euch?«, wollte Mia wissen.

»Es geht uns wunderbar.« Es war Paula anzusehen, dass das stimmte. Sie strahlte vor Glück und Zufriedenheit. »Ich sage dir, es gibt nichts Schöneres auf der Welt als Kinder. Rolf ist auch ganz vernarrt in die Kleine.«

»Das freut mich«, sagte Mia aufrichtig.

Paula wurde ernst. »Mia, der Pastor hat mir gesagt, dass du nach Stockholm zurückwillst. Du, das geht nicht. Du hast doch versprochen, Beata zu taufen.«

»Ihr habt euch also entschieden.« Mia lächelte dem Baby zu. »Beata sollst du also heißen.« Gleich darauf wandte sie sich wieder Paula zu und schüttelte den Kopf. »Aber versprochen habe ich dir gar nichts.«

Paula beugte sich ein wenig vor. »Aber ich will so gerne, dass du sie taufst. Mia, das ist dein Job. Du kannst nicht einfach davonlaufen.«

Sprach Paula nicht genau das aus, was sie selbst fühlte? Sie liebte die Arbeit hier, die Menschen waren ihr ans Herz gewachsen und Paula, ja, die könnte sie sich durchaus als gute Freundin vorstellen. Eigentlich war doch alles, was ihr wichtig war, hier auf Liljehamn. Es wäre wirklich schade, wenn sie ging.

Mia verriet nichts von dem, was ihr durch den Kopf ging. »Ihr habt doch Thore«, sagte sie zu Paula.

»Ja, und wir lieben ihn. Aber wir wissen auch, dass er nicht gesund ist. Also wollen wir, dass er Hilfe bekommt. Und zwar von dir. Du bist hier am richtigen Ort. Mein Gott, Mia, warum willst du das denn nicht endlich einsehen?«

Mia wusste nicht, was sie darauf noch sagen sollte. Konnte sie wirklich eine Gemeinde enttäuschen, die so verbissen um sie kämpfte und in der sie sich selbst so wohlfühlte?

Anschließend fuhr sie wieder zu Paul. Diesmal stand die Tür zum Fährhaus weit auf. Als Mia eintrat, sah sie überall offene Koffer und Kartons herumstehen. Paul legte gerade einen Stapel Bücher in einen der Koffer. Er warf ihr einen verzweifelten Blick zu, als er sie bemerkte.

Mia war fest entschlossen, um Paul zu kämpfen. »Deine Frau hätte sicher nicht gewollt, dass du dein ganzes Leben um sie trauerst. Sie hat dich geliebt, also würde sie wollen, dass du glücklich bist.«

Paul hielt kurz inne. »Ja, und dann? Zuerst kommt das Glück und dann die große Katastrophe.« Schwer ließ er sich auf das Sofa fallen. Mia ging zu ihm und setzte sich neben ihn.

»Das Leben ist nicht vorhersehbar. Aber das heißt doch nicht, dass man sich nicht freuen darf, weil die Freude morgen vorbei sein kann. Oder dass man sich nicht verlieben darf, weil die Liebe morgen vorbei sein kann.«

Selbst davon ließ Paul sich nicht überzeugen. »Ich will das nicht mehr. Ich habe einen Weg gefunden, wie ich mit meinem Leben klarkomme. Ich schlafe, ich esse, ich kümmere mich um die Hunde. Mehr brauche ich nicht.«

»Aber ich«, antwortete Mia entschieden. »Mein Kind und ich, wir brauchen dich.« Sie zuckte erschrocken zusammen, als sie durch das Fenster schaute. War das Thore, der da den Weg entlangkam?

Auch Paul hatte den Mann gesehen und eilte zusammen mit Mia aus dem Haus. Es war Thore. Er stützte sich schwer auf seinen Stock. Jeder Schritt schien ihn große Mühe zu kosten.

»Thore, wie kommst du hierher?« Mia stand bereits neben dem Pastor und stützte ihn.

»Ich bin zwar schlecht zu Fuß, aber Boot fahren kann ich noch«, grinste Thore und humpelte auf sie gestützt weiter zum Haus.

»Kann ich Ihnen etwas bringen?«, fragte Paul. »Ein Glas Wasser vielleicht?«

»Hört auf, mich wie einen Säugling zu behandeln«, murrte der Pastor. »Ich weiß, wer Sie sind, Paul, und ich habe darauf gewartet, dass Sie zu mir kommen. Weil Sie meinen Heiligen kennen und wissen, wie wichtig es ist, dass er wiederhergestellt wird. Also, wann fangen Sie an?«

Paul schüttelte den Kopf. »Ich fange nicht wieder an.«

Die Ader auf Thores Stirn schwoll an. »Was?«

»Es tut mir leid, Pastor, Sie enttäuschen zu müssen. Pastor ...?«

Thore stieß einen unartikulierten Laut aus. Der Spazierstock fiel polternd zu Boden. Mit beiden Händen griff er an sein Herz.

»Thore«, stieß Mia hervor und konnte es doch nicht verhindern, dass Thore langsam zu Boden glitt.

Paul kniete ebenso wie Mia neben ihm und schüttelte ihn leicht. »Können Sie mich hören?«

»Er ist bewusstlos, es ist bestimmt wieder sein Herz. Schnell, ruf einen Arzt.« Mia weinte fast.

Paul schüttelte den Kopf. »Bis der hier ist? Nein, wir bringen ihn selber in die Klinik.«

»Aber ...«, wollte Mia etwas einwenden, doch Paul ließ sie nicht ausreden. »Komm, hilf mir, wir müssen ihn zum Wagen bringen. Wir haben nicht viel Zeit.«

Mia biss sich unschlüssig auf die Lippen. Plötzlich fiel ihr ein, wie sie Thore am schnellsten ins Krankenhaus bringen konnten. »Wir nehmen das Boot.«

Paul schaute sie erschrocken an, schüttelte heftig den Kopf. »Nein, nicht das Boot.«

»Er stirbt, wenn wir nichts tun«, schrie Mia ihn an.

Paul sagte kein Wort mehr und half ihr sogar, Thore ins Boot zu bringen. Mia setzte sich zu ihm und bettete seinen Kopf auf ihren Schoß. Sie nickte Paul zu, der wieder auf dem Steg stand. »Fahr los.«

Sein Gesicht war schneeweiß, in seinen Augen lag blanke Panik. »Ich kann das nicht.«

Trotz ihrer Angst um Thore bemühte sich Mia, ganz ruhig zu bleiben. »Paul, du hast das Schlimmste doch schon erlebt. Was soll denn jetzt noch passieren?«

»Ich kann nicht.« Er schüttelte den Kopf.

Mia presste die Lippen aufeinander. Ein Blick auf Thores schweißnasses Gesicht und die blauen Lippen sagte ihr, dass die Zeit drängte. »Wovor hast du Angst?«

Paul schüttelte den Kopf, konnte seine Ängste offensichtlich nicht benennen.

»Ich brauche jetzt deine Hilfe, Paul«, sagte sie mit fester Stimme. »Bitte, du darfst Thore und mich jetzt nicht im Stich lassen.«

Wenn er jetzt nicht ins Boot stieg, war alles aus. Für Thore, für sie, aber auch für Paul.

Mia atmete erleichtert auf, als Paul tatsächlich zögernd in das Boot stieg. Seine Hände zitterten, als sie das Lenkrad umfassten und den Motor starteten. Anfangs fuhr er langsam, doch mit jedem Meter schien er an Sicherheit zu gewinnen. Er hatte es offensichtlich geschafft, sein Trauma zu besiegen.

Paul und Mia warteten vor der Notaufnahme des Krankenhauses. Inzwischen war Solveig bei Thore eingetroffen, Mia hatte sie aus dem Krankenhaus angerufen.

Mia rieb ihre Hände aneinander. Was für eine fürchterliche Angst musste Solveig im Moment ausstehen, sie hielt es ja selbst kaum noch aus.

Paul griff nach ihrer Hand. »Es wird alles gut, ich spüre das.«

Meinte er damit Thore oder sie beide? In beiden Fällen würde Mia ihm so gerne glauben ...

»Kannst du nicht in Liljehamn bleiben?«, unterbrach Paul ihre Gedanken.

Mia starrte ihn überrascht an.

»Ich werde meinem Bruder das Haus abkaufen. Es ist groß genug für eine Familie.«

Mia wagte nicht zu glauben, was sie da gerade hörte. »Ich habe doch längst beschlossen, zu bleiben und mich um die Pastorenstelle zu bewerben«, sagte sie. »Obwohl ich nicht einmal zu hoffen wagte, dass du uns beiden eine Chance gibst.«

In diesem Augenblick kam Solveig aus dem Behandlungszimmer. Sie flog auf Mia und Paul zu, ihr Gesicht strahlte. »Er ist über den Berg«, stieß sie hervor.

»Gott sei Dank«, sagte Mia erleichtert.

»Es war wieder das Herz«, berichtete Solveig. »Thore hat sich übernommen. Jetzt wird es eine ganze Weile dauern, bis er wieder gesund ist.«

»Er soll sich bloß Zeit lassen«, sagte Mia. »Hauptsache, er kommt wieder auf die Beine.«

»Ja«, Paul nickte und lächelte. Er legte einen Arm um Mias Schulter. »Wir möchten nämlich, dass Pastor Ljungström uns traut.«

»Was?« Mia starrte ihn an, glaubte, sich verhört zu haben.

»Das heißt, wenn du mich immer noch willst«, sagte Paul.

»Ja«, jubelte Mia und fiel ihm um den Hals.

»Herzlichen Glückwunsch!« Solveig freute sich mit den beiden und schloss sie in die Arme.

Mia gab ihre Wohnung in Stockholm auf und kündigte die Stelle an der Uni. Paul begleitete sie und blieb stets an ihrer Seite. Die größte Freude bereitete er ihr, als er an einem schönen Sommerabend mit ihr hinaus aufs Meer fuhr. Das Wasser schlug gegen den Bootsrumpf, über ihnen leuchteten die Sterne.

Mia spürte, dass er trotz allem immer wieder Angst hatte, doch es wurde mit jedem Tag ein bisschen besser.

Natürlich waren da immer wieder dunkle Gedanken, die Paul belasteten. Auch seine Schuldgefühle würden stets Teil seines Lebens bleiben. Aber er war jetzt dazu in der Lage, sich selbst so weit zu verzeihen, dass er sich sein Glück mit Mia zugestand.

Es war ein strahlender Sommertag, als Mia und Paul vor dem Altar standen. Mia sah zauberhaft aus in ihrem weißen Brautkleid. Die ganze Gemeinde war gekommen, um bei der Hochzeit ihrer Pastorin dabei zu sein. Thore ging es inzwischen wieder viel besser. Er hatte ein ganz spezielles Genesungsgeschenk erhalten. Der heilige Göran stand als komplette Statue wieder da, wo er hingehörte, an einigen Stellen fehlte noch die richtige Farbe, die Paul erst auftragen konnte, wenn der Leim richtig getrocknet war. Aber für Thore war es erst einmal nur wichtig, dass sein Heiliger wieder in einem Stück auf seinem Sockel thronte.

»... hiermit erkläre ich euch zu Mann und Frau«, schloss Thore die Trauungszeremonie. »Der Herr sei mit euch jetzt und alle Zeit.«

»Amen«, stimmte die Gemeinde mit ein.

Paul wandte sich Mia zu. Er nahm sie in die Arme, wollte sie küssen, als die Kirchentür sich quietschend öffnete. Einzelne Lacher waren zu hören, und dann stimmten alle ein. Mia und Paul schauten sich um.

Snövit kam schwanzwedelnd durch den Mittelgang auf sie zugelaufen. Wie selbstverständlich setzte er sich zu Mia und Paul und zeigte damit allen, dass auch er dazugehörte.

Mia und Paul streichelten lachend den Hund. Dann richteten sich beide wieder auf, schauten sich tief in die Augen. Beide spürten sie dieses magische Band, das sie für immer zusammenschmiedete. Zärtlich nahm Paul sie in die Arme, um sie zu küssen.

Rezepte

Äppeltoska
WARMER, SCHWEDISCHER APFELTRAUM

ZUTATEN:

6 Äpfel
100 g gehobelte Mandeln
100 g Butter oder Margarine
100 g Zucker
1 EL Mehl
1 Schuss Milch
evtl. etwas Zimt

ZUBEREITUNG

Äpfel schälen, vierteln und in Scheiben schneiden (ca. 0,5 cm dick).
Die Apfelscheiben in einer gefetteten Auflaufform schichten.
Butter in einem Topf schmelzen, Zucker, Mandeln, Mehl und Milch dazugeben, bis alles eine homogene Masse ergibt.
Butter-Zucker-Mandel-Masse über die Äpfel geben und 20 Minuten im Backofen bei 170°–180° C backen.
Mit Vanilleeis oder Vanillesoße servieren.
In der Weihnachtszeit kann man auch noch ein wenig Zimt mit in die Masse geben.

Stinas äppelkaka
STINAS BLECHKUCHEN

ZUTATEN:

3 Eier
200 g Margarine
300 g Zucker
2 Päckchen Vanillezucker
4 EL Milch
225 g Mehl
50 g Stärkemehl
2 TL Backpulver
100 g Rosinen
3 EL Rum
750 g Äpfel
1 Zitrone
½ TL Zimt
100 g gehackte Mandeln

ZUBEREITUNG:

Die Eier trennen. Eigelb mit Margarine, 150 g Zucker und 1 Päckchen Vanillezucker schaumig rühren, dann die Milch unterrühren. Mehl, Stärkemehl und Backpulver darübersieben und verrühren.
Die Rosinen waschen und abtrocknen, dann in Rum einweichen.
Den Teig auf ein gut gefettetes Backblech streichen.
Die Äpfel schälen, vierteln, entkernen und in Spalten schneiden.
Saft von 1 Zitrone über die dünnen Apfelspalten verteilen und mit

Mazarintårta
MAZARINTORTE AUS SCHWEDEN

ZUTATEN:

Für den Teig:
150 g Butter oder Margarine
1 EL Zucker
½ Päckchen Vanillezucker
1 Prise Salz
3 Eigelbe
200 g Mehl

Für die Füllung:
125 g Butter
125 g Puderzucker
2 Eier
125 g gemahlene Mandeln
2 EL Mehl
abgeriebene Zitronenschale

ZUBEREITUNG:

Butter, Zucker, Vanillezucker und Salz schaumig rühren. Nach und nach Eigelb hinzufügen und unterrühren. Zum Schluss das Mehl unterkneten. Teig mit bemehlten Händen zu einer Kugel formen, in Pergamentpapier einwickeln und 30 Min. im Kühlschrank ruhen lassen.
Für die Füllung Butter, Puderzucker und Eier schaumig rühren. Esslöffelweise die Mandeln, Zitronenschale und Mehl hineinrühren.

Für den Boden den Teig auf einer bemehlten Arbeitsfläche im Durchmesser von 30 cm ausrollen. Die gefettete Springform damit auskleiden und einen 2 cm hohen Rand formen. Füllung daraufgeben und glatt streichen.
Den Kuchen im vorgeheizten Ofen bei 180° C (Elektroherd) auf der untersten Schiene 45 Minuten backen.
Torte aus dem Ofen nehmen und in der Form erkalten lassen.
Aus der Form nehmen und in 16 Stücke teilen.
Vor dem Servieren die Torte mit Puderzucker bestäuben und mit Mandeln verzieren.

Kanelbullar
HEFESCHNECKEN MIT VIEL ZIMT

ZUTATEN:

Für den Teig:
100–150 g Butter
1,5 dl Milch*
50 g Hefe
1–1,5 dl Zucker
½ TL Salz
evtl. 2 TL Kardamon, gemahlen
780 g Weizenmehl

Für die Füllung:
50 g Butter
1 dl Zucker
1 EL Zimt

Verzierung:
1 Ei
2 TL Wasser
Hagelzucker oder gehackte Mandeln

ZUBEREITUNG:

Die Butter in einem Topf schmelzen, die Milch hinzugeben und auf ca. 37° C erwärmen. Die Hefe in eine Schüssel bröseln, die Flüssigkeit darübergeben und die Hefe darin unter Rühren auflösen. Zucker, Salz, nach Geschmack Kardamon und fast das gesamte Mehl hinzugeben. Den Teig ca. 4 Minuten kneten, bis er geschmeidig ist und den Rand der Schüssel loslässt. Den Teig

in der Schüssel unter einem Tuch ca. 40 Minuten gehen lassen.
Anschließend den Teig auf eine mit Mehl bestreute Arbeitsfläche geben und geschmeidig kneten. Teig zu 2 länglichen Rollen formen und jede Rolle in 20 Scheiben schneiden. Diese in je 1 Papierförmchen auf ein Backblech geben. Unter einem Tuch ca. 40 Minuten gehen lassen.
Die Bullar mit einer Ei-Wasser-Mischung bestreichen und mit Hagelzucker oder Mandeln bestreuen.
Auf der mittleren Schiene des Ofens 6–8 Minuten bei 250° C backen.
Unter einem Tuch auf einem Rost abkühlen lassen.

* Das Dezilitermaß ist in Schweden üblich. Entsprechende Messbecher gibt es in jedem schwedischen Möbelhaus zu kaufen …

Svampsallad
SCHWEDISCHER PILZSALAT

ZUTATEN:

500 g frische Waldpilze
1 Bund Frühlingszwiebeln
50 g Butter
Salz
Pfeffer
200 g Endiviensalat
2 Chicoréestauden
100 g Feldsalat
100 g Kirschtomaten
5 EL Himbeeressig
3 EL Rohrzucker
4 EL Senf
1 TL Senfpulver
80 ml Haselnussöl
Petersilie

ZUBEREITUNG:

Die Pilze putzen, waschen und in Stücke schneiden. Die Frühlingszwiebeln putzen, waschen und in Ringe schneiden. Die Butter in einer Pfanne erhitzen und die Pilze mit den Frühlingszwiebeln darin andünsten. Mit Salz und Pfeffer würzen.
Den Endiviensalat putzen, waschen und in Streifen schneiden. Den Chicorée putzen, waschen und der Länge nach halbieren. Blätter in Streifen schneiden. Den Feldsalat putzen, waschen und trocknen.

Die Tomaten waschen und halbieren. Die Salatzutaten mit den abgetropften Pilzen in eine Schüssel geben und vorsichtig mischen.
Den Essig mit Zucker, Senf, Senfpulver und Haselnussöl mischen. Die Petersilie waschen, trocknen, fein hacken und die Hälfte unter die Salatsoße rühren. Alles über den Salat träufeln und mit der restlichen Petersilie garniert servieren.

Stuvad kabeljo
KABELJAU IN SOSSE

ZUTATEN:

750 g Kabeljaufilet
1 kg Kartoffeln
Zwiebeln
2 EL Butter
2 Lorbeerblätter
Salz
Pfeffer
375 ml Wasser
125 ml Weißwein
2 EL Mehl
125 ml Vollmilch
Saft von 1 Zitrone
1 TL mittelscharfer Senf
1 EL gehackte Petersilie

ZUBEREITUNG:

Kabeljaufilet waschen und abtrocknen, Kartoffeln schälen und beides in zwei Zentimeter große Würfel schneiden.
Zwiebeln schälen und fein hacken. Butter in einem flachen Topf erhitzen und Zwiebelwürfel darin gelblich dünsten.
Kartoffeln, Lorbeerblätter, Salz und Pfeffer und Wasser dazugeben und bei mittlerer Hitze etwa 15 Minuten kochen.
Fischwürfel und die Kartoffeln schichten, Weißwein darübergießen und noch zehn Minuten kochen. Dann in eine Siebschüssel schütten und die Flüssigkeit auffangen.

Fisch- und Kartoffelwürfel in einer Schüssel anrichten und warm stellen.

Butter in einer flachen Pfanne erhitzen, Mehl hinzuschütten und zu einer Mehlschwitze anrühren. Mit Milch und Fischbrühe aufgießen und bei mittlerer Hitze etwa fünf Minuten kochen.

Die Soße mit Zitronensaft, Senf, Salz und Pfeffer abschmecken, über Fisch- und Kartoffelwürfel gießen und mit Petersilie bestreuen.

Marias jordgubbstårta
MARIAS ERDBEERTORTE

ZUTATEN:

Für den Teig:
75 g Butter
75 g Zucker
1 Päckchen Vanillezucker
2 Eier
150 g Mehl
1 TL Backpulver
1 Prise Salz
4 EL Milch

Für die Füllung:
2 Blatt Gelatine
125 g Speisequark
250 g Sahne
4 EL Zucker
750 g Erdbeeren

ZUBEREITUNG:

Die Butter mit dem Zucker, ½ Päckchen Vanillezucker und den Eiern schaumig rühren. Das Mehl mit dem Backpulver und dem Salz mischen und mit der Milch unter die Butter-Eier-Masse ziehen.
Den Backofen auf 200° C vorheizen. Den Teig in die gefettete Springform von 28 cm Durchmesser füllen. Den Kuchen auf der unteren Schiene ca. 20 Minuten backen und abkühlen lassen.

Die Gelatine in kaltem Wasser einweichen. Den Quark mit 3 EL Zucker verrühren. Die Gelatine ausdrücken und erwärmen, bis sie sich gelöst hat, dann den Quark unterziehen.
Die Sahne mit dem Zucker und ½ Päckchen Vanillezucker steif schlagen, die Hälfte der Schlagsahne unter den Quark ziehen. Die Erdbeeren waschen, trocken tupfen, die Kelche abzupfen. Den Quark auf den Kuchenboden streichen und die Erdbeeren darauf.

Rödbetssallad
SCHWEDISCHER ROTE-BEETE-SALAT

ZUTATEN:

100 g junger Blattspinat
75 g gemischte Sprossen
2 in Streifen geschnittene Stangensellerie
4 gekochte und in Scheiben geschnittene Rote Beeten

Für das Dressing:
4 EL Distelöl
1½ EL Kräuteressig
1 gepresste Knoblauchzehe
2 TL klarer Honig
1 EL frische Schnittlauchröllchen

ZUBEREITUNG:

Spinat und Sprossen in eine große Schüssel geben und vermischen. Den Sellerie dazugeben und gründlich unterrühren. Die Rote-Beete-Scheiben untermischen.
Für das Dressing Distelöl, Kräuteressig, Knoblauch, Honig und Schnittlauchröllchen in einer Schale gut miteinander vermischen. Das Dressing über den Salat gießen, kurz unterrühren.
Sofort servieren.

Lax i smördeg
LACHS IN BLÄTTERTEIG

ZUTATEN:

375 g Blätterteig
220 g Lachs, ohne Haut
1 Zwiebel, gehackt
200 g Champignons, klein und in Scheiben geschnitten
60 g Butter
2 EL Zitronensaft
185 g Reis
2 EL Dill, gehackt
2 EL Petersilie, gehackt
2 Eier, hartgekocht und gehackt
Salz
Pfeffer
60 ml Sahne
1 Ei
Frische Kräuter zum Garnieren

ZUBEREITUNG:

Zwiebeln und Champignons in einer Pfanne mit der Hälfte der Butter anbraten, Zitronensaft zugeben und anschließend in einer Schüssel abkühlen lassen.
Reis kochen.
Lachs in der restlichen Butter braten, aus der Pfanne nehmen und würfeln. In der gleichen Pfanne den Dill, die Petersilie, die gekochten Eier vermengen und mit Salz und Pfeffer würzen.

Das Ganze mit dem gekochten Reis und mit der Sahne vermischen. Mit Salz und Pfeffer würzen.
Backblech einfetten und die Hälfte des Blätterteiges darauf ausrollen.
Die Hälfte der Masse mit dem Reis auf dem Teig verteilen, dabei einen gleichmäßigen Rand frei lassen, damit der Teig gut verschlossen werden kann. Darauf den Lachs und die Champignonmasse geben. Anschließend die restliche Reismasse darübergeben.
Den restlichen Blätterteig ausrollen, über die Füllung legen und an den Rändern gut zusammendrücken.
Das Ganze mit Ei einstreichen und bei 180° C ca. 40 Minuten backen. Den Lachs in Blätterteig mit frischen Kräutern anrichten.

Köttfärspanna
SCHWEDISCHE HACKPFANNE

ZUTATEN:

2 Salatgurken
400 g rote Bohnen
4 EL Öl
400 g Hackfleisch
Salz
Pfeffer
2 l Brühe
10 EL süss-saure Chilisoße
200 g Mais
2 Zwiebeln
4 EL Mandarinen mit 4 EL Saft

ZUBEREITUNG:

Die Gurken schälen und halbieren. Zwiebeln schälen. Gurken in Stücke und Zwiebeln in Spalten schneiden. Bohnen abspülen und abtropfen lassen.
Öl in einer großen Pfanne erhitzen. Das Hackfleisch darin anbraten, mit Salz und Pfeffer würzen. Zwiebeln und Gurken zufügen. 2–3 Minuten mitbraten lassen. Bohnen und Mais untermischen. Brühe, Chilisoße und Mandarinensaft verrühren und in die Pfanne gießen. Alles gut mischen und ca. 10 Minuten leicht köcheln lassen. Vor dem Servieren die Mandarinen unterheben und kurz miterhitzen.

Potatissallad med lax
SCHWEDISCHER KARTOFFELSALAT MIT LACHS

ZUTATEN:

1 kg Kartoffeln
300 g geräucherter Lachs
200 g Schmand
200 g Joghurt
1 Bund Dill
Salz
evtl. etwas Milch

ZUBEREITUNG:

Kartoffeln kochen.
In der Zwischenzeit Schmand und Joghurt mit klein gehacktem Dill mischen. Den Lachs in mundgerechte Stücke schneiden, unterrühren und salzen.
Die Kartoffeln möglichst noch heiß pellen, würfeln und unter die Soße heben. Etwa eine Stunde kalt stellen. Eventuell mit etwas Milch verflüssigen, mit Salz abschmecken und servieren.

Ugnsbakad fisk
BACKOFENFISCH SCHWEDISCHER ART

ZUTATEN:

4 Seelachs- oder Rotbarschfilets
2 Knoblauchzehen
frischer Dill
Paniermehl
80 g Butter
200 ml Sahne
Salz
Pfeffer
Curry

ZUBEREITUNG:

Fischfilets in eine gefettete Auflaufform legen. Mit Salz, Pfeffer und viel Curry kräftig würzen. Die beiden Knoblauchzehen fein hacken und darüberstreuen.
Kleine Butterflocken auf dem Fisch verteilen und alles mit frischem Dill bedecken. Anschließend ca. 2 Hände voll Paniermehl darüberstreuen und bei 200° ca. ½ Stunde im Backofen backen. Die Form herausnehmen und die Sahne darübergießen und noch einmal kurz in den Ofen schieben.
Dazu Kartoffeln und Salat.

Fläsk med rotmos
EISBEIN MIT KOHLRÜBENPÜREE

ZUTATEN:

1¼ kg Eisbein
6 Kartoffeln
2 Mohrrüben
1 kg Kohlrüben
2½ l Wasser
2 Zwiebeln
1 Lorbeerblatt
weißer Pfeffer
Nelkenpfeffer
1 Brühwürfel
Salz

ZUBEREITUNG:

Wasser aufkochen, Eisbein, Lorbeerblatt und in Stücke geschnittene Zwiebeln ins kochende Wasser geben. 1½ Stunden sieden. Die Brühe aufheben für das Kohlrübenpüree.

Brühe aufkochen, Brühwürfel und etwas Salz zugeben. Mohrrüben und Kohlrüben in Würfel schneiden und in den Topf geben. 20 Minuten kochen, dann die Kartoffeln zugeben und weitere 20 Minuten kochen, bis alles weich ist. Brühe bis auf einen kleinen Rest abgießen und das Gemüse im Topf stampfen. Mit Pfeffer und Salz abschmecken.

Brunkål
WEISSKOHL AUF SCHWEDISCHE ART

ZUTATEN:

1 Weißkohl
2 EL Butter
2 EL Sirup
1 l Fleisch- oder Gemüsebrühe
Salz
Pfeffer

ZUBEREITUNG:

Den Backofen auf 200° C vorheizen.
Den Weißkohl putzen und in Streifen schneiden. Zusammen mit der Butter in einer großen Pfanne kurz anbraten. Anschließend in eine Ofenform umfüllen. Salzen, pfeffern und nach und nach den Sirup unterrühren. Anschließend die Brühe zugeben. In den heißen Backofen schieben und ca. 45 Minuten garen. Gelegentlich umrühren. Heiß servieren.

Drömskinka
TRAUMSCHINKEN

ZUTATEN:

12 Scheiben gekochter Schinken
Wermut
400 ml Sahne
2 EL Tomatenmark
1 TL Currypulver
Butterflöckchen

ZUTATEN:

Eine feuerfeste Form einfetten. Den Schinken in die Form geben und so viel Wermut dazugeben, dass der Schinken gerade damit bedeckt ist. 4 Stunden ziehen lassen.
Sahne, Tomatenmark, Currypulver und etwas Salz vermengen und die Mischung über den Schinken gießen. Kleine Butterflöckchen in der Form verteilen.
Bei 200° C bis 225° C ca. 40 Min. im vorgeheizten Backofen backen.
Dazu Reis und gemischten Salat reichen.

Ugnsbakad jädda, fylld med ris och gurka
GEBACKENER HECHT MIT REIS-GURKEN-FÜLLUNG

ZUTATEN:

1 Hecht, ca. 2 kg
5 hartgekochte Eier
1 Salatgurke
1 gewürfelte Zwiebel
100 g Reis
125 g Butter
8 EL Semmelbrösel
2 EL Sahne
2 EL gehackte Petersilie
1 EL Schnittlauchröllchen
1 EL Dill
Salz
weißer Pfeffer

ZUBEREITUNG:

Den Hecht gut abspülen und entschuppen. Dazu den Schwanz mit einem Tuch festhalten und mit einem stabilen Messer die Schuppen zum Kopf hin abschaben. Das Rückgrat vorsichtig entfernen, aber den Kopf und den Schwanz nicht abschneiden. Nochmals abspülen und trocken tupfen, mit Salz und Pfeffer würzen.
Für die Füllung den Reis in Salzwasser fast gar kochen. Die Gurke schälen, das Kerngehäuse entfernen und würfeln. Die Zwiebel zusammen mit der Gurke in etwas Butter andünsten. Zwei Eier

würfeln und mit dem gekochten Reis, der Gurke, der Zwiebel, der Petersilie, dem Schnittlauch und der Sahne verrühren und mit Salz und Pfeffer abschmecken.
Den Hecht mit der Reis-Gurken-Masse füllen und mit Küchengarn oder Holzspießchen gut verschließen. Die restliche Butter in einer großen feuerfesten Form zerlassen und den Hecht darin vorsichtig von beiden Seiten goldgelb anbraten. Anschließend mit den Semmelbröseln bestreuen und mit etwas Wasser angießen.
Im vorgeheizten Backofen bei 170° C bis 180° C ca. 30 Minuten backen.
Den Fisch auf eine Platte legen, das Küchengarn bzw. die Holzspießchen entfernen, die restlichen Eier vierteln und die Platte mit den Eiern und den Dillspitzen dekorieren.

Tjälknöl
SCHWEDISCHE FROSTKNOLLE VOM ELCH

ZUTATEN:

1,5 kg TK-Elchbraten (alternativ Rinderbraten)
1 l Wasser
1 TL Salz
1 TL Zucker
3 Lorbeerblätter
3 Knoblauchzehen
Thymian
Rosmarin
5 Wacholderbeeren
Pfeffer

ZUBEREITUNG:

Den Ofen auf ca. 100° C vorheizen. Das gefrorene Fleisch auf ein Gitter in die Fettpfanne setzen. 10–12 Stunden durchziehen lassen.
Den Sud aufkochen und wieder erkalten lassen, evtl. nachsalzen.
Das warme Fleisch in den kalten Sud einlegen, sodass es völlig bedeckt ist. Etwa 5 Stunden ziehen lassen, damit der Braten die Gewürze in sich aufnehmen kann.
Das Fleisch in ganz dünne Scheiben schneiden, wie Roastbeef.
Mit Petersilie garnieren, mit Kartoffelsalat oder Kartoffelgratin servieren.

Löksoppa med rökt lax och pepparrot
ZWIEBELCREMESUPPE SCHWEDISCHE ART MIT RÄUCHERLACHS UND MEERRETTICH-SAHNE

ZUTATEN:

1 kg halbierte und in Ringe geschnittene Zwiebel
2 gehackte Knoblauchzehen
50 g Butter
400 ml halbtrockener Weißwein
400 ml Gemüsefond
1¼ l Gemüsebrühe
400 g Sahne
200 g geräucherte Lachsstücke
1 Stange geriebener Meerrettich
400 g steif geschlagene Sahne
Salz
Pfeffer

ZUBEREITUNG:

Die Zwiebeln schälen, halbieren und in Ringe schneiden. Die Knoblauchzehen schälen und hacken. Die Butter schmelzen und Zwiebeln und Knoblauch darin anbraten. Mit dem Weißwein ablöschen. Mit Salz und Pfeffer würzen und aufkochen.
Fond und Brühe hinzugeben und 20 Minuten kochen.
Währenddessen den Meerrettich reiben, die Sahne steif schlagen und beides miteinander vermischen. Mit etwas Salz abschmecken und nach Möglichkeit 1 Stunde ziehen lassen.
Nach der Kochzeit der Zwiebelsuppe die flüssige Sahne hinzuge-

ben und erhitzen. Abschließend den Räucherlachs in die Suppe geben, etwa 5 bis 10 Minuten ziehen lassen und mit einem Klecks Meerrettichsahne servieren.
Dazu Baguette reichen.

Mandel- och chokladtårta
SCHOKOLADEN-MANDELTORTE

ZUTATEN:

220 g Zartbitter-Kuvertüre
½ Vanilleschote
4 Eier
150 g Zucker
1 Prise Salz
125 g Butter
1 EL Kakaopulver
200 g Mehl
1 TL Backpulver
70 g gemahlene Mandeln
80 g Crème fraîche

ZUBEREITUNG:

150 g Zartbitter-Kuvertüre grob hacken und im Wasserbad schmelzen. Vanilleschote längs halbieren und Mark herauskratzen. Eier trennen. Eiweiß, 20 g Zucker und Salz steif schlagen. Butter und restlichen Zucker cremig rühren. Vanillemark unterrühren. Flüssige, etwas abgekühlte Schokolade unter die Creme rühren. Nach und nach Eigelb unterrühren. Kakaopulver sieben. Mit Mehl, Backpulver und Mandeln mischen. Mit Eischnee unter die Schokoladencreme heben. Teig in eine gefettete, mit Mehl ausgestäubte Kranzform (24 cm ∅) füllen. Im vorgeheizten Backofen ca. 45 Minuten backen (E-Herd: 180° C, Gas: Stufe 2, Umluft: 160° C). Etwas abkühlen lassen, aus der Form stürzen, auf einem Kuchengitter auskühlen lassen.

Für den Guss Crème fraîche erhitzen (nicht kochen!). Die restliche Kuvertüre hacken und in der Crème fraîche unter Rühren schmelzen. Den Kuchen damit überziehen. Guss antrocknen lassen.

»Trosells bisher bestes Buch. Ergreifend, es brennt beim Lesen. Man betritt verschlossene Räume seiner selbst.«

DALA DEMOKRATEN

Aino Trosell
EINE GRENZENLOSE LIEBE
Aus dem Schwedischen von
Gisela Kosubek
Roman
BLT
400 Seiten
ISBN 978-3-404-92310-6

Wo ist die Zeit geblieben? Eben noch war Ainos Tochter ein Säugling, nun ist sie eine erwachsene Frau, selbstbewusst und lebenstüchtig. Die Welt steht ihr offen. Vieles hat sich geändert, seit Eli, ihre Großmutter, sich als Magd bis zur Selbstverleugnung unterordnen musste. Oder ihre Mutter einen Mann heiratete, den sie nicht liebte …

Ein Jahrhundert voll bewegender Frauenleben – von Bestsellerautorin Aino Trosell

BLT